绝望重生录

古孟祥 著

UNITY PRESS 团结出版社

图书在版编目(CIP)数据

绝望重生录 / 古孟祥著. —北京：团结出版社，2019.7
ISBN 978-7-5126-7114-0

Ⅰ.①绝… Ⅱ.①古… Ⅲ.①长篇小说–中国–当代

Ⅳ.①I247.5

中国版本图书馆 CIP 数据核字(2019)第 103187 号

出　　版：团结出版社
　　　　　（北京市东城区东皇城根南街 84 号　邮编：100006）
电　　话：(010) 65228880　65244790
网　　址：www.tjpress.com
E－mail：65244790@163.com
经　　销：全国新华书店
出版策划：成都力扬文化传播有限公司　028-86965206
印　　刷：成都兴怡包装装潢有限公司
开　　本：145mm×210mm　1/32
印　　张：13
字　　数：325 千字
版　　次：2019 年 7 月第 1 版
印　　次：2019 年 7 月第 1 次印刷
书　　号：ISBN 978-7-5126-7114-0
定　　价：46.00 元

序古孟祥长篇小说《绝望重生录》

张　况

　　古孟祥是省直机关公务员，缘于彼此有同乡之谊，所以尽管此前我并不认识他，但当他通过朋友找到我号码给我拨通电话时，那亲切的乡音一下子就拉近了我与他的距离，陌生感消失之后，孟祥也不拐弯就跟我说他最近写了部关于禁毒题材的正能量长篇小说，希望我能拨冗为他写个序。

　　好啊，五华阿哥就这直来直去的硬打硬性格，有一说一，有二说二。事实上，人与人之间交往，确实要不了那许多弯弯绕的东西。

　　我很清楚，业余坚持文学创作那无异于考人耐性的力气活，不容易。孟祥工作如此繁忙，业余竟还强行给自己"加戏"，埋头写出一部三十万字的大部头来，这无疑是值得拍手叫好的大好事。搞文学讲的是情怀，孟祥业余有此等正派爱好，能独辟蹊径坚持走自己的路，坚持小说写作，这恰好证明他是个有梦想有情怀的人。

绝望重生录

　　秀才人情纸一张，似这般"人情"，我这许多年少说也偿还过一二百回的，光序跋集就出过两部，孟祥此番有这等诉求，我也就不差他这一回了。

　　命题作文其实真的不好写，尤其像"禁毒"这样的题材，那是考人定力的。虽然多年以前由于职责所系，我也曾短暂分管过某区的"扫黄打非"工作，但管的多是非法政治性出版物、黄色书刊、盗版光碟等的打击与取缔工作，"禁毒"与我并不搭界，隔行隔山，可谓根本"不拉更"。

　　读过孟祥这部长篇小说之后，我的总体感觉是很不错的，正如他电话中所说，这确是一部"正能量"的"主旋律"作品。书分十一章，章章皆见血泪，无论选材还是抒写角度，都见匠心，文字也算考究。

　　孟祥这部小说的故事源于真实生活，取材于多个现实版的吸毒与艾滋病病毒感染者案例，读起来颇有切近感和现场感。孟祥敢于在各种不同的场合对故事的主人公进行访谈，于是就抓牢第一手材料，这些不幸的主人公的滑坡轨迹，无疑令孟祥感到痛心，正是缘于这种感同身受的痛，孟祥才决定提起笔来，描摹他们真真实实的点点滴滴，目的无他，就是想起到警时醒世的作用。

　　孟祥对小说主人公万梓星、刘样群等因过早失却家庭温爱不得不颠沛社会、流离市井的情节着墨不少、用情至深。主人公经历过命运离奇古怪的各种挫折和生活一言难尽的各种磨折，接触到一些不该接触的人和事而走向吸毒邪路之后，不幸感染了毒瘾、感染了艾滋病病毒，甚至连累到了家人，这种极其"狗血"的不堪过程，让人读之惊心，细思极恐，心情也不禁为之一沉。

小说对社会关系、对毒品、对强制戒毒与禁毒话题等等都有着较为深刻的触及、介入与状写，对主人公在抗病毒与抗毒瘾过程中所得到的良好治疗与悉心关爱也都作了较好的铺陈与抒写，文笔细腻，言之有物，感情真挚而朴茂，读之欣然快然，心情自然也为之好转。尤其是读到戒毒所民警、心理咨询师、社会各界热心人士对主人公的悉心关爱与真切垂注，让主人公万梓星最终重获新生、迎来命运转机的精彩呈现与具体描写时，我不禁为之击节、感动。孟祥刻画出了一个个栩栩如生的人物形象，那见之于字里行间的点滴温爱，颇让人感慨泪涟的。

我认为，孟祥这部小说对青少年生理、心理健康成长与警策，对那些沉沦于毒海的吸毒人员的矫正来说，无疑是一记能"挠到痒处"的重锤，它精准敲响了引以为戒的警钟。

由此，我仿佛看见作家孟祥用一缕幽微之光，照出了世道人心的某些幽暗角落里需要进行灵魂重置、精神重塑的人和事的本质，孟祥无比慷慨地向那些弱者馈赠了属于他的"古氏"温爱、馈赠了属于人间正道的点滴美好。

我想，这也许就是文学的功能吧。

在文学精神的寻找、发现与攫取过程中，我认为，一部小说写得成功与否，关键得看故事本身的真实性、可读性和不可复制性的成分有多高，而小说的技术性和艺术价值的表现，我认为是完全可以退居其次的。

通读这部小说，我发现，孟祥的优势主要在于他拥有浑厚的生活积淀，这是一般人所没有的阅历与人生经验。孟祥是警察，也是心理咨询师，同时还是一位有担当的作家，多重身份的交汇与融合，玉成了他对"禁毒"题材的精准把握和探求的愿望。因

绝望重生录

此，我觉得他能结构出这样踏实的故事绝非"撞彩"，而是顺理成章的某种水到渠成。

是的，酒香也怕巷子深啊。好作品也需要推介，当然也值得推介，好文章的品质是能警醒世人。也许孟祥的文字还有稚嫩一面，也许其表达方式、人物命运的把控和故事情节的设置铺排上还有诸多的不足与瑕疵，但这并不影响读者的犀利目光与阅读取舍。

衷心希望孟祥能百尺竿头更进一步，俯身基层，倾听一线心声，为人民抒情，为禁毒战争树碑立传，在平凡而伟大的岗位上，写出更多无愧于生活、无愧于时代的精品佳作。

是为序。

2018 年 8 月 21 日夤夜佛山石垦村南华草堂

（张况，著名诗人、文学评论家、中国作家协会会员、中国诗歌学会理事、广东省作家协会主席团成员、佛山市作家协会主席。）

内容简介

艾滋病，1981 年在美国首次发现和确认，全名为"获得性免疫缺陷综合征"（acquired immune deficiency syndrome），英文缩写 aids 的音译，曾译为"艾滋病"、"爱死病"。是人体感染了"人类免疫缺陷病毒"（HIV- human immunodeficiency virus），又称艾滋病病毒。它把人体免疫系统中最重要的 CD4T 淋巴细胞作为主要攻击目标，大量破坏该细胞，使人体丧失免疫功能。HIV 本身并不会引发任何疾病，而是当免疫系统被 HIV 破坏后，人体由于失去抵抗能力而感染其他疾病，导致各种复合感染而死亡。至今尚未研制出根治艾滋病的特效药物，也还没有可用于预防的有效疫苗。

根据 2017 年国家卫计委公布的数据显示：我国年度新增 15-24 岁青年学生艾滋病毒感染者在相应年度感染总人群中的占比，已由 2008 年的 5.77% 上升至 2017 年的 23.58%，这一数值，认定感染红线值。近期，艾滋病匿名检测在高校陆续开展，据报道，某高校艾滋病毒感染近 5 年上升了 10 倍。艾滋病病毒已经向普通人群扩散，而艾滋病毒感染的主要原因与吸食毒品息息相关。因此，拒绝罂粟的诱惑，遏止艾滋病毒传播蔓延刻不容缓。

绝望重生录

　　笔者长期为艾滋病病毒感染者做心理咨询，访谈了大量的艾滋病病毒感染者。在封闭的咨询室里，在偏僻的山区树林里，在水库的养殖船上，在繁华的都市包房间，都留下了访谈的足迹，有时就与他们一同就餐。通过访谈了解到他们的生活状况，以及感染艾滋病毒后内心的绝望、无助、痛苦、挣扎，及遭受到歧视的心路历程。一个感染者说："歧视比疾病更加可怕。"感染者中有的是大学生、IT 从业者、农民等各行业的人员，其中最小年龄是 19 岁，最大 61 岁。每当我面对那一张张或稚嫩或苍老的脸庞，那一双双绝望无助的眼神，那一声声声泪俱下的诉说，让我的心揪得紧紧的，如何为遏制艾滋病的蔓延出一份力，让我陷入了长久的思索之中。

　　本书取材于多个感染艾滋病病毒吸毒人员的真实案例，经过一定艺术加工。故事讲述了主人公万梓星、刘样群，因家庭关爱的缺失过早地进入社会，经历过的各种各样的挫折，接触到的形形色色的人物，由于家庭、个人及社会多方面原因，走上了吸毒的道路，不幸感染艾滋病病毒甚至全家人都感染艾滋病毒的过程，以及全社会与毒品、与病毒艰难曲折的抗争之路，讲述了主人翁所经历的坎坷痛苦的心路历程。后来万梓星再次被强制隔离戒毒时，适逢国家《艾滋病防治条例》《禁毒法》相继出台，让他们能得到较好的治疗和关爱，让他们知道在抗病毒和抗毒瘾的路上，他们并不孤单。经过场所民警、心理咨询师、社会人士等合力关爱下，万梓星挣扎，觉醒，终于迎来了生命的春天，当上了老板，遇到了幸福的爱情，经过病毒阻断治疗生下了健康的儿子。笔者努力将访谈时惊心动魄、扼腕痛惜、扣人心弦等等感受呈现给读者。故事情节如有雷同，请勿对号入座。

　　为了广大青少年在生理、心理上健康成长，为了给沉迷在毒海中吸毒人员的警醒，为了让人们更清晰认识到家庭、学校、社会所面临的不容忽视的教育工作，为了解感染者承受了怎样的打击，在青春最好的年华，经历了身体和心理上怎样的折磨，为了给艾滋病感染者一个宽容、接纳的和谐社会环境，建议广大家长、青少年朋友、大中院校学生、禁毒一线的民警、戒毒领域的医护工作者、社工、戒（吸）毒者及其家人和他们的朋友阅读、思考此书。

2019 年 12 月 1 日，将迎来第 32 个世界"艾滋病日"，主题是"共担防艾责任，共享健康权利，共建健康中国"。在此之际，谨以此书作为奉献。

最后，特别感谢有关领导给我的工作提供方便，让我有机会接触到如此多的案例，感谢曾经访谈的对象提供的素材和信息，感谢植伟森先生、边佳禹女士、张回春先生、古旭奇先生等对此书的出版给予的鼓励和指导。由于写作时间仓促，水平有限，差错在所难免，恳请广大读者朋友批评指正。

绝望重生录

目录

contents

绝望重生录

春风拂晓，上世纪八十年代初期，改革的春风在广东沿海城市登陆。市场经济的大潮，忽如一夜春风来，千树万树梨花开。

西海市塘田镇的破烂砖木瓦房，逐渐被鳞次栉比崭新的高楼大厦所替代。夜幕降临，小镇一改往日的宁静，闪烁的霓虹灯照亮着一群群刚洗脚上田、穿戴时髦的青年男女，其中不乏稚气未脱的少男少女。他们在卡拉OK酒吧穿梭出入，在强劲的音乐伴奏下，他们正疯狂地扭动着身体，摇晃着青春，"前尘往事成云烟，消散在彼此眼前。……我和你吻别在无人的街，……我和你吻别在狂乱的夜。"他们声嘶力竭吼着，仿佛要把整个青春喊碎。

第一章　苦涩的童年

　　五月，盛夏还未降临。塘田镇白色海滩上游玩的人并不多。天色微暗，一个衣着邋遢，身材瘦小的少年耷拉着身子，缓缓地走到在海边，不时地拾起沙滩上的石子，一次次狠狠地向海中掷去，似乎要把尘世的所有的烦恼都抛入大海，隐匿在无尽的浪涛中。一次次拾起与投掷让他孤独的心稍显安静，他疲惫地坐在沙滩上，望着眼前苍茫的大海，陷入了沉思。他就是住在附近镇上的万梓星。

　　"妈妈，快来追我啊！妈妈，你追不到我的！嘻嘻……"突然，一阵嬉笑声把他拉回现实。他抬头望去，一对母子正在沙滩上追逐嬉闹。小男孩一不小心跌倒了，妈妈赶紧跑过去，把小男孩紧紧地抱在怀里，连声问："怎么啦？宝贝？摔疼没有，宝贝！"

　　看着这些，他心里一酸下意识地动了一下身体，背后隐隐作痛，他用手去抚摸着背后的伤痛，眼泪不禁夺眶而出，刚才的一幕又从脑海中浮现上来。

　　"你赢了，又怎样？我就是不给你核桃。"在学校操场角落里，周皮皮轻蔑地对万梓星说。

　　"你是无赖，你耍赖。"万梓星气愤地说，他站在那里，双手紧握着拳头，稚嫩的小脸因过度愤怒几乎变了形。原来放学后，万梓星在和周皮皮们玩投核桃游戏时，好不容易赢了他们几个核桃，却被耍赖不给。

"你这有娘生没娘教的野种，够胆向我要核桃，我就是不给你。"周皮皮恼羞成怒地说。

万梓星听了这句话，满脸通红，立马冲上去，铆足了劲儿对着周皮皮的脸上就是一拳。周皮皮被这突然的一拳打得晕头转向，还没待他缓过神来，万梓星又像发疯似的扑向周皮皮，拼了命一样又咬又抓。周皮皮的小伙伴们见状，一窝蜂地冲上去，七手八脚，好不容易把万梓星的手脚给按住。

"你敢打我⁈"周皮皮不顾鼻子流血，对着地上的万梓星就是一顿猛踢。万梓星任由周皮皮怎么踢，咬紧牙就是不吭一声。周皮皮踢累了歇了下来，气喘吁吁地对万梓星说："今天你是吃了熊心豹子胆啊，居然敢打我。"

万梓星手上青筋突起，紧握双拳，奋力想挣开被按住的双手。被周皮皮的同伙发觉后，越发用力摁住他。万梓星圆睁着双眼盯着周皮皮，嘴角一动一动，一副发狠的样子。

"怎么啦？还不服气啊！"周皮皮用手抹了抹鼻子，顺手把鼻血和鼻涕抹在万梓星的脸上，随后又啪啪两声，又打了万梓星两巴掌。临走时用手指着万梓星脸发狠地说："你这个野种，给我小心点，今后再敢惹我，老子就揍死你"说完，一伙人扬长而去。

万梓星无力地躺在地上，一动不动地望着昏黄的天空，不禁潸然泪下。几只苍蝇在他脸上嗡嗡的飞来飞去，他似乎也感觉不到，直到一群蚂蚁在他腿上爬行叮咬，他才抽动一下身体。天色渐渐地暗了下来，他慢慢回过神后，才缓缓从地上爬了起来，漫无目的地走着，或许是最快乐的记忆总会伴随最强烈的安全感觉

绝望重生录

的缘故吧，不知不觉又走到了这片满载快乐回忆的熟悉海滩。

那个扭到脚的小男孩被妈妈抱着离开了。看着她们远去的背影，万梓星脑海里记忆的闸门便打开了。他也曾有过这样幸福快乐的时光。

万梓星在家里排行老二，姐姐万丽丽长他 5 岁。万梓星记得在小学一年级的时候，便与这片海滩结缘了。炎热的午后，会有很多人来海边消暑，并玩着打水仗、水中传球、摸鱼、捡贝壳的游戏。父母也会带着他们姐弟俩一起来到海边玩耍。父亲万树贤会让万梓星骑在自己的脖子上奔跑，跑累了父亲就会找块较干净的浅水滩，用绳子绑住万梓星的手，让他在浅水区泡海水。清凉的海水亲吻着他的皮肤，温柔地梳理着他全身的每一个毛孔，刹那间，就把酷热赶走了。万梓星有时闭上眼睛，任由海水轻轻地抚摸，真是舒服极了。泡完海水，他们玩老鹰捉小鸡的游戏，有时爸爸还会教他在沙滩上画屋子。万梓星最喜欢和爸爸玩骑马的游戏，骑在爸爸的背上，左手抓着爸爸的后衣领，右手拍打着爸爸的肩膀，双脚夹着父亲的两肋，嘴里欢快地喊着，"驾、驾、驾"，一家人的欢笑声，时常在大海里回荡。

万梓星一直羡慕好几个同学都会游泳，经常听到同学们说，谁又学会游泳了。万梓星听了很不服气。于是，他决心要学会游泳，那天他不断央求爸爸教他游泳。万树贤看儿子态度如此坚定，也很尽心教他。先是教会他手的动作，接着是托着他的腰，让万梓星在海水里扑腾。万梓星喝了不少的海水，还是挺开心的。有时，万树贤故意把托着儿子肚子的手挪开，万梓星居然也能用手脚在海水里扑腾几下。不久，万梓星慢慢掌握了游水技巧，也可以在同学们面前炫耀一番了。

眼前这沙滩，是万梓星一家人玩得最多的地方。在沙滩上跑啊，跳啊，无忧无虑，玩累了就躺在沙滩上，欣赏着蓝天白云。

有时就把沙子盖在身上，人与自然融为一体。一家人甭提多快乐了。

然而，美好的时光总是短暂的。三年级开学的第一天，万梓星一听到下课铃声，快速抓起书包冲出课室。万梓星的家住在小山坡上，离学校挺近的。他感觉今天肚子特别饿，他想早点回去吃妈妈做的午饭。当他兴冲冲地推开门，掀起锅盖一看，只有冰冷的锅。他又仔细地查找碗柜，还是没有发现吃的东西。他很不高兴，大声呼喊："妈妈，妈妈，我回来了，我肚子好饿啊！"没有人回应，他又到屋前屋后菜地，边看边喊，还是没有回应。他又提高了嗓音，接连喊了几声，都没有人理他。这时，他心慌了，不禁哭了起来，怎么办？读初中的姐姐不回来吃午饭吗？这个时候，妈妈应该在家里的啊！

正当他坐在门槛上哭得伤心的时候，只见爸爸妈妈拖着疲惫的身子回来了。爸爸一脸疲倦，昔日那威严的眼神变得暗淡无光。妈妈钟利兰穿着一件土蓝色的衣服，头发凌乱，脸色蜡黄，眼皮松弛地往下垂着，好像一个刚从病床上起来的人，脸上没有昔日的阳光和笑容。

万梓星愣了一下，随后很快就扑在妈妈的怀里，带着哭腔说："妈妈，你去哪儿了？我找了好久也没找到你。"

钟利兰见到儿子，精神一振，脸上勉强挤出点笑容，用力把他拉进怀里，抚摸着他的脑袋轻轻地说："星星乖，别哭了，你看妈妈去县城带了好吃的给你。"说着，从贴身口袋拿出了两个包子，递给了万梓星。年幼的万梓星破涕为笑，高兴地接过了还带着温热度的包子，赶紧往嘴里一塞，大口一咬，肉汁流出来了。万梓星盯着包子，两眼鼓得大大的，嘴里自言自语地说着："真的是肉包子，太香啦！"前些日子，他和爸爸赶圩时，他哭着闹着要肉包子吃，还被爸爸揍了呢。他怯生生看了爸爸一眼，爸

绝望重生录

爸神色凝重，懒得看他一眼。

万梓星拿了包子，欢快地跑出屋去找邻居伙伴李桂子。妈妈叮嘱他早点回来吃饭，万梓星边跑边答应。他迫切地想和他的好朋友李桂子分享自己的美食。平时，万梓星常去李桂子家蹭饭吃，李桂子常会给他一些好吃的。有一次，他参加学校组织的"六一"儿童节比赛，需要穿校服，可是父母哪里有钱买呢？正当他发愁的时候，仗义的李桂子主动借校服给他穿。万梓星到了李桂子屋外，听见屋里传来嘈杂的声音。他便把包子藏起来，然后才进屋找李桂子，他拉了拉李桂子的衣角，悄悄走到杨桃树下，一起分享了包子。玩了一会就听到李桂子妈妈叫他回去吃饭了，他俩才各自回家。

万梓星回到自家屋后时，听到了爸爸和妈妈的争执声。只听见爸爸说："我们把那头水牛卖掉吧！反正怎么样都要把你的病治好的。"妈妈说："那怎么行，那头水牛可是我们全家人的命根子啊！没有它，春耕夏种怎么办？"爸爸接着说："你得的又不是小病，是癌！是胃癌！不抓紧治疗会要命的！要不就让大娃不要读书了，出去打工赚点钱吧！"

钟利兰默不作声，坐在那里发呆。万梓星推开门扑到钟利兰怀里，哭着说："我要妈妈，我不读书了，把学费给你治病，等妈妈的病好了，我再去上学吧！"

钟利兰苦笑了一声，把星星拉到怀里说："傻孩子，妈妈没事，你别胡思乱想，好好念书啊！上学快迟到了，赶紧吃饭去。妈妈给你煮了荷包蛋呢！"万梓星抽咽道："妈妈，我只想要妈妈，不要吃饭，嘤嘤……"妈妈抚摸着万梓星的头，带着感情柔声地说："星星，妈妈在这里呢，哪也不去，我还要陪我们星星长大，看我们星星考大学出人头地光耀门楣呢，我们星星是懂事的孩子，快点吃饭然后上学去！"妈妈的笑容带给他一点安心，他懂事地点了点头。

昨天的太阳永远晒不干今天的悲伤，该来的事情总会来的。晚饭后，姐姐把万梓星拉到房间，红肿着眼睛说道："星星，你把这几本作业本拿去用吧，还有大姨新买给我的文具盒，呜呜……""姐，这都是你最喜欢的东西，平时碰都不让我碰的，你怎么不要了？"昏黄的灯光下，万丽丽挂满委屈的脸上满是泪水，小小年纪的她虽然不懂世事的艰辛，却是穷人的孩子早当家，家庭的不幸注定她也不会有幸福的童年，作为家里的长女她应该承担起应有责任，背负不属于这个年龄的沉重。就这样年仅十六岁的万丽丽辍学了，即使她曾是老师眼中的头等生、贫苦父母眼中的掌上明珠。而万梓星作为家中的唯一男丁继续留在了校园。

姐姐辍学出去打工后，家里的经济状况并没有得到好转，也没有往日那种和谐温暖了。万梓星觉得家的上空总像是弥漫着一层愁云，它看不见摸不着却长久不散，让人感到压抑窒息。除了自己考试拿了班级第一名时父母会开心一下外，很少能见到爸爸妈妈的笑容。每隔一段时间爸爸都要带妈妈到县城的医院去治疗，而每次去医院前，怎样筹够这次看病的医疗费是整个家的最大难题。虽然姐姐万丽丽会定期寄回一些钱，但相比高昂的治疗费用，姐姐的这些钱也只是杯水车薪。

万梓星学会了浇菜、做饭。以前，妈妈总是家里起得最早的。那时，万梓星还睡得迷迷糊糊，就听到嘈杂声音，凝神一听，原来是妈妈正在挑尿桶去浇菜。他睁开眼睛，望着窗外，天刚蒙蒙亮呢。万梓星起床了，妈妈又会把做好的饭菜端上来了。然而，这情景，再也看不到了。

三年级下学期，早上天气寒冷，万梓星穿着单薄的衣服，浑身瑟瑟发抖，赤着脚走在上学的路上。此时，他多么想早点回到课室和同学们在课室后面靠着墙挤一挤啊，取取暖啊。

"万梓星，万梓星，你等会儿。"突然传来叫他名字的声音，原来是大姨在小卖店叫他，大姨拿出她小女儿的拖鞋，丢给万梓星，说："你穿这对拖鞋去上学吧！"万梓星一看是红色的女式鞋就边走边说："大姨，我不穿。"然后，任由大姨在身后怎么呼喊，他头也不回就走了。

他到了学校，在班主任许老师的房门徘徊了一阵，才去敲门。许老师打开门，热情地叫他进来。万梓星从口袋里拿出两个鸡蛋怯怯地对许老师说："老师，我妈妈说没钱交试卷费，这两个鸡蛋用作试卷费行吗？"许老师怔了一会儿，伸手伸手摸着他的头，接过鸡蛋，和蔼地对万梓星说："好啊，好啊！"

四年级刚开学不久，万梓星的妈妈钟利兰从县城医院回来后，就躺在床上再也起不来了。万梓星做好饭，去房间叫爸爸来吃饭。他听到爸爸妈妈的对话。

"把大女嫁出去吧！孩子长大了也由不得我们，会变野的。把她嫁出去也可以冲冲喜，换点钱去看病。"

"唉，我这病怕是好不了，别浪费钱了。"

"你瞎说什么呢！医生不是说放宽心，好好调养吗？"

"那你去操办吧！看着女儿出嫁，我心里也会好受些。"

"好吧！你安心养病就是。前几天也有媒人来说媒，我这就过去了解下对方的情况。"

不久，姐姐万丽丽就含着眼泪嫁到旁边的小镇去了。妈妈脸上露出短暂的笑容，可是病情并没有好转。

"星星，你进来。妈妈有话对你说。"万梓星正在屋里做事，听到妈妈微弱的叫声，赶紧放下手中活走进屋里。母亲脸色比以前好些。万梓星搬张椅子坐在床前。妈妈躺在病床上艰难地伸出右手，拉着他的手说："星星，你今后要多听你爸的话，有什么事就找你姐姐帮忙。好好学习，知道吗?"万梓星看着被病魔折磨得干瘦如柴的妈妈，双手被母亲冰冷的右手紧紧抓着，生怕失去他似的。不由不停地点头。最后，他忍不住失声哭了起来。妈妈勉强挤出一点笑容，轻声地说:"星星，乖，别哭。我最放心不下的就是你了，你要好好学习啊!"妈妈努力地说完想挤点笑的时候，也只能微微动着她那紫色的嘴唇。突然，一道光轻轻地掠过她的脸，她疲倦地闭上眼睛，不停地喘气。梓星生怕给妈妈增加更多的痛苦，只好含着眼泪，咬着嘴唇，点了点头。

一星期后，万梓星放学回家，远远地就望见家门口人来人往，他似乎预感到了什么，不由加快了脚步。他很快就到家门口，看到许多大人忙忙碌碌，进进出出，他听到姐姐在嚎啕大哭，他想进去妈妈房间看看，却给大人拦住了。邻居邹叔叔说:"孩子还这么小，大人的眼睛都没闭上，不能让小孩进去的。"万梓星看着眼前的情景，站在一旁，茫然得不知所措。他想进去看看，但又害怕。李桂子过来，把他拉到屋外去。李桂子说:"听说你没有妈妈了，今后就到我家吃饭吧!"万梓星伤心地哭着点了点头，他脑袋里一片混乱，眼前变得一片模糊。

按照当地风俗，没上 60 岁的人死亡，是不能摆在厅里的，只能直接入殓安葬。万梓星看到姐姐跟在送葬队伍里哭得声音嘶哑，此刻他再也忍不住了，不禁放声大哭:"妈妈呀!妈妈呀!我要妈妈。"然后在地上翻滚。他的哭声反复地绞痛着众人的心，成年人更了解哭声的意义，这是呼唤失去母爱的声音，也意味一个孩子苦难的童年开始了。他们都默默地抹眼泪，邹叔叔赶紧过来把万梓星抱回屋去。

"爸爸，晚上没菜吃了，弄什么吃?"母亲的离去，万梓星的生活过得更加艰难。他看到爸爸又坐在门槛上抽烟，几次想上去和他说点什么，又退了回来。过了一会儿他的肚子饿得实在忍不住了，才硬着头皮上前问爸爸。万树贤抬头看了他一眼，眉头一皱，不耐烦地说："去，去菜地摘点番薯叶吧！""爸，这都吃了一个星期了！""你这小子懂什么，番薯叶是救人命的，我吃了几十年了。"他只好嘴一嘟，满脸不高兴地走开了。晚上，万梓星坐在课室里，还是感觉到肚子饿，他无精打采地看着同学们在做作业，一会儿瞌睡就来了。他睡得迷迷糊糊时，突然，感觉后背有东西在爬行，他下意识伸手一摸，抓出来一看，我的天！居然是毛毛虫，吓得他毛骨悚然，立马在课室上大叫起来，同学们一见他在那手足无措的怪样都哄堂大笑。他气得满脸通红，却又无处发作。

"咦，你们在玩跳格子啊！"下午下了课，万梓星拿起书包走到操场，看到班里同学在玩，他也很想加入，于是便问他们。

胖子他们几个看了万梓星一眼，没人搭理他。

"我也想一起玩可以吗？"他以为他们没听懂，于是又问了一句。"去，去，去，别挡着我，我们够人了。"胖子不耐烦地挥着手说。他只好走到角落里，默默地看着他们尽情地跳跃玩耍。他突然感到寂寞，这一切离他这么近又这么远。他被他们的冷漠包围着，他深切地感到和他们有一个不小的距离，他好像不再是这个世界里面的人了，他已经无法融入他们的圈子里去。

"梓星，你坐在这干嘛呢？走，我俩一起去玩。"万梓星孤独地坐在学校的屋檐下，正在胡思乱想时，突然，旁边有人叫他。

梓星抬头一看，哦，是同级隔壁班的刘运辉，和他玩过几次呢！他妈妈刚死几个月。梓星眼前一亮，赶紧起身抓起书包跟着刘运辉去了。

此刻，坐在海滩上的万梓星想起了许多许多，夜幕降临，他全然不觉，直到肚子隐隐作痛，传来一阵阵排空的声音时，他才醒悟起来，肚子好久没吃东西了。远处房屋已亮起一排排昏黄的灯光，爸爸出去打工一段时间了，他一时竟不知何去何从。他想了想，对，找刘运辉去。万梓星试图站起来，可刚起来一半，后腰一阵疼痛让他跌坐下去，他狠狠地骂了一句："他娘的，踢我这么痛。"他右手按住腰，左手撑着石块站了起来，他又捡起沙滩上的几块石头，狠狠地掷进了大海。

万梓星好不容易摸黑找到刘运辉家时，他也正在为晚饭发愁呢？他俩一起找遍了整个房子，最后找到了一块发霉的面条。一块面条是不够吃的，刘运辉的父亲刘金贵也不知去哪儿了。他俩嘀咕了一阵，还是拿不定主意。忽然，刘运辉想起，那次爸爸带他去邻居家菜地，摘了几个包菜回来做晚饭。于是，刘运辉决定去邻居家菜地，摘一个包菜回来炒面吃，这个提议得到了万梓星的附和。刘运辉拿把镰刀在前面带路，万梓星随后，摸黑到了菜地，万梓星在外"望风"，刘运辉进去一会儿就提了一个小包菜出来。俩人蹲在地上竖起耳朵听了听，没有听到什么动静，便悄悄地回到刘运辉家里开始动手炒面吃，他俩狼吞虎咽，一下就把这顿包菜炒面吃得干干净净。

万梓星和刘运辉经常玩在一起。不久，另一个班级也失去妈妈的刘利标也加了进来。刘运辉长得虎头虎脑，年长万梓星一岁，性格大咧咧。刘利标又比万梓星大几个月，长得瘦小，鬼点子特别多。三个人便经常玩在一起。

他们最喜欢玩的就是去海滩上把瓦罐半埋在海沙里，待涨潮时就会有一些海虾、螃蟹进入瓦罐。退潮时他们就有不小的收获。他们有时拿条木棍站在涨潮地方，看到有海鱼时赶紧对准了一棍打下去，运气好就能打到几条。然后大家一齐捡拾柴木生火烤海鲜。吃完了，就把草插在沙滩上有小生物出入的洞里，不一

绝望重生录

会儿，小草就会摇动，小生物咬住草根了，他们就赶紧把草连带生物拉了出来，装在铅笔盒里可以玩好几天呢。他们玩累了就在海边躺下来，躺在柔软的海滩上别提有多舒服了。通常刘利标过来往万梓星身上堆沙子，直到万梓星身上的沙子堆得高高的，再画上各种古怪的造型。刘利标他们看了，就哈哈欢笑起来。当然他们还喜欢玩"整蛊"人的游戏。他们找些破旧胶袋或小树枝，铺在挖好的沙洞上面，小心翼翼再散上沙子，沙子上面再弄些脚印出来。这时，就是认真观察也很难看出破绽的。有的人不小心一脚踩到上面就摔倒了。他们在远处看见就偷偷地笑起来。有他们二个的陪伴和玩耍，万梓星苦难的童年有了一点欢乐。然而，他们的陪伴和玩耍终究无法替代万梓星苦难的生活。

新年伊始，万象更新，万梓星和伙伴们开始了五年级的新生活，万梓星明显感觉到爸爸笑容多了起来。

万梓星放学回到家里，感觉家里气氛大不一样，家门口有两个小孩在玩耍，心里想，来客人了，或许会有糖果吃呢。他兴冲冲进屋丢下书包，就见爸爸和一个阿姨从里间走了出来，爸爸一见万梓星，便说："星星，她就是我和你说的妈妈黄秋玲，快过来叫妈妈。"万梓星一时愣住了，前几天，父亲说为他找个新妈妈，万梓星一直沉默不语。今天爸爸真把阿姨带回来了。万梓星打量了眼前这个"新妈"，只见她一头短短的蓬松乱头发，一张国字脸，肥胖短小的身材，穿着土灰色的上衣，对着万梓星笑了笑，露出满口黄牙。万梓星扭头就走，万树贤一见，急忙喊："小子，你去那？快站住。"万梓星头也不回，加快了脚步往外走。万树贤正要追赶上去时，被黄秋玲拦住了，她说："小孩子还不懂事，由他去吧！"万树贤这才作罢。

一周后，万梓星快快不乐地背着书包回到家，他最不想发生的一幕还是出现了。他发现自己的床搬到了小房子里，他的房间被阿姨的三个小孩占住了。这让万梓星很不高兴。他跑去对爸爸说："我要住回以前那个房间。"万树贤看了他一眼，不高兴地说："你要懂事些，要不你搬过去和他们一起睡啊！"万梓星木然地望着爸爸，这冷淡的言语他是不曾想到的，这句话就像一瓢冷水对着他的头泼了下来，他感觉到有一股寒意从他的脑袋开始流向他的心里。他气愤地抬起头看了父亲一眼，父亲那张熟悉的脸，突然变得模糊起来。但他不想就这样放弃，他还是抱有幻想。于是，万梓星走上前用了一种执拗的口气说："我就要住回那个房间。"说着就要去搬他的衣服回去。万树贤不由火起，一巴掌就拍过去，"啪"地一声，重重地落在万梓星脑袋上。万梓星一时被打蒙了，看着凶狠的爸爸，他一时呆住了，在他记忆里爸爸是很少打他的，他不敢再吭声，他的脑袋嗡嗡作响。良久，他才捂着被打得火辣辣的左脸，带着无比的委屈和满脸的泪水，拖沓着身子极不情愿地回到房里，然后，"砰"地一声把门重重地关上。把门重重地关上。这一扇门就像一座冰山，把他与父亲的亲情彻底地隔离了，他隐隐约约感觉到他和父亲关系再也回不到从前了。他倒在床上，一头钻进破烂的枕头里。突然，他"哇"地一声，再也忍不住失声痛哭起来。不知哭了多久，他翻转身子，发现周围一片寂静，仍然没有人来搭理他。万梓星又失声哭了一会儿，才揉了揉眼睛，看到了床架上妈妈织给他的浅红色的毛衣。他伸手把它拽了过来，紧紧地把它抱在胸前。这时他感到胸口上有丝丝的温暖。妈妈皱着眉头在昏黄灯光下织毛衣的身影在他眼前浮现。那晚寒夜里，他躺在温暖的被窝里，看着妈妈在微弱的灯下忙碌地织毛衣，妈妈为了看得更清楚，几乎把头贴在煤油灯上。为了给他织这件毛衣，妈妈还和爸爸吵了几次架，才筹够钱买来红色的毛线。只见妈妈不时用手揉眼睛，又用

绝望重生录

针头去挑了挑煤油灯芯，待灯光变亮了，又继续埋头织起来。看着妈妈穿着补丁的深灰色的外套，他若有所思，躺在床上辗转反侧。正当他睡得迷迷糊糊时，突然，听到妈妈发出"哎哟，哎哟"的疼痛叫声。

他心里一惊，赶紧睁开眼一看，原来妈妈的头发给烧着了，双手在脑袋上扑打，他焦急地看着妈妈不知如何是好。他爬起来想去帮她，妈妈却示意他不要过去。只见妈妈拿起旁边一碗水往头上一倒，"吱吱"几声就把火浇灭了，冷水从妈妈的头上顺流而下流进了她的脖子里。所幸的是只烧了左耳旁那一拙头发，妈妈站在那里瑟瑟发抖。万梓星看到妈妈的头发忍不住"扑哧"一声笑了起来。妈妈意识到了窘态，也笑了笑，拿起碎布在擦拭着头发，又用碎布把整个头包起来，双眼充满无比爱意看着他，柔声地说："妈妈没事，你早点睡吧！天气很快要转冷了，妈妈要快点把它织好。"随后，她把双手放在裤腿上擦了擦，又用嘴吹出一口热气，暖了暖手便继续织了起来。

如今他看着眼前这件毛衣，母亲那慈祥的脸庞又浮现在他眼前。突然，他想起了什么，从床上一跃而起，打开门气冲冲地大声责问："刚才是谁搬我东西？""怎么啦？是我啊！"黄秋玲满脸不解地看着他。"放我桌子上我妈的相片呢？"万梓星大声地质问。"哦，你妈的相片，都霉烂了，看不清了，我以为你不要了，就把它丢在那边垃圾袋里了。"黄秋玲指着那堆垃圾说。

万梓星跑过去发疯似翻找起来。好不容易翻出妈妈与他合照的黑白相片，他赶紧用衣服抹去沾在相片上的脏东西，紧握着小拳头，脸上青筋暴起，厉声地对黄秋玲说："今后你再敢丢我妈的相片，我就跟你拼了。"黄秋玲看着万梓星吓人的表情，不知说什么好，不由涨红了脸，尴尬地站在那里。

万梓星气鼓鼓地回到房里，坐在床沿上，看着妈妈和他合照的黑白相片，泪水禁不住哗哗地流了下来。这张像是他周岁时，妈妈刚从外面劳动回到家里，裤脚还没放下来，双腿沾满了泥土，抱着他合照的。相片里妈妈有些模糊，但眼睛还是很明亮，似乎也在注视着他，她已经离开将近两年了，但她的音容笑貌一直在万梓星的脑海里激荡。

继母住进来后，万梓星明显感觉到家里起了异样的变化，爸爸经常在外打工，难得回一趟家，回来了也很少与他交流，一阵阵失落也随之而来。

"巧巧，你在吃什么？"梓星看到继母黄秋玲的女儿躲在屋外屋檐下往嘴里塞东西。"没，没什么。"巧巧神色一变用手捂着嘴赶紧走开。万梓星把地上丢下的纸屑捡起来一看，原来是麦芽糖。他不由鼻子一酸，站在那里怔住了，他不知多久没有尝麦芽糖的味道了。良久，纸屑从他指间飘落。

这时屋里传出阵阵笑声，他心里满不是滋味，在屋外徘徊了一阵才进去，原来，爸爸不知什么时候回来了，正坐在板凳上和她们有说有笑。爸爸拿着糖果逗阿姨最小的孩子胖子玩。万梓星很不情愿地走到爸爸的跟前，怯怯地说："爸爸，学校现在每天都有老师在校门口检查校服，班主任催我好几次要交校服费了。"万树贤扭头看了旁边的黄秋玲一眼，只见她脸色一沉，把头扭向一边。爸爸便瞄了梓星一眼，没好气地说："现在哪来的钱啊！一家人吃喝拉撒全靠我，在外打一份工你以为容易吗？"

"爸，老师已经催了好几次了。"万梓星嘟着嘴角很不情愿地说。

"去，去，去，你和老师说现在家里没钱。难得回来一次就这么啰嗦。"父亲不耐烦地挥着手对万梓星说。万梓星狠狠地瞪了爸爸一眼，只好怀着委屈默默地转身走了。万梓星自从后妈黄秋玲进来后，对父亲说的每一句话，总要鼓起很大的勇气，然

绝望重生录

而，得到的是父亲冷冷的回答，他听到了父亲的声音里已没有感情，甚至没有一点颤动。

万梓星为了躲开校门口检查校服的老师，常趁着人多老师不注意的时候，偷偷溜进去。有时要参加班里集体活动必须要穿校服时，就去借李桂子的衣服，这样也能应付过去。只是他感觉到了老师，同学们投来越来越多异样的眼光，他变得沉默寡言，越来越害怕回到学校。

"开饭了，开饭了。"黄阿姨在屋子里喊吃饭，万梓星早就闻到了今天的鱼香味，不由兴冲冲跑过去坐好，黄阿姨白了他一眼，把一碟青菜，半小碗饭放在他面前。一会儿，巧巧和弟弟也欢叫着跑过来，万梓星瞪了他们一眼，他们都穿着崭新的校服呢，这让万梓星心里不是滋味。随后阿姨端了一条鱼上来，放在她们姐弟的面前。万梓星几次想伸筷去夹，看着凶巴巴的阿姨又缩了回来，最后他鼓足勇气把抓住筷子的手往上挪了挪，伸出尽量长的筷子，趁黄姨转身不留意时，飞快伸进鱼碟夹了一块鱼肉，放到自己碗里准备用米饭遮住，不料，阿姨转过身来，看到万梓星的碗，她的眼睛似乎要冒出火来，要把他烧灭似的。她狠狠地对万梓星说："你比他们大，还和小孩争吃的，你可以吃点鱼骨头啊！"说着，阿姨自己夹了一块鱼骨头放在嘴里咬了起来，咬了几口，好像给鱼刺刺口了，脸上痛苦抽搐了一下，赶紧起身把鱼骨吐到一边去了。

万梓星勉强把饭扒完，那块鱼肉也没吃出味道，然后默不作声地走到屋后的小山坡上小庙里，找个石墩坐了下来。小时候，妈妈常带他来这个小庙上香，上完香，妈妈就会分给他一些贡果。此刻，他看着庙上"伯公伯婆"泥像显得如此丑陋，似乎还正在嘲笑他，他想一脚踹过去，为什么妈妈经常来烧香还得不到保佑？

　　万梓星有一段时间没见到爸爸了，他也更加自由，回家的日子也越来越少，有时就在刘运辉家住上好几天，黄秋玲也懒得过问他。他过着居无定所的生活，就像大海里一只浮舟，没有依靠，也看不到明天与希望。

　　万梓星去刘利标家，见他爸爸在，就没敢进去。此时肚子又饿，他想了想，犹豫了一会，还是决定回家去看看有无吃的。他见桌子上凌乱地放着用过的碗、筷。打开饭盒一看，里面还有鸡蛋粥，于是拿了勺子装了一碗喝了起来，不料刚喝到一半，黄秋玲便从里间走了出来，看到万梓星喝得滋滋有味，厉声骂他："我以为你不回来了，这不是留给你吃的。"说罢，便把他的碗一把夺过来，正想把粥倒回锅里，却把粥洒落在地上。万梓星怔在那里，心里一瞬间五味杂陈在翻腾，眼里泪光在闪烁，但他强忍住泪水不让它掉下来。她怒火腾腾，破口大骂，万梓星再也忍不住了把筷子往地上一丢，怒气冲冲站起来往外走，边走边气愤地说："你们都想我离开，好吧！我就再也不回这个家了。"黄秋玲大声说："好啊！你走啊！走得越远越好，永远不要回来了。"

　　从家里出来的万梓星无比痛苦地在村里走着，邻居投来异样的目光，有人还在背后嘀咕着："这不是死了妈的星仔吗？多可怜啊！都成野孩子了。"万梓星一个上午从村头走到村尾，又从村尾走到村头，面对熟悉又陌生的村庄，他也不知道该去哪里。

　　大姑以前在这里开个小店的，有时他还会过来转转，如今大姑一家人已经迁去广州了。他连一个熟悉的人也找不到。此时，他想去学武术，渴望有一身武艺，像《射雕英雄传》里的南帝北丐一样，凭一身高超武艺去闯荡江湖，远离这个带给他无比伤痛的地方。

　　路上，突然多了一群群学生，他才意识到已经到了放学的时

绝望重生录

间。他想现在只有找刘运辉了，他返回学校门口，在操场上找到了正在玩耍的刘运辉。万梓星把刘运辉拉到一边。低沉着声音说："辉哥，我没地方去了。"刘运辉露出一脸惊讶的表情。万梓星于是把发生的事情跟他说了。

"那有啥呢，不正好去我家嘛！反正我爸也出去好长一段时间。"刘运辉拍着胸脯说。万梓星点了点头，只好如此了。

傍晚，太阳坠下了地平线，收敛了刺眼的光芒，变成了一张红彤彤的圆脸。它打着呵欠，伸着懒腰，从村里西边的山头慢慢滑落。暮色开始降临，对面的灯火依次亮了起来，刘运辉和万梓星胡乱吃了点东西便搬张小板凳坐在门口，出神地望着西边。

晚风轻拂，吹动着旁边的竹树林，明月开始爬了上来，很是耀眼，那些晶莹莹的星星也镶嵌在旁边，黑暗中透出丝丝亮光。他们就这样静静地感受着这个微凉的世界，许久没有说话。

万梓星仰望着天空很想穿透这层层黑幕，很想看透天之尽头是什么。小时候万梓星特别喜欢偎依在妈妈的怀里，听妈妈讲述许多许多故事。妈妈常指着天上两颗星星，告诉他天上七仙女和牛郎织女的故事。然而，今晚，他无论怎么搜寻，总是无法找到那两颗星星。这深深的夜色把他的思绪带到无尽的夜幕里，也带给他无尽的烦恼。

"万梓星，你有什么打算？"刘运辉把万梓星从思绪中拉了回来。

"我想出去打工，你看怎么样？"万梓星说。

"打工，挺好啊！"刘运辉激动地接着说："你还记得吗？我们村的阿华读完四年级就去打工了。他上次回来可威了，西装革履，带着一个手表，一头八字发型梳得发亮，还给家里买一辆上海凤凰牌自行车。听阿华说广州那边可赚钱了，捡垃圾都可以赚好多钱呢！"

是嘛，万梓星听着，听着，心里变得明亮起来。他俩又谈了许多从大人那里听到的外面几十层高楼大厦精彩的世界。他俩凝望着星星，星星就像灿烂的宝石嵌在无边无际漆黑的天空上。万梓星想，如果能站在几十层高楼上那是什么感受呢？在这满天的星空下，引起了万梓星对未来无限的遐想。

　　"妈的，我也不想去上学了，要不和你一起去打工算了。"刘运辉突然想起了什么，狠狠地摔出一句话，打破了寂静的夜晚。

　　"怎么了，辉哥？"万梓星不解地望着他说。

　　"这不，中午我在学校角落里吃饭时，上次和你打架的那个家伙，见我一个人吃着咸菜，便故意把他碗里的猪肉露给我看，还说我是穷鬼。"

　　"要不叫上刘利标和他干一场。"万梓星气愤地说。

　　"唉，算了吧！上次我打架，给老爸狠狠揍了一顿。"刘运辉摸了摸膝盖，然后，掀起裤子看了看，膝盖上那道给父亲揍过的伤痕犹存。

　　"走吧！我们看电视去，先别聊这些。"刘运辉突然站了起来说。"看电视？"万梓星还真不知道电视长啥样呢。"是的，快点去或许还能找个位置，我也是刚刚想起来，肥仔家刚买了一台黑白电视机呢。"

　　刘运辉打着手电筒带着万梓星走了一段村路，然后，左拐右拐到了一幢气派的洋楼前停了下来，门口已经站着许多小孩子了。刘运辉绕到后门，隔着小铁门向里屋喊了几句。不久，有一个人过来开门让刘运辉他俩进去。万梓星一看，不觉看呆了，四层洋楼迂回曲折，在灯光照射下如同进入了童话世界，处处是雕龙画凤，金碧辉煌。那闪亮的地板砖，乌黑的大理石，精致小巧的洋把手，真是气派豪华。特别是大厅那硕大的太师椅，还有巨木雕制的茶具，更是让人感到霸气逼人。万梓星心想，自己能住

绝望重生录

上这样的房子就好了。

万梓星随他们到一楼大厅找个位置坐了下来，大厅已经坐满了许多小朋友，许多人都要交 5 毛钱才能进来看电视剧。黑白电视机前挤满了黑压压的脑袋，电视里正在演武松打虎，门外那些进不来的人听到电视剧播出的声音，就用手拼命地摇铁门，叫开门。刚才那个叫肥仔的初中生便出去骂几句，见还不管用，就牵了一条狗过来拴在铁门旁边。那条大黄狗对着外面的人狂叫几声，作势欲扑过去，他们一见吓得骂了几句，便四下散去。

武松醉打老虎的那紧张、威猛的剧情，让万梓星情绪高涨，热血沸腾。在回来的路上，他仍和刘运辉津津乐道，说得忘情处，两个人还会停下来对耍几手。

"辉哥，肥仔家怎么这么有钱啊？"万梓星心里一直想着这个问题。

"听说，他爸爸是开酒吧的。""酒吧是干什么的啊？""酒吧就是给人唱歌、喝酒、跳舞的地方啊！"

"那就是很好玩了。"万梓星点了点头说。他尽力去想象着那是怎样的场景，却又无法想象出来。

没有去上学的日子，让万梓星感觉百般无聊，他有时到村口小卖部看人打扑克，碰到有人赢钱高兴了，就会打发他去买点吃的，万梓星也很乐意做这事，那些人也会奖励一只鸡腿给万梓星，可以让他解下嘴馋呢。

万梓星一早起来照常去了小卖部，里间两张桌坐满人，牌战正酣。

"好，好！"突然，肥头大耳的标哥高兴得一拍桌子，大叫两声，把桌上的钱都往自己口袋里扫，看样子是赢了。万梓星不由得凑了过去。标哥又拿了牌，迅速拿起来瞄了一眼，便把牌放在桌面上，随后口里不知在默念什么，眼睛不停地在众人脸上扫视。其他三个人神情凝重，死死盯着出牌。"好"标哥兴奋地抛出了底牌，他又赢了。

其他三人面如死灰，威哥很不情愿地掏出钱，骂了几句，想把钱抛在桌面上，可是不小心掉在地上了，他很不情愿地弯下腰去捡钱时，"唉哟"一声，威哥摸着头叫了起来，他的头碰到桌边了。威哥想发火，却又无处发作，看见万梓星似笑非笑看着他，不由得破口大骂："你这小子笑什么，从你一进来老子就输钱，赶紧给我滚出去。"随后拿起拖鞋就顺势丢了过去，"啪"地一声，拖鞋重重掷在万梓星的右脸颊上，立马起了一道红印。

万梓星骤然一惊，看着人高马大的威哥，只好抚摸着右脸颊含着眼泪默默地退了出来，走出门口，委屈的泪水再也忍不住，哗哗地掉了下来。万梓星流着眼泪走到一处山岗上，禁不住放声哭了起来，好一会儿才止住眼泪。坐了一会儿，木然地看着一群群人正去趁圩，他也想去镇上看看。

万梓星在街上随意地闲逛着，突然，一个熟悉的声音叫住了他。他定睛一看是姐姐。她正推着一部陈旧的上海牌自行车，一身深蓝色上衣，沾了许多黑色的粉，腰上拴着一个花格式围裙，她的长发不见了，剪了一头短发，脸色略显黝黑。万梓星一脸惊讶地看着大姐，自从母亲过世后，就再也没见过她。如果不是姐姐叫他，万梓星还真认不出来呢。

"姐，你怎么在这里？"万梓星惊讶地问。"今天刚好墟日，你姐夫没空，我就拿点自家产的炮竹过来，看看能不能卖点好价钱。"万丽丽用手理了理被风吹乱的头发说。

万梓星站在那里下意识用手摸了摸脸颊。

"你让我看看！"万丽丽边说边腾出右手，抓住弟弟的衣袖把他的手拉开，然后上上下下打量起来。弟弟比以前长高了许多，一头凌乱的头发，脸色蜡黄而消瘦，脸上还有土灰，一身土黑色

绝望重生录

的大号衣服上也沾满了灰尘。看到这，万丽丽不由鼻子一酸，眼泪夺眶而出，哽咽着说："弟弟，你吃饭了吗？我们先去吃点东西吧！"

万梓星摇了摇头，他感受到了姐姐那充满爱意的话语，就好像一股温暖的气流温柔地沁入他的心里，他是多久没有感受到这种温暖了呢。他微微抬起了头看着哭泣的姐姐，他不知道怎么劝解，不知道该怎么说，挣开姐姐的手拍拍她的肩膀说："姐，别哭了，别哭了。"万梓星劝说着姐姐，自己却又忍不住掉下眼泪。

哭了好一会儿，万丽丽似乎想起来了什么，赶紧掏出手帕抹了抹眼泪，然后说："走吧！我们去旁边小面馆吃点面去。""姐，这不还早吗？你的炮竹怎么办呢？"万梓星虽然这样说着，眼睛却瞄着面馆里飘出带着香味的袅袅热气。"走吧！炮竹刚才已经有人要了，那人就在面馆旁边。我们把货交给他，就去吃个小面。"万梓星点了点头，帮忙推着满车的炮竹到买主店门口。店主看着万梓星在利索地帮忙搬货，便笑着对万丽丽说："今天请了一个搬运工啊！"万丽丽正用一双关爱的眼睛在弟弟身上移动，看着弟弟卖力地把炮竹搬下，她那布满愁云的脸上也露出光彩。她扭转头对着店主微微一笑，并不搭话。待结完账，便带着弟弟到隔壁面馆找了个位置坐了下来。

不久，店主就盛了一碗热气腾腾的面条过来，上面放了一个圆圆的煎蛋。"你快吃吧！"万丽丽看着面条吞了一下口水，充满无限爱意地说。"姐，我等你那碗面上来再吃吧！""你赶紧吃吧！我刚刚吃完，姐不饿。"万丽丽说着，就把那碗面推到了弟弟的跟前。

万梓星看了姐姐一眼，这体贴的话语就像妈妈一样，似乎不是说笑的样子，便满怀感激低头狼吞虎咽地吃起来。万丽丽看着眼前弟弟一副狼狈的样子，她的笑容渐渐消退了，她感觉到一种无形的压力向她逼近，妈妈犯病离去，仿佛让她一夜成熟。和许多农村的女娃一样，她还没体会到青春年少的时光，就被推到为人妻为人母的境况。她有过深深的埋怨，特别这几年异常艰难的日子简直无法言语。但是生活不容她过多的思考和选择，她就成了家里的主心骨，里里外外操劳，让她显得过度憔悴。尽管这样，但她一直都没有放弃，特别是孩子的出生，给她注入了无限希望与责任。有时在送货路上见到有值钱的瓶子就会捡回家卖点钱帮补家用，日子过得非常艰难。

"听说你没去上学了，我那天专门去家里找你，你又不在家，黄阿姨说你性格很倔强，她管不了你，老爸就说让你去我那做点事。你有什么打算呢？"万丽丽看着弟弟吃得差不多了，便关切地问。

"这分明就是扫我出门嘛！我也不想再见到他们，我也不打算回去了。"万梓星丢下筷子气愤地说。

"唉！你们这是怎么啦？"万丽丽听到弟弟那满含愤怒的语气，就像一把刀刺进了她的心里，心里一颤，不由皱起眉头焦急地望着他问。

万梓星话还没说出来，眼泪就先夺眶而出。他用手抹了抹眼泪，然后时而愤怒，时而悲伤，这几年内心的抑闷和苦痛就像火山爆发一样在姐姐面前尽情地迸发出来。

万丽丽静静听他讲完，不由倒吸了一口凉气，内心变得异常的复杂。她不知道该说什么来安慰弟弟，脸上哀愁密布。她知道弟弟和黄姨他们之间的怨恨，一时之间是无法化解了。她长叹了一声，然后说："你还这么小，也不能进厂，这样吧！明天我叫你姐夫邹远青过来接你，先去我家里帮忙做点炮竹吧！"

"做炮竹？"万梓星是多么想玩炮竹，记得家里过年时，妈妈好不容易买了几排小炮竹，没玩几下就没了。万梓星就偷偷和邻居小桂子去镇上买点火药引线回来，再用些旧课本卷起很大的炮竹来玩，看着硕大的炮竹把牛粪炸得四周飞起，那种感觉真爽呢。

万梓星想了想，现在也没有别的去处，只好点了点头。

第二天一早，姐夫邹远青就接万梓星过去，姐夫家在乡镇结合部，是个并不宽裕的大家庭，姐夫的爸爸妈妈身体不太好，日常帮忙料理家务，姐夫有四兄妹，姐夫排行第三，弟弟邹远明和万梓星差不多年龄，跟姐夫住在一起。姐姐生有两个小孩，年龄大的上小学二年级。吃饭的时候就是一大桌子的人。

万梓星睡在阁楼上。在姐夫邹远青指教下，他学会给炮竹装燃药、放引线、卷炮竹等工序。赶货的时候，把万梓星累得团团转，一天下来手上、脸上、衣服上全是乌黑黑的燃药，有时累得他真想在地板上躺下去。

不知不觉在姐夫家两个月过去了，吃完早饭万梓星照例在作坊里忙着，突然他感觉有点凉快，便回宿舍拿外套。当他经过厨房时听到姐夫的父母在争执，不由凝神一听，亲家公很不高兴地说："昨天我想去盛多一碗饭都没了，肚子到现在还饿着呢！这一顿放多一点米吧！"亲家母说："再不省点吃，剩下的米都吃不到月尾呢！现在家里又多了一张嘴，这么能吃，你知道的。"他们越说越激烈。

万梓星听了几句，假装没听见，悄悄地回房拿衣服便回到作坊。

晚上大姐喊吃饭的时候，万梓星故意磨磨蹭蹭，估计大姐一家人都盛好饭了，他才慢腾腾从房间里走了出来。他肚子早就呱呱叫，盛饭时，他用眼里的余光偷偷看了他们一眼，发现没有人注意他，他便悄悄用力把碗里的饭压了压，又添了一些米饭，然后，找个位置只顾低头吃饭。突然，亲家母不知有意还是无意，盛汤的勺子掉在地上发出叮的响声，把万梓星吓了一跳，他再也不敢去盛第二碗米饭了。

回到房间里坐在床沿上，看着床头上妈妈的相片，他心里头一种失落、伤痛和委屈随之而来，特别是那种失去庇护的孤独与无助，再次让万梓星流下泪水。这些泪水让万梓星变得比同龄人早熟。

万梓星幼小的心灵里，已深深埋下寄人篱下的苦涩和悲伤，他原以为在姐姐家会好的，没想到日子会过得更加苦恼。他不敢有过高的奢望，只能小心翼翼地做事。

空闲的时候，他就独自到城里转悠，他似乎在寻找什么。

"万梓星，万梓星！"突然，万梓星身后传来急促而又熟悉的呼喊声。他扭转头一看。"咦，这不是刘运辉吗？"半年多不见，刘运辉长高了，他穿着一条黑色的牛仔裤，两个膝盖还露了出来，花格子上衣，一头浅黄色卷发，脸上长着许多痘痘。

"你怎么在这里？"万梓星满脸惊讶。

"唉！说来话长，老爸也不管我了，我就跟着一个大哥出来混！对啊！你的手怎么了？"看着万梓星手上的伤疤刘运辉露出了一脸的惊讶。万梓星低下头，用左手抚摸着伤疤，沉默不语。

"说嘛！你这是怎么回事？"刘运辉不依不饶地继续追问。

万梓星见瞒不过，只好告诉他上个月在作坊装燃料时不小心把手烧伤的事告诉了他。

"唉！你干脆就出来做呗！肖大哥要招很多人，出来这里有得吃有得玩，你怕什么呢？""那你跟着肖大哥做什么呢？"

刘运辉用右手得意在万梓星面前比划了几下。"我们看场的，倒倒茶水，看有无人出'老千'，肖大哥叫我们上，我们就操家伙上，别提多刺激了。"

万梓星吓了一跳，脱口就问："这不是犯法吗？""犯法？肖大哥说了，我们还没到 16 岁就是砍了人也没事的。"刘运辉绘声绘色接着说："有一次真的发现有人作假了，肖大哥就把那人拉出来让我们好好地练练拳脚，我们每人都上去踢了他一脚，他趴在地上像死猪一样，动都不敢动，那可威风了。"

万梓星听着听着，两眼圆瞪，张大了嘴巴。刘运辉看到万梓星的表情，笑了笑，又聊了一会儿，万梓星准备坐车回去，刘运辉一把拉住他。"你这上哪儿去? 走，我带你去一个地方。""辉哥，这是去哪?"万梓星边走边问。"走吧，你去了就知道了。"刘运辉带着万梓星左拐右转，穿过几条大街，便到了写着"世纪皇庭"的大酒店门口。万梓星看着这气派的大门，门口站着两个笑容灿烂年轻貌美的姑娘，不禁愣住了。

"辉哥，这，这是?"万梓星看了看自己沾了不少炮竹药的衣服，不由往后退了两步。刘运辉赶上来一把拉着他的右手，"吃饭啊! 快点吧! 我的肚子都饿了。"

"辉哥，你去吧! 我就不进去了，而且我也没有钱呢!"万梓星脸露难色。刘运辉"哈，哈"笑了笑两声，拍了拍万梓星的肩膀说："兄弟，你放心吧! 今天哥请你。"万梓星见此再也不好推辞，只好拍了拍衣服用手理了理头发，才硬着头皮跟在刘运辉后面。

进去大厅，万梓星一看，好家伙，大厅处处金碧辉煌，每个位置都精心布置，花盆吊饰完善搭配，走进这里，就好像书本上说的进了北京皇宫中那些场景，那幅巨大的山水壁画，水晶吊灯，将摩登时尚与奢华气息完美融合。万梓星睁大眼睛看着，差点碰到前面带路的服务员。这才不敢再看，紧跟着刘运辉找个雅座坐下来。

一会儿，服务拿来菜单，辉哥递给万梓星看，问他要吃什么? 万梓星看了看菜单，上面赫然写着：糖醋排骨、鸭肫、油淋大虾、蒜茸粉丝蒸十头鲍、家烧缩骨鱼、辣炒花甲、姜葱炒蛏子、文蛤蒸鸡蛋，这些名称听都没听过，看着几十上百元的价格，万梓星冒出了冷汗。他用手抹了抹脸，然后默默把菜谱合上，递给刘运辉，很不自然地笑了笑说："辉哥，还是你来吧！我随便吃什么都行。"

"那好咧，我也了解你的德性。"刘运辉用手对着菜谱指了几样菜，服务员做好记录，便走开了。

"对了，辉哥，你怎么来到这里呢？"万梓星看着刘运辉的手上戴着的手表既羡慕又好奇。"那也是一个巧合，你走了后，我也很无聊了。那天放学路上，经过小卖部时我看他们打麻将，觉得挺好玩的，看了几次后就和一个叫邹利清的大哥混熟了。我老爸一出去做事就十天半个月，也不理我，邹利清大哥常请我吃饭，他见我无事做，和我老爸说带我出来打工。他就把我带到县城来了。"

万梓星点了点头，露出恍然大悟的样子。

服务员把菜陆续端了上来，万梓星夹了一道糖醋排骨放到嘴里一咬，香甜爽还有汁儿一齐涌进了嘴里，瞬间嘴里满是肉香的味儿。两人又喝了几支啤酒，直喝得微醉。

从酒店出来，告别了刘运辉，万梓星一直回味着那菜式的美味，就是春节也没吃过这么好的一顿。特别是结账时刘运辉变戏法似的拿出一张张百元大钞，让万梓星怦然心动。他是多么羡慕刘运辉，他一直在思考着刘运辉那一番话，考虑着是否要离开姐姐家。

"你就是纵着你那宝贝的弟弟，也不多叫他做事，你看他，学会到处野了。"万梓星回到屋里就听到姐夫他们又在争吵。"人家还小，有时休息下也是应该的嘛！"姐姐也不甘示弱。

"还小？你看他吃饭吃菜比我吃得还多。"

万梓星皱皱眉头厌烦地走出屋子。不远处姐姐的小叔子邹远明和自己的外甥他们在玩跳格子游戏，跳格子正是万梓星最喜欢玩的游戏呢，他多么想加入一起玩啊！可是，他不想自讨没趣，于是独自坐在角落里，看着他们尽情地玩耍。万梓星越来越感到孤独，他隐隐约约感觉到在这个家里就是一个多余的人。去找辉哥的念头也越来越强烈了。

春节将要到了，农村的年味逐渐浓了起来，对孩子们来说这是最值得期盼的日子，家境好些的孩子不但有机会穿上一件期盼已久的新衣服，还可以吃上几顿肉。老百姓辛苦了一年，几乎把全年的积蓄都用在春节那几天的花销上，春节对于农村的人来说是非常隆重热闹的事情。

万梓星却在为春节的即将到来而发愁。

"哥哥，你觉得我的新衣服好看吗？"万梓星坐在台阶上，木然地看着邻居家孩子在玩耍。突然，小弟弟的问话让他回过神来，他不耐烦地看了小弟弟一眼，便起身走开。他发现自己上衣已经破洞了，裤子线条也断了几处，只好去隔壁黄大娘家借了针线，一针一线笨拙地补了起来，虽然补得难看了些，好歹把破洞缝住了。年幼的万梓星知道缝补衣服的破洞容易，却不知道缝补生活上的破洞，亲人间的裂痕，失去母爱的破洞那需要用一生来努力。

大年三十，终于在万梓星忐忑不安中到来了。

农村风俗，小孩下午四五点钟左右就会洗澡，老百姓通常在洗澡水里放了蒜头、长命草、百里树叶、桔子叶等，寓意洗了长命百岁，智慧吉祥。大人说先洗澡的人会变得更聪明。第一个洗澡的自然轮不到万梓星了。万梓星就帮姐夫邹远青做些家务事，姐夫的父母就在忙祭祖的事情。不久，邻居祭祖的鞭炮声也接二连三地响起来了，甚至许多人家同时燃放，寂静的乡村变得非常热闹了。

　　亲家母祭祖完毕，叫儿子邹远明点鞭炮，一阵"噼里啪啦"的鞭炮声，暂时赶走了万梓星阴郁的心情。大姐的小孩邹俊豪洗澡完，出来一看，傻眼了。原来他的新衣裳还用胶纸装得好好的，正好放在燃放炮竹的下面，放炮竹的小叔叔以为是垃圾，没理会它，许多鞭炮就掉落在胶袋上燃烧。待邹俊豪反应过来，大叫一声，"我的衣服"，便顾不得还有冷零丁的鞭炮响，赶紧跑去拿起胶袋一看，衣服已经被鞭炮炸了不少黑洞，还有焦味呢！看来衣服是不能穿的了。姐姐生气地说："怎么大人也这么毛躁，不看看再叫人放炮竹，小孩衣服在过年时给烧了是多么不吉利。""谁知道这里面是衣服啊！都以为是垃圾呢！"亲家母也不甘示弱就和姐姐吵了起来。"行了，行了吧！都少说几句吧！"邹远青过来说了妻子几句。万梓星看着被烧烂的衣服，嘴角露出一丝不易察觉的快意。

　　有这样的一首民歌："正月十五闹元宵，大红灯笼挂得俏，花灯如海人如潮，欢歌笑语好热闹。"按农村风俗，生了男孩的家庭要备齐祭品，去"伯公伯婆"庙里拜祭上灯笼，感谢在"伯公伯婆"的保佑下喜得贵子，祈求人丁兴旺、全家平安。

　　吃完晚饭，邹远明打量了万梓星几眼，悄悄把他拉到门口。对万梓星如此这般交待一番，万梓星听了点了点头。随后，邹远明又去别处约了几个同龄人，一同前往庙里拜祭。

　　那里已有几群人在等待拜祭，有时炮竹还没响，人们便一哄而上抢祭品。那场面混乱又刺激，为了几颗花生也是拼了命，小胖手脚擦伤，拿着抢来的花生仍然满脸笑容。万梓星按照邹远明的分工占住有利地势，也抢到了一块年糕，邹远明便把抢来的祭品集中由一个人保管好。

　绝望重生录

　　邹远明看了看祭品,想了想说:"这样抢得太少了,我们不如提前去埋伏好。"他们在拜祭的必经之路等待。不久,远远就看到一个人提着篮子往这边走来,待他到跟前了,邹远明便大喊一声,"乱啊!"于是大伙一拥而上,提篮的那个中年男子怎么拦也拦不了,大家抢得很起劲,以为有好货了。后来,中年男子实在没办法了,就把手电筒往地下一摔,大声喊:"不要把我的篮子搞烂了,这是我刚买的豆腐。"大伙一听这次闯祸了,哄的一声,马上四散奔逃,邹远明在慌乱中脚底踩到石头滑倒在地上,中年男子赶上去狠狠地踢了他几脚。邹远明捂着被踢的腰回到家里,亲家母和姐夫看到被踢得红肿的腰部,不由破口大骂万梓星,万梓星只好委屈地躲进小房里任由他们谩骂。

　　春暖花开,过完热闹的春节,人们便陆陆续续开始忙于生计。姐姐一家人也开始忙碌起来。万梓星也不例外。照例在帮做炮竹,日子并没有大的改变。

　　"就你能吃,吃了又不会做事。"亲家母当着万梓星的面有意无意地骂邹远明。万梓星听了,心里一酸,只好默默地走开。

　　"妈,你就不能少说几句吗?"万丽丽终于忍不住说了起来。"少说几句,那你来做饭啊!"亲家母也不示弱。"我来做饭,那你喝西北风啊!"万丽丽没好气地说。"你怎么对妈这样态度呢?"邹远青大声呵斥她。"什么意思?你不看看她是什么态度呢?"姐姐也火了。

　　就这样,你一言我一语争吵起来,越吵越激动。邹远青突然举起拳头照着姐姐的肩膀一拳打过去,万丽丽给打蒙了,一时愣在那里。待她反应过来,扑上去对邹远青又拉又扯,邹远青更来气了,左手用力一拨把万丽丽摔倒在地上,半天爬不起来,他却扬长而去。

万梓星在旁边看着这一幕，不由握紧双拳，眉毛上扬，胸口起伏，他几次想冲上去。最后还是忍住了。"姐，我还是去打工吧！"万梓星把姐姐扶起来气愤地说。"你傻的，你去哪打工？有姐在，你不用怕他们。"万丽丽激动地说。"姐，你好好过日子，他们是针对我的，我去找刘运辉，你放心吧！"万梓星把那天碰到刘运辉的事告诉她了。

万丽丽打量着眼前的弟弟，弟弟那张童稚的脸庞逐渐消退，嘴边露出了淡淡的小胡须，不知什么时候起还出现了喉结，这让她有丝丝的安慰。这段时间弟弟其实是帮了不少忙，但是她的家婆却视而不见。她对弟弟不只是姐弟的感情，很多的时候，甚至是带着母亲的角色去关爱他，希望能给他更多的庇护，但是生活就像是打翻了岁月的五味瓶，家里家外的事情接踵而来，她忙得就像陀螺，高强度的生活压力，压得她有些喘不过气。不但要照顾孩子，打理家务，还要经营炮竹作坊。有时晚上11点多了，想着别人都躺在床上休息，自己却还在作坊里加班。不知多少个夜晚她默默地流下了眼泪。她实在没有能力给予弟弟像母亲的爱护，而且表面和善，但一牵扯小小利益就会露出本性的家婆，对于她这个突然出现的弟弟，表现出极度厌恶不满。她曾努力想让他们接受弟弟，然而，无论她怎么努力，潜意识里偏袒着自己孙子的爷爷奶奶，总是无法接受她的弟弟，生活中一件小事都可以让家婆小题大做指桑骂槐，甚至现在连小孩子也学着大人的模样做出厌恶的样子。她意识到在家族里的她和弟弟正被边缘化，她感觉到压力越来越大。想到这她只好无奈地点点头，痛苦地说："弟，你自己注意安全，别学坏，出去不习惯了就回来姐姐这里，姐姐会照顾你的。"万梓星看着姐姐那红肿的双眼，点了点头。心想，只要自己离开这个家庭能给姐姐带来好的关系和生活，就

绝望重生录

是在外头受再多的苦他也是愿意了。

刘运辉躺在床上睡得迷迷糊糊，昨晚三点钟才收工，他虽然习惯了这样的夜生活，但还是感觉有点累。突然，几声清脆的敲门声把他惊醒过来。他翻了一下身，又想睡去，可是，敲门声又响了起来。他只好眯着眼睛极不情愿地拉开了门一看，不由眼前一亮，原来是万梓星。"辉哥，我以为走错门了呢！"万梓星按照刘运辉上次留给他的地址，费了一番周折才找到刘运辉。

"快进来吧！早就叫你来了，你就住我这，在别人家里住干嘛呢？出来多好，自己挣钱自己花。对了，你这次怎么想到出来呢？"

"唉！"万梓星长叹一声，带着气愤的口气，把姐姐家里发生的事说了出来。"妈的，让我找一帮人去教训教训他，你的事就是我的事。""可他毕竟是长辈啊！"万梓星脸露难色。"他打你姐，你就打他弟。""这个，让我考虑考虑。"万梓星一时又犹豫起来。

"那个肖大哥要我吗？"万梓星满脸愁云，他不想回到姐夫那里去了。

"你来的也正是时候，现在肖大哥生意真好，需要很多人手的，只是他这几天出去了，待他一回来我便和他说。"

"那就好，麻烦你了。"万梓星心里稍稍安定下来。

万梓星离开姐姐家，像脱笼的小鸟，美美地睡了觉，想上哪就上哪，想吃多少饭就吃多少。这里不用看亲家母那充满寒意的眼神，不用听他们那严厉的语气；不用听姐夫那呼来唤去的使唤，更不用胆颤惊心地做事。

趁还没有上班，万梓星一大早就一个人在街道上闲逛着，门口广告牌特别显眼，突然他发现有"百佳超市"这牌子特别熟悉。"哦，是的，那次和姐姐送完货，来这里买米的。"

他不由得留意起街上的行人起来。突然一个挑着蛇皮袋的熟悉身影低着头走过。"姐，你今天来了?"万梓星加快脚步追上去。

万丽丽听到声音猛地一回头。四目相对都愣住了。"姐，你眼睛怎么又肿了?"万梓星关切地问。"我没事，看你变瘦了，你还好吧!"万丽丽躲躲闪闪地回应着。

"哦! 我挺好。和邹运辉住在一起，等肖大哥回来就可以上班了。"

"那就好，你要保重自己。"万丽丽又嘱咐了几句，用手挪了挪扁担便欲低头走开。"你的手怎么缠着纱布呢?"万梓星一把拉住扁担，不让她离开。万丽丽用力挣了几次，见走不成，只好停下来。

"你这是怎么回事啊?"万梓星一把抓住姐姐的衣袖，掀起衣袖看了起来。"这是我不小心弄伤的。"万丽丽挣扎着欲离开。"你骗我，哪来这么多伤痕，是不是他又打你了?"

万丽丽见实在瞒不住，鼻子一酸，抽搐了几下，哽咽着说:"前几天被店主退了一批货，你姐夫就骂我。我不服气顶了几句，他又把我揍了一顿。他最近不知是不是疯了，以前都不是这样的。"

"妈的，我就知道他们会继续欺负你的。"万梓星双拳紧握，两眼冒出怒火，咬牙切齿地说。

"我们家这样子，妈妈走得早，爸爸又没有本事，看在孩子的份上，也只有忍气吞声了。"万丽丽叹了一口气接着说:"你保重自己吧! 我还要赶着回去送货呢!"

万梓星无奈地点点头，看着姐姐远去的背影，眼前又浮现起邹远青挥拳打向姐姐的情景。他握紧拳头走回住处，刘运辉正在做饭，听到开门声，头也不回地说: "万梓星，你猜今天谁来了?"

"谁啊!"万梓星说完,一言不发坐在椅子上。

"你今天这是怎么了? 吃火药了?"刘运辉听到万梓星声音不对劲,便回过头问万梓星。万梓星就把碰到姐姐的事和他说了。刘运辉生气地说:"我都说了,再不教训邹远青,他只会变本加厉对你姐姐。"万梓星想了想,点了点头,心想只有如此了。

这时,房间门"吱"的一声打开了,刘利标走出来。万梓星眼前一亮,忙喊道:"阿标,你也来了,太好了,我们仨个人又在一起了。""是的,我们又可以在一起玩了,阿星你长高了。"刘利标笑眯眯地说。"你也是啊! 我都差点认不出你了,你变帅了,嘴上都长胡子了。"万梓星上前拍了拍刘利标的肩膀,高兴地笑了笑说。

"好了,都别光顾说话了,我们先吃饭吧!"

"来,我们干一杯。"刘运辉高高举起了啤酒杯。

"干!""干!"万梓星和刘利标分别举起了杯,三个人的酒杯紧紧地碰在一起,发出了清脆的叮当声。

"今后我们三个人要有福共享,有难共担,有酒同喝。"刘运辉满脸通红,再次举起酒杯说。"好",随后,刘运辉拿出三根烟放在桌面,又摆了三个杯子,斟上酒,三个人排成一排拜了几拜说。"今后我们共患难,同担当。""我们都听辉哥的。"万梓星和刘利标紧接着说。"那就好,现在阿星有难,就是我们有难,明天我叫上几个兄弟一起找他们算账。"两人点了点头。

"那太感谢辉哥了。"万梓星感激涕零地说。"现在我们都在同一艘船上,一个人有难,就是全体有难。一家人别说二家话,吃完饭你们好好休息,我去上班时跟他们说好,明天我们一早就杀过去。"万梓星面对现实生活处境困惑,只好见机行事,积极回应着刘运辉,他现在太需要借助外力才能强大自己,才能生存或者说生存得好一点。采用结拜这种古老人际结合方式,很适合他此刻的心理需要，他似乎找到了一种依靠，一种安全感，一种胆识，做事也变得胆大起来。

第二天一早，刘运辉一看已到了约定的时间，便催促万梓星赶紧出发。到达约定地点时，已有三个人戴上墨镜骑着摩托车在等待他们了，刘运辉一一给万梓星作了介绍。万梓星只记得开摩托车的叫赖哥、涛哥。六个人分乘两辆摩托车，按照万梓星所说的地址驶去。

在新华镇坪里村一棵树下，几个小伙伴正在玩耍，突然两辆摩托车飞驰而来，"嘎"地在他们面前停了下来。几个小伙伴停下玩耍，诧异地看着他们。摩托车在村里还是稀罕物，胆大的开始围上来察看。摩托车上走下两个人，径直走到他们跟前，二话不说，对着邹远明便拳打脚踢起来，邹远明被突如其来的袭击吓倒了，他抱着头在地上打滚，他不明白他们为什么打他。其他小朋友似乎醒悟过来，顾不上看摩托车，飞快地跑开了。良久，邹远明才大哭起来。

"你们是什么人？你们想干什么？"邹远青闻讯，怒气冲冲从家里随手操起根木棍，便匆匆跑了过来。摩托车上的几个人见状赶紧下来围住邹远青，邹远青一看这阵势不由倒吸了一口凉。他们嘴里叼着烟，戴着墨镜，手里拿着小铁棍，面无表情地看着他。邹远青铁青着脸站在那里，进退两难。

"噢，原来是你这个忘恩负义的家伙在搞鬼。"邹远青这时才看到站在一旁的万梓星。他厉声质问："你为什么要打他？他那里得罪你了。"

"我为什么打他，你心里很清楚。如果你再这样对我姐。别怪我对你也不客气。"万梓星嘿嘿冷笑了一声，往前走了一步，晃了晃手里的铁棍。

邹远青不由退了一步，脸涨得通红，一时语塞，额头浸出汗

绝望重生录

珠，半晌才说："大人的事，你懂什么？是你姐这也做不好，那也做不好，才惹我打她的。"

"我不管，反正你再敢打我姐，就别怪我不客气，别以为我们穷人家的孩子就好欺负。"万梓星拿着铁棍又晃了晃。

邹远青看了看万梓星身边几个人，挑衅似地瞪着他。他拿着木棍的手慢慢软了下来，狠狠地瞪了万梓星一眼，再也不说一句话，便拉起还哭着的邹远明，怏怏地走开了。

第二章　罂粟的诱惑

新东县城，许多洗脚上田的农民，依靠政府征地补偿，纷纷一夜暴富。他们有的拿着一叠叠钱，进入酒吧、赌场。

肖东权的赌场是县城最大的赌场，组织严密，手下 60 多名"马仔"在维持秩序，甚至邻近县城的赌徒也慕名而来。

"辉哥，这几百元给你吧！这是我的伙食钱。"万梓星把刚领到的工资递给刘运辉。

"唉哟，我们两兄弟那么客气干嘛！"刘运辉边笑边用手推辞着。

"那怎么行啊！我在这吃你的住你的，肯定要给钱啊！"万梓星说完，硬是把钱塞进了刘运辉口袋里。

"那好吧！今晚我们吃个大餐，早点去上班。肖大哥对你的表现很满意，好好干，到时不但会提你工资，还会提拔你呢。"刘运辉高兴地拍了拍万梓星的肩膀说。

开赌多数是晚上，地点也经常变换。差不多开场的时候，肖大哥才通知手下三员"大将"，三人各有分工。一人负责提前察看已联系的地点和地形，以布控人员；一人负责把地点及时通知参赌人员；另一个人负责通知各组长。60 多人分成里、中、外三批人，外围的人一般三到四人，必须是比较机警的，而且平时也和派出所比较熟的人担任，两个在派出所附近转悠，一发现派出所警察出动，便用手电筒对着几百米外坐在摩托车上的两名"马仔"闪三次。"马仔"心领神会，便立即发动摩托车，向中线布控人员报信，叫他们提高警惕。中线布控的人员比较多，一般在离开赌场三公里左右的路口把守，当他们确定公安人员是冲他们来的，便立即发动摩托车向里面的负责人报信。万梓星和多数同龄的"马仔"在中线路口布控。各个布控点的酬劳会有所区别。有时到偏僻的地方开场，中线布控点蚊子多，还会碰到蛇。万梓星很想去里面看场，看场又有分工，一组人负责发赌牌；一组人负责监视治安；一组人负责放高利贷款给输光的人。他们密切关注参赌人员有无出"老千"的，及时处理突发事件。

万梓星爬在一棵树上，蹲在树杈间，露水滴落在他身上，蚊子也不断叮咬他。他丝毫也不觉得累，一双眼睛警惕地注意着周围的风吹草动。他觉得这是一份很刺激的工作，自己像做侦探一样。

突然，万梓星发现前方路口出现一束微弱的光，像是有人拿着手电筒鬼鬼祟祟走来。万梓星心里一惊，立刻发出信号，让赌场里的人员赶紧收拾赌局，马上撤离。事后才得知，这是公安派出所派出便衣来摸查情况，这次有惊无险，让肖东权长吁了一口气，从而提高了警觉性。

肖东权召集全体人员开会，他戴着墨镜，脸色非常难看，脸上的疙瘩特别显眼。肖东权严厉地训斥了没有发现警情的外围人员，告诉他们，如果再不注意，我们都要一起完蛋。为了惩罚这次失路他还扣了他们的当月工资，随后表扬了万梓星的机警，并把万梓星调进牌桌做事。

万梓星做事更加勤快小心了。很快，万梓星就可以帮忙发发牌，熟知牌桌的各种赌法和规矩，他很快就成了肖东权的得力助手。在这里他真正理解了刘运辉那句常说的话"人生如赌场"，他见到了赌场的起伏沉浮，或输或赢，或悲或喜，没有一种微笑可以永恒的。老张就是这样的，一开始赢了七八万元，满面春光。然而，就像太阳不可直视一样，你同样不能直视人性的贪婪，本可以在赢钱后全身而退。他的两眼却仍然紧盯着别人桌面上的钱，双脚就像被钉子钉了般不愿离场，最后他又倒亏了几万元，离场所时痛哭流涕，大喊大叫。看到这些总是让万梓星倍感唏嘘。

　　赌场一般凌晨三四点钟才散，如果散场得早，刘运辉就时不时带万梓星去玩些节目。刘运辉神秘地告诉他今晚来点刺激的，带他锻炼锻炼胆量。万梓星茫然地跟着他们来到一条偏僻的公路口，刘运辉才对他说："今晚弄点零钱花花，到时你跟我们一起冲出去就是了。"万梓星点了点头。六个人在刘运辉的指挥下，先把几个大石头和一条大木头拦在马路中间，刘运辉又交代一番："大货车见到障碍物都会停下来清除路障，大家不用怕。待司机下车，大家便一拥而上，逼司机拿出点钱给我们用用。"然后，刘运辉指挥大家埋伏在马路边水沟里，万梓星第一次跟他们做这样的事，心里有点好奇又有点害怕。不过，在大家面前，他也不想给人瞧不起当"衰仔"，就强作镇定贴伏在水沟里。约半个多小时过去了，远处终于有两盏强烈的汽车大灯照了过来，刘运辉急促地说："注意，注意，来了，做好准备了。"大家手里都拿根木棍，刘运辉则拿着把尖刀。汽车很快驶近了，看样子是一部大货车，大家屏住呼吸，睁大眼睛看着大货车驶向预定的埋伏圈。

　　突然，大货车司机似乎发现异常，猛把车头向左一拐，车前轮从大木头边辗了过去，紧接着后轮又辗了过去。他们看得目瞪口呆。大货车丝毫没有停下来的意思，往前狂驰而去。

　　刘运辉狠狠地骂了一句："他娘的，这么狠，算你走运！我们撤吧！这个点应该没有外地车经过了。"一行人快快地离开了。

"收工，收工啦!"肖东权一声令下，大家便各负其责，清理手上的工作。"妈的，这些赌鬼今晚不知怎么回事，带的钱这么少，一下就玩完了。"万梓星听到肖东权不停地发牢骚。

"梓星，利标，走吧。今晚介绍我过来做事的大哥利清哥，带我们去弄点吃的。"刘运辉走过来神秘地对他俩说。

"那太好了。"万梓星和刘利标摸了摸肚子说。一行七八个人紧跟着邹利清后面摸黑走了一段路。

"这是去哪儿啊?"刘利标不由问了一声。

"别问那么多，去到就知道了。"刘运辉压低声音对利标说。

突然，前面的邹利清手一挥，刘运辉跟着挥了挥手压低声音对他们说，"后面的都蹲下别出声。"

邹利清对着前面一座小屋猛地丢了一块石头，一条狗不知从哪儿窜了出来，对着这边"汪汪"地叫个不停。邹利清丢了一块东西过去，那条狗往前几步，又退了回去，昂着头狂吠着。邹利清见狗还不过来，从手提袋里拿了一块肉丢了过去。那条狗一见，猛扑过来，闻了闻，低吠了几声，就吃了起来。邹利清叫刘运辉拿着手电筒对着狗晃了晃，他悄悄地往前几步，感觉距离差不多了，只听见"砰"的一声，黑夜里冒出几粒火星和一股浓烟，那条狗痛苦叫了几声，便倒在地上。万梓星几个人赶紧上去，七手八脚把那条狗装进蛇皮袋，迅速消失在黑夜里。

他们开着摩托车到了夜宵档口，秃顶的店主眯着眼睛，一见清哥，满脸堆笑迎了上来，赶紧引着一行人进到里屋坐下。刘运辉把装着那死狗的蛇皮袋丢给店主，邹利清对店主交代了几句，便往沙发上一坐，跷起二郎腿，悠闲地点起一支烟。那支长长的枪用布包着，就放在他身边。

万梓星第一次看到枪，他很想上前摸摸，听辉哥说那还是清哥自己造的。万梓星心里很是佩服清哥，倒了一杯茶，递了上去。怯怯地叫了声，"清哥，请喝杯茶。"

清哥头也不抬，用手指了指桌子，示意万梓星放下茶杯。

万梓星见此，只好把茶杯放在桌子上，在一边坐下。

两小时后，店家就把狗用柴火焖好，还没端上来，一桌人都已经闻到了那股浓郁的香味。

"来，干杯，今天我们不醉不归。"邹利清高高地举起酒杯。

"感谢清哥！感谢清哥！"众人满脸堆笑，七嘴八舌附和着，举起酒杯向清哥敬酒。

"今后，大家好好跟着肖哥干，肖哥不会亏待大家的。我有好节目也会与大家分享。"邹利清再次举起杯猛喝了一口说。

"好，好，我们跟着肖哥、清哥好好干。"众人再次举起酒杯欢叫着。万梓星看着盆里的狗肉，早就想动筷子了。只是清哥没有动筷，谁也不敢去夹。

"来，吃吧！趁热吃。"万梓星终于等到这句话。他赶紧夹起一块往嘴里一送。"天啊！味道好极了。"这清香的味道，他哪里尝过呢，就是上次辉哥请他吃的大餐也无法相比呢。

凌晨四点钟，天色泛白，邹利清一行人才歪歪斜斜地从大排档出来，骑着摩托车"突，突，突"飞驰而去。万梓星感觉到了，这里每个人都有一套绝活，他跟陈哥、曾哥学会了怎样捕野猫、捉老鼠、捉蛇等技巧。

这几天，大家脸上写满了开心，有的人做事几乎就跑起来。因为发工钱的日子即将到来了。肖东权看着这一切笑在脸上，喜在心里。大家粗略计算了自己的收入，都挺激动的。晚上，大伙一早吃完饭，然后早早地等待肖大哥的到来。

"来了，来了。"不知谁喊了一声，大家都把头转向了门口，脸上充满亢奋。肖哥今天穿着一件深黑色大衣，理了个平头，显得很精神，后面跟着邹利清、刘孟东、袁永权三位得力干将。刘

绝望重生录

孟东走在中间，用手提着沉沉的蛇皮袋，显得特别突出，众人的眼光齐刷刷落在蛇皮袋上。

刘孟东吃力把蛇皮袋往桌面上一放。肖东权向他一挥手，他便把袋子的底部一拉，哗啦啦地倒出一大捆崭新的百元大钞。"啊！这么多钱。"人群中立马发来一声声惊叹，有的人往前移动了几步。肖东权眼睛往他们身上一瞪，他们便赶紧缩了回来。肖东权用轻蔑的眼神扫视了全场，咳了一声。"安静！安静！"孟东对着人群大喊几句，人群这才逐渐安静下来，站在后排的人就踮起脚，抬起头焦急地往着肖东权这边观望。

"兄弟们，这个月收入是有史以来最好的。希望我们千万要注意，不要再出任何差错，无论在外围还是内场都要提高警惕。如果防线被突破了，我们全都要喝西北风。如果内场没处理好，有人出'老千'，一经传出去，谁还来你这里玩呢？所以我们一定要注意，任何时候不要掉以轻心，知道吗？"

"知道啊！知道啊！我们都听肖大哥的。"人群热烈而又响亮地回应着。他们脸色亢奋，神情激动，面对喜怒无常的肖东权，他们心里忐忑不安，都想着早点把钱拿到手。肖东权点了点头。突然神色一变说："江湖规矩我就不多说了，谁要背叛我，走漏半点消息，我就砍了他的手，找到他的老母，挖他的祖坟，我肖某某说到做到！"说完，肖东权从身后拔出一把尖刀，狠狠地插在桌面上。邹利清则从身后拿出一条乌黑黑的枪，双手把它平抱着。寒冷的眼光在众人面前不断扫视，万梓星等人一看，不由心里一震，面面相觑，谁也不敢大声喘气，空气就像凝固一样，屋里静得就是一根针掉在地上都能听到。

肖东权看到这情形，面露得意之色，随后又说："只要你们跟着我好好干，我就不会亏待你们，我吃香喝辣的，你们就不会吃白粥。现在，排成两队到财务这里来签名领钱。"话音刚落，人群一阵骚动，群情又高涨起来，60多个人瞬间排成笔直的两排。

此刻，肖大哥脸上露出了难得的笑容，接着说："再告诉大家一个好消息，我已经订下我们县城最豪华的'激情之夜'酒吧唱K，今晚一个也不能少。"他还没说完，大伙齐声欢呼，掌声不绝。大家似乎已忘记刚才那冰冷的一幕。

"辉哥，这一千元给你的。"万梓星激动地说。他简直不敢相信能拿到四千元。听说在最好的厂里打工，每个月才一千元啊！

"好，那我就不客气了。有了钱，我们就要好好找乐去，酒吧可好玩了，等下我搭你一起去，今朝有酒今朝醉，这样的人生才有意义啊！"刘运辉看着一脸兴奋的万梓星说。

万梓星拿着一叠钱，他想起了许多，他最想就是能早日买一部125雅马哈摩托车，然后骑着它到姐夫家去威一威，如果能有一台像肖大哥的"大哥大"电话那就更威了。哪怕有台摩托罗拉BP机也好啊！辉哥每次拿出挂在腰间的BP机收看肖大哥的信息时，万梓星特别的羡慕。

"激情之夜"酒吧是新东县城最大的量贩KTV，一群打扮得花枝招展的"三陪女"，媚笑着把肖哥簇拥进了最大的KTV房。万梓星和涛哥、刘运辉等一行人鱼贯而入，大池舞厅闪耀着七彩灯光，传来震耳欲聋的音乐，狂乱的一群人正在夸张地舞动。看着这万紫千红的舞池，那一群群衣着暴露的姑娘，半遮半掩的双乳，鲜红的红唇，他感到好奇和迷乱，不由脑袋一热，心跳加快，一阵晕眩袭来。他赶紧吸了一口气，又缓缓地吐了出来，然后把眼睛移开，紧跟着刘运辉到了一间包厢房里，在一处典雅、舒适的沙发上坐下来。万梓星不由打量起包房来。

映入眼帘的是一台彩电，正在播放邓丽君的歌曲《小城故事》。四面墙体是淡红色的。天花板上一个圆球转灯轻快地闪烁出红、黄、蓝、绿、白等色光。色光灯时而急射，时而漫射，在房间里不停地扫射旋转。他吸了一口气，一股浓重的酒味、烟味、咖啡的气味夹杂在一起扑鼻而来。在色、光、味的连续刺激下，万梓星开始意乱情迷，体内的荷尔蒙在一阵阵躁动。大家脸上神采飞扬，有的人还在兴奋谈论着刚才发了多少钱。

刘运辉瞄了大家一眼说："兄弟们，别光顾数钱了，我们先来玩'大话骰'游戏，今晚要玩得尽兴。"

刘运辉刚说完，涛哥、赖哥便高声附和，赶紧坐在桌子前占了一个较好的位置。万梓星哪听过这些玩意儿，只好默默地坐在一边假装在摆弄电视遥控器。

"万梓星，你在弄什么？就差你了。"刘运辉拿着骰子大声叫他。"辉哥，我，我还是看看电视，唱首歌吧！""赶紧过来吧！别扭扭捏捏了，他们几个也是没玩几次，都不熟，我来教你，很快就学会啊！"刘运辉似乎看出了万梓星的心思。万梓星经刘运辉这样一说，心里想，如果再不应允，就会在众人面前让辉哥难堪，这样今后日子怎么混呢？想到这，看了辉哥一眼，再也不好推辞，然后硬着头皮，忐忑不安地坐在刘运辉旁边。"来，来，我教你：摇完骰子，扣住骰盅，记住自己的点数，还要猜别人的点数。"万梓星似懂非懂地点点头。"辉哥，边玩边教吧！多喝几杯酒就会了。"涛哥不耐烦地催促起来。"你又输了，万梓星喝吧！"涛哥邪笑着说。众人疯狂地吵着闹着，轮到他猜时总频频出错而被罚酒。"我肚子有点撑，都喝了三瓶了，可以缓缓吗？"万梓星哀求着说。"那不行，这样吧！你可以在脑门上贴一白纸条，然后再同时吸三支烟来代替。"涛哥继续催促万梓星。"对，对。"赖哥也说。

刘运辉哈哈大笑说："这个办法好，这个办法好。"

万梓星无奈。只好拿过涛哥撕来的白纸条贴在脑门上，又点燃三支梅州烟，吸了一口，那浓重的香烟焦味让他一连打了几个咳嗽。

"哈,哈,哈!"看着万梓星的窘境,众人纷纷大笑起来。

又玩了几局,形势突然急剧转向。万梓星似乎悟到门道,加上运气好,居然连胜几局。

"哈哈哈,涛哥,喝啊!"刘运辉看着猜错的涛哥,催促他赶紧喝。

"妈的,这个新兵蛋,怎么突然这么厉害?"涛哥很不服气,又喝了一杯酒。

万梓星只好赔着笑脸说:"不好意思啊!涛哥,我也是瞎猜的。"

万梓星看着涛哥接连猜错自己的点数,喝了几杯,不禁信心大增,越玩越起劲。不知不觉,两箱啤酒已经喝完。

正玩得开心的时候,门开了,肖东权、邹利清、刘孟东、袁永权被一个英俊的服务生领着走了进来。刘运辉等赶紧站了起来,向肖东权问好。

肖东权脸色通红,看了一眼地上横七竖八的啤酒瓶说:"看来战斗力还不错嘛!来,兄弟们,喝,使劲喝,要玩得开心,今晚不欢不散。"大家赶紧举起杯,齐声欢呼:"好,好,多谢大哥!"肖东权挥挥手示意大家坐下,然后又叫刘运辉过来,对他耳语一番,刘运辉连连点头。肖东权才离开包房。

涛哥说:"先跳一曲吧!妈的,今天一点都不尽兴。"刘运辉见此,暗笑一声,离开座位,把桌子移到一边,便在空阔的地方开始手舞足蹈起来,在酒精作用下,在强劲音乐刺激下,现场气氛自然高潮迭起。大家情绪持续高涨。七彩的闪光灯下,赖哥、涛哥、刘运辉等使劲地晃动着身体,虽然动作看起来有些怪异,但他们都很投入,似乎忘记了世界,忘记了他人的存在。

万梓星上去跳一两下就坐下了,他感到自己的动作十分别扭。进来做事没多久的阿牛却玩得很兴奋，跳得很有激情。万梓星特别忌妒阿牛，他似乎学什么都很快学会了，肖东权也经常叫他做这做那。他有点苦恼，甚至后悔为什么没有早点出来跟着辉哥混呢。

万梓星假装去洗手间，看了看镜子里的自己，脖子、眼睛都红了。他虽然感觉有点晕晕的，但似乎这样让他很有力量，脑子里如同电影般出现武松打虎的场景，痛打邹远明的情景。他站在那里感觉有点乱，直到响起敲门声，他才想起已经在洗手间待了一段时间。他打开门一看，原来是阿牛。只见他跌跌撞撞地扶着墙进来，抬头一见万梓星便粗声粗气地叫了声："星哥，你怎么不出来跳呢？"万梓星看了他一眼，脸上掠过丝丝不快。随口"嗯"了一声便出去，他一个人傻傻地坐在沙发上，看着他们继续狂跳。

这时，包房的服务生推门端着一盘食物走了进来，放在桌面上，便退了出去。

半小时后，刘运辉或许累了，或许看到桌上的食物，便停了下来。他喘着粗气，招呼大家说："来，都吃点东西再嗨。"

不久，门又打开了，服务生走到刘运辉面前，凑近他耳朵边说："辉哥，今晚要不要来点省城的料？肖大哥吩咐说要让大家尽兴。"刘运辉看了看大家，似乎都微有醉意，便点了点头说："好吧！今天来点好料！"

不久，服务生便拿了一包五颜六色的小丸丸，进来放在桌面上，对辉哥说："这是省城货，劲野。"辉哥"嗯"了一声。随后说："今晚大家要嗨起来吗？"大伙异口同声地回答："要啊！辉哥。"

"那就好，这是好东西，省城货啊！吃了要什么有什么，要多嗨有多嗨。"辉哥充满煽情地刚说完，赖哥、涛哥已经迫不及待地打开瓶子，各自拿了一颗吞了下去。阿牛拿了两颗，想吞下去。旁边的刘运辉一把拦住他："你才第五次来玩吧！吃那么多干吗？"阿牛吐了吐舌头，赶紧放了一颗回去。

万梓星心里嘀咕着，听刘运辉说过在酒吧里，吃颗摇头丸可以玩得很嗨。旁边的刘海波怂恿他说："赶紧拿啊！等下就没了，别浪费好东西哦！"万梓星犹豫起来，看着阿牛他们。"快点啊！这是好东西，难道辉哥会害你不成？"刘海波继续说。

"这是什么嘛！"万梓星还是犹豫着，经不住刘海波他们劝说，拿起一颗看了看。

"兄弟，这是开心丸，解酒丸啊！刚开始吃一颗就好了，会让你身体轻松，跳舞也会跳得很好看，还会让你醒酒呢！"刘海波说着拿起丸子放进嘴里吞了下去，然后接着说："你看我们都吃了，什么事都没有，还会害你不成。"万梓星看了他们一眼，一副若无其事的样子。这时，刘运辉走过告诉他："你刚开始玩，不要用嘴咬就行了，味道有点苦。"万梓星点点头，心想，辉哥这样说肯定不会害人的，再不吃就显得自己胆小了，也不好再拂了辉哥的好意，而且三个人不是说过"有福共享，有难共担"吗？想到这，他不再犹豫，便把粉红色的丸子和着酒吞了下去。

一会儿，包厢房里强劲音乐再次响起，七彩舞灯加速闪耀，辉哥随着音乐震动，更加有节奏地扭动着身躯。万梓星感觉脑袋轻飘飘的，精神亢奋，也学着跳了起来。刘运辉看到万梓星的动作，便走了过来对他说："你把双手搭在我肩膀上，随着我的身体摇晃。"万梓星跟着辉哥从右到左摇动着头部，摇动着身躯，学着辉哥的步伐，慢慢地他越来越有节奏感了，摇得越来越有劲了。

摇着，摇着，万梓星突然感觉他的胃部一阵难受，有种想呕吐的感觉。万梓星看了看阿牛，人家正摇得起劲呢！于是，他强行咽下口水，把这股不适压了下去。万梓星跟着辉哥又跳了十几分钟，感觉实在忍不住了，匆匆忙忙去洗手间，呕吐起来，瞬间

绝望重生录

把晚上吃的东西全吐了出来。他感觉头脑清醒了些，胃也没那么翻腾了。于是用水龙头的水洗了洗嘴巴，又照了照镜子，确信看不出异样，才走出来，跟在辉哥的后面依样继续跳着。

在酒精和药物的刺激下，辉哥带领他们，步伐一致，摇摆一致，非常有节奏地、疯狂地扭动着身体，手和脚摆动起来更有力度了。此刻，他们似乎完全沉醉其中。刘运辉、涛哥干脆把上衣脱掉，不停摇着头，从左到右，从右到左，从上到下，从下到上，似乎想把头扭断。辉哥拿起话筒充满煽情地喊了起来："今天晚上，这么劲的音乐与你同行，让我们随着时尚的音乐，感受疯狂，感受诱惑，我的兄弟们赶紧摇起来。"停顿了一会儿，辉哥接着说："兄弟们来到这里就放松你的心情，享受一下来自90年代最疯狂的时尚摇摆，跟着节奏一起来晃动身体吧！左摇，右摇。左摆，右摆。动起来！跟上我的节奏。寻找感觉，好，再次跟上我的节奏，再次动起来，双手举高，摔一摔，抬头挺胸慢慢地摇，好，摇摆的动作送给你们。"

就这样大伙不知疲倦地摇摆着。万梓星不知摇了多久，出了一身大汗，上衣都湿透了，他看到众人缓缓地停了下来，他也跟着停下来，想找杯啤酒解解渴。他觉得走路都是轻飘飘的，就是坐在沙发上喝酒时，他还感觉到身体在习惯性地摇晃。

有的人干脆倒在沙发上，但手脚还在晃动，头还在摇动，整个包厢房里，弥漫着一股强烈的酸臭味、烟味、酒味、汗酸味混合的腐败气息。万梓星斜靠着沙发迷迷糊糊地躺了一会儿，直到服务生进来说准备打烊，他们才拖着疲惫的身体走出酒吧。

"怎，怎么样，两位兄弟，今晚爽吧！"刘运辉结结巴巴地说。

"爽啊！我们都从没这样玩过，多谢辉哥，让我们长见识了。"万梓星和刘利标异口同声地说。

"那还用说，我们也算结拜过了，我也说过有福共享，有难共担，只要你们今后跟着我好好干，我到时会让你们玩得更嗨，让你们知道什么才是真正的人生。"刘运辉通红的脸上，流露出得意之色。

　　"好，好，感谢辉哥的关照，才有我们的好日子，我们一定会好好干。"

　　"那就好，那就好，只要我们有钱，什么都可以好好享受。"刘运辉说完，狠狠地啐了一口。

　　万梓星和刘利标坐在辉哥的摩托车上，辉哥把摩托车的油门呼到最大。在这寂静的凌晨，这呼啸而过的声音让人觉得害怕。万梓星提醒辉哥开慢些，别冲红灯。辉哥无所谓地说："阿星，男人就要敢冲敢杀，做事别畏畏缩缩，冲个红灯算个球！在这个县城有什么事，肖大哥摆平不了的？"万梓星不敢再说什么，只好紧紧抱着刘运辉的腰。

　　万梓星昏昏沉沉地睡了一整天，直到下午五点多钟才醒过来，坐在床上好一会儿还觉得头疼，肚子也不觉得饿。辉哥通知今晚八点，去一农家小院开台。

　　这家农家小院三面群山环绕，是"开台"的天然屏障，只有一条路可以进来。屋主人是一个中年男人，大家都叫他劳可钱。劳可钱平时也喜欢过来玩，这次极力邀请权哥到他小院来"开台"。

　　八点整，参赌的人陆续到来，各自找到位置坐下，劳可钱见来的人都差不多了，便拿出几副崭新的扑克牌交给权哥验收。权哥拆开看了看，用手非常娴熟地翻了翻扑克牌，没发现什么异样，便交给邹利清分发下去。

　　昏黄的灯光下，几十个脑袋都聚精会神盯在扑克牌上，随着一次次开牌，伴着一阵阵欢呼和沉重的叹息，有的输了几次就用

绝望重生录

手拼命地敲打桌子，有的再狠狠跺脚，不知是激动还是蚊虫的叮咬所致。

两个多小时过去了，有的输光了钱，便骂骂咧咧离席开始向赌场的会计借钱。劳可钱手气特别好，他的腰包鼓鼓的装满了赢来的钱。在灯光照射下他脸色红润，不慌不忙地拿牌、看牌、加牌，像猫一样的双眼在扫视，又不时在沉思。有人催他快点开牌，他似乎都没听到，大伙发出那吵杂的声音与他好像没什么关系。

万梓星负责劳可钱这张台发扑克牌，他很少碰到这种"常胜将军"，万梓星认真留意了一下，没有发现他"出老千"的异常情况，只好继续发牌。不料发牌时用力过猛，把牌发到深哥的手背上，深哥的手刚好一抬正要拿扑克牌时，把扑克牌碰飞到旁边的小茶几底下了。万梓星弯下腰去捡拾。劳可钱慌里慌张起身，也过来捡拾。万梓星跪在地上，把头伸进茶几下面，差不多捡到扑克牌了。突然，他发现有一个小东西被胶纸粘在茶几木板下，正在闪闪发出微光。劳可钱拉扯着万梓星衣服让他起来，万梓星越发警觉起来，马上把这个东西扯了下来放在桌面上。

空气像凝固了一样，大家都停了下来，凶狠狠地盯着劳可钱，似乎都明白了什么。劳可钱的脸色瞬间就变了，像斗败的公鸡一样，他脸色苍白，哆哆嗦嗦地说："没什么，是小孩子的玩意儿。"边说边伸手想去拿。辉哥见此大喝一声"别动！"然后叫万梓星去叫肖东权大哥过来。

肖东权闻讯，怒气冲冲走了进来，脸色发紫，眉头皱成"川"字。他拿起桌上闪光的小东西，认真察看了一会儿，狠狠地对劳可钱说："怎么回事？"劳可钱勉强挤出笑脸说："肖哥，别误会，是小孩子的玩意儿。"

权哥一听，对着劳可钱就是一脚，劳可钱"唉哟"一声倒在地上。"妈的，还想骗我。"权哥怒不可遏，脸都变形了，对刘运辉说给我认真查查他的眼睛和耳朵。刘运辉仔细地翻看劳可钱的眼皮，没有发现隐形眼镜之类，又去掏劳可钱的耳朵。劳可钱疼得大叫起来，忙说我自己拿。他哆哆嗦嗦从右耳朵里掏出了一个微型耳塞交给辉哥。

刘运辉用身上衣服擦了擦耳塞递给了肖东权，肖东权拿起看了看，然后，放在耳朵里，一股电波声传来。肖东权又飞起脚踢在劳可钱的腰上。"给我装，敢来捣老子的场，看你活得不耐烦了，赶紧老实交待。"肖东哥边踢边说。

劳可钱用手护住脑袋，任由权哥踢打，直到疼得实在受不了，才颤抖着说："我说，我说。"肖东权这才暂且作罢。

劳可钱战战兢兢交待："这是托人从香港带来的磁场接收器，可以听到对方拿到扑克牌的大小，必须和特制的扑克牌连在一起使用。"

这时，其他房间的参赌人员也闻声过来，陆陆续续站在门口往里观看。

肖东权叫了四个人坐在桌子上发扑克牌，他把耳塞塞进耳朵里，耳朵传来清晰的女声音，只要扑克牌一发出，便能接收到是红桃 A、大 A 等信息。

权哥怒不可遏掏出耳塞往地上一摔，大声说："大家说怎么办？"深哥情绪激动地一拍桌子说："这样搞，今后还怎么玩？老子今天就输了两万多。"

"对，对，这样还玩个球。"众人七嘴八舌地说。

肖东权环视了众人一眼，把愤怒的眼光落在劳可钱身上："你说怎么办？"

劳可钱自知理亏，蹲在地上带着哭腔说："大哥，求求你，饶了我这一回吧！我下次再也不敢了，我把赢的钱全部退回给大家。"

权哥冷笑了一声说："退钱就算了，叫我今后还怎么混？"

"那我请大家吃宵夜，唱卡拉 OK，算是对大家赔礼道歉。"劳可钱哭泣着说。

权哥露出轻蔑的笑容，不置可否，对刘运辉打了个眼色。刘运辉立刻出去拿了一把长长的砍刀递给权哥。

肖东权接过明晃晃的砍刀，一脚踩在板凳上，右手拿着刀柄对着桌面重重一摔，刀尖刺进桌面，刺得桌子都摇晃起来。劳可钱看到这情形，心里咯噔了一下。

肖东权左手叉着腰，嘿嘿冷笑，对劳可钱说："两条路任你选择，一条路是今晚和你同台输掉的钱，全部由你支付，并且拿 5 万元给我，请大家喝两餐酒。"权哥拔出砍刀，架在劳可钱脖子上，凶狠狠地说："另一条路嘛，就是废掉你一只手。"

劳可钱浑身发抖，鼻涕都流出来了。他知道肖东权心狠手辣，邻近几个县城，说起肖东权的大名，谁人不知哪个不晓，有的父母甚至用肖东权的名字来吓唬爱哭的孩子呢。他就听人讲过，肖东权在酒吧打架，二话不说，直接就把对方的手臂砍断了。于是，劳可钱双手举在胸前颤抖着说："权哥，别，别砍我，我给钱，我给钱。"

肖东权把砍刀交给刘运辉，抱拳对大家说："不好意思，今晚出了点差错，让大家扫兴了，过几天便请大家去酒吧好好喝两杯。大家继续玩，我保证下次绝不会发生这样的事情。"

众人吵吵嚷嚷地离开。肖东权把邹利清拉到一边，狠狠地批评他："怎么不认真检查呢？下次绝不能发生这样的事，这样下去还怎么开台？"随后，交待邹利清赶紧押劳可钱去取钱。邹利清连连点头。

万梓星看着肖东权干脆利落地处理这事，心里很是佩服，心想跟着肖大哥混准没错了，如果哪一天自己也有肖大哥这么威风就好了。

凌晨，新东县城的夜晚并不寂静，一辆辆摩托车搭载三四个人在马路上大呼小叫呼啸而过，引起一阵阵狗吠。有的辛苦了一天的老百姓睡得正香被吵醒，起身坐了起来，凝神听了一会，骂了几句"又是肖东权那帮天杀的"，然后，长叹一声又无奈地躺下身子。

刘运辉在包厢刚坐下，酒吧里包厢服务女生，"公主"便热情地迎了上来："辉哥，怎么今天这么早啊！"

"还不是想你吗?"刘运辉色迷迷地看着"公主"高耸的双胸。

"那好啊，今晚有新到的云南3号靓货，包你嗨得受不了。""公主"嗲声嗲气地说。"是嘛，3号货有你靓吗?"刘运辉学着"公主"的声音，温柔地回应。

"公主"用右手伸出兰花指，点了点辉哥的额头，娇笑着说："人小鬼大，3号货肯定比我靓啊！"辉哥顺势迅速抓住"公主"雪白的右手，抚摸着说："好啊，那就'上菜'吧！"

"公主"应了声，赶紧挣脱刘运辉的双手，离开了。

刘运辉看着"公主"飘走的娇小身躯，一副怅然若失的样子，半天才回过神来招呼大家喝酒。

"来，喝，兄弟们这两天的花费是那个劳可钱结数，我们尽情地喝。"

"喝，妈的，干了，害得我们都给肖哥骂了一顿。"在一片吵杂声中，你来我往，一下子两箱酒就喝完了。

"公主"过来看了看房间里的情形，又笑眯眯地叫服务生搬来三箱酒。

"公主"一会儿又进来了，估计刘运辉他们都喝得差不多了，便拿出白雪结晶粉末云南"3号货"，和一堆五颜六色的摇头丸，

绝望重生录

放在刘运辉面前。刘运辉瞪着白粉，两眼发亮，他把 3 号货拿起来闻了闻，又伸出食指沾了一些放在嘴里舔了舔，皱了下眉头，随后舒展开来，连说："靓货，靓货啊！"

涛哥、赖哥迫不及待地地抖了点白色粉末倒在白色的小纸片上，低头凑近纸片，用右手按住右边的鼻孔，调整一下呼吸，再用鼻子吸气，把粉末吸进鼻子了，动作很是娴熟。只见他抬起头，闭着眼睛，很享受的样子。接着，他换了另一只手和另一边的鼻孔，也吸进了些白粉，又抬起头闭上双眼，一会儿才睁开眼睛，精神十足的样子。

阿牛看到涛哥、赖哥样子，便懵懵懂懂依样画葫芦学着吸了起来，刚吸进一点，不料打了个喷嚏，把鼻子里的粉都呛出来，鼻子也弄白了，差点把桌上的粉吹走。刘运辉一见慌忙把货移开。跟他说："小兄弟，这货好贵，千万别吹走了。"其他人一见都哈哈大笑起来。

阿牛抹着花白鼻子，很不好意思的样子。涛哥便说："小鬼，我以为你吸过这玩意呢！你第一次吸，要先用锡纸吸烫出来的烟味。"涛哥拍了拍手，对着门口喊了一声"公主"。门外"公主"一听，便赶紧进来问涛哥需要什么服务。涛哥便说叫个"小蜜蜂"过来，教下我这个小兄弟怎么吸。"好咧。"公主应了一声，不久一个叫"小燕子"的"小蜜蜂"，迈着轻盈的脚步走了进来。只见她上前拿起少许白粉放在铝箔纸上，然后下面用打火机加热，一会儿，待白粉升华为烟雾，"小燕子"低头用力吸吮飘上来的缕缕白烟。万梓星看着"小燕子"轻盈的动作，缕缕白色烟雾半遮着她那娇小的脸，不禁看呆了。紧接着"小燕子"告诉大家可以用另一种方式吸入，只见她拿起小吸管将烟雾慢慢地吸入，告诉大家通过熏燃吸入的烟雾更嗨更有快感。

阿牛学着在锡纸上面铺些白粉，用纸片把粉刮平后，便用打火机点着锡纸，一会儿便冒出一股烟出来。阿牛先吐出一口气，随后凑近冒出的烟，用鼻子吸了起来。他吸了一口，又把头往后一仰，一副很享受的样子。

涛哥一见，拍了拍阿牛肩膀说："小鬼，就是这样啊！还是你爽啊，小小年纪就能享受到这些高档货。记住先吐一口气出来，然后闭气，不要着急，慢慢吸。"

阿牛点了点头。

万梓星在旁看着阿牛，一副很满足的样子，心里很不舒服。他本来还在犹豫，不知这些是什么玩意儿，只听辉哥说过白粉是有钱人的高级享受。万梓星坐在那里，浑身不自在，好像大家都在看着他似的。

赖哥看着他说："阿星，这个高档货，你不尝尝？"

"我，我上次吃了想吐啊！"万梓星吞吞吐吐地说。

"这次不一样，再吃一次就好了，很爽的。"赖哥信誓旦旦地说。

"真的吗？"万梓星边说边看着阿牛，这小子一副得意的样子，好像没有什么事。于是他犹疑地拿起锡纸、白粉，也学着吸起来。

10多分钟后，随着强劲的的士高音乐响起，酒吧里三个年轻貌美的姑娘进来了，万梓星听涛哥都叫她们"小蜜蜂"。"小蜜蜂"在前面带着大家跳，随着摇滚音乐狂摆着，气氛异常热烈，狂欢渐入迷乱。万梓星的手搭在刘海波肩膀上，跟在他的后面摇晃着。一曲下来，万梓星对这些动作得心应手，渐入佳境了。虽然他还是感觉头有点晕，不过已经不像上次那样强烈地想呕吐了。他看着前面的灯光，灯光都在左右晃，上下晃，很模糊的样子。

"公主"看到这般情景，为了进一步调动大家的情绪，便拿

绝望重生录

起话筒大声说："现在大家跟着我的口令来做，闭上眼睛，把双手举起来。现在你想象，你在美丽的大海里漂浮，面前是一片大海，波光潋潋，有许多帆船，有许多漂亮的海鱼，还有一群仙女穿着白色的衣裳正在款款向你微笑，向你走来。大家摇起来，用你的微笑，用你的热情迎接美丽的七仙女吧！"

万梓星照着口令闭上眼睛，去想象。头脑似乎真的出现了一片汪洋大海，这大海好像和自己家乡旁边的大海那样的美丽，太阳柔和地照在海面上，海风轻轻地吹来。他的头脑一片晕眩，当"公主"说到一群七仙女时，他感觉头脑一片燥热，他想起了五年级时邻桌的女孩张敏，圆圆的、白皙的脸，一对黑色的大眼睛，似乎能照出人的影子，一笑起来露出雪白的牙齿，非常的迷人。有一次放学，轮到万梓星搞卫生，刚好张敏也还在出黑板报，万梓星看着她那美丽的倩影，两条乌黑的小辫子，不禁心里怦怦直跳。多少次想写信给她，却又提不起勇气。这么多年了，也不知她怎么样，听说她已经嫁人了。现在万梓星脑袋一片燥热，头脑里尽是张敏的影子。正是：

> 看似仙山楼阁的春景，
> 却为万劫不复的深渊。
> 犹如销魂勾魄的仙女，
> 原是嗜血成性的恶鬼。
> 以为仙乐缥缈的天堂，
> 却到群魔乱舞的地狱。

"公主"看到大家跳得起劲，接着喊："朋友们这是一个富有激情的夜晚，让我们的摇摆，配合这富有激情的音乐吧！""所有朋友们，使劲地摇吧！带上你的身体，释放你的感觉，让我们尽情地宣泄吧！"

不知跳了多久后，刘海波摇摇晃晃走到墙角边，凝视着一张香港明星黎明的海报。一会儿，他掏出纸巾，边摇头边不停地在黎明眼睛、脸上擦来擦去。刘海波很仔细很认真地擦着，擦了约半个多小时。刘运辉见状上去问他："你在干什么？"刘海波说："黎明在流眼泪了，我在帮他擦眼泪。"涛哥把他拉回来继续跳。可是他跳了一会儿，又帮黎明"擦眼泪"了。大家也不管他，只顾沉醉在吸毒后的虚幻里。包厢房里十几个男女，疯狂地扭动着身躯，有的药效渐消时，又赶紧去"补飞"。万梓星感觉有点晕眩，就摇摇晃晃地扶着墙走到座椅上，点了一支烟斜靠在沙发上，看着她们，眼前的场景如同万花筒一样，光怪陆离。

包厢房里空气一片浑浊，十几个人拥挤在一起，空气里混杂着浓浓的烟味、香水味、酒味，甚至还有荷尔蒙的味道。有的男女干脆拥抱在一起跳贴面舞，"咸猪手"趁机在"小蜜蜂"身上"揩油"，小蜜蜂欲拒还迎。

"小燕子"似乎也累了，停下来，在万梓星旁边坐下来。万梓星上次和她聊了一会，知道她叫林尼燕，在偏僻农村长大。父母无力承担她们四兄妹的学费。她看到父母常为家里生活紧锁眉头，唉声叹气，便懂事地主动辍学，出外打工帮补家用，她是被同村姐姐带到这酒吧，上班两年了。万梓星感觉她懂的多，总会告诉他一些从没听过的事情。

她看着万梓星问："有什么不舒服吗？"说着，倒了一杯水递了过来。万梓星看她坐了过来，很是激动，接过了水杯，赶紧摇了摇头说："没事，就是感觉有点头晕！"林尼燕笑了笑说："刚开始是这样子的，下次就好了。"

"你呢？还好吧！怎么不跳了？"万梓星看着林尼燕那姣好的面容，甜甜的笑，露出洁白的牙齿，不禁看呆了。

"我没事，我这是经常跳，我看你走路有点摇摆，所以过来看下你。"林尼燕说完对着万梓星嫣然一笑。

绝望重生录

梓星心里"怦，怦，怦"跳个不停。他的脸一红，手一软差点把抓在手上的茶杯掉在地上。为了掩饰窘态，他赶紧用嘴抿了一口水。

"你上班真爽，每天都可以跳舞啊！"万梓星若有所思地说。

"是嘛，那你也可以经常过来找我订房，跳舞、喝酒啊！"林尼燕说罢拿出一张名片递给了万梓星。

"真，真的，那太好了！"万梓星有点语无伦次，颤抖着双手接过了卡片。看了一下周围发现没有人注意他，便赶紧悄悄地把它放进了口袋里。

"你，你们俩聊啥啊！"刘运辉摇晃着凑了过来。

"辉哥，我这是喝杯水，没啥聊！"万梓星赶紧站起来欲扶刘运辉坐下来。

"那没聊啥，赶紧过来跳啊！等会儿音乐就要关了，别浪费了这激情时刻啊！"刘运辉手一挥，把万梓星的手挡开，不高兴地说。

"好的，好的。"万梓星赶紧站起来加入跳舞队伍里去了。

又跳了一会儿，酒吧开始打烊，关闭了音响系统。没有了摇滚音响的刺激，一个个便像泄了气的皮球，三五成群，陆续回去。

万梓星和刘利标跟着辉哥，刚走出酒吧大门，便听到一声"砰"的一声巨响，万梓星赶紧跟着一群人前去察看，只见一辆红色嘉陵男装摩托车已散了架，撞上电线杆后倒在地上，有 5 个人横七竖八躺在马路上。酒吧的服务生赶紧拿来手电筒照了照，有一个头部出血，一动也不动，似乎已经死了，其余四个躺在地上呻吟。万梓星认得原来是另一包房的邹邵东等人。

有人发出嘘嘘声，更多的是在叹息几句后便即离去。万梓星正想往前看清楚些，却被刘运辉一把拉住："快走，警察很快就会来的。"万梓星应了一声，也跟着刘运辉赶紧离开。这次，刘运辉开的摩托车平稳得多了。

晌午，太阳已经从窗外照进来了，晒在万梓星的脚上。万梓星醒了，他翻了一个身，感觉特别疲倦。每次从酒吧回来，万梓星都感觉特别累。他试图坐起来，浑身似乎没什么力气，还不时打呵欠，头也有点疼，还有点鼻塞。他屏息听了一会，感觉辉哥还没起来，于是又倒头昏昏沉沉睡去。

"起来啊！起来啊！这段时间你小子怎么了，越来越不对劲，都快下午四点钟了。"

万梓星被一阵叫声吵醒，睁眼一看，原来辉哥站在床边叫他起床。万梓星无精打采地应了声，又伸了几回懒腰，才爬起来。看着丢在地上乱七八糟的衣服，用脚踢到一边，拾了一件稍微干净些的便穿上了，还没洗涮完毕。刘运辉又在催他赶紧买点菜弄来吃。"上次的事大哥很恼火，这次有新场要早点过去清查布置呢！"

万梓星应了声，叫上刘利标赶紧去准备了。

这次赌场设在一个叫老虎岭的山坡上，当地村民说这里以前常有老虎出没，加上形状又有点像老虎，所以当地人都称这个山岭为老虎岭。老虎岭的四周多数是农田，还有一条大水渠，林木也比较茂密。刘运辉按往常一样布控好路口，参赌的人员陆续到齐了。刘运辉和万梓星对每个人身上所带物品进行严格检查，确信无可疑之物才开赌。

肖东权叫上邹利清、刘孟东、袁永权几个助手，围着山顶走了一圈，察看了周围的环境，这里只有一条路可达山顶，其他地方都被水塘包围着，易观察难进入，是一个天然的好赌场。

肖东权对邹利清说："环境这么好，今后有机会可以在这里多安排日场。"邹利清点点头说："好是好，可是这里一经发现想撤走也不容易啊！而且这里夜场拉电线不方便，需要多增加几台柴油发电机。"

肖东权点点头说："那你就赶紧去安排好，现在风声越来越紧了，生意不好做了。"

"我们每月不是交了保护费吗？"刘孟东问。

"以前那个派出所所长调走了，现在有的老百姓直接往县里举报，我们还是小心行事为妙。"肖东权话音刚落，刘运辉急冲冲走过来，对肖东权说："大哥，会计那边有点事，找你过去处理。"

肖东权一行人急匆匆往会计那里赶去，听到黄会计呵斥声："刘杜峰，你上次欠的钱到期了没还，现在又来借，你先还了上次的借款，才借给你。"黄会计不顾刘杜峰站在旁边苦苦哀求，就是不借钱。

刘杜峰一见到肖东权等人过来，他立即满脸堆笑对肖东权说："大哥，再借一点给我，一会儿翻了本就立马还你。"

黄会计着急地说："大哥，别听他的，他已经拖欠好长时间了。"

肖东权从会计手里接过借据看了看，眉头紧锁，阴沉着脸说："兄弟你这是坏了规矩啊！家有家法，赌有赌规！个个像你这么欠，我这帮兄弟就要喝西北风了。"

刘杜峰可怜巴巴地说："大哥，你再借一次，我过几天把老爸那部摩托车拿去卖了，保证立即还钱。"

肖东权嘿嘿冷笑了一声，露出不屑的眼神，鼻子哼了一声，转头对黄会计说："姑且再信他一次，让他签字画押，利息加多一倍，五天后连本带息归还，否则别怪我不客气。"

输红了眼的刘杜峰哪里还顾得那么多，连连点头应诺。

万梓星不知为何感觉今天特别累，无精打采，不时打呵欠，还有点感冒的迹象。刘运辉看他这样子，问他怎么回事？万梓星说可能昨晚着凉感冒了。刘运辉嘿嘿笑了几声，露出得意的神色说："知道了，晚上再去酒吧嗨嗨就没事了。"

辉哥一说起酒吧，万梓星今天倒是心里有点痒痒的感觉，盼望着早点过去，那音乐、那灯光还有林尼燕那淡淡的红唇，妩媚的眼神，充满青春气息的身材，无不令他心驰神往。

好不容易收工了，万梓星便迫不及待催刘运辉快点过去。

"激情之夜"KTV酒吧，经过这几年的迅速发展，已经是新东县城的一个时尚地标和夜间文化符号。这里不仅聚集着数量众多的"公主"、"小蜜蜂"，而且门面装修富丽堂皇、时尚前卫，酒吧节目众多，玩法多样，吸引着众多时尚青年前来消费。

"辉大哥，怎么现在才来啊！各位里面请！"花枝招展的"公主"看到刘运辉等人，照例妩笑着迎上来招呼。"上次的货怎么样嘛！""嗯，还行。""我就说嘛！保你满意，不会骗你的。""公主"回头对辉哥说。"那今晚还有什么新货呢？"辉哥赶上几步，把手搭在"公主"的香肩上。"公主"挣脱了刘运辉的手，故作神秘地说："你猜猜。"刘运辉故意学着"公主"的语气，嗲声嗲气地说："我猜不了啊！"

"公主"格格笑了几声说："你慢慢猜嘛，到时觉得不错，叫兄弟们向我拿货就是了。"

刘运辉又趁机抓起了她一把头发，闻了闻，长吸了一口气说："好香，我猜不了，快点拿上来就是，兄弟们都不耐烦了。"

万梓星今晚一跨进"激情之夜"酒吧。那刻起，内心里就感觉到这种环境是那么的亲切，那么的熟悉、安全和舒适。他很想快点体会到那种"嗨"的感受。

刘运辉照例和大家先喝酒。不久，"公主"扭着水蛇腰将一小包东西放在刘运辉的面前，告诉他说："这是泰国3号货，绝对一流。"刘运辉两眼发光，紧盯着3号货。"公主"又用双手对着门口拍了几下，进来一群舞女，万梓星一眼就看出了林尼燕，忙热情地和她打了招呼。邹运辉似乎看出了万梓星的心思，点了五个舞女，其中就有一个是林尼燕，然后，挥挥手叫其他舞女出去。

"你们还站着干什么，赶紧好好招呼辉哥他们，帮辉哥他们弄好啊！"

"好咧！"众舞女赶紧应声，忙碌起来。

她们各自找了个位置，忙着分锡纸、分吸管。不久，房间一条条"小白龙"蜿蜒在桌面上，随之一条条白烟也冒了起来。他们用鼻子追着白烟深情地吸入，仿如在追着一条条的"龙"。整个房间里便白烟环绕，一股股的气味也随之而来。

万梓星小心翼翼地铺好锡纸，林尼燕看着万梓星笨手笨脚，就坐在他旁边教他。万梓星弄好后，按着鼻子吸了两回，感觉鼻子有点难受，呼吸有点困难，心跳也加快了，随后浑身燥热，似乎全身的血液都流向了大脑，瞬间又感觉到自己充满着力量，人也显得精神起来。

七彩灯光下，大家在音乐伴奏着狂跳了，似乎忘乎所以，忘记他人，忘记烦恼，忘记世界。万梓星也闭着眼睛，他感觉头一阵眩晕，有一种力量在驱使他不停地去想许多许多的事情。他的思维非常跳跃，他一会儿想到自己一身武术，在台上进行武术表演，台下围了无数的观众，一会儿他又想到了满箱的钞票……这些东西这么远，又似乎这么近，似乎遥不可及又似乎触手可及。

大家都沉浸其中时，"小蜜蜂"邹小红，突然停下跳舞，径直走到墙角里，抖抖索索地点着一支烟。只见她吸了几口，然后不停拿烟头烫自己的手臂，滚热的烟头窜着白烟发着鲜红的红光，一次又一次在吞噬她那洁白娇嫩的皮肤。邹小红似乎丝毫也不感到疼痛，她烫一次，脸抽动一次，手臂抽动一下，然后呼出一口气，很舒服的样子。她不停地吸一口烟，又猛烈地烫一次。

包厢里有的人看到这种情形，只是木然地看了几眼，又闭上眼睛沉浸在美妙的世界里去了。

突然，邹小红丢掉烟头，脱光上衣冲出包厢门，向马路狂奔。酒吧管理人员见状，立刻叫上保安，追了出去。邹小红跑到马路上，手舞足蹈起来。保安人员急忙上前，抓住她的手脚，把她抬回房间，给她穿上衣服，又倒了一杯浓茶给她喝，再把邹小红按倒斜躺在沙发上。邹小红还是不停地晃动，过了许久，才安静下来，躺在沙发上沉沉睡去，她似乎忘记了刚才所发生的一切。类似这样的情节，在这个放纵靡乱的酒吧里，常常会上演。大家也许都习惯了，跳着舞，丝毫没有停下来的意思。

此时，刘海波似乎跳累了，他坐在沙发上喝着水，一双老鼠眼却贪馋地在邹小红身上，从头到脚，又从脚到头，游离探索，最后眼光停留在邹小红那鼓起的胸脯上。他倒上一杯水，挪到邹小红旁边，用手摇了摇邹小红的脸颊，见邹小红没什么反应，把水杯往邹小红嘴角送，却故意把手肘放在邹小红鼓鼓的"双峰"磨蹭，让人以为他正在热心地照看着邹小红。过了一会儿，刘海波见邹小红还是没有反应，动作更加放肆起来。他摸了摸她的脸，然后放下水杯，双手有意无意地按住邹小红的胸脯，把邹小红扶正了躺姿，邹小红毫无反应。整个晚上，刘海波变换着花样在邹小红身上"揩油"。其他人似乎见怪不怪，或许沉浸在自我的世界里，哪里还顾及别人呢。直到音乐收场，邹小红在其她姐妹搀扶下离开舞场。万梓星故意找了个借口和林尼燕聊了一会儿，见大家都散去，才依依不舍告别了林尼燕，跟着刘利标和刘运辉离开了。

万梓星见刘运辉喝得醉熏熏满身酒气，忙对刘运辉说："辉哥，今晚我来开吧！"刘运辉打了两个"嗝"，接着手一挥，不耐烦地说："没事，我没喝醉！"然后，摇摇晃晃地跨上摩托用脚去

绝望重生录

踩火，可是踩了好一会儿也没打着火，刘运辉气得下车用脚猛踢摩托，恶狠狠地骂了几句："他妈的，今晚怎么死火啊！"万梓星见状忙劝他说："辉哥，你歇会儿，让我来试试看。"

万梓星跨了上去，踩了几下便突然启动了摩托车，刘运辉坐在中间，刘利标跟着坐上去。刘运辉语重心长地对万梓星说："要想在新东县城混出名堂，站稳脚，一定要胆大，敢打敢拼。"万梓星在红灯路口停了下来，并重重应了声。刘运辉大声喊"冲，冲，冲过去，在这个县城有权哥罩着，谁敢惹我们？"万梓星看了看路况，只好硬着头皮加足油门驶了过去。

还没到住处，刘运辉就靠在万梓星背上呼呼大睡。万梓星惊了一身汗，好在有刘利标照应着，两个人赶紧小心翼翼地把刘运辉扶下车，背进屋里休息。

在新东县城城郊结合处一幢出租房里，灿烂的阳光从窗户外斜照进来，刘运辉迷迷糊糊睡醒后，爬了起来，跨过一堆啤酒瓶，几个苍蝇"嗡嗡"地飞走了。突然，他脚下一滑，摔倒在地上。刘运辉极为恼火，原来踩在方便面溢出的配料上。这边刘利标听到响动，赶紧跑过来一看，刘运辉骂骂咧咧，倒在地上挣扎着欲爬起来，却没有力气。他忙把刘运辉扶起来问："跌伤了吗？辉哥。"

"妈的，好几天没清垃圾了。唉哟！真的痛死我了。"

"辉哥，你坐会儿，我来清理吧！"刘利标赶紧说。

"万梓星呢！这小子今天跑哪去了？权哥说了，等会儿要去讨债啊！"

刘运辉正着急时，万梓星推门进来，一副无精打采的样子。刘运辉没好气地说："你去哪了？也不和我说一声。"万梓星有气无力地说："刚才看你还睡得很沉，所以就没和你说了，我好像感冒了，阵阵发冷，还流鼻涕，去买感冒药了，顺便买了点菜回来。"

刘运辉神情缓和下来，他叫万梓星过来，用手摸了摸他的额头，又问了他感冒的症状，然后一把扯过他手上的感冒药，丢在地上，哈哈大笑起来。万梓星被刘运辉的举动弄得莫名其妙，愣在那里。

刘运辉看着他的窘态，得意地笑着说："你也上瘾了，小子你还可以嘛！我还以为喂你那么多'猪肉'，你都不上瘾呢！"

"上瘾？猪肉？"万梓星内心竟然有些窃喜，又有些茫然。他还未完全理解"上瘾和猪肉"是什么意思，但他知道不会被他们嘲笑了，可以和他们一起更疯狂快乐地玩了，他害怕小时候的那种孤独。

这时，刘运辉从床底拿了一个白色胶袋，抽出一小包给万梓星说："兄弟，这是云南3号货，纯度达80%。你先用，这些货，我是从别人那里进的，吃下去，什么感冒症状都会消失了。"

"真的？辉哥，那太感谢你啦！"

刘运辉嘴角闪出连他自己都不易察觉的笑容，不过他很快就恢复平静。他挥挥手对万梓星说，"赶紧去，吸两口，提提神，这才是你最好的感冒药啊！"

万梓星赶紧回到里间，拆开白纸，把白粉倒在锡纸上，便迫不及待打着火，在锡纸下面烧烫起来，那窜起的白烟如同一个个白色的妖姬，露出狰狞的面目，正在张牙舞爪地蚕食着万梓星那幼稚的灵魂。

万梓星吸完后，好似有一股暖流流进了血液，浑身舒服起来，他摇了摇头，也没那么疼，手脚也有了力量。他躺在床上静静地感受了一会儿，心里想，如果不是辉哥懂得，自己还以为是感冒呢！

绝望重生录

"起来，看你那熊样，舒服吧！阿标做好饭了，我们吃完饭要快点过去。"辉哥站在门口，笑吟吟地看着他。万梓星一跃而起说："辉哥，那白粉真灵哦，现在感觉不用吃饭，都可以出门去了。"

刘运辉带着大家在老虎岭布置好，开场后，肖东权像往常一样巡查了一遍，确认没什么差错后，才找个椅子坐下来。他穿着黑色皮夹克上衣，戴着一副大墨镜，嘴里叼着一支烟，跷着二郎腿，毫无表情地坐在那里。

突然，他丢掉烟头，叫了声"刘运辉"。刘运辉赶紧跑到他身边，毕恭毕敬地站好。肖东权咳了一声，吐了一口痰，然后不紧不慢地说："今天有两个欠债的已经到期了，一个是刘杜峰，另一个是个女的叫邹小丽。你看下这两个人今天有没有过来，在会计那里还钱？"刘运辉应了一声，赶紧去了。他见到刘杜峰正在全神贯注地开台，唯独不见邹小丽在场，他问下会计，会计说他们都还没有还钱。

肖东权听了，脸上的肌肉抽动了一下，眉头紧锁，好一会儿才对刘运辉说："你把刘杜峰拿下，这样下去，还得了？"刘运辉答应了一声，叫上万梓星、刘利标，把刘杜峰押到肖东权面前，刘杜峰眼看情形不对，慌忙从口袋里掏出 500 元递给肖东权说："大哥，我身上只有这么多了。你放我回去，我立刻找我爸还钱给你们。"

"妈的，你当我是叫花子。"肖东权脸色一变。"大哥再宽限几天，我保证还上。"刘杜峰慌忙说。"兄弟，别坏了规矩嘛。"肖东权冷冷地说。"大哥，钱我是带来了，我想赢一点再还，可是手气不好，又输掉了，再给我一次机会啊！"

"少跟他废话，带上家伙，押着他上他家。"肖东权冷笑了一声，阴沉着脸对刘运辉说。刘运辉应了声，拿了根尼龙绳绑上刘杜峰的双手，一行人带上砍刀、铁管，押着刘杜峰而去。还没到刘杜峰家，刘杜峰父亲刘伯旺就听说儿子被肖东权绑了，心急如焚地赶过来。还没出家门多远，就碰到了肖东权一伙人。

刘伯旺发现儿子被绑着，一边厉声质问，一边上前欲解开绳子。刘运辉上前一步挡住了刘伯旺。刘伯旺冲了几次都不成，便质问肖东权什么意思？

肖东权吐了一口烟，冷冷地说："这要问问你宝贝儿子。"

刘杜峰正耷拉着脑袋蹲在地上，他带着哭腔说："爸爸，我欠他们一万元，先帮我还了，我下次再也不赌了。"

刘伯旺一听浑身发抖，脸涨得通红。指着刘杜峰说："你这败家子，又去赌，想气死我啊！让他们打死算了。"

刘伯旺说完转身便走。肖东权见此情形，对刘运辉使了个眼色，刘运辉和邹利清便对着刘杜峰踢了两脚，万梓星使劲拉紧了绑着刘杜峰手的绳子，刘杜峰杀猪般嚎叫起来，边哭边喊："老爸救我，老爸救我啊！我再也不赌了。"

刘伯旺听到宝贝儿子杀猪般哭喊，一时心软，回头望着儿子。心想，肖东权这一伙人什么事都做得出来，谁也惹不起，万一他们真把儿子打残怎么办？刘杜峰见老爸停下来，哭喊更大声了。这时，刘伯旺老婆邹碧香上气不接下气，跑步赶来了，她一见儿子这般情形，忙上前抓住儿子手臂急切地问："儿啊，你这是怎么了？你没事吧！"

刘杜峰一见母亲，叫得更加悲惨，一把眼泪一把鼻涕告诉她事情真相。邹碧香一听，忙责怪刘杜峰"儿啊！你不是答应妈，不去赌了吗？怎么又欠这么多呢？"

肖东权一听，递给她一张复印单据，冷冷地说："你自己看，单据上写得清清楚楚。"邹碧香接过来认真看了看，颤抖地问肖东权："怎么利息这么高啊？"

绝望重生录

肖东权没好气地说："这是规矩，你情我愿的。我不想和你们啰嗦，你们还，还是不还?"说罢又打了个眼色给刘运辉他们。

刘运辉心领神会，一把推开邹碧香，然后，右手拿起长刀，左手提起刘杜峰的手，举刀欲砍。口里说："再不还，我就废了他。"

刘杜峰忙大叫："妈，救我啊! 妈，救我啊!"邹碧香大惊失色，欲上前夺刀。被万梓星等人拦住。邹碧香气得一跺脚，对刘伯旺说："老头，我们赶紧还了吧!"

刘伯旺的脸气得青一块紫一块，唉了一口气说："都是你养的好儿子，就当破财消灾吧!"说罢，便回屋拿钱去了。

肖东权接过钱用手掂了掂，又弹了弹。然后手一挥，刘运辉他们便放了刘杜峰。

邹碧香扶着儿子，边走边骂骂咧咧："这帮天杀的，迟早会有报应的。"

肖东权看了看天色，又看了手表，然后说："走，我们乘胜追击，把邹小丽的欠款也要回来，晚上大家再好好庆祝庆祝。"众人齐声附和，又浩浩荡荡去找邹小丽。

此时，万梓星又感觉疲倦袭来，不停地打哈欠，昏昏欲睡的样子。刘运辉看了一眼，哈哈大笑起来，万梓星被笑得莫名其妙。刘运辉拿出白色粉末说："去，赶紧'补飞'，时间到了。"

万梓星一拍脑袋，是了，怎么自己这么笨呢，还要人提醒。万梓星接过白粉，故意在阿牛面前晃了晃，然后到一边吞食烟雾去了。

一行人在城东麻将馆找到了邹小丽。邹小丽见到他们，愣了一下，脸上掠过一丝不安。她很快就恢复平静，露出愁眉苦脸的表情说："权哥，我现在哪有钱啊!"

肖东权摘下眼镜，低沉着嗓子问："看样子，你现在混得还不错嘛!"

"没有钱? 没有钱还在这开台, 骗鬼去啊。"

邹小丽哭丧着脸说:"肖哥, 最近手气很差, 这不没钱就来想法子弄点钱嘛!"

肖东权不耐烦地说:"够了, 今天不还钱, 别想着离开这里。"说完, 手一挥。几个人立马把邹小丽围住了。

邹小丽一看这阵势, 干脆把心一横, 坐在地上说:"今天老娘不走了, 要钱没有, 要命倒有一条。"

肖东权瞬间一股火气腾地冲上脑门, 边说边抓住她的头发往地上按, "别敬酒不吃吃罚酒。"接着, 他又拖着邹小丽往前几步。邹小丽抓住肖东权的手, 乱拍乱打, 喊叫:"你就是打死我, 我也没钱。"

肖东权恼羞成怒。他恶狠狠地说:"给足面子, 你居然不要, 那就休怪我不客气了。"说罢, 对刘运辉他们说:"把她绑起来, 先把她强奸了, 再弄到县城发廊里去。"

刘运辉拿出绳子, 准备绑她的双手。邹小丽全身立刻瘫了下来, 她知道肖东权这帮恶棍, 什么事做不出来? 她颤抖着说:"我给钱, 我给钱还不行吗?"

肖东权狞笑着说:"你这贱货, 就是不见棺材不流泪, 早点答应不就好了嘛!"

"激情之夜"酒吧, 每天晚上照例灯火辉煌, 重复着相同的故事。肖东权一帮人又在这狂欢了。万梓星待"小燕子"空闲的时候, 把她叫到一边, 高兴和她聊起了今天的事情, 权哥给每个人都发了奖金呢! 说着拿出一个小首饰塞给"小燕子"。"小燕子"双眼盯着小盒子, 双手推了几下, 拗不过万梓星, 便收下了。

万梓星看着"小燕子"收下礼物, 满心欢喜地说:"到时发了奖金再好好请你吃饭。"

"小燕子"双手交叉紧贴着肚子，扭着腰，嘴角偷偷露出微笑，低头不语。脸上泛起一片片红晕。万梓星更加喜爱，这几天脑海里被林尼燕占据了，就在白天也在做着见她的梦，特别是"追龙"以后，尽是她的笑容在他面前浮现。

万梓星凑近她耳边说："你这有货吗？我也会'追龙'了。"说完。万梓星调皮地做了个"追龙"的动作。

"小燕子"笑了笑说："有啊！不过你要保密哦！"

万梓星点了点头。两人接着又聊起酒吧有人喝醉酒的丑样，聊得正欢的时候，有人来叫小燕子过去。她只好匆匆话别。

万梓星看到林尼燕走开，有点失落。他百无聊赖地在酒吧里走着，希望能在某个角落里碰到她。突然，他看见肖东权和刘孟东闪进了酒吧的经理室。咦，刚才肖大哥不是和刘运辉说了不过来吗？怎么现在又过来了呢？万梓星不由好奇心起，蹑手蹑脚地靠近了经理室，经理室的门虚掩着，里面传出了爽朗的笑声。

一会儿，传出肖东权的声音："侯经理，最近风声很紧，所以水涨船高，希望你多理解啊！"

"唉，肖老板，现在'瘾君子'都精明得很，那里货好，那家便宜就在哪拿货，生意不好做啊！"

"其他我不管，我手下的兄弟都是我带他们过来吸的，一定要拿我的货。"肖东权不满地说。

"这个没问题，其他的我就尽量推介吧！"侯经理咳嗽了一声，无奈地说。

万梓星听到这，似乎明白了什么，他听到有人挪椅子的声音，不由心里一惊，赶紧悄悄地溜走了。

是夜，酒吧里震耳欲聋的摇滚音乐，在罂粟的作用下，把一群群满身酒气的男男女女，推向一次又一次充满幻境的高潮。万梓星回到包厢房，很快就加入了狂欢的队伍，他觉到这些音乐、灯光、锡纸、白粉，当然，还有林尼燕就好像一个巨大的磁场，深深地吸引着他。

天空一片阴沉，山上的树木也无精打采。老虎岭上却是一片欢腾，不时传来吆喝声。肖东权看着这盛大的场面，豪气顿生，今天他出动了所有的马仔。他非常满意地摸了摸下巴，两眼眯成一条缝，嘴角泛出笑容。眼前这一张张台上豪赌的人群，如同印钞机一样，在印着一沓沓花绿绿的钞票。他走到一棵树下，躺在沙滩椅上，闭上眼睛，翘起他的"招牌二郎腿"，哼着小调子，非常惬意地感受着这难得的景观。

一个叫"刘仔"的赌徒似乎闹肚子，只好暂时告别赌桌，悄悄地溜进树林深处准备去方便。他拨开一条条挡路的树枝，走到一处茂密树底下，正准备蹲下解手时。突然，他发现前面有些小树动起来。他以为是野兔之类的，想悄悄地观察一下，定睛一看，"我的妈啊！"原来是穿着绿色制服的警察。他吓得魂飞魄散，三步并作两步，顾不上脸上、手上被树枝刺痛，往出口方向树林急速遁走。当他看到肖东权躺在那沙滩椅上摇晃时，内心闪了一下，稍停了下脚步。刘仔心想，如果说出去，自己也许都跑不了，还是逃命要紧。于是，他加快脚步跑开。他刚跑出不久，就听到山上一片喊叫声、吵杂声。

肖东权还在做着美梦，就被一声声吆喝"不许动"吓醒。他双脚一蹬，一跃而起，正准备要跑，却被快速跑上来的几个荷枪实弹的武警按倒在地上。肖东权眼睛一瞄，好家伙，几百个武警把整个赌场围了个水泄不通，他不由心里凉了半截，全身瘫软下来。

赌场很快就被控制住了，武警把所有人都铐住，要求所有人双手抱头蹲在地上，一边呼叫押送车辆，一边进行现场清查工

绝望重生录

作。万梓星和他们一样双手抱头蹲在地上，看着眼前的情景，心里怦怦直跳，但他又想起权哥说了，未到18岁犯什么罪都没事呢！自己还有几个月才过18岁的生日呢！这样一想，心里又庆幸起来。

除了刘仔跑掉外，其余的全部被带走审问，收缴的赌款达三百多万元。武警智取老虎岭的事件，成了许多村民茶余饭后的谈资。

第三章　扭曲的灵魂

四天后，万梓星等十几个未成年的伙伴，从拘留所被放了出来，而肖东权和刘运辉、刘利标他们却一直杳无消息。

万梓星一出来，长呼了一口气。他感觉眼前一片茫然，没有了赌场的工作，他一时竟不知何去何从。这时，他本想回去看一下父亲，但他想起父亲和继母对他种种的冷漠，这个念头一闪而过，马上就打住了。他毫无目的地走在路上，突然他打个哈欠，一阵困感袭来，他此时感觉要即刻回屋去吸两口再说。这么多天，他都不知怎样熬过来的。

当他打开宿舍的门时，一阵难闻的臭味袭来，地上的垃圾有的发霉发臭。他似乎习惯了这种味道，几只苍蝇又朝他扑面而来。他顾不上这些，赶紧到刘运辉藏白粉的地方，找到剩余一些白粉，吸了几口，感觉精神些。看到眼前的白粉所剩无几，他发了一会儿呆，突然想起"小燕子"。对，找她去。以前聊天时和她开过玩笑说："以后找机会来这里上班。"小燕子还说酒吧里长期招人呢！看来也只好如此了。

万梓星在小燕子下班的路上，焦灼地等待着，直到那熟悉的身影出现，他快步迎了上去。小燕子看到万梓星的出现也挺惊讶，不过她很快就镇静下来，问万梓星："听说你们都给抓了，你怎么出来了？你是要那个吗？"万梓星点了点头，又摇了摇头，看到她身旁的同事，赶紧把小燕子拉到一边，然后，吞吞吐吐地告诉来意。

小燕子格格笑了起来："我以为什么事呢！那行啊！我们公司长期招工呢！尤其是像你这样的人才啊！"

万梓星摸了摸头，不好意思地笑了笑说："你就别笑我了！"

"那行，你明天过来吧！我帮你引见引见。"

"激情之夜"酒吧办公室里，李主管正翘起"二郎腿"，脸上露出微笑。他手上虽然拿着报纸，但眼睛却不时瞄下桌面上的财务报表。他心想照这样发展下去，很快就可以实现小车梦了。想到这他不由吹了几声口哨。"咚、咚、咚。"几声敲门声打断了他美好的想象。"进来。"他喊了一声，然后，放下"二郎腿"看着徐徐打开的办公室大门。他眼前一亮，原来是青春亮丽的林尼燕。

"李主管，万梓星过来了。"林尼燕娇滴滴地对睐着双眼看着她的李主管说。"哦，那叫他进来吧！"李主管丢下报纸，一双色迷迷的眼睛仍不停在林尼燕身上移动。

"李主管好！"万梓星今天穿了一条牛仔裤，一件黑色的上衣，显得特别精神。李主管看着万梓星那挺拔的身材、青春的脸庞、机灵的眼睛，不禁满心欢喜，点了点头。

万梓星很快就成了"激情之夜"酒吧的客服经理。穿上一身制服的万梓星，茫然地站在这以前经常光顾的酒吧大厅。那时他是这里的消费者，是上帝。围在他身边的莺莺燕燕，都是为了讨好他而存在的。跟着辉哥风光无限，这间酒吧承载了他最辉煌的那段时光，如今却这般光境，正在暗自神伤的时候。这时，胖胖的伟哥出现在万梓星身边，他一只手搭在万梓星的肩膀上，不怀好意地说："星哥，好久不见，我们现在也是同事了，以后要多多关照啊！"万梓星转过头，看了看他，记得这人曾经因为倒酒时把酒洒到自己脚上而呵叱过他。万梓星讪讪地笑了笑，点了点头，心里却像打翻了五味瓶一样。

一个月过去了，万梓星高兴地从李主管那里拿到一个密封的工资袋。他赶紧找到一个偏僻位置，拆开一看，不禁傻眼了，只有一千元。他原想着把林尼燕的白粉钱结了，还可以买个礼物什么的给她。可这点工资就是交白粉钱也不够啊！突然，他看到前面林尼燕似乎向他走来，他赶紧闪到旁边的洗手间去了。整个晚上，他都有意地躲着她。好不容易熬到下班时间，万梓星收拾好东西正准备溜走的时候，林尼燕却突然出现在他面前说："整天不见你，还以为你没来上班呢！"万梓星摸了摸头皮，不好意思地说："林姐，走，去附近大排档喝两杯吧！"

"你今天怎么啦？"林尼燕紧紧盯着万梓星问。

"林姐，走吧！我们到那边再聊。"他看了看旁边的同事，赶紧拉了拉林尼燕的衣服说。看着他满腹心事的样子，林尼燕只好紧跟着去了大排档。刚坐下，林尼燕便递给他一支烟，万梓星点着烟，猛吸了一口，又狠狠地吐了出来："妈的，和我一起来的那个阿龙，工资居然比我拿得还多！"

林尼燕看着他，幽幽地说："那你知道为什么人家比你工资多吗？"

"他无非是对客人嬉皮笑脸，推销的酒水多，客人点的小食多，人家叫他陪喝两杯他就喝。"万梓星不服气地说。

"那就是啊！做我们这行有很多东西要学会放下，放下过去，放下面子，甚至要放下尊严。"

"可是，我看到客人那趾高气扬的样子，就不想搭理他们。"

"你又不是和他们谈恋爱，你是要他们掏钱消费啊！你要从以前顾客是上帝的身份，尽快转为服务员的身份。如果再这样没

绝望重生录

有业绩,你说怎么过日子呢? 甚至你吸粉的钱也不够啊!"

万梓星想起还欠她的白粉钱,只好叹了一口气,把头深深地低了下去。两人无语,只喝着闷酒,良久,才默默地离开。万梓星深深感觉到了钱对他的重要性,林尼燕说得对,如果没有了钱就活不下去,要面子又有何用呢,想到这他心里感到释然。

华灯初上,"激情之夜"酒吧里照样彩灯闪耀,劲歌热舞。万梓星正在各个包厢房里穿梭忙碌。

"万经理,去哪? 过来帮大爷倒杯酒。"胖麻子叫住了他。

"好咧!"他赶紧转身拿起酒瓶,瞄了胖麻子一眼,准备倒酒。可是那一脸的麻子,黑里透红从脖子上一直长到额头上。他吓得手一抖,酒溢了出来,洒在胖麻子的裤腿上。他心里一惊,赶紧赔着笑脸说:"对不起,对不起。"忙拿起纸币帮胖麻子擦。胖麻子脚一伸,右脚踢到他的屁股上,凶狠狠地说:"妈的,你没长眼嘛。"

"对不起,大哥。"万梓星按捺住火气,赔着笑脸说。

"对不起,值几个钱,你要么做 50 个俯卧撑,要么把这三瓶酒喝了,否则我就投诉你。""对,对。"包厢房里的其他人也哈哈大笑,纷纷附和着说。万梓星想了想,喝了这些酒,后面还有要陪酒的就应酬不了,给他们一投诉,这个月好不容易挣的业绩就会泡汤。他只好弯下腰,在地上使尽吃奶力气做起俯卧撑。快坚持不住了,他停了一会儿又咬牙硬是坚持下去。胖麻子看着他那不标准甚至有点怪异的动作,哈哈大笑起来。万梓星喘着大口的粗气,抹了抹脸上的汗水,帮胖麻子又倒了一杯酒才出去。胖麻子嘿嘿冷笑说:"这才对嘛! 来,兄弟们喝!"

"林姐,待会儿,帮我拿包好货来!"万梓星笑吟吟地对林尼燕说。"好咧!"林尼燕一转身的功夫就拿出一小包粉过来,她悄悄地把万梓星拉到酒吧外面的一个角落里,把白粉塞给他。万梓星则把一叠钱给了林尼燕。林尼燕接了过来，数了数，放进了口袋说："看你这么高兴，这个月的工资不错吧！"

"嗯，还好！"

"所以，你管他们是老爷还是孙子。只要能赚到钱，我们就可以好好享受这些高档货，你说是不是？"

万梓星点了点头。他小心翼翼地打开包着的白粉，对"小燕子"说："你也来尝尝吧！"小燕子接过白粉，打开袋子，小心翼翼地用手指甲勾起一小撮粉递到他面前。他兴奋地用手指压住一个鼻孔，用另一个鼻孔凑上去用力一吸，白粉瞬间由他的鼻腔直入大脑。他仰着头，缓缓靠在墙上，嘴角露出一丝满足的微笑。小燕子笑着，指着他娇嗔道："真没用，才吸一口就够了。"她又从袋子里勾起一小撮货，对准自己鼻孔吸进去，一连打了三次冷颤后停下来。万梓星惊奇地看着她。林尼燕告诉他，这是嗨的最高境界。两人靠在墙上，万梓星飘飘然傻笑着看她。她似乎被看得有点不好意思，低下了头。万梓星感觉有点晕晕的。他的脸与她离得很近，她的带一点香味的气息轻轻地飘进他的鼻子。看着她如此楚楚动人，他头脑一阵阵发热，再也把持不住，忍不住抱着她狂吻起来。

"小燕子"挣扎了几下，也挣扎不开他那有力的双臂，只好任由他亲吻。他的双手更加放肆起来，正想进一步动作，解开她上衣扣子时，林尼燕赶紧使劲地捏了一下他的后背，贴在他耳边说："我们在上班啊！等下主管会找我们的。"万梓星听了，心里一惊，才想起还要招呼客人呢！于是赶紧停了下来，讪讪地说："我刚才头好热，没控制住。""走吧！赶紧上班去。"林尼燕嫣然一笑，并没有丝毫责怪他的意思。他看着林尼燕迈着轻盈步子离去的倩影，不禁看呆了。

万梓星时常变些法子，送"小燕子"一些小礼物，每次都让

绝望重生录

"小燕子"十分欢喜。他知道"小燕子"喜欢有小熊图案的东西，她的水杯、毛绒公仔、毛巾、拖鞋，就连睡衣也是有小熊图案的。上班时，她说肚子饿了，万梓星就偷偷地溜出去，到附近的大排档，买来她最爱吃的牛肉串给她。这样，林尼燕的心，慢慢地给他俘虏了。万梓星不久就搬进了她的宿舍里，两人合住了。

"老板，给我们两杯牛奶。"林尼燕和万梓星刚在西餐厅坐下，万梓星便大声对老板喊。随后他神秘地从包里拿出一个铁盒，放在她面前。这是一个包装非常可爱、精致的盒子，盒面一个个小熊浮雕栩栩如生。他从口袋里拿出一把精致的钥匙，对准铁盒中间的小孔一扭，"咔哒"一声，铁盒打开了，那是满满地一盒体态、表情各异的小熊饼干，每一只小熊的服饰、动作都不相同，不同的颜色，不同的口味。她惊喜地看着这盒饼干，爱不释手，做出一副流口水的吃货模样。万梓星看着她，哈哈大笑。

寒风凛冽的冬天里，万梓星会把双手搓热了，再握住"小燕子"的手，放进他的风衣口袋里。两人走在大街上，路人都会纷纷投来羡慕、祝福的目光。他俩都以为找到了彼此生命中可以依靠的另一半。他们沉浸在幸福的爱情里，仿佛一切困难都不能够分离他们。

在明亮的月色下，林尼燕温柔地躺在万梓星的怀里，向他诉说着上班时受到的委屈，万梓星用手指怜惜地为她拨开挡在额前的发丝，用嘴唇轻轻吻去她眼角的泪痕。万梓星暗暗发誓，要尽自己最大的努力来保护自己怀里的林尼燕。

然而，他的雄心壮志在毒品作用后，便慢慢消褪了，让万梓星陷入尴尬的是，他现在连毒品钱也难以应付，更别说给"小燕子"其他的幸福了。起初，他还能借借同事的钱应付应付，这样借东家拆西家也不能维持多久，筹毒资的压力开始把俩人压得喘不过气来，开始为此而争吵不休。

在酒吧里，万梓星刚去厕所吸了"小燕子"剩下那一点点可怜的粉，意犹未尽。他去看了看包房，此时有刚买单的客人，说不定还能留下一点粉迹，他可以吸一点补补瘾。可是今晚去几个包房都一无所获，他有点沮丧，眼神迷离地走出厢房，往舞池方向走去。

舞池中央，DJ正在卖力地打碟，动感的节奏震耳欲聋，炫目的灯光激情四射，让人意乱神迷的烟雾从地上缓缓升起。熙熙攘攘的男女在舞池中疯狂摆动着身体，挥发着酒精与汗水。万梓星在旁边也随着音乐轻轻地摇摆着身躯，"小燕子"穿着越来越性感，一身艳红色的吊带短裙装，领口开得略低，贴身的剪裁把她的玲珑身段勾勒得凹凸有致，饱满的酥胸在她晃动身躯的时候显得呼之欲出。周围的男士一个个都看得心猿意马。在白粉的作用下，"小燕子"的眼神越发迷离和诱惑，摆动身体的幅度也越来越夸张和放肆。在她摇头晃脑间，让人分不清这个身段性感的女人，到底是天使，还是魔鬼？

这时，舞池中一个魁梧身材的秃顶男子狞笑着端着酒杯，出现在"小燕子"的面前，要她喝一杯，她不好拒绝，只好喝了。那男子淫笑着把一双大手搭在她的腰间，要和她跳贴身舞蹈。"小燕子"知道这位号称"豹哥"的人惹不起，只好勉强与他跳了起来。谁知豹哥的手越来越不规矩，在她身上乱摸，她一再忍住，豹哥却越来越放肆，强行要吻"小燕子"。她用手挡了几下也挡不住，正在难堪的时候，突然，不知从哪里挥来一拳，狠狠地打在豹哥右脸上，豹哥吃痛，赶紧放了"小燕子"。他用手捂着脸站在那里，没想到有人居然够胆对自己动手。当他看到怒气腾腾的万梓星，握着双拳站在那里时，使用双手推了一下万梓星，然后厉声质问："她是你什么人？别多管闲事！"

万梓星也不甘示弱，和他推搡起来，高声说："她是我女朋

绝望重生录

友，你干嘛动手动脚？"

"你女朋友又怎么样？做舞女都是给人上的。"豹哥恶狠狠地说。

两人你一言我一语，边吵边动起手来，两人越打越激烈，任由"小燕子"在旁边怎么喊，怎么拉，也无济于事。两人最后倒在地上，继续厮打。众人纷纷躲闪。

这时，一群保安冲了进来，七手八脚把两人拉开，带到了保安室。

舞场音乐继续响起，像没有什么事发生一样。或许这样的事，在酒吧里面是再平常不过的了。

"小燕子"在保安室外，待万梓星出来后，便把万梓星带到工作间，关切地询问伤得怎样，并拿出纸巾，替他擦去脸上的血迹。万梓星连忙摇了摇头，说不碍事，只是一点皮外伤。小燕子低头哭泣起来，万梓星抚着她的肩膀，又拍拍她的背。两人长时间陷入沉默中。

小燕子抬起头，望着万梓星说："要不，我们都不要吸了，不要做这行了，我们去找其他工作吧！好不好？"万梓星摸摸伤口，木然地望着墙角，痛苦地点了点头。他感到眼前一片茫然，他也曾想和林尼燕过一个正常美满的生活。他为此挣扎过，想摆脱毒品。然而，现在毒品已经成了他生活中重要的组成部分，控制他的一切，就像一条无形的枷锁在牵引着他跌跌撞撞往黑暗走去，让他完全失去了心智。

好一会儿，万梓星拉起坐在地上的林尼燕，说："我们回去吧！"

在宿舍，万梓星毒瘾提早袭来，他暗骂了一声"见鬼。"不知是刚才没吸够，还是跟豹哥一番打斗，消耗太多体力所致，他觉得全身发冷，双手发抖。他流着眼泪说："亲爱的，赶紧给我弄一点，我受不了，吸完这次我们再戒吧！"林尼燕似乎被万梓星点燃了毒瘾，也感觉浑身不舒服，赶紧从包里拿出白粉与万梓星分享。他们又飘浮在毒海里吞云吐雾，早把刚才的诺言丢到九霄云外了。他俩对毒品的需求像发酵的面粉一样不断在心里膨胀。

嘘，嘘，嘘，口哨声在舞池此起彼落，林尼燕一身紧身绯色舞蹈服装，像美丽的蝴蝶飞舞着，像婀娜多姿的柳条扭动着，让人如痴如醉，引起一群群青年浪子口哨声不断，再次成为全场关注的焦点。

万梓星抽空在旁边欣赏着她的舞姿。他感到喜悦，也有深深地忧虑。他注意到小燕子脖子上一条金光闪闪的金项链。

万梓星不露神色站在远处，同时留意着她的一举一动。这几个月来，他看到她穿着打扮更加入时，特别是那几个动辄上千元的手提包，靠她的工资、奖金是不可能消费的。这一直让万梓星心生疑虑，质问过几次，她总是说用奖金买的。

此时，小燕子表演完舞蹈，按照以往的惯例，应是去后台工作间换衣服推销酒水。这时，万梓星看到一个高大的男子，尾随着她往后间走去。万梓星紧随在他们身后，看着他们进了工作间，万梓星赶紧靠近门口，侧着身，竖起耳朵听起来。

小燕子娇嗔地说："虎哥，你怎么进来了？不是让你把货放在洗手盆下面吗？"虎哥干笑了一声说："还不是想见见你嘛！顺便把货给你啊！"万梓星再也听不下去，血液上涨，攒足劲一脚把门踢开，冲上去挥拳就打虎哥。虎哥被突如其来的袭击吓了一跳，但很快就镇定下来，也不甘示弱和万梓星扭打在一起。

小燕子忙上前拉扯，可是又拉不开，急得在旁边直跺脚，连声喊："你们别打了，再打，我就报警了。"

俩人抱着在地上翻来滚去，虎哥突然一个翻身把万梓星压在

绝望重生录

地上，双手把万梓星的脖子卡得死死的，万梓星感到呼吸困难，双手乱抓。虎哥正得意的时候，听小燕子喊叫，不禁心里"咯噔"了一下，想着自己身上还带有"货"，于是赶紧从万梓星身上爬了起来。

"他妈的，我们在商量事情，你冲进来干什么？"虎哥凶狠狠地说。

"你欺负我女朋友，我怎么不能进来？"万梓星气呼呼地说。

"谁欺负你女朋友了？我们在交货，我不送货你吃什么？"虎哥气冲冲地说。

这时，林尼燕也在旁劝说万梓星："我们的货就是从他那里拿的啊！你别想那么多了。"

紧接着，虎哥从口袋里掏出一包粉，丢在万梓星面前说："妈的，没有我，看你日子怎么过？"万梓星一看那包白粉，就两眼发光，一把抓在手上，任由虎哥说什么污言秽语，也不出声了。林尼燕示意虎哥快走。他这才骂骂咧咧地走开。万梓星拿着白粉赶紧去洗手间"追龙"去了，哪里还顾得上林尼燕？见此情景，她只好长叹了一声，默默地走开了。

万梓星下班时去找林尼燕没找着，只好一个人回到出租屋里，许久呆坐在椅子上。林尼燕上班时又不知去了哪里？万梓星看着他们居住的出租房，房子里面随处可见空空的矿泉水瓶、方便面袋子和快餐盒子，甚至有些腐烂的味道。卧室内虽然凌乱不堪，相反小燕子的化妆台摆满高级化妆品、名牌女包和香水。

万梓星正在心烦意乱的时候，"砰"地一声，小燕子关门声把他惊醒过来。

"还没睡啊！"小燕子丢下手提包，习惯地坐在沙发上，点燃一支香烟，悠然地望着万梓星说。

她以为万梓星会靠过来说几句话，亲热亲热的，可是万梓星头也不抬。

小燕子心里很不爽快，说："你今晚是不是嗨大了？干什么那么冲动呀？"

万梓星没好气地说："这要问你了，你自己做什么还不清楚吗？"

小燕子提高了嗓门反问道："我怎么了？""你背着我和别的男人搞这个那个，你当我不知道？"此时，万梓星把压抑已久的愤怒全部爆发了出来。小燕子许久没出声，只是怔怔地看着万梓星的眼睛，带着一丝无奈，更多的却是失望。她掐掉了烟头，缓缓地吐了一口烟出来，冷笑了一声，回应道："那你有本事养我啊！这样我就不用出去工作了。"

万梓星脸涨得通红，用手指着林尼燕说："你真是臭不要脸，我早就知道你是怎么样的人了。你看这些上千元的包是怎么来的，这些几百元的化妆品又是怎么来的，你以为我不知道吗？"万梓星边说边把一个个包往地上扔。他感觉到作为一个男人的尊严被触犯了。

林尼燕毫不示弱地站了起来，指着万梓星吼了起来。"那你不说说，你平时吃的从哪来？那些粉是谁给你的？靠你那每月两三千元工资，你吃得起吗？"林尼燕彻底被激怒了。

她见万梓星气得咬牙切齿的样子，似乎感觉到一种快感，她把压抑的情绪都发泄出来。

"对我凶，那次，要不是我护着你，把你拉走，你现在就算不死也残废了！虎哥是这一带的大哥大，现在你那肖大哥进牢里，谁还能罩着你，你就省点力气吧！"小燕子继续奚落万梓星。

万梓星再一次感觉自己的自尊受到了践踏，他却发不起火来。小燕子的一番话，让他终于意识到两个人在一起，是不可能"有情饮水饱"的，很多现实的问题，死死地扣住了他的脉门。

绝望重生录

他想起他们一起吃的、喝的、用的开销，大部分来自林尼燕，如果光是靠两人那点工资，是完全不够的。更别说她那动辄数千元一套的化妆品，那个爱马仕包。他用半年工资也买不起，而自己又不喜欢她的这种生活方式。他幡然醒悟了。突然，一股强烈的挫败感涌上心头，自己居然没有能力去养一个女人。

毒品滋养的爱情，终会像毒品吸食瞬间带来的快感一样，来得快走的也快，这样缺少现实衬托的感情像泡沫，既使开始的再美丽也会稍纵即逝。万梓星逐渐认清了现实，没有勇气再争吵下去。在林尼燕面前，他已经失去了作为一个男人的尊严。他像泄了气的皮球，甚至不敢与她的眼神对视。

他们在冷静的时候，也曾经有过美好的设想，去一个陌生的城市，过正常人的生活。可是，当毒瘾发作时，他们又常把这些抛到九霄云外，在毒海中沉沦。

万梓星不想再说什么。他简单收拾着一些自己的东西，林尼燕没有阻拦，只是红着眼睛，默默地看着他做这一切。她的双肩在微微发抖，可是她强忍住眼眶里打转的泪珠，硬是没让眼泪流下来。

万梓星拖着行李箱，走到门口，背对着她说："对不起，照顾好自己吧！"他很想回头再看看她，可是他终究没有勇气转过头。短暂的停顿后，随着房门关上的声音，林尼燕再也没能忍住内心的悲伤，泪水奔流而出。一段初恋爱情故事，就这样在残酷的现实与无奈中戛然而止。

感时花溅泪，恨别鸟惊心。当人处于悲伤的情绪中时，全世界也都跟着悲伤起来了。万梓星走在熟悉而又黑暗的街道上，他打量着左右两边的店铺，月亮是弯曲的，似乎星星也在哭泣，雾水落了下来，飘在万梓星的脸上，恍惚是星星的眼泪。街道上的街灯，似乎在睁着眼睛嘲笑着他。万梓星感到前所未有的困境，他不知何去何从，他突然希望林尼燕能出来叫他回去。而一阵凉风吹来，让他打了一个冷颤，他清醒过来，他知道和林尼燕之间，一切都过去了。他只好找一个旅馆住下来，明天是什么样子，他姑且什么都不想了，倒下来便睡着了。

万梓星对本县的酒吧比较熟悉，三天后，他就在城乡结合地"帝豪酒吧"找到了客户经理的工作。凭着以前的工作经验，万梓星在工作上得心应手，再也没有以往的局促和紧张。现在，他似乎有一种解脱，又有一种深深的失落感。现在一切都要依靠他自己，光靠这份收入，就是加上奖金，也是无法应付他吸毒的开销。他可以不吃饭，但不能没有毒品，没有毒品的时候，那种深入骨髓的痒已经让他刻骨铭心。因此，万梓星必须想办法找到更多的钱，才能应付他的毒资。

夜里，万梓星正在酒吧里无聊地吐着烟圈。眼睛漫无目的地巡视着酒桌上的客人，想看看有没有可以服务的客户。很快他便盯上了一张散台，那里坐着一个衣着入时、脖子上挂着硕大的金项链的女士。她品着名贵的红酒，看来气质不凡。万梓星心中暗喜，心想："大鱼来了!"他快速整理了一下自己的仪表，走上前去。

万梓星带着阳光般灿烂的笑容，出现在这位优雅的女士面前，微微躬身，非常绅士地递出自己的名片。

"您好，我是这间酒吧的客户经理叫万梓星。希望能为您服务!"

看着万梓星阳光的笑容，她似乎被感染了，也露出笑容，那双水汪汪的眼睛在万梓星身上扫了一遍，点了点头，示意万梓星坐下来。万梓星暗喜，靠近她左边坐下来。因为他听过说过女士左边是缺少安全区域，从这个区域进行沟通更容易成功。女士拿出卡片递给万梓星，他恭恭敬敬地接过来仔细看了一眼。"新东

绝望重生录

县温州皮鞋批发总经理李春霞"万梓星按捺住内心的高兴，热情地为她倒了一杯酒。然后，拿起酒杯，与李春霞碰上两三杯后，两人话题便多了起来。交谈中，万梓星得知，李春霞经营皮鞋，请了四个人打理。面对着比自己稍大几岁的女人，万梓星内心也有些抗拒，但他想如果不去努力，白粉的钱又不知从何而来。于是万梓星使出浑身解数，哄她开心，对她表达了钦佩之情。甜言蜜语下，李春霞喝的酒也越来越多，万梓星看着摆在桌上的酒瓶和零食，嘴角露出了笑容。

李春霞最近因为生意不顺，加上与男友分手弄得心烦不已，才来酒吧喝两杯。当然，这个幽默、风趣，又会逗人开心的阳光帅气男孩陪在身边聊聊天，确实让她感到愉快，她需要一个可以倾诉的对象。她聊起这座城市新鲜的事物，聊起了生意，聊起了生意上的一些人与事。

一个小时过去了，万梓星见聊得差不多了，便告辞李春霞，去另一桌应酬。李春霞恋恋不舍地目送着万梓星离去。

此后，万梓星上班时都会先留意下每一桌的客人，他多么希望能见到李春霞。可是一连几天，都让他失望，李春霞并没有出现在他的眼前。

"喂，李总，在忙吗？我是万梓星。"他拿起公共电话，犹豫了一会儿，还是拨通了李春霞的办公电话。

"哦，是你啊，万经理，我正在卸货呢！"电话那边传来了熟悉的声音。万梓星按捺住激动，接着说："哦，李总，我今天休息，没事做，我过去帮你卸货吧！""是嘛！你不累吗？""反正我也没事！想锻炼锻炼下身体。""哦！那好吧！"李春霞咯咯笑了一声，欢喜地答应了。万梓星按照卡片上的地址，搭了辆摩托车便过去了。李春霞撑着雨伞正在指挥工人卸货，万梓星二话不说，便卷起裤脚，帮忙搬起货来。

一会儿功夫，汗水便湿透了万梓星的上衣，露出充满青春气息的虎背熊腰。李春霞见状，赶紧倒上一杯水给他，万梓星喜滋滋地接过来，深情地望着她。李春霞似乎觉察到万梓星的眼神，赶紧把头扭向一边。

　　万梓星喝完水，把水杯还给她时，手有意无意地触碰了她的手背。李春霞手一震，赶紧接过水杯，把手缩了回来。

　　忙了两小时，终于忙完。李春霞拿出一百元给万梓星，万梓星说什么也不肯要，拍了拍衣服上的灰尘，饭也不肯吃就离开了，还说今后需要帮忙做点什么事的，叫他就是了。李春霞充满感激地点了点头。

　　李春霞看着万梓星远去的背影，脸上就被一种愉快微笑笼罩着。许久才把眼光从他背影移开，似乎在思考着什么，直到一个工人叫她结数，她才反应过来，用手抹了抹额头上的汗水，回到办公室里忙碌起来。

　　万梓星和李春霞的交往逐渐多了起来，李春霞越发信任他了。有时忙不过来，她就叫万梓星过来看店，帮忙做点事。万梓星每次看到李春霞那堆得小山似的货，还有那鼓鼓的腰包，若有所思，做起事情劲头挺足。

　　李春霞则时不时来酒吧点万梓星服务，那一掷千金的豪气，让他脸上时刻堆满了笑容，周到而妥帖地招待她。

　　万梓星今天刚帮她搬完货照例准备离开，这次她说什么也不让他走，他只好在她店里坐下来。不久，李春霞在邻近餐厅叫了四个菜，拿出一瓶珍藏已久的药酒。"来，喝、喝、喝。"万梓星眉头紧锁，满怀心事的样子，举起酒杯。李春霞关切地问他："你怎么啦！今天看你有点不对劲。"万梓星叹了一口气，又举起酒杯说："来，喝一杯，我没事。""你没事？看你这个样子，还没事？快点告诉我发生什么事了？"李春霞焦急地问。万梓星见时机到了，便拿起拳头捶了几下额头，带着哭腔，自责地说：
"我真没用啊！母亲病重，我连这点钱都拿不出啊！""那你也不
能借酒消愁啊！要想办法解决问题啊！"李春霞关切地说。

万梓星摇了摇头。"没法子了，我向几个同事借钱，都没借
到，能有什么法子呢！我真是个混蛋啊！"万梓星表情痛苦地说。

李春霞把椅子往万梓星那边挪了挪。焦急地问："那你现在
需要多少钱啊！"

万梓星把头深深地埋在双臂中间，双手把头发抓得紧紧的，
长时间没有说话。

李春霞着急地扯了扯万梓星的衣袖："那你快说嘛！需要多
少钱啊！"

"3000元。"万梓星抬起头轻声地说，然后，用焦急而又充满
期待的眼神看着李春霞。

李春霞长舒了一口气说："3000元，我还是有的，我借给
你吧！"

"真的，太感谢你啊！我妈妈终于有救了。"万梓星兴奋地瞪
大眼睛，伸出双手激动地抓着李春霞的手说。

万梓星拿着厚厚一沓人民币，他没想到这钱也来得太容易
了，他尝到了骗钱的乐趣，心想，可以应付好长一段时间了。

从此，他越发卖力，想法子哄李春霞开心。他看到李春霞生
意很忙，就放弃休息时间，去菜市场买菜，做好饭等她忙完一起
吃饭。下雨天，万梓星及时地把雨伞送到李春霞的店里，这些看
起来生活中的毫不起眼的小节，让李春霞彻底陷入了幸福的漩涡
里。不久，万梓星便搬进了李春霞的宿舍。

一个月后，万梓星照例做好一桌丰盛的晚饭，等着李春霞回
来，左等右等也不见她回来。正当万梓星准备去店里接她时，李
春霞拖着疲倦的身躯回来了。她一进门，万梓星就体贴地递上拖

鞋，把李春霞的手提包挂好，让她坐在沙发上好好休息会儿。不一会，就上了一桌好菜，李春霞瞬间满脸笑容，抱着万梓星亲了一口，她顿时觉得一天的疲倦都消失得无影无踪。

看到李春霞心情太好，万梓星抓住机会说："阿霞，你这样工作也太累了，我想为你分担责任。"

李春霞开心地笑了笑说："好啊！你想怎么分担呢！"

"我想和人合伙做点生意。"

李春霞开心地笑了笑："你终于有长进了，这样长期在酒吧做，也不是办法。那你说说，你想做什么呢？"

"现在随着人们生活水平的提高，对生活环境也有了更高的要求，花苗农场的销量直线上升，花卉盆景也持续升温，需要采购的群体越来越多。我想开个花木场，到时每天又可以送自种的花给你，岂不是更好？"万梓星说得头头是道。

李春霞笑了笑说："弄个花圃农场好是好，但是要有技术和销路，否则很容易亏损的。"万梓星拍着胸脯说："这你放心，我们都经过了市场的调研，现在酒吧开晚会喜欢送花给歌手，与女朋友拍拖要送花。新装修的办公室、家居，摆放吸收甲醛的盆景品种，有的要图吉利、讲风水，都喜欢摆盆景，市场的销路还是很可观的，保守估计一个月也有上万元的利润呢！"听着万梓星绘声绘色地描绘着这个美好的蓝图，李春霞心动了。她说："那你估计要投入多大的成本？"

"经过我们精心的预算，租地，请技术人员培育花苗等，首期投资要 20 万元。我和一个朋友合伙一起干，这样每个人出 10 万元，一年后应该就会有利润。到时赚到钱，我们买个地皮建一幢别墅，好好地过我们的两人世界。"万梓星兴奋地说。

"10 万元？要这么多啊！"李春霞吃惊地说。

"亲爱的，你放心好了，我们赚到钱，一切会好起来的。"

万梓星继续说。

经不住万梓星的软磨硬泡，李春霞答应万梓星，先把进货款8万元借给他。

拿到钱的万梓星，每天显得异常忙碌。他不定时带些鲜花回来献给李春霞。但当李春霞问起万梓星花苗场的运作情况，万梓星总是支支吾吾，说不出重点。于是，李春霞抽空跟着万梓星去看了几次花苗场，花苗场在郊外半山腰上，占地约一百多亩，花苗品种繁多，有四个工人在打理，但是问工人一些问题，工人总是答不上来。职业上的敏感告诉李春霞，万梓星一定有什么事在瞒着她。她暗暗留心，决定要找个机会，看看他究竟在搞什么名堂。

过了一段时间，李春霞又问起万梓星花苗场的经营情况，万梓星还是说处于亏损状态。

李春霞找了个借口，对万梓星说要出去进货一天，叫他照顾好自己。然后，叫上闺蜜刘红一齐去花苗场，到了苗场门口，然后，让刘红进去装作买花的样子，和工人详细交谈起来。工人告诉刘红，苗场每月还是有点利润的，两个老板出的资金不一样，你所说的万梓星只出了一万元，所以他分到的利润是很少的。刘红又问了一些经营情况，然后买了几盆花，便离开了苗场。

李春霞知道了这个情况后，她仍不敢相信万梓星会骗她，但事实又摆在眼前。闺蜜多次提醒她，万梓星在酒吧里做事时间长了，难免会沾染上不良习惯，比如吸毒之类的。她想起好几次在垃圾袋里发现一些锡纸之类的东西，问了万梓星几次，他都坚决否认。现在这些情况摆在眼前，她不敢去想那么多，她怕接受不了事实，但有些事情又必须弄明白。只是希望结果并不是她所预想的那样。

万梓星对李春霞的作息时间比较熟悉，知道她几点上班，几点下班，什么时候在做什么，都大概清楚。万梓星小心翼翼地把"溜冰"的工具，隐藏在床底下角落里。

这天，李春霞像往常一样去上班。万梓星看着李春霞出门，然后打开窗户，看着她远去的背影，确信无疑后才回到房间，拿出放在床底下的冰壶，准备大嗨一场。他拿出火机，慢慢烘烤锡纸上面的冰毒，随着冰毒在锡纸上的来回滚动，冒出大量烟雾，他快速用连接在冰壶上的吸管，贪婪地吸食着那些烟雾。他惬意地从嘴巴里缓缓吐出浓浓的烟雾，露出一个满足的微笑，脑海里出现了他所想象的美景……

正当万梓星在云里雾里飘然欲仙的时候，突然门被打开了。李春霞呆呆地站在门口，看着满屋子的烟雾和那股熏鼻的气味，她突然间就明白了。

她气愤地关上门，万梓星被关门的声音一惊，回过头，看到满脸怒色的李春霞，惊愕之下结结巴巴地说道："你，你，怎么……回来了？"说着转过身子，想用身子去挡住茶几上的那些吸毒工具。

"别挡了，我都看到了。"李春霞的声音有点冷，带着一丝愤怒的情绪。

"亲爱的，你听我解释。我真的是工作压力太大，每晚要陪客户喝好多酒，这个可以解酒的，也能帮我放松压力。"万梓星狡辩着。

"为什么你总是一次又一次地骗我，我给你的钱你都用来买毒品了。你想过我的感受吗？是不是我只是你用来满足毒瘾的工具？如果有一天我没钱了，你是不是就像丢垃圾一样把我给丢了？"

李春霞痛哭着继续道："我是那么信任你，我把一切都给了你，我为什么这么傻啊！"她脸色惨白，眉毛深锁，眼睛红肿，

绝望重生录

好像刚吞下一瓶苦酒似的。

万梓星走到她身边，轻轻抱着李春霞说道："宝贝，你想到哪去了？我是那样的人吗？你相信我，我真的是为了工作。"

"你还要骗我，什么为了工作？什么样的工作要靠这个来维持？你太让我失望了！"

"哎，真的不是你想象的那样，现在吸这个真的没有什么大不了的，好多人都在吸呢。这是提提神的东西而已。"万梓星说。

"好！那你说，你要它还是要我？"

"当然要你了，这还用说！"万梓星紧紧抱着李春霞说。

"那好，你要我，就不要吸了。"李春霞说着从万梓星怀里挣开了。

"好，我现在就把它戒了。"万梓星信誓旦旦地说。

"那你把这些工具都给我丢了。"李春霞指着那些茶几上的吸毒工具说。

"行，行，行，我把它丢了还不行吗？"万梓星看着李春霞那充满愤怒的眼神，知道今天如不听她的，肯定过不了她这关了。于是，万梓星边说边犹犹豫豫把那些心爱的工具装在胶纸袋里，无奈地把它丢进了垃圾袋里。

李春霞默默地看着万梓星做完这一切，这才作罢。

然而，"一朝吸毒，终生想毒"。万梓星在毒瘾发作的时候，把自己的誓言，还有李春霞的期盼，统统都丢在脑后了。只是他吸食时，更注意地点和时间，不让李春霞看到。李春霞后来又突袭了几次，也没查到万梓星在吸毒。她感到万梓星似乎把毒品戒了，看着日渐消瘦的万梓星，心生怜惜之意。于是，不时买些营养补品给万梓星，有时还把煲好的靓汤，送到万梓星上班的地方给他喝，希望用爱把万梓星彻底地拉回来。万梓星每当接过李春霞买的营养补品，送来的靓汤，内心是很复杂的。他感受到这不仅是汤，还包含着李春霞浓浓的爱，深深的情。他也有过想戒断的念头，然而，白色的妖魔一旦沾上，岂是那么容易摆脱呢？他感到有一种无形的魔掌，在控制着他的大脑，让他无法自拔。

傍晚，夕阳正慢慢地向地底坠去，天空蒙上了一副灰蒙蒙的面纱，山啊、树啊，也换上了晚装，暮霭沉沉。这时一条身影在一排出租屋闪了几闪，便到了一户厚重铁门的出租房。他就是万梓星。"咯，咯，咯，咯"连续四次的敲门声后，这是万梓星和出租屋里面的人约好的信号。不久，里屋便传出一句："谁啊！"万梓星赶紧回答："阿星啊！"屋里的人才慢腾腾地过来开了门。

里屋客厅沙发上，椅子上男男女女已经坐满十几个人，他们见到阿星过来，纷纷埋怨他怎么这么晚才来，阿星不好意思地笑了笑说："没办法，要甩掉'尾巴'啊！"他们便讥笑万梓星："天涯何处无芳草，何必单恋一枝花啊！"万梓星笑了笑，不再理会。

他沿着窗户走了一圈。房子在城郊结合处，这里不易被发觉，而且路程离自己住处又近，随时可来可走，打个"摩的"只需十分钟就到了。这里是邹林海租的，80多平方米，有两个房间打通了。而且弄了密封隔音效果，布置得有点像酒吧的环境，有音响功放、彩灯、小舞池、吧台、吧椅，还有酒水供应。当然，还有白粉供应，堪称"一条龙"服务。

这里都是采用会员制，每月交一些固定费用外，额外支出如酒水消费还要另外计算。消费虽然贵了些，但比起在酒吧或偷偷摸摸在家里吸食来说，是比较安全可靠的。出租屋三天一小聚，八天一大聚，平时自己要来的，也可以过来。来这里吸食人员多数是生意人，有的经营装饰公司的，有的是开餐饮店，有的经营汽车4S店的。万梓星会搞气氛，能带动大家嗨起来，可以得到他们免费供应白粉的照顾。

绝望重生录

今天刚好是大聚的日子，万梓星在以前放工具的地方，找了半天没找到自己的吸食工具，正在着急的时候，旁边的"四眼仔"告诉他，你的针筒刚有人用过了，放在桌底下，万梓星把针筒拿出来用水洗了洗，然后把白粉融进水里，用针筒吸进筒里，便迫不及待打进左边的血管里，一会儿万梓星感到了一股暖流在血管里流动，直奔大脑而去，大脑便开始兴奋起来。

万梓星叫大家挪开位置，随后便打开了音乐，他站在前面开始指挥大家一个个紧跟着前面的人，双手搭在前面人的肩上，跟着万梓星做起了动作。正是"舞借粉劲，粉借舞力"，一群男女在这出租屋里激情地摇摆起来，慢慢进入了魔幻的世界。头脑里出现了将来的幻景，对于他们来说这的确是一个少有的，欢乐的，令人兴奋的聚会，然而这一切的表面，连笑声也是空虚的，只有一张张扭曲的脸，木然的表情，毒品开始贪婪地吸食着一个个青春的躯体。

这边李春霞劳累了一天，拖着疲惫的身体回到宿舍，习惯性地敲了敲门。她多么希望万梓星打开门，热情地迎接她进去。然而，半天没有反应。她非常失望地掏出钥匙，打开了房门，宿舍里一片凌乱，她用鼻子闻了闻，没有闻出异味。然后，又找了一遍也没找到吸食的工具，她心里才稍稍有一些安慰。她希望真如万梓星所说，真的是戒了，真的是积极工作去了。

李春霞头发凌乱孤零零坐在沙发上，一双眼睛直直地盯着大门。房门发出了一声吱响，李春霞腾地站了起来，向大门跑去，看到老鼠吱吱逃跑时，吓了一跳，又失望地回到沙发上跌坐下去。天色渐渐地暗下来，这样孤独的夜晚，她不知经历了多少回。李春霞已经厌倦了这样的生活，她质问了万梓星几次，万梓星总是说谈生意应酬，有时太晚了，怕吵着她休息就没回来了。

李春霞对此将信将疑，但又没有发现万梓星吸毒的情况。她再也不想过这种担惊受怕的生活，她决定找个机会弄个明白。

万梓星迷迷糊糊醒来，感觉一阵发冷，胃有点疼，皮肤痒痒的，有点流鼻涕的样子，开始打呵欠，他知道要赶紧去吸上一口了。他翻身看了一下时钟，中午十二点了，这个时候应该是李春霞最忙的时候。万梓星在家里已经不敢吸了，李春霞随时都有可能回来。万梓星感觉她疯了似的，好几次突然回来察看他了。

身体反应渐渐明显，万梓星赶紧洗漱完毕，叫上一部"摩的"，直奔郊外的出租屋而去。

李春霞正躲在附近的小店里。她交待皮鞋店员工照料生意，抱着非要弄个水落石出的决心，一切准备就绪，她看着万梓星无精打采地出来，叫上"摩的"走了。她想，哼，还说戒了，看样子八成又是去寻货。

李春霞严严实实把自己包裹好，戴上头盔，这样一番打扮，就是熟人不认真看还不一定能认出来呢！随后，坐上已备好的"摩的"，不紧不慢地跟在万梓星的后面。

万梓星的车驶过一排排房子，终于在最后一幢房子面前停了下来。万梓星看了下四周情况，感觉没什么异样，付了坐摩托的钱，就匆匆忙忙往楼上走去。

李春霞远远地看到万梓星下了车，便叫"摩托佬"赶紧找机会进去，看万梓星去了哪一层哪个房。"摩托佬"心领神会，赶紧下车，到了楼梯口，然后，按了二楼的房号，说是来收垃圾的，便顺利进了楼梯门。然后，"摩托佬"紧跟着万梓星脚步声走上楼梯。待他走到五楼时，听到万梓星的脚步停了下来，还传来了敲门声。他小心翼翼弯着腰伏在楼梯边，探头探脑地往上张望，看到万梓星闪身进了 502 房。他便慢慢转身退了下来，把看到的一切告诉了李春霞。然后，拿到李春霞的酬劳便走开了。

李春霞忐忑不安地走到楼梯口，待有人出来时，她闪身进了

绝望重生录

楼梯口，一步步往上走，每迈一步她的内心越来越沉重，她多么想万梓星是来串门谈生意呢！这样想，她不禁又哑然失笑。她想毅然转身离去，然而，她又想给自己一个转身的理由，就这样想着，一会儿就到了五楼。她看到房门紧闭，她想如果现在去敲门，里面的人肯定会很警惕，根本不会开门，或开门进去了也发现不了什么。她就坐在楼梯口等待时机。

李春霞双眼死死盯着 502 房，突然，502 的房门打开了，李春霞以迅雷不及掩耳之势抓住门冲进去，开门的人惊愕地被撞倒在一边。房里，万梓星躺在沙发上，正悠闲地翘着"二郎腿"，享受着毒品所带来的快感，旁边堆放着刚注射完的工具。李春霞突然撞进来，吓了他一跳，他赶紧站了起来，结结巴巴地说："阿霞，你，你，怎么跑到这里来了？"

"看你还要骗我多久？你看看，你现在都成什么样子了。万梓星啊！万梓星，你自己去照照镜子。"李春霞气愤地说。

屋里几个人看到这般情形，赶紧溜了出去。

万梓星脸色苍白结结巴巴地辩解道："我，我，只是尝一口，过来玩玩而已。阿霞，你要相信我。"

"尝一口，你还在狡辩？"李春霞脸都变形了，充满愤怒的声音，透过窗户传得很远很远。

李春霞又用力把手中的包砸到茶几上，那些吸毒工具针筒，管子哗啦啦散落在地上。

"我让你吸！我让你吸！"李春霞激动起来。猝不及防，万梓星慌忙去挡，也没能挡住。看到李春霞把一小包白粉扫到地上，情急之下，万梓星一把推开她，李春霞毫无准备，被推倒在地上。

这一推，把李春霞的心深深地刺痛了。李春霞原以为万梓星会过来拉她一把，但是万梓星却没有看她一眼，快速扑到被打翻的吸毒工具那一边，跪在地上，仔细地装起散落在地上的冰毒。看着万梓星心疼又着急的样子，李春霞彻底失望了。她冷笑道："还是它重要！"随后，她慢慢站起来，摔门而去，留下万梓星一个人在房间里，还在不停寻找地上散落的冰毒……

李春霞失魂落魄地回到宿舍里，她感觉自己的眼泪已经流尽了。万梓星对毒品的迷恋，三番五次的欺骗，深深伤害了她，她真的不想和万梓星生活下去了。

李春霞突然一阵胃痛，有点想呕吐的感觉，她起身走向洗手间，按着肚子吐了一些食物出来。她想是不是吃错东西了，她认真梳理了这几天的食物，没有不干净的啊！突然，她脑海里闪出了一个可怕的念头，难道是怀孕了？她联想近一个月的反应，简直不敢再想，如果怀孕了，真是"屋漏偏逢连夜雨"啊！不行，得赶紧去证实一下。

在医院的走廊里，一个高挑的妇女，穿着宽松的格子衣服，刚从医生办公室出来。她目光呆滞，无力地拖着双腿，手上死死抓着一张化验报告。她就是李春霞，医生告诉她，经检验，她已经有两个月身孕了。

李春霞听到这句话，差点跌坐在地上，听人说父母吸毒很可能产下有缺陷的孩子，万梓星又整天沉迷毒品，没有丝毫想戒掉的迹象，孩子就是生下了，如何面对这样一个父亲呢？她又想，这是她生命的结晶，是血肉相连的骨肉，是自己的第一个孩子。她感受到小生命的跳动，她似乎想起了做母亲的喜悦。

想起这个小生命，她的内心开始融化了。她不知道何去何从，该如何面对。突然，她想起了每次有困难都找的闺蜜刘红，刘红比她年长几岁，不但长得漂亮，而且经历的事情又比她多，在她那里总能找到解决的办法。对，找她去。

在昏黄的灯光下，夜色深沉，在刘红的宿舍里，李春霞还低

绝望重生录

垂着头，双肩不停地颤抖，哭泣。闺蜜刘红坐在她的旁边给她拿纸巾，小桌子上已堆满了李春霞抹过眼泪湿透的纸巾。

待李春霞情绪稍稍平静下来，刘红轻声地说："万梓星知道这件事吗？"李春霞摇了摇头。

"那你有什么打算呢？"刘红说。

"我也不知道该怎么办啊！我真的是命苦啊！"李春霞抬起哭红的双眼，望着刘红说。

"嗯，事情已经发生了，你还是要勇敢地面对它，我觉得你还是找万梓星谈谈，把这个事情告诉他，看他有什么想法再作打算吧！我家那个以前也是，抽烟，喝酒不要命的，可自从我怀孕以后，他就改变。你现在也有他的孩子了，跟他好好谈谈，说不定事情并不是你想象的那样糟糕。"

李春霞觉得有点道理，她也舍不得这个孩子。于是，她决定要找万梓星好好聊一聊。

秋天，公园里的树上掉下了许多金黄色的叶子，树木仍然非常茂盛，秋风吹过，落叶在公园里飞舞。在那绿色的湖水里，鱼儿正在水里摆着尾巴悠闲地游来游去，不时地探出头来，寻找食物。湖水里的荷花出淤泥而不染，正开着鲜艳的花朵。湖堤边休闲的市民，正在跳着广场舞，优美的舞姿引来人们的围观。然而，今天的李春霞却无心去欣赏这些美好的景色了。

她走在公园的小道上，心里五味杂陈，她想起和万梓星在这散步时的欢乐时光，在这小路上留下了他们许多美好的回忆。那次，她穿着高跟鞋不小心踩在一颗小石头上，扭到了脚踝，是万梓星背着她走回去的，她感觉到了幸福和踏实。万梓星经常会讲一些笑话给她听，树林里似乎还留下她那甜甜的笑声。然而，今天这一切似乎离她非常近又非常遥远。

她在小路上来回踱步，表情复杂，时而用右手抚摸着肚子，时而抬起头张望路口，然而，她总是失望地低下头。李春霞看了看表，开始搓着双手，离约定的时间超过 20 多分钟了。万梓星还不见踪影，李春霞心想，估计又是去嗨粉，把这个事情忘记了。她正准备离开时，突然，一个熟悉的声音在背后呼叫她的名字。"是，万梓星。"李春霞转过身，神情凝重地看着万梓星，万梓星也看着她，两人就这样注视了十几秒。虽然只是十几天没见面，李春霞却觉得非常的漫长。只见万梓星头发蓬松杂乱，上衣少了一个扣子，敞开着。面色蜡黄，胡子也没剃。

万梓星看着李春霞的表情，尴尬地笑了笑说："阿霞，最近还好吧！"

"你看呐，还没给你气死呢！"李春霞没好气地说。

"唉！都是我不好，是我拖累了你。"万梓星说。

"你把它戒了，我们重新开始吧！我求求你了。"李春霞焦急地望着万梓星说。

"这个，这个。"万梓星低着头喃喃地说，眼神游离不定。

"你不是说要给我一辈子幸福吗？你这样子，怎么给我幸福呢？"李春霞急切地说。万梓星打了个呵欠，吐了下口水，然后，拍了拍嘴巴，面无表情地盯着地上。"过去的事情都过去了，只要你能戒掉，我们以后还是可以好好一起生活啊！"李春霞摇着万梓星的手说。"阿霞，你要给我时间，我会给你幸福的，你要相信我。"万梓星满脸无奈地说。"时间，我们已经没有时间了，我怀孕了。"李春霞再也忍不住说了出来。"什么？怀孕了？"万梓星一下怔住了，嘴巴张成了 O 形，半天反应不过来。李春霞往万梓星身边靠了靠，拉着万梓星的手说："你摸一摸肚子吧！孩子在听我们说话呢！"

"阿星，不要再这样沉沦下去了，看在孩子的份上，我们好好生活吧！"

李春霞几乎哽咽着说出这几天埋藏在心里的话。

万梓星摇了摇头，没有说话，直挺挺地看着前方。

"你说话啊！阿星，你还年轻，你去戒毒所把毒戒了吧！等你把毒戒掉了，我们俩就好好地在一起，行吗？"李春霞再次拉着他的手，恳求他。

"什么？你叫我去坐牢？你真狠心啊！"万梓星不耐烦地说。

"阿星，你听我说，不是这样的。"李春霞几乎带着哭腔说。她用泪眼望着万梓星，还想说话，但又忍住了。她的牙齿紧紧地咬着下嘴唇。

"这个孩子来得也不是时候，还是再等等吧！我现在也没有能力去抚养他。"万梓星冷冷地说。这句话就像冰花扑面而来。

李春霞打了个激灵，呆呆地看着眼前这个男人，泪水不自觉地流了出来，伤心地说道：

"等等？你真的能这么狠心？这可是你的亲生骨肉啊！"她因愤怒和激动，浑身发热、额上积满了汗珠。

万梓星无可奈何地说道："可是现在我还没准备好啊！"说罢又开始打呵欠。他感觉瘾又要上来了，变得不耐烦起来，但他还是尽量压制住心中的不耐烦。

李春霞万念俱灰，她终于看清了这个男人的真面目，他根本就没有想过要对她负责，他的目的只是为了她的钱而已，而这些钱的投入根本就是无底洞，在他的眼里只有毒品。当有一天，她无法再拿钱给他，他便会毫不留情地一脚踹开她。李春霞的幻想终于破灭了，她再也不想面对这个狠心的瘾君子了，一言不发地离开了公园。

李春霞在刘红的陪同下，决定到医院打掉这个不合时宜的生命，躺在冰冷的手术床上，泪水顺着脸颊从两旁滑落，打湿了耳畔的头发，她的内心始终带着对这个小生命的愧疚与歉意。医生在给他做检查的时候安慰道："其实你也不用太难过，因为父母是吸毒人员，生下胎儿也有不少是畸形的，我们是不建议出生的。"她对医生点了点头，心里似乎舒服了一些。

这一年多与万梓星的情感生活，李春霞就像是做了一场噩梦。她从医院出来，长呼了一口气，望着天上的太阳，蓝蓝的天，空气非常清新，李春霞从没有过的轻松。这一切都结束了，她大步离开了医院，开始焕发出新的活力，开始了新的生活。

离开了李春霞的万梓星，惆怅了一段时间就调整过来，开始了他新的计划，他利用客服经理的身份，在酒吧物欲横流的世界里寻找到了合适的目标，生活更加放荡不羁，在毒海里沉沦，尽情地放纵。

"抓小偷，抓小偷啊！"万梓星刚从出租屋出来，走在小巷子里，一阵呼喊声从他身后传来，他下意识地转身回头往呼声方向望去。只见一个穿着黑色上衣，中等个头的青年人慌里慌张快速往这边飞跑过来。万梓星闪在一旁看着热闹，越来越近了，万梓星发现迎面而来的这个小偷脸上有些灰尘，头发杂乱，脸形轮廓模样很像某个人，但一时又想不起是谁。他边回忆边观望，他以为小偷跑前一点可以辨认时，不料，万梓星身后突然窜出几个人挡住了去路，小偷一见赶紧转身往左边巷道跑去，万梓星赶紧跑过去想看下究竟，可是一会儿就不见了踪影，只有身边的围观群众还在骂骂咧咧。"我家的电视机也是给他偷了，这些'白粉仔'真是可恶。"人群中有人气愤地说。"可不是嘛，昨天，我刚进去厨房做点吃的，一出来放在门口的自行车就不见了，抓到他要狠狠地揍他一顿。"人群中一个老伯气愤地说。万梓星见群情激愤，七嘴八舌控诉着对小偷的痛恨，他感觉那些话是冲着他在说，顿时觉得脸上一阵热辣辣的，赶紧快快地溜走了。

在上班的路上，刚才那个小偷的身影一直在万梓星脑海里挥

绝望重生录

之不去。他把这几年酒吧里碰到的客户，在脑海里翻了一遍，还是想不起来。到酒吧忙碌起来，万梓星就把这事搁在一边了。

夕阳映红了新东县城的每个角落，晚霞映照，微风轻拂，一束束金色的光芒，如利剑一样笔直地穿过柳叶，在地上画成一幅幅美丽的图画。夕阳的余辉全部洒落在平静的湖面上，整个湖面都被染红了，把湖面弄成一个波光粼粼的巨大镜子，一群群小鸟在湖面上欢快地掠过。万梓星今天休息，他百无聊赖地走在东湖边，斜躺在草地上。看着这眼前的美景，他想起了和妈妈在海边玩耍时那快乐的时光，不禁黯然神伤。

渐渐地，街道被黑暗包围着，远处一缕缕青烟从屋顶轻轻地冒了出来，万家屋舍的灯光也随之亮了起来。不知过了多久，万梓星的肚子开始"咕隆咕隆"地叫了起来。他伸了伸懒腰，顺势坐了起来，心想该回去小丽那里弄点吃的了。小丽是他刚认识的酒吧女，在"嗨粉"时认识的，双方有了共同的嗜好，很快就走在一起了。与小丽在一起，他感觉轻松了许多，不用躲躲闪闪地过日子，想吸就吸，毫无顾忌。

万梓星走过一堆垃圾旁边时，脚被一支针筒刺到，疼得他尖叫了一声，跺起脚来。他弯下腰低头仔细一看，脚边流出了血。他想起妈妈说的，给刺到了撒泡尿淋一淋，可以起到消毒的作用。他看了下四处无人，于是他照着做了。他边拉尿边狠骂了几句："他娘的，是哪个'粉仔'乱丢针筒的呢？"

他小心翼翼地走在路上，不知不觉走到了熟悉的"卖粉"的老巷口。这里是相对偏僻，他下意识地观望几眼，只见几个人影在晃动，像是在交换着什么，看着这些场景他很快释然，他再熟悉不过了。他借着墙壁的掩护靠了上去，借着昏暗的灯光，万梓星看到一个头发乱蓬蓬的，穿着横色条纹衫的人蹲在地上，身旁围着几个大汉。其中一个，他很容易认出来了，就是上次和他打架的虎哥。他凝神听着，蹲在地上那个人在苦苦哀求："虎哥，求求你了，再赊一次，过几天就还钱给你。"

"他娘的，还过几天，你以为我做慈善的啊！今天约老子来，我还以为有钱收呢！你欠多少钱了，你知道吗？"虎哥厉声说。

"虎哥，我知道，我知道，求求你再给我一包吧！我真的受不了。"蹲在地上那个人边说边用手拼命抓头发。

他听到非常熟悉的声音。突然，他脑袋一激灵，再看看他的身影，马上想起来了。对，是刘运辉啊！他怎么在这里呢！万梓星感到非常惊讶。他决定伏低身子继续看下去。

"难受，你也知道难受啊！你欠老子的钱，你知道我难受吗？快上去搜搜。"虎哥对旁边的高个子说。

高个子应了一声，上前仔细在刘运辉口袋里翻找起来，可是每个口袋找了个遍，只找到一个针筒，其余什么也没有，气得高个子狠狠踢了刘运辉两脚，对虎哥说："这个垃圾，身无分文，真的欠揍。"

虎哥火气腾地升了起来，上前对着刘运辉就是几脚，刘运辉抱着头，弯着腰，被踢得在地上翻滚嚎叫。万梓星看着这般情景，一股热血冲上脑门，他再也忍不住了，腾地冲了出去，大喊一声："别打了！"

虎哥一时怔住了，他没想到这时候会有人冲出来多管闲事，再怎么说，自己也是这一带有名气的老大呢。他定睛一看，原来是交过手的万梓星呢。

万梓星上前扶起了刘运辉，关切地说："辉哥，我是阿星啊！你没事吧！"

刘运辉见到万梓星，颇感意外，旋即紧紧抓住他的手，哀求说："阿星，给我一包，快给我一包，我受不了啦！"

绝望重生录

万梓星看着刘运辉的痛苦表情，知道此时的刘运辉，确实很需要白粉来缓解毒瘾反应所带来的痛苦。或许虎哥的几下拳脚，所带来的痛苦都比不过毒瘾的发作。在酒吧里，他曾亲眼看见一个毒瘾发作的人，拿起啤酒瓶子，往地上打烂后，就猛扎自己的手臂，以此来减少痛苦。可是万梓星身上没有带白粉，下午带的一小包，就在河堤边用完了。

万梓星摇了摇头说："辉哥，我身上也没有啊！你先忍一忍吧！"

刘运辉颤抖地说："阿星，快给我，我真的好难受啊！"说罢，用双手捶打着脑袋。

虎哥看着他俩，嘿嘿冷笑了几声："想不到你俩还相识啊！怎么样，你今天想管管闲事？"

万梓星对虎哥说："我是来劝劝你，再这样打，会把人打死的。"

虎哥气呼呼地说："打死又怎样？要不你来帮他还钱啊！"

万梓星想想手头还有几千元，便气冲冲地说："那你说，要多少钱？"虎哥阴笑了几声，说："对于你来说也不多嘛，就两万元。"

"两万元？"万梓星不禁倒吸了一口凉气。他一时怔在那里说不出话来。

"怎么了？这区区两万元，对于你这个长期有富婆包养的人来说，小意思啊！"虎哥露出不屑的神色，盯着万梓星说。

这时，刘运辉的毒瘾反应越来越强烈，他在地上翻滚，甚至用头撞地，然后，爬上前，抱着虎哥的腿一把鼻涕一把眼泪哀求说："虎哥，求求你了，先给我一小包吧！过几天一定还钱。"

"妈的，过几天，你这忽悠谁啊！你还要忽悠多少次啊！"虎哥说道。

"这次是真的。虎哥，相信我，再给我几天时间！"刘运辉实在受不了，赶紧说。

"妈的，你以前不是很威风吗？今天从我胯下爬过去，我就再宽限你几天，还免费给你一包。"虎哥狞笑着说。旁边的人也得意地笑了起来。

刘运辉此时脸上的汗珠不停地掉下来，脸上的表情不停地抽搐，他看了看虎哥的裤档，愣了一下，然后，抖抖索索地往虎哥胯下慢慢爬去。

"不要。"万梓星赶紧喊了一句，上前拉住他。

"阿星，你走开吧！不要管我了。"刘运辉哭丧着脸说。

"你先卖一包给我，让他过了这个瘾，再和他谈吧！他这状况，短期内也弄不了钱还你。"万梓星边说，边从口袋里掏出 100 元递给虎哥。

虎哥看了看刘运辉，想了会儿，把钱接了过来，然后对手下的人，打了个响指，有人便上前拿了包白粉交给虎哥。

虎哥拿着这一小包白粉，在刘运辉面前晃了晃说："今天老子放你一马，一个星期内筹不了钱，便把你的手砍下来，知道不？"说罢，便把那包白粉丢给刘运辉，然后手一挥便带着他们离开了。

刘运辉喘着粗气，连连点头应诺。然后，颤抖着双手打开了包装纸，小心翼翼把粉倒进吸筒里，扭紧，再到旁边小沟里用针管把浑浊的脏水吸进筒里，然后迫不及待地卷起裤角，用手拍了拍静脉血管处，摸索了半天，终于找到一条还没注射过的血管，用手揉了揉皮肤，把针筒插进去，慢慢把白色粉液推进了血管里，随后闭上眼睛，长吁了一口气，精神便为之一振。

万梓星看着眼前的刘运辉，心里有一些震动，不过也没办法往深处去想。待刘运辉状态好些了，万梓星给他点了一支烟，坐

绝望重生录

在地上和他聊了起来。

万梓星说："辉哥，你怎么在这里呢？"刘运辉长叹了一声说："真是一言难尽啊！"那次赌场被抓后，他被判了三年，肖东权被判了无期徒刑。刘运辉在监狱里吃了许多苦头，认识了一些同道中人。出狱后，父亲不愿搭理他。在苦闷之时，他唯有以毒解愁，他觉得沉醉在毒品里，才能脱离现实苦恼的世界。为筹毒资，他尝试去找份工作，可是像他这样无技术、无专长的人，想找收入高又轻松的工作，谈何容易？后来，不得已去了工厂里做保安，一份保安的微薄收入，根本无法维持毒资，只好去找监狱里认识的，出来社会上混的大哥。大家凑在一起商议做一些来钱快的事情。有一个外号叫"千手观音"的韦大哥，曾因盗窃坐过牢，他提议去深圳公交车上盗窃，因为那里有许多香港客，有钱人比较多，身上带的现金也较多。韦大哥的提议得到大家的响应。于是五六人便到了深圳，并做了分工，三个人负责挤逼乘客，一个负责拿报纸挡住人家的视线，一个负责盗窃，一个负责观察周围的动静。这样分工合作，一天运气好也有一万多元。可是好景不长，只搞了七八个月，后来风声太紧，险些被便衣警察抓住。大家只好又转到广州，弄了几个月，也是很难生存下去，便游荡物色合适的地方入室盗窃，或偷些自行车、摩托车，有时也会去商场偷些贵重物品，偷来的东西都是以很低的价格处置了，换了几个钱作毒资，很快吸掉了。

刘运辉猛抽了一口烟，然后吐了出来，接着说："那天，其实我也看到你了，想弄别人一台摩托车，被发现了，追赶的人多，没办法和你打招呼啊！今天真是谢谢你的帮忙。"万梓星笑了笑，说："你我兄弟一场，这也没什么，我也帮不上大忙，你住那里？"刘运辉说："我居无定所，住在一处废弃的土屋里。"万梓星说："这样吧，我今天休息，先送你回去吧！"刘运辉连连摇头说："不用了，我自己能走，现在感觉好些了。"无论刘运辉怎么说，万梓星还是坚持要送他回去，他其实也想知道刘运辉住的地方，今后或许方便联系呢。刘运辉拗不过，只好由着他了，他边走边把自己的情况告诉刘运辉。刘运辉听了，长时间沉默后说："唉，哥不行了，今后看老弟的了。"

路过一个小食店时，他们肚子饿了，进去点了几个菜，喝了点酒，填饱了肚子便继续往回走。经过一排排民房，又走过杂草丛生的小路，在黑暗的尽头隐约亮着几处灯光，像鬼火一般。刘运辉站住了，指着一个垃圾房缓缓地说，这便是他住的地方。万梓星借着打火机的亮光走前一看，不由得倒吸了一口凉气。咋一看，这简直就是牛圈嘛！土墙堆了一米高，然后用木板接在土墙上，房顶是用防水的蛇皮胶布遮挡；所谓的床，大概也是在工地里拖回的两块木板拼接上的。几平方米的地上，堆满了各种吸毒的针筒、烟头和杂物。除了一口铁锅，恐怕没有什么值钱的东西了，估计大风一吹就会把整个屋子掀翻呢！

刘运辉似乎没有看出万梓星的神情变化，热情地邀请万梓星在床板上坐坐，万梓星推辞不过，小心翼翼地穿过地上的针筒，坐在木板上，便问刘运辉："虎哥给你一个星期的期限，你打算怎么还钱？"

刘运辉沉思了半刻，然后说："唉，我们这种人，只好走一步是一步，过了今天再想法子了。"

万梓星又和刘运辉聊了几句，便告辞走了出来。在回去的路上，他想到许多许多，他真的无法想象刘运辉的变化会这么大啊！当年是何等的威风，短短几年的时间，如今竟如此落魄。不晓得刘运辉为什么会这样，他心想这或许就是人生的命运，运气不好时便会倒霉。他的心似乎泛起了波澜，久久不能平息，难道自己有一天也会落到如此地步？他不禁内心一颤，便不敢再往

绝望重生录

下想。

　　太阳温和地从窗户里照了进来，把房间照得一片明亮。万梓星下意识地翻了一下身，肩膀有些疼痛，昨晚吸食有点多了，现在好似还没睡醒的样子。他用手揉了几下眼睛，看了看旁边的小丽，睡意正浓。他想闭着眼睛再睡时，突然，传来了凌厉的警笛声，呜，呜，呜，呜，一声声长鸣。听到警笛声，他睡意全无，想起今天是出租屋小聚的日子，又看了看小丽，她似乎完全不受警笛的干扰，仅翻个身，嘟囔了两声便又睡过去了。见此，万梓星悄悄披衣下床，洗漱完毕，便往城郊出租屋走去。他寻思着："莫非辉哥出事了？哎，看看再说。"一路朝着警笛声传来的方向走去。

　　路上听到路人在议论纷纷，有人说："真是惨啊！都是那些'粉仔'才做得出来的。"有的人认识万梓星，看到他过来，露出厌恶的眼神，不再讨论，慢慢散去。

　　万梓星本想上前打听，见此情形，只得知趣地走开。他找了间小店想吃点炒河粉，刚坐了下来没多久，便听到旁边的人气愤地说："真可怜，那个小孩现在不知怎么样了，已经被绑架两个多小时了，'粉仔'真的是没有人性啊！"他越发疑虑，竖起耳朵想听下去，人家却不再谈论了。他只好结了账，看了看时间尚早，便想先去找刘运辉聊几句，上次一别，也有三四天没见他了。对了，这几天不是虎哥要收钱的日子吗？刘运辉怎么办，筹到钱了吗？想到这些，他不由加快了脚步。

　　前面传来一阵阵吵杂声，一排房子挡住了视线，让万梓星看不清楚。他赶紧绕过房子，只见一大群人围着一幢还没完工的二层小楼探头探脑往里张望。两部警车和一部救护车在闪烁着警示灯，十几个警察荷枪实弹包围着这座楼，一个警察拿着高音喇叭往里面喊话。

万梓星见此情景，心里一沉，便低头钻进人群里，听到身旁群众议论纷纷："唉，真是惨啊！一个小男孩子才一岁多就被偷来这里，想偷去卖钱，被发现后给堵在这屋里了。现在小孩子也不知怎样了，那些吸毒的人真是该死啊！"万梓星听到这些，心里有点怪怪的满不是滋味。

突然，屋里传来声音："你没用的，根本帮不了我，叫其他人来！"

万梓星一听传来的声音，这么熟悉。对，是刘运辉的声音。他不禁紧张起来，刘运辉怎么会在这里呢！难道这一切真的如他所想？"兄弟，千万不能出事啊！"万梓星在心里祈祷着。

"你要冷静，别把孩子弄伤了，孩子是无辜的，你要叫谁来呢？"民警对着里屋说。

"我要见你的头儿，你叫能拍板的人过来。"刘运辉激动地说。

"我就是头儿派过来的，我能代表头儿，你有什么事和我说吧！"谈判民警说。

"你叫那些带枪的，全给我退开！"刘运辉从窗户里露出一个脑袋。

"你放心，别冲动。你没有过激行动，警察就不会开枪。"谈判民警继续高喊着。

"少废话，你叫他们立即退下去，否则我们同归于尽。"刘运辉边说，边激动地提起一瓶煤气瓶，作势要点火的样子。

"请你不要激动，你应该明白，劫持、绑架、勒索是严重罪行，你要保证不伤害小孩，才能减轻罪责。只有接受谈判，才是你唯一的出路。""你不要说那些废话！"刘运辉说完，"当"地一声把煤气瓶重重放在地上，围观群众吓得赶紧后退了一步。

"这样吧！你也累了，我送点食物和矿泉水给你好吗？"谈判

绝望重生录

民警看到刘运辉的样子，声音变得柔和。

"我不要吃的，我要钱，赶紧给我送五万块钱过来。"刘运辉着急地说。

"你要那么多钱，看来真的碰到什么麻烦了。你说出来，或许我可以帮到你。"谈判民警说。

"没有用的，你帮不了我。没有钱，我就会没命的。别废话了，快点拿五万元来。否则，我就点火和小孩同归于尽。"刘运辉声嘶力竭地说。

"你先冷静下来，我们在这里商谈解决问题，就是要确保没有任何人受伤。你现在说这些恐吓威胁的话，并不能帮助你达到目的，只会令事情恶化。"谈判民警继续说。

"我管不了这么多了，我也是被迫的啊！"刘运辉哭丧着脸说。

"大家都非常明白你现在的心情，很同情你的处境。如果你伤害小孩的话，就会失去大家对你的同情。你身边都是一些无辜的人，你和他们并没有深仇大恨。为什么要他们承受这样的痛苦呢？"

刘运辉陷入沉默之中。

"请你仔细回想一下刚才说过的话，如果其他人知道你作出这样的恐吓，我要帮你就会更加困难。"

"我们希望能够和平解决这件事，所有人包括你都能安全离开。所以希望你也能够采取一些和平的方法，你先把孩子交给我好吗？"谈判民警继续说。

"不，你先把钱给我，我再交出孩子，限你在 20 分钟内送来，否则我就不客气了。"刘运辉又激动起来说。

"我知道这个要求对你来说非常重要，我们在尽最大的努力。啊，刚送来一些热水，你要一点好吗？"

前面在谈判，后面就有几个警察悄悄摸到了楼房后面，挂好绳子，准备出其不意地攀爬上去，强行控制刘运辉。

"不，你们不要过来，我不要喝水。"看着谈判民警拿着水准备过来，刘运辉赶紧喝住他。

谈判民警为了吸引和分散刘运辉的注意力，又问刘运辉："你想想是否还有其他办法可以解决，比如寻求亲人的帮忙。"

"亲人，别给我提什么亲人了，他们都死光了。"刘运辉悲愤地说。

"那你告诉我，谁要来砍你，我们可以保护你。"谈判民警继续说。

"保护我？没有用的，你能保护我一时，能保护我一世吗？他们就是砍人不眨眼的魔头，很容易就能找到我。"刘运辉说。

"你要相信我们。他们是谁？你们之间到底发生了什么事情？"谈判民警追问道。

"我的事你别问了，你也管不了。"刘运辉哭泣着说："你一直都没有告诉我们，你怎么知道我们管不了呢？"谈判民警关切地说。

周围群众越围越多，现场指挥的领导看到谈判已经过去3个多小时了，仍无进展，这样拖下去，会对人质及周围群众产生更大的影响。于是示意谈判民警配合进攻的民警，尽量吸引刘运辉的注意力。

"在这么短的时间里，筹这么多钱有一定难度，再给我们一点时间吧！我的同事正在努力筹钱。"谈判民警露出一脸难色，悄悄地走前一步说。

"你们要快点，再给你10分钟，不把钱送到这里，我们就同归于尽。"刘运辉气急败坏地说。

"我知道，你确实很需要这笔钱，我通知同事按照你的要求把钱尽快送过来，但我想知道，现在孩子怎么样了？"谈判民警

绝望重生录

满脸露出疑虑地问。

"孩子很好，你们把钱送过来就是了。"刘运辉看了下旁边的孩子不耐烦地说。

"那为什么没有一点声音呢?"谈判民警焦急地问。

"吃了点安眠药，睡得正香呢，别啰嗦了，快催他们把钱送过来吧!"

谈判民警看到进攻的民警已经翻进了窗户，于是抓紧与刘运辉喊话稳定其情绪，转移他的注意力，"钱马上就送过来了，请你不要激动。"

"啊! 你们不要过来!"刘运辉发出一阵阵绝望的叫喊，"我不想活了，我要和你们同归于尽。"正当他一边冲着人群嚷嚷，一边想拧开手中的煤气罐点燃时，他在观望人群中发现了万梓星的身影，俩人正好四目相对，刘运辉一下子便愣在了那里。此时，准备突袭的民警见时机成熟，出其不意地冲上去把他摁倒在地，他仍使劲腾出一只手，摸索着拿出打火机想点煤气瓶嘴。民警马上把他的手扭到背后，给他戴上手铐，再用脚顶住。这样，刘运辉再也无法抵抗了。其他民警陆续冲了上来，有的赶紧抱走还在熟睡的婴儿，有的处理危险物品。有一个民警看到地板上丢下的吸毒针筒，狠狠地踢了一脚，把针筒踢得老远。

刘运辉耷拉着脑袋被押上警车，周围的群众对着刘运辉骂骂咧咧，被盗婴儿的父母从人民警察手上接过安然无恙的孩子，不由悲喜交加几次欲冲上去揍他，硬是被民警拦住了。有的群众恨得咬牙切齿往刘运辉身上掷矿泉水瓶子和小石头。看到这一幕，万梓星内心不是滋味，赶紧离开现场，往出租屋走去。

在出租屋里，许多人已经吸完了，正在狂跳散毒，万梓星把刚才看到的告诉他们，有的人就笑万梓星，"想那么多干嘛，今朝有粉今朝吸，能吸一天是一天啊! 况且我们又不是没钱享受，更不用去偷人家的小孩，我吸我的，我们又没有妨碍谁，怕什么呢?"

万梓星想想也是，随后连打几个呵欠，便急急忙忙地拿出针筒，把毒液注射进去，一会儿就进入虚幻的世界里，刚才发生的事情早已抛到九霄云外了。

最近万梓星被笼罩在一种危机感里。偷偷吸食白粉的越来越多，拿货却越来越难，贩毒和吸毒的手段更加隐秘。主管也一再叮嘱保安加强外围观察，一有风吹草动，立即通知里面的人员，在舞池里也不允许吸毒，风声不紧时也只能在包厢房里吸。

是夜，一条鬼鬼祟祟的身影出现在吸毒的出租屋楼下，他左右观察了一会儿，发现没什么异常，才一步三回头往楼上走去，这条身影就是万梓星。因为，最近风声紧，大伙都说为了安全起见，进来之时先看看有无"尾巴"。

他按预先约定的暗号敲门进去，坐定后，万梓星才发现今晚是他最迟到达，他观察了一下，感觉没什么异样，便放下心来，拿出工具"嗨"起来。

大家舞兴正酣时，陈老板拿出大哥大接电话，说要回去应酬，赶紧拿上自己的物品，开门准备离开时。突然，几个警察把门推开，冲了进来，大声喊道："不许乱动，全部蹲下。"一屋子的人被突如其来的警察吓得面如土色。有的还准备往门口冲出去，有的打算从窗口跳出逃跑。说时迟，那时快，几个警察一个箭步冲上去，三两下就把他们摁倒在地上。其他人一看逃走无望，只得乖乖双手抱头蹲了下来，十几个吸毒人员很快就被警察铐上手铐带走。

躲在黑暗处的李春霞看着耷拉着脑袋的万梓星等人被警察一一带走，一阵快意涌上心头，嘴角露出了久违的笑容。她在想，你们这些天杀的，如果我不告诉警察来抓你们，你们就会害更多的人，就会有更多无知的人跟着遭殃。

绝望重生录

第四章　初入高墙

　　清晨，一缕阳光升了起来，天空澄净明亮，325 国道两边的树木还滴着露珠，一群鸟儿调皮地在前头掠过。两部奔驰在国道的警车显得格外耀眼，一部小越野型的警车在前面不停地闪烁着红蓝警灯快速前行，一辆大客座警车紧随其后，路上来往的车辆并不多，行人稀少。"应该还不到六点。"万梓星坐在警车上看着车窗外的情境不由心事重重。"这又是上哪里去呢？"

　　坐在大客车前面的指挥警官邹主任神情严肃，他是劳教所派过来押运他们的。他手上的对讲机不停地闪烁传呼着消息。他又不时扭头注视着车内被押送的人员，然后用对讲机汇报车里的情况。他接到有关信息，这次押送的人，有 15 名是吸毒人员，有的在看守所经过了生理脱毒期，有的是多进宫人员，有的还当过兵，在看守所里就带头打架闹事。一个外号叫"东北狼"的人在看守所与同监室的人打架，头上还缠着纱布。"东北狼"满脸横肉，左脸上有伤疤，肥头大耳，凶神恶煞般坐在座位上，目不转睛地盯着前方。另一个外号叫"阳江刀"的，手上打着绷带，脑袋尖尖，脸色黑黑的，看不出表情，手上满是吸食毒品时注射毒品的疤痕。他曾在省内多地戒毒过，熟悉各个场所。他和"东北狼"鼓动其他人员提出要去省城的戒毒所，被严辞拒绝后，心生不满。

万梓星那天被抓后，尿检呈阳性，便被押送到了拘留所，经过了难以名状的生理脱毒期痛苦后，也在这部警车上，坐在最后一排座位上。他不时看着窗外的景色，注视着路上的行人，有时低头沉思，他的内心是很复杂的，在看守所他听到许多关于"坐牢"的负面信息，不知道接下来他将面临着怎样的情况。

押运民警高度戒备，神色凝重，一对一隔坐在戒毒人员的后面。此次，押运路程较远，要四五个小时才能到达森林劳教所，没有人能松懈下来，民警严密地注视着车内劳教人员的一举一动和情绪变化。

车子约驶了两个多小时，驶入了一条较为偏僻、路况较差的公路，司机也不敢怠慢，集中精力加速前进。突然，坐在中间位置的"东北狼"猛地站起来打报告，要求停车下去拉尿。坐在后排监视的刘队长要求他坐下，告诉他按押送要求中途不能停车，可是"东北狼"哪里肯听，继续要求停车。说再不让他下车，他就直接尿在车上。刘队长一边给他们解释，一边安抚他的情绪。刘队长根据以往押运经验知道他们是找借口闹事，但并没有说破。"东北狼"哪里听得进去，大喊要停车。其他几个多进宫的吸毒人员看此情形，也附和着叫嚷，他们手上都戴着手铐，有的把手铐往玻璃窗户上敲，发出清脆的撞击声，情绪越来越激动。

押运司机面对这样情形，复杂的路况，虽然车上开着空调，他的脸上也渗出汗珠，不由加大了油门，继续飞速前进。吸毒人员看到路边飞驰而过的树木，感觉到车速又增加了，这似乎激发了他们的情绪，有三个吸毒人员开始用头撞击车窗玻璃，刘队长为了他们的安全，在没有任何安全防护措施的情况下，用手直接按住他们的头。可是"东北狼"越来越激动，无法控制住。邹主任多次用对讲机请求领导作出指示，对讲机传来领导沉重的声

绝望重生录

音："稳定情绪，控制局面，继续前进。"

邹主任派车上一个长春籍的任警官，用家乡话对"东北狼"进行安抚，可是"东北狼"不管老乡民警如何劝说，就是不听。他挣开刘队长的手，又继续撞，一块玻璃给撞出了裂纹，"东北狼"的额头鲜血渗了出来，有的流到了民警的手上。刘队长顾不上那么多，他从警四年多，他很清楚这些人当中，说不定哪个是有 HIV 病毒感染者或肺结核的吸毒人员，可是在这样危急情势下，他无法去考虑更多，只得继续奋力摁住他们的头。已失去理智的"东北狼"似乎越撞越兴奋，把一切都置之脑后，把刘队长的手和头一起撞，不到十分钟一处玻璃窗又破了。那边任警官也在用手按着"阳光刀"的头，用手掌保护着他。可是"阳光刀"毫不领情，狠命用头撞了几次都撞不烂，于是用手铐去捶打玻璃，只几下车窗玻璃便被敲碎成天花形状，然后他把头一顶，便把头伸了出去。任警官见此情形，只好坐上"阳光刀"的座位上，死死抱着他的腰，不让他继续往外伸。此时，任警官也满头大汗，衣服早已湿透了，手掌也被弄疼了。他顾不上去察看，只希望能快点到达单位。

那边"东北狼"已把脑袋伸出了窗外，欲往下跳，情势相当危急。此时，刘队长的手也给弄出了血，在这万分危急的情况下，刘队长当机立断把窗帘扯了下来，缠在"东北狼"的脖子上，把他拉了进来，然后把他绑在座椅上往后一拉，"东北狼"虽然仍拼命的挣扎，但已不能再往外冲撞。其他民警，只得死死看住自己负责监视的吸毒人员，无法腾出身手来帮助刘队长。如果其他吸毒人员一齐合力摇摆车辆，在这 100 多公里时速下，或许就会翻车。

刘队长衣服湿透了，脸上豆大的汗珠往下滴，"东北狼"虽然被绑住脖子，但仍在座上乱踢乱扯，刘队长警服给弄脏了，手给抓破了。虽然车子在飞速地前进，但刘队长仍然感觉到不够快，他感觉手脚差不多麻木的时候，看到了熟悉的路牌——"森林劳教所"，这时心中才稍稍安定下来，不由长吁了一口气。双手却不敢丝毫放松。

不久，警车拐了一个弯，刘队长就看到熟悉的办公楼和早已等待支援的民警，刘队长绷紧的神经才松懈下来。悬着的一颗心落下来了，他此时才感觉到双手麻木，没有一点力气。好在又一次有惊无险地完成了押运任务。

警车呼啸着开进了劳教戒毒所大院里面，车门刚打开，便听到一声大喝："全体人员带齐物品下车，动作要快。"空气又骤然紧张起来。三五十个全副武装的警察在警车周围团团围住，排成两层，表情严肃地注视着他们的一举一动，下车，列队，蹲下，点名。"东北狼""阳光刀"等几个刚才还气势汹汹的，现在一看这阵势，刹那间，像泄了气的皮球一样，软了下来，在刘队长的催促下，慢慢腾腾地从座位上跟着人群下车。万梓星也忐忑不安地紧随着他们下车。

"一个个跟上，报数进去。拿好个人物品。"一个指挥官在旁边大声命令着。万梓星看了一眼高高的围墙，又穿过只容一人而入的小门，进入另一个院子。他又偷偷回头看了一眼错综复杂的道路，不由心里一片茫然，从此就失去了自由，他不知道等待他的里面的世界又是怎样的呢？如果实在顶不住，就找个机会逃出去，但看这情形又谈何容易。现在唯有走一步看一步吧！万梓星这样安慰自己。

刚进入小院，又传来几声大喝"全体蹲下"。全体人员双手抱头赶紧蹲了下去。又一次点名后，当班管教民警要求他们脱光衣服，深跳五次。经过一系列严格检查后，万梓星他们分到了一些生活必需品，才依次排队进入早已分配好的宿舍。十几人在一个宿舍里，有的睡地板。"东北狼"和"阳光刀"则被直接押进了禁闭室反省，等候处理。

几个劳教值班人员仔细检查每个新投学员的头发、胡子、指甲，给每人发了两套褪了色的统一款式的浅蓝色衣服，要求马上穿上。万梓星抬眼一看，除了值班劳教人员外，衣服后背上清一色写着"森林劳教所"五个大字。他感觉这件"马甲"让他别扭，他觉得自己像古代的囚犯一般，他将这些视之为一种耻辱，想拒绝但又不得不穿。万梓星穿上这套不知谁穿过的"马甲"，站在队列里，感到眼前一片模糊，失落、难过、悲伤开始涌了上来。

万梓星开始了劳教戒毒的生活。

刘队长忙完交接工作，看着受伤的手臂，才想起要去医院消毒。他匆匆忙忙跑去医院找到了邹医生。邹医生察看了他的伤口，问了受伤的情况后，一脸严肃地对刘队长说："我现在马上帮你清洗伤口，但你还要赶紧去省城医院抽血进行 HIV 病毒的化验。"刘队长看着邹医生一脸严肃的表情，知道事情的严重性，他向领导汇报后，赶往省城医院化验。

一路上，他胡思乱想。相关的报道说，20 世纪 90 年代以来，艾滋病病毒已向普通人群扩散了，而吸毒人员属于高危群体。艾滋病是人类因为感染免疫缺陷病毒后导致免疫缺陷，并发一系列机会性感染及肿瘤，严重者可导致死亡的综合特征。目前，艾滋病已成为严重威胁世界人民健康的公共卫生问题，且无根治的良方，如果万一自己感染了……想到这里，他真的是不寒而栗，不敢再往下想，家里还有老人、妻子和儿子，都需要他照顾。

一晃 15 年过去了，风华正茂的他从大学象牙塔里出来后，本来可以在珠三角找到一份教师的岗位，但他考虑再三后，那身警服深深地吸引了他，最后，他毅然决定选择劳教戒毒所这个充满神秘而又有挑战性的工作。还记得当时面试官问他，劳教所工作没有什么作息规律，工作单调而又枯燥，甚至还有危险，你要好好考虑一下。他毫不犹豫地回答，我是农村的娃，父母是地地道道的庄稼人，我从小就守着庄稼转，围着农活干，我从懂事起就开始干农活，帮父母放羊、放牛、割草、砍柴，春种、夏收、秋收、冬集农家肥，无一不经历过，所以，再苦再累的活我也能承受。面试官看着他坚毅的表情、爽朗的回答，露出了微笑。

然而，理想很丰满，现实却很骨感，劳教所艰苦的工作环境超乎他的想象。记得刚来森林劳教所参加工作的第二天，刘队长和几位老同志坐在一起聊天时，其中一位问他："小刘，你猜一下我有多少岁了。"他仔细地打量了下眼前这位"老同志"，头发稀疏花白，脸色黝黑松弛，眼圈乌黑凹陷，抬头纹清晰可见，不禁脱口而出，50多岁了吧！在座的人一听，都笑得前仰后翻，把他笑得莫明其妙。旁边一位就笑着说："小刘啊，他才35岁啊！"什么？才35岁啊！当时他几乎不敢相信这是真的。他们看出他的心思，就意味深长地说："小刘，你以后就会明白了。"

在工作中，通过和老同志的交往、接触，小刘慢慢就知道了。森林劳教所地处偏僻农村，宿舍低矮简陋，蚊子老鼠特别多，交通是一条小小的黄泥路，常常晴天一身灰，雨天一身泥。几年来，他们就这样每天早出晚归，风雨无阻，在这荒芜的土地上拓荒、施肥，默默地在这里奉献着青春，挥洒着热血。

这一切都超出刘队长的想象，简陋的工作条件，超强的工作压力，隔三差五的熬夜，在过度地透支着他们的生命，这怎能不使他们过早地衰老呢？一两个带班民警要负责一个分队一百多名劳教人员的思想改造、劳动纪律、产品质量、货期任务等，而且不时还要处理戒毒人员之间的矛盾、打架斗殴，要求民警做到像老师，像父母，像医生一样对待劳教人员，那时生产任务又重，

绝望重生录

压得刘队长喘不过气来。有时，忙到晚上刚躺下，就听到了不远处鸡在鸣了。每天的生活基本上就是三点一线，寝室——饭堂——车间。这样单调而枯燥的生活重复了两年，大学时的一个女友也很快就吹了。时间长是一个挑战，另一方面一个人要管理一百多号人，每个人的思想动态要基本掌握，否则出现什么事故，那就吃不了兜着走。

刘队长清楚地记得，那次，他母亲病情严重，家里来了一封封电报催他回去照料。可是那时正值特别安全防护期，不能走啊！最后直到他母亲去世，他也没有见上老母亲最后一面。

这样的事经历多了，刘队长已经变得任劳任怨。他不是不喜欢繁华的都市，不是不爱自己的父母妻儿，不是不想与亲朋好友坐下来侃侃而谈，而是因为选择了劳教事业。

省城三江专科医院的医生给他做了伤口的处置和抗病毒感染治疗，然后安慰他，就是有病毒也是在24小时及时处理了，问题应该不大，叫他安心等待检验结果，过了窗口期，还要再来检验复查一下。尽管这样，他也焦急不安，可是他又不敢和家里人谈起这件事情。

"全体集合！"随着当班管教干事张警官的一声令下，响起了一阵急促的铃声，宿舍里马上热闹起来，找牙刷，找毛巾，叠被子的乱成一团。更多的人还不忘骂："他娘的，这是人过的日子吗？老子在外面还刚躺下呢。"骂归骂，说归说，谁也不敢赖在床上。一会儿工夫，全体人员紧张地列队站在操场上，接受张警官的点名。张警官昨天值主班，昨晚在小院值班室睡班，但他似乎没有睡，眼睛有些血丝，早上负责点名、出操、早餐、检查内务等工作，等其他队长来后，他就可以交班给另外的管教干事下班了。一张古铜色的国字脸，看不出什么表情，早晨的雾水打湿了他的警服，虽然 24 小时值班，但站在那里仍然不怒自威。他那锋利的眼光扫视了全场，操场上顿时安静下来。

入所队（新进所的劳教人员编成"入所队"）小院面积不大，不太规正但很整洁。高高的围墙阻隔，看不见太阳，围墙边是一排不算高大的芒果树。两层的宿舍楼有些陈旧，前边小花基里种着玉兰花，发出淡淡清香。天空飘着几丝白云，金黄色的朝霞洒在张警官那银白色的大盖帽警徽上，折射出耀眼的光。万梓星仔细打量，发现这是唯一让他觉得好看的美景了。

张警官开始一一点名，偶尔看下点名册。万梓星留意起来，"阳光刀"叫刘样群，"东北狼"叫张吉峰。入所那天，他俩被单独管理，过了好几天才耷拉着脑袋，无精打采地回到宿舍。昨晚万梓星听到有人私下谈论说："张吉峰肯定被好好招呼了，在这里就是黑社会老大也得规规矩矩，听说以前还厉害，如果不是那个大学生孙志刚事件，他这次不死也得去层皮呢！"怪不得这二货都一副老实样子，往日的霸气似乎荡然无存。

天气异常的闷热，蹲在小院操场上，匆忙吃完白粥早饭，万梓星的衣服后背已经开始湿了。随后又是一阵紧急的哨声，全体集合在小院的操场上进行队列操练。小院操场的水泥地上用油漆画着格子，有些地方被磨得光滑光滑的。从操场这边走到那边是 24 步，来回是 48 步。这该死的 48 步，让万梓星感到如此的遥远，他哪里学过什么齐步走、正步走呢！动作不好学不说，太阳一晒，水泥地上似乎冒烟出来，掉下的汗水一会儿就见不到了。没多久，万梓星感觉到眼冒金星，走着走着，他想如果此刻发生地震多好啊，地上有个裂缝就不用迈过去了，真的别提多难受了。他不敢偷懒，旁边不但有队长在威严地注视着，还有几个凶神恶煞的值班戒毒人员在监督着他们，动作稍不标准，轻则招来一顿责骂，有时还会被值班员招呼几脚。他看到两个戒毒人员在正步走时，总是笨手笨脚的，就被叫到另外一边加强操练，休息时间都没有了。

此刻，万梓星幻想能来一阵大雨，就是淋成"落汤鸡"也比这沉闷的天气强啊！还可以好好休息会儿。可是这鬼天气这鬼地方就是没有丝毫风，更别说是雨了。有时明明看到外面树在动，小院里愣是没有风，有人说给高高的围墙挡住了，风哪里吹得进来呢，坐牢就是这么倒霉。

有一个人受不了，倒在地上，原来是脚站麻了。队长允许他在旁边休息一会儿，又得继续操练，在这样紧张的操练氛围里，看着凶神恶煞的值班人员，万梓星只得小心翼翼地做好每个动作。他倒是羡慕起"东北狼"来，还绑着绷带的张吉峰，可以老老实实坐在一边看着他们训练，有时他还真想被人打一顿休息下也好。好不容易熬过上午，中午吃完饭，就要去车间劳动。刚进车间，一阵热气便扑面而来，还夹带着一种醇香的胶水味儿，万梓星猛吸了两口，似乎这种气味能让他精神些。他循着气味看到了车间台面上都放着一些小胶水桶。值班员告诉他们，每个人都按座位坐好，然后，领取花枝做插花。插塑胶花还是挺简单的，花枝，花叶，沾上胶水，然后插上花蕾和花瓣，就是手脚要快。

突然，万梓星看到旁边的邹宜顺用手沾了点胶水，放进嘴里吃。沾了几次后，一副很舒服的样子。他似乎吃上瘾了，又用手去沾时，被一个值班员发现。只见那个值班员一个箭步跑到他身后，然后用力把他从座位上拖出来，拉到车间办公台的何警官面前说："报告何警官，这个家伙吃胶水。"何警官瞪了邹宜顺一眼，眉头一皱，把手一挥，冷冷地说："把他铐在树上。"

邹宜顺似乎对何警官的话毫无反应，目光呆滞，边摇晃着脑袋，双手边比划着，被两个值班员带出了车间。万梓星看着那古怪的动作，暗笑了一声："这个邹宜顺的瘾还没断呢！"

在这沉闷的铁皮棚车间里，几台吊扇正有气无力地吹着，然而，吹出来的都是热风，让人脸上发热。何警官似乎也热得受不了，他咕噜咕噜地猛喝了一口水，站了起来，招了招手。一个穿黄色衣服的值班员赶紧走过去。"叫放风，真他妈的热。"何警官狠狠地摔出一句话，又用手抹了抹脸上的汗水，径直走出了车间。

值班员如获圣旨，一转身便大喊一声："放风，放风。"

"放风？"万梓星心里打了个疑问，直看到许多戒毒人员纷纷往车间外走时，他才跟着走出了车间。学员被安排在宿舍走廊放风休息，宿舍前的几棵白玉兰可以遮阴，树底下的阴凉位置自然很快被人挤占，学员三三两两聚在一起，允许抽口烟。一时间，一道道白色烟雾升起，空气里弥漫着诱人的尼古丁味。万梓星不认识人，只好独自蹲在一边，羡慕地看着他们在互派香烟，看起来都是低档货。然而，此时能有一支低档货过过瘾，也胜过外面吃山珍海味呢！他喉结窜动，鼻腔抽动了几下，猛力地吸了几口飘过来的烟，然后闭上眼睛，又缓缓睁开，他感觉这一刻像神仙一般舒服。

突然，被铐在树干的邹宜顺大喊大叫起来："我要烟，快给我一支烟，我受不了啊！"最后几乎带着哭腔在哀求。万梓星见他手脚发抖，流着眼泪，鼻腔上拖着长长的鼻涕，满脸痛苦的表情，不时用头撞树干。

几个值班戒毒人员看看何警官，又看看邹宜顺。何警官面无表情地看了邹宜顺一看，手一挥。一个值班戒毒人员皱着眉头，上前掏出纸巾帮他把鼻涕擦掉，又点着一支烟塞进了他的嘴里。邹宜顺如捡到一根救命稻草，大口大口地吸起来，然后又把头往后仰了仰，一副很舒服的样子，暂时安静下来。

看着这些情景，万梓星回忆起在看守所生理戒断时的痛苦反

绝望重生录

应，抱着头在地上翻滚，又用手拼命地捶打着脑袋，如果不是两个值班员死命摁着他，他真想一头撞在墙上算了。看着这些烟，他似乎又回到了"嗨"的情景，一种快感涌上了脑门，他在昏昏沉沉地体验着这种美好时光。

突然，一声大喊："开工，开工！快点进去。"把万梓星从美好体验中唤醒过来，赶紧起身跟着他们进去。

晚上练习叠被子。要求折得方方正正，学员把自己的被子铺在操场上一遍一遍，反反复复，直到合格才允许回宿舍。万梓星拖着疲惫的身躯回到宿舍，胡乱洗个澡躺在坚硬的床上，一阵阵酸疼袭来，他体会到双脚双手好像不属于自己的。身体上的酸痛，劳累可以通过休息来缓解，而孤独、失落、失去自由的滋味，才是带给万梓星最大的痛苦。特别是下午放风时，自己孤零零坐在一边看着别人吸烟，心想，就是在车间热死也好呗，放什么鬼风呢！就这样，胡思乱想好长一段时间，万梓星才沉沉睡去。

又是一阵激烈的铃声把他吵醒，他翻了一个身，脑袋还是昏昏沉沉的。他不想起来，在这里早起，对他来说也是一个巨大的折磨。他听到有人骂骂咧咧，抖抖索索地穿衣服，穿鞋，一会儿宿舍里没有了声息。

突然，几声巨响，把他从昏昏沉沉中惊醒过来，他还以为躺在出租屋发生地地震什么的。待睁眼一看，原来一个值班员拿着一条棍子在敲打着窗户上的铁条，喊着："快起来，点名了。"万梓星心里一惊，才回过神来，睡过头了。

万梓星不但被值班员臭骂了一顿，而且还要罚打扫一个星期的厕所卫生。

站在队列里，突然，站在后排的"阳光刀"用脚轻轻踢了他一下，他才意识到指挥队列的值班员已经下达了口令，看到旁边的人都迈出了右脚，也紧跟着把右脚迈了出去，再晚一会儿旁边的值班员就想过来招呼他了。万梓星不由回头，感激地看了"阳光刀"一眼，发现他也没那么可怕了。

在休息的时候，万梓星走过去和坐在树下的"阳光刀"搭讪起来。"群哥，刚才真感谢你了。"万梓星满怀感激，又是讨好地说。

"我昨天听你说话口音，你也是新东县的吧！我们同一个地方的，我才提醒你呢。"刘样群不冷不热地看着万梓星说，心里却在盘算着，这个家伙有点霸气也有点傻，能把他拉拢来，做自己的马仔也不错。

"群哥，你也是新东县的啊，那太好了，今后还请你多多关照啊！"万梓星边说边把身子往他那边挪了挪。

刘样群说起他才28岁时，万梓星大吃一惊，以为群哥有37岁了。只见他黑黑的皮肤，背有点驼，干瘦的三角形脸型，皮肤有点松弛，笑起来牙齿是有一半是黑黑的，有一颗门牙已经脱落，说话时有点走音。经过进一步交谈，万梓发现刘样群是个健谈的人，身材看起来五大三粗的，面部有点凶恶，像水浒里面的李逵般。他说他有十多年的吸毒史了，什么毒品都沾过了，什么场面也经历过，让万梓星感到高兴的是，他居然也是新东县的人。万梓星忽然觉得"阳光刀"那充满沧桑的凶神恶煞般的脸上，深沉而又忧伤的眼神，偶尔露出的得意之色，似乎隐藏着许多许多的故事，他好像整天满怀心事的样子，似乎很需要找个合适的人说说话。

此后，万梓星一有机会就找他聊天，从刘样群的言谈中，感觉他很熟悉劳教所的环境，从他口中听到了许多未曾听过的事物，当然，最主要的是刘样群好像变戏法似的，总能变些烟出来，能缓解下万梓星的烟瘾。

绝望重生录

上午，天气异常闷热，正当万梓星他们排好队准备训练时，突然一阵暴雨袭来，大家纷纷跑进走廊里躲避。看着这一时半会停不下来的大风雨，万梓星心里暗暗高兴，"他娘的，早就该下了，能下一天更好了。"种在花基里的那几棵玉兰树，那密密麻麻的雨水直打在那嫩绿的树叶上，经雨水的刷洗，树上的枯叶，小虫纷纷掉落地下。

"全部都进课室上课！"一个值班员不知从哪里拿来一把雨具，冒着大雨匆匆跑过来对大家说。

人群里一阵骚动，有人低声骂了几句，往课室走去，好在课室就在旁边，不用穿过雨水。

万梓星发现何警官进来时，裤脚已经湿透了，他把雨具一放，径直走到讲台上。何警官讲了一些违法犯罪的事例。他又说，你看外面的几棵大树经过风雨的洗礼之后，显得更加挺拔，翠绿，生命力会更加旺盛；人也一样，也要经历风雨，不断去修正自己的言行，把劳教期当作学习期，不断去学习成长，才能使自己的人格更加完善。

万梓星听得云里雾里，好不容易听到宣布下课。此时，雨已停了下来，墙脚边的草坪变得愈发碧绿了，万梓星走到树下，抬头看了看，确实，这三棵玉兰树看起来更郁郁葱葱了。站在人群中，他向天空望去，天似乎变得更加湛蓝了，空气也清新了许多。他又深深地吸了两口混着泥土气味的空气，顿时觉得整个身子轻松多了。突然，他惊奇地发现不知什么时候，有一道浅浅的彩虹弯弯地挂在天边。人群中有人开始惊呼起来，大家兴奋地抑望着彩虹。彩虹七彩缤纷，犹如花朵编织的环带，缀在蓝天的裙襟上，过了一会儿，彩虹的颜色渐渐淡了，最后全部消失在空中，引起人群中一声声叹息。以前，万梓星几乎过着昼伏夜出的生活，那有机会看到彩虹呢！他没想到大自然还有这么美的景色。"难道这就是人们常说的风雨过后见彩虹吗?"他心里正在默念着。这时,见到刘样群过来,便说:"群哥,有个问题想和你聊聊。"

看着万梓星一脸严肃的表情,刘样群说:"行,你说吧!"万梓星说:"我一直对因吸毒被劳教戒毒想不开,我们那个县城的人都把吸毒当作是一种享受,一种时髦,是有钱有身份的象征。怎么这里管教说吸毒是违法犯罪行为呢?"

刘样群看了看四周然后略带气愤地说:"这些是都是骗人的鬼话!用自己的钱吸毒关人家屁事啊!什么吸毒害人害己,就算我害人了也应该法庭审判后,押我来劳教啊!"

万梓星若有所思地点了点头说:"是吗。"

"不过,小兄弟,有这样的一句话叫'虎落平阳被犬欺',在这种环境里醒目点就是了。"刘样群拍了拍万梓星的肩膀说。

万梓星点了点头,笑着说:"有群哥罩着,谁敢欺负我?"

刘样群往万梓星身旁挪了挪身子,然后用脑袋朝旁边的管教摇了摇头,压低声音说:"人在江湖身不由己啊!有的管教看你不顺眼给点小鞋你穿,会让你吃不了兜着走的!"万梓星若有所悟地点了点头。

"全体新投人员集合!"随着值班员一声令下,全体人员又紧张地列好队站到操场上。何警官在队列前作了训话,告诉大家,过几天就要分流考核,如果不合格就要留下来继续操练,所以,大家要更加严格要求自己,把动作做规范。

说罢,开始操练,他走在队列一一检查纠正动作。在练习踢正步的时候,何警官走到刘样群身边打量着他的左臂,他的手臂关节处,高高隆起,有些变形扭曲。何警官大声喝道:"打直手臂。"刘样群悻悻地说:"报告队长,我的手臂残疾,无法打直。"所有人都投来异样的目光,何警官用手按了按刘样群的手臂,发

绝望重生录

现确实如此，才走开了。

晚上回到宿舍，万梓星洗澡时感觉皮肤一片灼疼，他看了看手臂，手臂不但黑黑的，有的地方还脱皮了，他动了一下腰，也疼痛起来，他感觉从来没有如此的累，过几天还要考核，如果考核不合格，还要留下来继续训练，叠被子要求更是出奇的高，被子不但要求摆放成一条线，而且要求折叠得有棱有角，这种日子谁愿意多挨一天呢！这些难题一直困扰着万梓星，他有时甚至想就是在姐姐家受气也好过这里。看着时间尚早，宿舍里还一片吵杂声，于是他走到走廊透透气。"咦"突然他发现刘样群也站在走廊上，扶着铁栅门，出神地望着漆黑的夜晚。

"群哥，你在想什么呢？"万梓星突然打招呼声，似乎吓到了刘样群，他双肩动了一下，缓缓地回过头来说："哦，是你啊！你说，人活着有什么意义吗？看不到希望，还受到种种厌弃，你看这黑暗的尽头仍然是无尽的黑暗，哪里有我们吸毒人员的生存之路啊！"

"群哥，你说那么深奥我听不懂。"万梓星摸了摸头皮说。

"怎么你也还没休息啊！你在想女人还是想啥呢？"刘样群叹了一口气，只好转移了话题。

"哎，哥啊，你也就别笑话我了，我哪还有心思想那些啊，我在想做人怎么会这么的累啊，还不如天上的小鸟，飞来飞去的，多自在啊！"万梓星长叹了一口气。

"怎么啊！看你年纪轻轻怎么那么多心事呢？"刘样群一脸疑惑地看着万梓星。

"群哥，这种苦日子不知何时是个尽头啊！"

刘样群不屑一笑说："小兄弟，你还是嫩了点，那么卖力干嘛！叫你踢正步出点力就行，也不必出全力啊！放松点，出功不用出力，这些考核是做做样子的，现在人员爆满，想留下来继续操练，恐怕没有你的位置呢！再坚持几天，去到常规大队就不用这样天天操练了。"

"群哥，好像你对这些都很熟啊！"

"小兄弟，我号子都蹲过，也是劳教所的常客，这算什么啊！这些都是一套套的，没什么大不了的。"

万梓星经刘样群一说，紧锁的眉头舒展开来，心里一块石头落下来了。

万梓星突然想起今天操练的事，随口问道："群哥，你这手是怎么回事啊？看上去不像是天生的，怎么会弯曲得那么厉害啊？"

刘样群看了万梓星一眼，欲言又止，眼神里掠过了无限的沧桑。他带着愁云表情的面庞在万梓星眼前逐渐扩大起来。

万梓星看了刘样群的表情，心想这里面肯定有故事，在好奇心的促使下，万梓星哀求又似奉承地说："群哥，我想你一定有什么了不起的经历，能否说来听听？"

果然，刘样群一听，嘴角掠过一丝自豪，他吸了一口烟，淡淡地说："被老爸打的。"

万梓星睁大了眼睛，张大嘴成"O"型，一会儿他才说："我靠，这是亲爹吗？怎么会这么狠的？"

刘样群抬起头狠狠地吐出了一口浓浓的烟圈，那烟圈似乎包含着他那无数愤怒与怨恨。"狠？他简直是个畜牲！"他提高了嗓音狠狠地说。瞬间，走廊上空气弥漫着一股悲愤的味道。

随后，刘样群盯着自己这只弯曲变形的手臂讲述他的童年……

他的父亲刘旺成是个嗜酒如命的混混，对于自己的儿子，他丝毫察觉不出儿子的聪明才智，只觉得自己的儿子是个只会给自己添乱的麻烦虫、调皮蛋。他的教育方式就是棍棒式教育，本来

绝望重生录

自己就是游手好闲的混混，他相信只有用暴力，才能制服他人，驯服儿子。

可是他自己也是个酗酒的无赖，在酒精的作用下，他下手完全没有轻重，也没有节制，透着一股子狠劲，把"教育儿子"理所当然地当成了发泄酒精的方式。

有一天父亲不知怎么知道我的情况，来到学校找我，二话不说就在大家的惊叫声中狠心地把我从学校二楼丢到一楼草地上。

看着万梓星瞪大了眼睛，刘样群弹掉烟灰，深吸一口气，似乎心里在压抑着什么东西，然后接着说："阿星，你知道吗？我小时候整个夏天都没穿过短袖衣、短裤。"

万梓星好奇地追问道："为什么？你不怕热吗？"

刘样群凄然一笑道："热啊！我热得都起痱子了。"

刘样群眼睛已经开始红了，有些晶莹的东西充斥着他的眼眶……

他说小时候家里有一百多个铁丝的衣架，每次他父亲喝完酒，打他的时候，都会用两个衣架叠在一起打，直到打得衣架变形，不能再用了，才会呼出一口酒气，把衣架随手一丢，自己则去呼呼大睡。看着自己父亲略带满足的表情，刘样群明白自己只是个被用来发泄的工具而已。他从一开始被打得大呼大叫，痛哭流涕，到后来的麻木，面无表情，好像衣架不是打在他身上，这中间经历过什么，恐怕只有他自己才最清楚了。只是短短数月，一百多个衣架便被他父亲用来打他，打得一根不剩。

听到这里万梓星也感觉特别揪心："可为什么，你夏天会没穿过短裤、短衣呢？"

万梓星想了一下，倒吸一口凉气，好像明白了点什么。他瞪大眼睛看着刘样群。

"那种细长的硬物打一下，身上就会起一条红色的类似皮疹的痕。而我小时候，从脖子到小腿，满满都是这种一条条的东西，每当有同学或是小孩看到，都会笑我，知道我又被打了。虽然年纪小，可我也有自尊啊！所以我不敢穿短袖衣短裤，怕被人笑，怕被人看不起！"

刘样群转过头盯着万梓星，眼神变得凶狠起来。万梓星看着他的眼睛，不禁打了个冷颤。

"你知道一个8岁的小孩，在自己父亲的饭里下老鼠药是什么样的心情吗？"刘样群咬牙切齿地说。

万梓星愈发惊讶地看着刘样群，刘样群脸有些变形，双手紧握着拳头。

"他喜怒无常，实在让人受不了，我想不到什么方式可以摆脱父亲的残暴，除非父亲死了。"刘样群想了许久，后来看到妈妈放在地上的老鼠药，就赶紧拾起一些放在父亲的饭碗里，然后，战战兢兢地把那碗装着老鼠药的饭端到父亲面前，胆战心惊地站在一旁看着他父亲，父亲扒开饭正要往嘴里送，突然，看见那一粒粒绿色的东西堆在饭里面。这一刻换来了他一生刻骨铭心的疼痛。父亲把碗一摔，抓起坐在身下的凳子，暴怒地砸向他，他被狠狠地砸倒在地上，鼻血流了一地。他不敢哭，惊恐地看着彪悍盛怒的父亲，父亲随手捡起地上摔断的凳子的脚，朝他身上狂乱地暴打，他被父亲的脚死死地踩在地上，一只手握着凳脚朝他的手腕关节处狠狠地砸，一边砸一边凶狠地骂道："是哪只手放的？我让你害我，我让你下药。兔崽子，活腻了！翅膀硬了，想害老子了！老子打死你个狗日的！"

刘样群哽咽了一下，没有继续说下去，又点上一根烟，顺手擦掉眼角滑出的两行眼泪。

万梓星听着，大气不敢出一口。良久，才点了点头说："原来你的手就是这样被硬生生打断的。"

绝望重生录

刘样群的手动了一下，原来被差不多燃尽的烟头烫了。他狠狠地把烟头丢在地上，又用脚狠命地踩了几下，踩完以后，他的脸色似乎平静了些。

万梓星叹了一声气："你的童年过得真不容易啊，你母亲不管吗？"

"我母亲被他打，更是家常便饭，脸上、身上经常都是青一块紫一块的。有一次我放学回家，父亲刚打完母亲，摔门扬长而去。我一进屋，见到母亲跪在地上一根一根地捡起地上被父亲扯掉的一小撮一小撮的头发。我蹲到母亲身边，母亲一边流泪，一边抓着我的手，把捡起来的头发放到我手心里，母亲抽泣着对我说，小群，这些头发你要收好，以后看到这些头发你就会想起你父亲是怎么对待我们母子俩的。我默默地点头，把那些头发一撮撮的卷好，放进我的相册里。我永远都不会忘记的。"

那时候虽然我年纪小，却无时无刻不在想着怎么报复这个禽兽不如的男人，于是我荒废了学业，和一帮混混整天混在一起，我要让自己变强壮，我才有力量保护母亲，报复那个混蛋男人。

万梓星同情地点点头："你父亲真是太残忍了，难道从来都没有一个人保护你吗？"

"我外婆也想保护我！可是他连我外婆都下手打。"说到这他的声音变得悲愤而颤抖。

"那次，他又喝醉了，打我的时候，我外婆跑出来拦在我身前，用身子挡住我，不让他打我。我惊恐地躲在外婆身后，紧紧地抱着外婆。他见到外婆护着我，恼怒地拿起桌上的菜刀，一刀砍在桌子上。"

他狠狠地说："老子打儿子，天经地义。谁敢再拦，我连她也一起打。"

我外婆也火了，一巴掌拍在桌子上，"今天你就是不可以再打他了，他还这么小，你打得太过分了，我就要护他，我不信你敢动我！"

那畜牲，看到外婆这样护着我，似乎触犯了他的自尊，借着酒劲，手起刀落。外婆的小手指一截指头血淋淋地掉在桌子上。外婆一声惨叫，捂着手倒在地上，边哭边骂："你这个挨千刀的，我们瞎了眼把你招上门，我们也没亏待你，你凭什么这样对我们啊！"外婆的哭喊并没有唤醒那畜牲，他竟然变本加厉又上前踢了我外婆几脚。

我那时候都吓傻了，蜷缩在角落里发抖，眼前的父亲就像一个张牙舞爪、张着血盆大口的魔鬼，随时都会把我吞噬。我趁他不注意时悄悄地溜出门，跑到邻居家里，语无伦次地告诉了家里发生的事情。邻居都知道刘旺成的暴行，一直不敢过问，当听到外婆被砍了，才叫了几个人过来，赶紧把外婆护送去医院。那畜生则被几个邻居堵在屋子里，因为怕他搞出更大的事来。

我想我一定要为外婆讨回公道，我要去告发这个残暴的人，我第一时间想到的是警察。于是我一路跌跌撞撞地跑进附近的派出所，可我不知道该向谁报案，我跑到站岗的警卫面前一边哭一边跟他说我爸爸打我，打我妈妈，还把我外婆手指砍掉了。大概那个年代还没有家暴这个概念，门口的警卫和看门的大爷都咯咯地笑了起来，大爷说："这是哪家的小孩，被爹妈教训居然都躲到派出所来了？哈哈哈！"说完，看门大爷递给我一块大白兔奶糖："快回家去吧，以后乖乖的，不要惹你爸生气就不会挨打了。"

"这小孩真逗。"门口的警卫也笑着说。

我感觉很无奈，走投无路了。突然，我想到了我的舅舅，他是一个武警啊。

我一路小跑去了舅舅家，我敲开舅舅家的门，哭着告诉舅舅

绝望重生录

今天发生的事，舅舅听完后气得把桌子一拍，立马拉着我回家去。

舅舅到我家后，怒不可遏地指着我爸骂道："你这个王八蛋，平时打我妹妹，打我外甥我都不吭声，觉得这是你的家事，我给足了你面子。没想到你现在变本加厉，欺负到我母亲头上来了，是可忍孰不可忍，老子今天不收拾你就是不孝！"

说完，我舅舅挥手就是一拳，狠狠地把我父亲收拾了一顿，舅舅毕竟是武警出身，身手不是我那个混混老爸能比的。三两下就打得他趴在地上，不住地求饶。我站在旁边，虽然被这阵势吓了一跳，但心里仍然有一阵快意，总算是出了口恶气。最后舅舅警告他，以后再敢打人，决不饶他。

舅舅的一顿暴打，我父亲进医院治了半个多月。出院后，他果然老实多了。说完这些，刘样裙的眼光变得温和起来。

万梓星意犹未尽，看着刘样群，希望他继续讲下去。这时一个值班员走过来说："你们俩在这干嘛呢？时候不早，赶紧回去休息吧！要清查人数了。"

刘样群应了声，和万梓星各自回宿舍休息了。

分流考核的日子终于到了，果如刘样群所说，科室考核领导只抓了三个确实表现太差的戒毒人员留下继续训练，其他人员全部分流到常规大队。万梓星悬在心里一块石头落了下来，让万梓星更高兴的是能和自己的"靠山"群哥分在同一个大队里。

万梓星在一旁看到接收大队的民警在认真清点接收他们的档案资料，他不知常规大队什么情况，但听刘样群说会比入所大队舒服，他就希望能早点分流下去。当民警在交接体检报告时，万梓星看到几个民警在窃窃私语，然后，看看万梓星和刘样群他们，接收大队管教的脸上掠过了异样的表情。

万梓星装好衣物又再次被押上了警车，坐在警车里看着徐徐打开的大门，心里有点激动，一个月了，今天可以"走"出去看看，车上的人都伸着脖子往车窗外看着，似乎能看到外面的路人也是一种享受，突然有人发出了惊呼，车内的人随着声音看去，原来车子经过了一个美女旁边，车内一下就喧哗起来。"东北狼"整天装死，今天见到窗外的美女，立马两眼发光，邪笑着吹起了口哨，押送的警官狠狠地瞪了他一眼，他才收敛了一些。

第五章　疯狂的病毒报复

　　万梓星在搜寻着上次进来时匆匆一瞥的那棵铁树，那是他第一次看到的奇异的花木。花坛里的铁树现在叶子更加粗壮，鲜艳光滑，令他惊奇的是铁树居然还开出了花，那花就像一颗巨大的玉米芯，嫩黄色的花芯高高地矗立着。

　　一会儿，警车便开到了常规大队，经过三重门，身后最后一道铁门发出了沉重的碰撞声，万梓星心里随即"咯噔"了一下，他知道这一进去又是另一个世界，这个高墙里面迎接他的又是什么，这一切都让人迷茫。值得安慰的是常规大队的活动空间大了好几倍，中间一块绿色的草地，那嫩绿的小草焕发出一片勃勃生机，草地周围都种有大树，让万梓星心里有些许的明亮。

　　万梓星和刘样群、"东北狼"等5个人分在同一个大队，不过万梓星和刘样群虽然在同一个大队，但是在不同楼层，不同的分队，能交谈的机会并不多。让万梓星惊奇的是，押送他的刘队长竟然也在这个大队，看来世界真的很小，万梓星暗自庆幸那天在车上没有顶撞他。

　　宿舍里住着十二个人，上下铁铺床，不会显得太拥挤。万梓星待了几天后，发现宿舍里有几个人比较引人注目。一个是"勇哥"，因打架斗殴进来，说话粗声粗气。"勇哥"真名叫陈华勇，他一脸横肉，浓眉粗眼，身材魁梧，在宿舍里经常不穿衣服，胸部纹着一只巨大的雄鹰，背上还纹有一只凶虎，左右手臂上纹着骷髅，一副杀气腾腾的样子，让人看了心生惧意。和万梓星一起进来的"昆仔"，真名叫曾明昆，"林仔"名叫陈新林，都是吸毒进来的。还有"四眼仔"，名叫曾辉明，人长得挺斯文，白白净净，戴着一副眼镜，经常一个人走在窗台下看书，抄抄写写，一副高深莫测的样子。另一个是"猴子"，名叫邓威容，他的脸瘦瘦尖尖，身材矮小，只要他一出现在宿舍里，许多人都不愿意讲话了，因为他们觉得有干部常找他谈话，"猴子"和管教走得近。

常规大队虽然不用操练，但每天"三点一线"的生活，几天就让万梓星感觉到了紧张、严肃、枯燥、单调乏味。当然，这些紧张的生活让他暂时忘却些许的烦恼。从宿舍到生产车间的路线是长了许多，他数了数有585步，可以多看下路边的植物。他真希望这是五千步，可以迟点进车间参加生产劳动。看起来风平浪静的劳教生活，他却感受到了人与人之间有一股说不清、错综复杂的暗流在涌动。

他再一次看了看窗外的夜色，估计肯定超过22点了，刘队长过来巡视，催促说要抓紧时间赶货，丝毫没有收工的意思。听说最近上头抓得越来越紧，加班要批准，为什么还不收工呢？万梓星心想。

在炽热的日光光管下，刘队长那张黑黑的国字脸，看起来有些疲惫，眼睛深深地陷了进去，双手交叉在胸前，一双眼睛不停地扫视着车间。

万梓星坐在长条木板凳上，做了一整天的彩灯加工，感觉特别疲惫，他看着刘队长，多么希望他能大喊一声"收工"这两个字。可是刘队长嘴唇紧闭着就是不开口，似乎故意这样刁难他们。大概一半的学员完成任务回小院宿舍了，看到剩下的学员慢

绝望重生录

吞吞地干活，刘队长有时在低头沉思着什么，一副心神不定的样子。

又过去了半小时，刘队长看了看表，眉头一皱，扫视了一下车间。万梓星知道有戏了。果然，刘队长大喊一声"收工"。整个车间瞬间就沸腾起来，此刻，万梓星觉得世界上再也找不到比"收工"两个字更动听的语言了。交货的交货，交工具的交工具，有的洗手间也懒得去上，不用跟班质检员督促，比消防演习还快速地排好队伍，等待刘队长训话。往常，刘队长一定会站在队伍前，对纪律性差，又完不成任务的戒毒人员进行严厉的训话。可是，今天刘队长只看了队伍一眼，无力地用右手挥了挥，质检员心领神会，叫了声："起身，齐步走。"万梓星听到这样的口令，如释重负，身心即时放松下来。他想着赶紧走吧！昨天太多人都没洗澡了，今天早点回去洗个澡比什么都强啊！

待万梓星回到宿舍翻找洗澡用品，刚刚还寂静的大楼，突然间就响起了乱七八糟的吵杂声。

万梓星拿到毛巾，赶到一楼露天洗澡场一看就傻眼了，一百多人已在水龙头前排成长长的队伍，让万梓星觉得奇怪的是，左边一个水龙头才稀稀疏疏排了十几个人，其他人怎么就不排过去洗呢！万梓星搞不明情况，只好排在旁边的队伍里观察。一会儿，有一个新来的戒毒人员过去左边水龙头后面排队，马上过来几个彪然大汉把他赶走了。

借着微弱的灯光，万梓星看到水龙头旁边写着"阳光佬"专用水龙头。万梓星问了问前面的那个人，那个人悄悄告诉他，这是场所里最凶的一个地区的人专用的，除非队长在现场看着，否则谁去洗澡准会遭到报复。队伍里有的人等得不耐烦，已经先行离开回宿舍睡觉去了，万梓星向"昆仔"借了香皂呢，想今天洗个好澡看来难哦！想起香皂，他内心突然感觉到一阵阵隐痛，有一股无名火起，他此时特别恨父亲，刚才向昆仔借时，看得出来，昆仔有些不高兴，不但露出了轻蔑的眼神，还冷冷问了句万梓星："你家里什么时候有人来看你啊！"

这句话比吸毒打针还要痛，深深地刺到了他的心里，他进来后一直避开谈论家人，仿佛家人是他的死穴，有时在宿舍里听到有人谈论家人，他便闷闷不乐地走开，感觉腰板也挺不直了。如果不是父亲，今天会到这里挨生挨死吗？会遭到这些鄙视吗？他不停向前张望，希望能快点洗澡回宿舍里，他觉得宿舍里那小小的床才让他安全和自信，才能躲开那些歧视的眼光。

队伍就是不怎么移动，正焦急时，突然，万梓星惊奇地发现，"阳光刀"不知什么时候排在对面队伍里，于是赶紧和他打了声招呼，"阳光刀"看到万梓星也有点意外，他应了声，点了点头。然后，走到前面和一个高个子说了几句，便向万梓星招了招手，示意他过来排在后面。

万梓星赶紧走过去，又热情向群哥问好，然后，彼此问了些近况，万梓星发现群哥少了许多霸气，一副心事重重的样子，正想问他一些事情的时候，就轮到刘样群洗澡了，只好匆匆与他约定"五一"放假那天找个机会再聊。

车间窗户上不知什么时候飞来一种小鸟，正在悠闲地往车间探头探脑，小鸟不时对着万梓星轻叫几声，似乎正在嘲笑失去自由的他。他悄悄起身过去，想把它抓起来，或者干脆把它的头扭断。他看不得小鸟如此得意悠闲地在他面前飞来飞去，可是还没靠近，小鸟便忽地一声扑打着翅膀飞走了。

万梓星心里更不愉快，坐在车间冰硬的板凳上，他做工的手停了下来，不停地打呵欠，还流下了眼泪，他感觉浑身不自在。他知道那是毒品的生理反应和稽延性反应又来了，他用双手狠狠地捶打了后背，长时间坐着让他感觉腰也不行了，他又伸了伸腿，感觉这样会舒服些。

"陈新林，陈新林，快点出来。"跟班质检员在那呼喊，打断了他的胡思乱想。陈新林长得一副娘娘脸，细皮嫩肉的嘴角边长了一颗痣，痣上有几根黑毛。他喜欢吃零食，又念过初中，有时会来几句诗句，别人便叫他"阿孔"，是鲁迅笔下的孔乙己。"阿孔"愉快地应了一声，屁颠屁颠跑了过去，好像已经预知有什么好事似的。

半小时后，"阿孔"就回来了，只见他好像领奖回来似的，趾高气扬地把一大包物品扛在肩上，脸上按捺不住得意之神色，在车间里转了一圈才回到座位上。然后把一包物品重重在台上一放。万梓星瞪了他一眼，脸露不悦之色。

万梓星正准备清理做好的产品时，发现有一个成品被陈新林的物品压坏了。万梓星这下火了，一把拉住他的衣袖凶狠狠地说："你说怎么办?"陈新林看着大块头冒着怒火的万梓星，不知所措，结结巴巴地说："我，我，我赔货给你。"

"你说赔货就算了。"万梓星狠狠地瞪了他一眼，举了举拳头似乎要动手的样子，然后又把眼光落在红梅烟上。陈新林心神领会，赶紧拿出一包红梅烟递给了万梓星，万梓星鼻子哼了一声，装作极不情愿的样子把烟拿了起来。其实万梓星内心窃喜，这么容易就拿到了一包烟，看来有机会得多采用这种方法。随后，找了借口向队长报告后，赶紧跑进厕所吸烟去了。

待万梓星从厕所吸烟出来，对面的"猴子"做的产品已经堆成小山似的，"猴子"长得瘦瘦的，手脚出了名的快，每天总是第一个完成任务，据说是"打钱包"进来的，有时还在宿舍里露两手。

陈新林时不时偷偷拿点零食出来吃几口，那飘来的饼干香味，让万梓星口水在嘴里打了几个圈又咽了下去，非常的不爽。

"猴子"似乎也感觉到了，用鼻子闻了闻，喉咙结在不停地打转。陈新林向他点点头，然后，用嘴往厕所里撇了撇。"猴子"会意，起身向刘队长打了声招呼，便向厕所里走去。"阿孔"则拎了包食物紧随着走了进去。不久，就见他俩一前一后从厕所出来，陈新林手里的食物不见了，"猴子"神采飞扬般拎着一包食物回到座位上，更加利索地干起活来。万梓星看到这些，内心愤愤不平地暗骂了一句，"他娘的，肯定又拿食物换货了。"

万梓星感觉没什么心情，就在座位上漫不经心地做着。正当，万梓星恹恹欲睡的时候，突然，左脸一阵疼痛，他猛然一惊，伸手一摸，手上沾沾糊糊的，仔细一看，原来是出血了。他看到对面的"猴子"正在惊慌地收拾彩灯线条，原来是这小子拿货给陈新林时，彩灯尾刺甩扎到他了。万梓星气不打一处来，立马站起来用力一推，把"猴子"推到在地上。"猴子"爬起来，看到周围的人都望着这边，不知哪里来的勇气也推起万梓星来，最后，两个人互相拉扯着衣服扭打在一起。刘队长听到响声，赶紧提着警棍跑了过来，见两人扭打在地上，喊了几句，他俩才停了下来。刘队长喝令他们来到办公台前蹲好，叫他俩好好交代事情经过。

万梓星怒气未消，粗声粗气地说："是他先弄伤我的。""猴子"也不服气，"是你先动手的。"两个人就这样你一言我一语争吵起来。他俩争吵越来越大声。刘队长不耐烦起来，两眼瞪着他，眉毛都竖了起来，手里还扬着警棍，似乎随时都要劈下来，这才低下头，不再作声。

随后，刘队长再说什么，万梓星都不想争辩。他想，说那么多也是没用，自己作为"三无"人员，无钱，无地位，无亲人照看，不但劳教人员瞧不起，就连干部也是瞧不起的，今天的事情不是明摆着嘛，自己就多受了皮肉之苦。

绝望重生录

万梓星回到座位后更加没心思干活，好不容易等到晚上收工。讲评时，刘队长只强调万梓星先动手，宣布对他俩的处理意见，万梓星罚500分，"猴子"罚300分。万梓星内心更加不满，此后，他感觉刘队长做的事讲的话就是针对他似的。

躺在床上万梓星一直辗转反侧，他想到近期以来的事情，如同放电影一样一幕幕在头脑里呈现出来，他感觉到了一种无形的压力让他不快，他很希望能找刘样群聊聊。

他借着房间里昏黄的灯光，他发现对面铺位的"勇哥"也在不时地翻身，估计他也是没睡着呢！突然一阵响动，他睁开眼一看，发现，邻近铺位的"昆仔"慢慢爬了起来，他以为"昆仔"是去上厕所的，可是"昆仔"下了床不是往前门走去，而是往后门飞快跑去，"碰"的一声响，"昆仔"重重撞在木板上，捂着头倒在地上，发出"唉哟，唉哟"的痛苦叫声。

这一声闷响打破了夜晚的寂静，宿舍里的其他人都被惊醒过来，"四眼仔"曾辉明从床上爬了起来，走过去摇了摇"昆仔"，问："你怎么样了？"

好一会儿，昆仔抚着额头说："没事，就是额头痛。"曾辉明掰开了他的额头一看，妈啊！起了一个大包，这时值班的劳教人员开门走了进来，问是怎么回事？曾辉明把刚才的事告诉他。值班劳教人员把灯拉亮，走到曾明昆面前说："曾明昆，你不是去厕所吗？怎么跑来这边呢？"

曾明昆这时被人扶着坐在床上，他边按着额头边说："我也不知道怎么回事，就是睡得迷迷糊糊时，听到那边有人叫我去吃宵夜，所以我就赶紧爬起来跑过去了。"

大家听了都哄堂大笑，特别是勇哥笑得更是开心，发出了一阵怪笑。勇哥不屑地说，你们这些"白粉仔"，大半夜的净搞些奇形怪事出来，还让不让人睡觉呢？万梓星也没好气回应他：

"你懂个球啊！你知道什么叫嗨啊！什么叫人生？"

值班员听到他们在争执，赶紧叫了声："都不要吵了，赶紧睡吧！你们以为明天放假吗？"然后，把曾明昆带给值班队长处理。

万梓星躺在床上哪里睡得着，他想起那次刘海波、刘运辉等许多人一起吸毒时，刘海波给黎明海报抹眼泪的情景，他心想毒品真的这么可怕吗？已经进来这么久了，还能指挥人去跳楼？

好不容易盼来了"五一"放假，万梓星收拾好内务卫生后，百无聊赖地躺在床上胡思乱想，突然有人来拍他的肩膀，他猛一抬头，发现刘样群站在他身边。万梓星高兴得一跃而起，忙问："群哥，你衣服洗了，这么有空？"刘样群苦笑了一下说："衣服嘛用脚踩几下就算了，坐牢洗那么干净，穿给谁看？在这个鬼地方，一个女人的影子也见不到。"万梓星尴尬地笑了笑说："嗯，那也是。"

"躺在床上干嘛！走，我们去操场活动活动透口气。"刘样群说完就径直走在前面，万梓星跟在他后面，在操场找了个位置坐下来。

刘样群递了一支烟给万梓星，自己也点了一支，然后问了他的近况。他把那天车间的事说了。刘样群点了点头，说："在这里做人不能太老实，人善给人欺，马善给人骑呢。"

"姓刘的队长那天好像吃了火药，以前感觉都没这样啊！"他疑惑地看着刘样群说。

"据我推断，他肯定碰到什么鸟事了，别看他们在我们面前狐假虎威，其实还不如我们呢！我们大不了三年后就可以出去，要多潇洒有多潇洒，人家还是长期犯呢！"刘样群说完，轻蔑地看了看远处值班的刘队长。

"希望到时跟着你出去吃香喝辣的，对了，上次你父亲被揍

绝望重生录

一顿后对你怎么样？"万梓星好奇地看着刘样群。

"老实多了，我妈也真是太固执，我外婆叫她离婚她也不离，说是为了我成长，她什么都愿意付出，哪怕是生命。我外婆拗不过我妈，一气之下就住到我舅舅家里去了。"刘样群幽幽地说。

"那后来还有打你们吗？"万梓星似乎要打破沙锅问到底。

"那个混混，后来我妈不给钱他用的，不知用什么手段从别人那里弄了一个纸皮印刷厂来做，当上老板了。"

"嗯，这样你母子俩应该过上好日子了。"万梓星露出了羡慕的眼神。

"好个屁，不是他这样对我，我会有这样的日子吗？我一辈子都不会原谅他。"刘样群狠狠地说。

"哦，那你又是怎么'嗨'上的呢？"万梓星的兴趣更高了。

"这要从我初中那年开始讲起了。"刘样群点着一支烟，眉毛上扬，嘴角露出一丝得意之色。

在我初一学期结束那年，几个社会上哥们来邀我们到当地的酒吧玩，我们闲来无事便欣然应诺，我也觉得只有这种方式才能让我父亲难过。

酒吧里包房里已经有一帮人在喝酒了，我们找了位置坐了下来，他们提议玩连城，我和嘉嘉四人为一边，酒令、骰子、划拳都可以，输的一方四人全喝。他们问我："你选酒令、骰子，还是划拳？"

"这些我都不会呀。"我面露难色。

"那就玩最简单的，一个骰子比大小，六点最大，一点最小，怎么样？"对方一个叫阿牛的说着，拿过来一个骰盅，里面放进了一颗骰子。

"好吧，这个确实简单，可以试试。"我们各自拿过来一个骰盅，取了一颗骰子，双方很快就玩得火热起来。

一段时间下来，双方均有输赢，看着大家又喝完一杯，这时阿牛就说老是喝酒没啥意思，不如来点高档的。众人就问什么高档货，红酒还是洋酒啊！

阿牛嘿嘿地冷笑了二声，用手摸了一把头发，头一抬自豪地说："兄弟啊，这些都太落后了，现在都兴玩这个啊！"阿牛边说边拿出了一小包东西丢在台面。

坐在一旁的嘉嘉忙打开一看说："这不是白粉吗？"

"是啊，现在这些是有钱有身份的人才能消费的，谁输了谁请，胆小的、没钱的就别来玩了，趁早回去吧！"阿牛吐了一口烟得意地说。

看着阿牛嚣张的神色，我们这边的人都挺不服气。

于是我一拍桌子，"来就来，我还没怂过！"

不知是对方有意输给我们，还是我们运气好，五比三胜，我们这边赢了，我们四个人都挺高兴的，觉得赢这么高档的东西，不吸白不吸，况且对方吸了都没事呢！于是我们都学着他们的样子吸了起来。

这一吸，我的人生之路就彻底改变了，刚开始也还没什么感觉，就是无聊的时候胡乱吸上一两口，可是，后来随着吸的次数越来越多，加上酒吧里有一种天然的吸引力。你知道这个东西一上瘾就再也无法控制了。没粉时，我流眼泪，打呵欠，如蚂蚁咬着骨头，浑身难受，所以，大部分时间我就满世界找粉。

我不停地向父母撒谎要钱，我父亲似乎感觉到小时亏欠我，有求必应，好像要给我钱赎罪似的，我也乐意接受。有时不够钱就偷学校里的自行车，换取几十元，然后把钱交给阿牛换取一点毒品。我长期躲在学校厕所里吸食，最终，给同学发现举报，学校要求我退学，我妈哭哭啼啼地把我领回了家。

回家后，我被他们锁在房间里不准出门，我在房间里非常难

绝望重生录

受，不停地捶门，有时在地上翻滚，实在受不了就用头撞墙壁，把房间弄了底朝天。我外婆过来看我时，就在门外走来走去，唉声叹气地说："造孽，造孽啊！"尽管这样，他们还是不放我出去，只是从窗口那里送吃的给我。我看这样不行，只好安静下来在房间里睡觉，然后骗他们说："我已经戒掉了，决不会再去吸了，并写了保证书。"这样他们才半信半疑放我出来，白天去厂里帮父亲打理生意，晚上要早早回家。

这样的日子持续了一个月，他们看我没什么情况了，便放松了对我的戒备，我妈说，"你爸身体也不好了，有什么'三高'病，叫你去打理下厂子，送送货，多接触下客户。"我欣然应允，心里暗喜，这都是他应该得到的报应，谁叫他这样对我。

就这样，我一边装作乖巧听话的样子，一边又偷偷吸上了，无论多么小心翼翼，纸终究包不住火。那天，我给客户送完货回来看时间还早，又刚好经过每次聚会的酒吧时，似乎心有灵犀一点通，我猜他们肯定在里面嗨上了，于是赶紧停车进去。果然，推开门一股蛋糕的熟悉味道扑鼻而来，他们一见我便欢呼起来，"兄弟啊！就差你了，赶紧来一口吧！我们都要爽死了！"

我便说："阿牛，赶紧拿多点货给我，我来拿一次货都不容易呢！"阿牛说："最近到了很好靓货，包你一口就'上头'，嗨的感觉完全不一样，不过涨价了，拿钱来，多少都有。"我一听，有这么好的货，便不管三七二十一，把这几天的货款都拿了出来，阿牛看着崭新的一大叠人民币，笑容可掬地说："有，有上等好货，我去拿。"一会儿，阿牛像变戏法似的拿出了几十小包白粉丢给我，我赶紧拆开一小包，拿出食指沾了点白粉，用舌头尝了下，感觉挺不错，便点了点头，满心欢喜藏起几包。我想好久没吸，就多"补飞"。瞬间，头脑晕眩眩，很久还处于那种美妙的幻觉世界中，忘记了回去。

不知过了多久，突然门被推开了，我父亲怒气冲冲地冲了进来，看了我一眼，双手把桌子用力一掀，哗哗啦啦，酒杯、碗碟、针筒一齐倾泻而下。父亲仍不解气，破口大骂："吸，吸，你这帮兔崽子，我让你吸，看你们现在像什么样啊！好好年纪，这不学，那不学，整天躲在这阴暗的角落里来吸这个，你们拿镜子照照，看看还像个人吗？"

　　父亲一口气骂了仍不解气，嘉嘉、阿牛面面相觑，大气也不敢出。我尴尬地坐在那里，对父亲辩解说："爸，你这是干嘛！我们在喝点酒，聊聊天。"有一个人似乎出现幻觉，丝毫不理会父亲的愤怒，还冲着父亲傻笑道："我们哪里有吸毒啊！这不是在喝酒聊天嘛！要不你也过来一起喝两杯。"说罢嬉笑着拿起酒杯，摇摇晃晃地走到父亲的身旁。父亲极其恼火，一把夺过酒杯狠狠地往地下一摔。

　　"你这是喝酒，聊天，地上这些是什么东西？"父亲气得涨红了脸，拿起一张椅子就想砸我。嘉嘉等人见状赶紧过来拦住。我也火了，便冷嘲热讽地说："你还来教训我，你还不是在外面吃喝嫖赌，以为我不知道？"这些话似乎刺痛了父亲的中枢神经，他恼羞成怒地抓到什么就朝我身上丢过来。看到他狂怒的样子，看来老毛病又犯了，我心里反而一阵快感，我边看着他边用手臂挡着丢来的东西赶紧离开了。

　　回到家，平时护着我的外婆也开始奚落起我来，父亲不知从哪里拿了条铁链过来把我双手锁住，又把门锁上。妈妈一直在旁抽搐，哭泣着说："仔啊，妈就你一个儿子，还指望你呢！你要听话，妈求你了，把毒戒了啊！"

　　外婆、妈妈苦口婆心劝告，我也感到有点内疚，可是我已经满脑子是毒品了，哪里还听得进一句话。

　　他们就这样锁了我三天，我看他们还没有一点想放我的意

绝望重生录

思，觉得要自己想办法了，于是我把饭碗藏好，趁她们不注意时弄破碗的边缘，不分昼夜用碗磨铁链，磨了三天再借助床角去扳，终于把铁链弄断。然后，我又用床单把窗户两根铁条绑在一起用力一扭，就扭出了一个人能爬出去的弧形位置，趁着茫茫夜色，借助床单从二楼窗户滑了下来，赶紧溜之大吉。

"群哥，看不出你还有这招哦。"万梓星伸了伸舌头。

"那还不是小时候给打顽皮的。"刘样群嗔怒却又难掩得意之色，他弹了弹烟灰，接着说。

当时，我就想，今后老子我再也不回这个家了，我就想气死我父亲。

好不容易出来，这几天的罪当然不能白受了，赶紧补一口。估计嘉嘉他们这个时候应该在老地方酒吧里！

果然，他们正在嗨得飘飘然，我一看知道他们已经进入了状态。我闻到气味呼吸便急促起来，于是，我慌乱地在桌子上寻找白粉，可是翻遍了整张桌子也没找到。我感觉到双手已经发抖，呼吸急促，心跳加快。正在这时，旁边不知谁递来一支针筒，说："兄弟，我们现在都用这个了，这个容易上头，才嗨啊！试一试这种感觉吧！"我之前也见过他们"拍针"，听他们说"拍针"能让大脑极快兴奋起来，因为怕痛一直没用，现在已经顾不上那么多了，心想再不"拍针"就会死掉。于是我借着七彩的灯光，用右手拍了拍左手血管处，学着他们的样子缓缓地把白粉注入了静脉血管。瞬间，我感觉到一股热血直冲脑门，一个激灵头脑便开始兴奋起来，我闭上眼睛寻找这种久违的愉悦和欢快。然而，这次"拍针"把我的人生轨迹彻底改变了。

我睡得迷迷糊糊时，突然，耳朵里飘来喊我名字的声音，凝视一听，原来是母亲，我睁开眼看了看，自己也不知躺在谁的床上，看了看地上的那双鞋，应该是嘉嘉的。我听到母亲的呼叫声越来越远，爬起来走到窗台往下一看，发现不远处母亲头发蓬乱，上衣似乎湿了，双手张开放在嘴角边，焦急地呼喊着："刘样群，刘样群，你在哪里？"

我感到挺惊讶，怎么母亲能这么快找到这里呢？当时心里很矛盾，不知该怎么办。后来，你懂的，没毒品的时候比铁链锁住还难过，所以，我选择了沉默。

"确实如此，在瘾头上来的时候，没有毒品比死还难过。"万梓星点了点头说。

这一转身，我便与母亲割裂了亲情，与毒品在一起了。我为了寻觅毒资，开始和嘉嘉他们一起去帮人家看看场子，收收数。说完，刘样群陷入沉默之中，良久，他才接着说。

我在外经历了一年漂泊的日子，越来越体会到经济上窘迫的境况，有时食不果腹，吃了上顿没下顿的，但如果没有毒品，远比饥饿还可怕。有毒品可以三天三夜不吃不喝呢。

那天，我永远记得。我们穿着浅蓝色衣服，戴着鸭舌帽把舌帽压得很低，走走停停，在一些摊贩前翻了一些物品又放了下来，眼睛却在人群里东张西望，寻找什么目标。

一会儿，一辆崭新的黑色女装摩托车"嘎"的一声，停在我们身边，下来一位体形微胖的中年妇女。我和嘉嘉分别站在两边挡住别人的视线，东东发挥了他的专长，看着妇女蹲下专心挑选物品，便非常敏捷地伸手把她背上的钱包夹了出来。然后，三个人迅速地转移了钱包。

"群儿，怎么是你？"母亲一把抓住了我的衣服，双目相对时，我心里一惊，我发现母亲满脸灰尘，双眼布满了血丝，黑黑的眼圈，双手像松树皮一样布满了老茧。"群儿，你回来吧！我们不会锁你了，虽然，你爸这样，但好歹是你爸啊！他身体也不好了，你回来接管他厂子吧！他也在找你。"母亲哭泣着哀求我。

可我想也没想，粗暴地挣扎开母亲的手离开了。母亲撕心裂肺地呼喊着，追赶着，追不动了，喊也喊不出声了，就那样呆呆地，长时间跪在那里，哭泣着。我似乎感觉到了，母亲用那无奈和绝望的眼神盯着我，盯得我后背发冷，我加快步伐逃跑了。

听到这时，万梓星看了一下刘样群，发现他神情漠然，眼角滑过一丝的无奈。

"不过，该来的还是来了。"刘样群淡淡地接着说。

几次惊险脱身，我们意识到有一天可能会被抓，但是我们已经无法控制了，我们必须找到更多的钱才能活下去。这一天，终于来了。我们在公共汽车上偷钱包时，被群众当场抓住，扭送到派出所。我被铐在派出所审讯室的椅子上，听到民警通知父亲过来领人，我心里一阵痉挛，心想这次等着挨揍吧！

我在焦灼不安地等待着父亲到来时，那边我妈和父亲却争吵得不可开交，我父亲就说让我自生自灭，不用来领我。我妈反驳他："就一个儿子，无论如何也要领回来，儿子今天走到这地步，你也有很大的责任。"

看着嘉嘉、东东都给他父亲领走了，只剩下我一个人孤独地坐在派出所里。夕阳斜照我的身上，我却感受到丝丝的凉意，我的心开始慢慢往下沉了，我想父亲应该不会来了。

正在这时，门被打开了，一个熟悉的身影走了进来，我最不想见到，却又想他来解救我的父亲进来了。

夕阳照着他那蓬松花白的头发，我看着他松塌塌、苍老憔悴的脸上，那双曾令我望而生畏的双眼，只一年多的时间似乎失掉昔日的光芒。我心里一震，低下头正想迎接他那狂风暴雨般的呵斥，甚至是拳脚。

他走了过来淡淡地说，"走吧！回去吧！你妈身体不好，在等你回去。"听到这句话，我心里一紧，点了点头。一种酸涩涌上心头，是难过？感动？似乎都不对，我也说不出那种感觉，我只好乖乖地跟着他，再次回到了那个让我充满噩梦般回忆的家。

昔日那一幢幢破旧的平房，消失了一大半，取而代之的是一栋栋小高楼拔地而起，我家二层小楼房之前还算耀眼，现在明显落伍了，外墙有些脱落，外壁上有的地方长了些苔藓，看着房前屋后的一草一木，我感觉到既熟悉又非常陌生，还有一种伤痛。

母亲头发凌乱，穿着宽松的蓝衣服，一脸憔悴地站在面前，两鬓白发在灯光下显得特别耀眼。我赶紧喊了一声"妈"。母亲又惊又喜，哽咽着声音说："儿啊！你终于回来了，快进来吧！我们一直在等着你回来呢！"母亲伸出双手赶紧把我拉了进去，被母亲的手一抓，顿感手掌手背有些刺痛，不由拿起母亲的手一看。这一看不打紧，真是够吓人的，只见母亲的双手起满了厚厚的老茧粗糙不堪，皲裂纵横，旧的裂痕没好，新的又出来了，有的还在渗出血来，摸上去如芒刺一般让人难受。

母亲见我一副惊讶的表情，便把手抽了回来，然后在衣服上揉了揉说："妈妈习惯了，在厂里打包装就成这样了，没什么的。"

母亲待我坐下来，便嘘寒问暖起来，问了近况，我找个借口搪塞过去。我以为上次把母亲的钱包偷走的事，会招来严厉的责问。可是母亲似乎不记得那件事了，只字不提，父亲也在旁边默不作声。这样我的心稍稍放了下来。

妈妈进厨房忙碌了，父亲在忙着打电话询问货源，我则认真地打量许久没回来的家。家里陈设没什么变化，只是家具显得更加陈旧，那台 21 寸彩电外壳上布满了不少的灰尘。最后，我的眼睛落在那张茶桌上，上面硕大的玻璃烟灰缸上仍然堆满了烟头，看到这个烟灰缸，我心里一激灵。那次，顶了父亲几句，父亲盛怒之下，拿起烟灰缸就想砸下来。好在妈妈拼命用身体挡住父亲，否则，那次不出血，也会去层皮了。我儿时的伤痛被这一些陈旧的物品勾引起来，我感觉有点压抑，叹了一口气，便走到屋外屋檐下，这屋檐啊！是我被打得最多的地方，那次一个邻居李奶奶远远地看到我这样被打，走了几步想上来劝劝，又回去了。事后，李奶奶拿了一把糖给我，说今后听话些就不会挨打了。我多么想去看看李老奶奶啊！可是，刚才听妈妈说李奶奶已经过世了，让我怅然若失。

突然，一股熟悉的香味飘进鼻子，打断了我儿时的回忆，这香味沁人心田。随后，妈妈的声音便响了起来"都过来吃饭了哦！"我不知多久没有吃过妈妈做的饭菜了，吃着桌子上的美食，我感觉心里舒服多了。

吃完饭，母亲看到父亲去厂里了，便对我说，"你去看下你外婆吧！她生病了，一直牵挂着你。"我点了点头，便从母亲那里拿了几百元，告别了母亲，叫了一部摩托车，我把母亲给的钱拿去买了白粉，先吸上一口再说。你懂得，没有粉日子很难过的。刘样群说到这里时，特意看了看万梓星。看到万梓星还这么认真地倾听，似乎激发了他的某种情结，他便神采飞扬地接着说下去。

我在舅舅家门口，屋里传来一阵猛烈又急促的咳嗽声，咳得似乎随时要断气似的，我听出来了，那是外婆的声音。

我心里一阵纠结，走到门口抬起右手想敲门，又放了下去。我想还是先吸支烟再进去，于是蹲在地上，拿出一支烟点着了，猛吸了一口，又狠狠地把一圈圈浓烟吐了出去，望着渐渐被风吹走的浓烟，我感觉心里稍微平静了些，这才站起来敲门。

厚重的木门"呀"的一声打开了，七十多岁的外婆站在面前，松松垮垮的脸皮有点微红，应该是刚才拼命咳嗽出来的，那脸皮好像随时要掉下来似的，额头上的皱纹就像干枯的河床，纵横交错的河床沟壑里写满了岁月的沧桑，酱紫色的嘴唇好像已和古铜色的脸融为一体，分不清那到底是不是嘴唇。虽然这样，我还是看到了外婆那深陷的眼睛里流露出她那浓浓的慈爱。

她张大了嘴，慈祥地看着我，半晌，才回过神来说："唉啊，我的乖孙，你可回来了，快进来吧！"说完，外婆又咳嗽了几声。

外婆明显苍老了。我心里一酸，叫了声"婆婆"。外婆应了一声，抖索着倒了一杯水给我。

"群儿，是真的吗？"外婆上前拉着我的手说。"外婆，是真的啊！我回来了。""群儿，你可回来了，回来就好啊！就懂事些，讨个老婆好好过日子吧！有了家心也就定了，我也和你妈说了，男人嘛，只有安家才能乐业，才有责任心。我也叫媒人婆帮你物色了。"咳、咳、咳……外婆说完又是一阵咳嗽，脸色涨得通红。

"婆婆，你这是什么病啊？"我往前挪了挪位置，关切地问。

"唉！老毛病了，季节性咳嗽。"外婆喝了一口水接着说。

"对了，听说你对老爸还爱搭不理，你那老爸也老了，再怎么样也是生你养你的父亲。最近，听说有什么'三高'，事情也过去十年了，就让它过去了，哪个小孩小时不是给父母打呢！况且他对你妈态度也好许多了，这几年我老了，也想开了些。"

外婆一口气说了一大堆，我只好默不作声，在旁边听着，有时点点头回应着她，装作乖巧懂事的样子。看到外婆说得差不多了，便又装作一副可怜样子，说起生活的困境，从外婆那里拿了千把元。

其实，父亲对于我来说就是一个"恶魔"的代名词，虽然看得出他的态度有所改变，尽管时间过去了这么久，但我是无法忘记那"梦魇"般的经历。刘样群说着，神色凝重，眼睛在看着远方，似乎在期盼着什么，然而双眼又写满了无奈和幽怨。

绝望重生录

突然，三层楼顶上一阵骚动，打断了刘样群的思绪，他们循声望去，原来一个戒毒人员爬上了防盗网，双脚伸出了外面在摇晃着。万梓星和刘样群赶紧凑过去看热闹，一个值班人员去拉他要他快点下来，他就是不肯下，双手死死抓住防盗网。

刘队长闻讯走了过去问他："你在那干嘛？"

"我听到外面有人叫我喝啤酒，吃饭。"他笑嘻嘻地对刘队长说。

"那你从这三楼怎么出去呢？"刘队长按捺住怒火继续问他。

"我走路过去，这不，就在对面啊！"他双脚在外摇晃，回过头来对刘队长说。

万梓星知道，这个人出现那种幻觉了，这种幻觉万梓星也出现过，就是头脑里听到有些指令的时候，身处十层楼顶也好像在平地一样，有想走下去的冲动。

"你们两个赶紧把他拉下去铐在值班室。"刘队长一脸愠色，对旁边值班人员说。

随后，刘队长开始吹哨清查人数，万梓星和刘样群只好走开，各自去找位置排队了。

夜总是迟迟的降临，没有星星，也没有明月。万梓星感觉到太阳总是那么早早地升起，以前他喜欢夜晚，讨厌白天，现在更是如此。在这远离城市的劳教所，白天站在阳台上也看不到几个人，更不用说晚上了。这里除了不远处鱼塘承租人那里偶然传来一两声狗的吠叫，还有就是夏虫鸣叫了。

刘样群和万梓星站在阳台角落里，仰望着漆黑的天空，许久都没有说话。在这漆黑的天空里，他们似乎在寻找着什么，企盼着什么。淡淡清风拂过，万梓星回过神来，他拿出一支烟递给了刘样群说："群哥，来抽支羊城。"

"你这小子不错哦，哪弄来的羊城烟？"

"山人自有妙计，你尽管抽就是了。"万梓星故作神秘地说。

"说吧！今晚你小子又想问什么？其实，我也想找个好友说说的，我发现说完我埋藏已久的秘密，心里也会舒服一些。"刘样群点着烟吸了一口，又长长地吐出了一口气，似乎有点如释重负的感觉，然后是长久的沉默。

"那你快说呗！我想知道，后来你讨老婆了吗？"万梓星用手摸了摸头皮，讪讪地笑了笑，打破了沉默。他很想知道后来的情况，但又怕刺痛刘样群那伤痕累累的心，听刘样群这样一说，他就干脆单刀直入。

"哼！这简直就是讨回了一个恶魔！越漂亮的女人越歹毒！"刘样群狠狠吐出了一口气，打开了话匣。

我从外婆家回家后不久，妈妈就叫我和媒人婆一起，约见了一个叫钟意诗的姑娘，钟意诗那姣好的面容，齐眉短发，一双明亮的眼睛水灵灵的，小麦色的皮肤夹杂着稻谷的色调，上衣穿着浅红色花格子衣服，紧贴着结实的身材，无不透露出青春的气息，很快就吸引了我。她父亲去世早，妈妈只生了她一个人，自然她家在家族的地位是比较低下，她们母女两人相依为命，钟意诗也想早日找个坚实的肩膀可以依靠呢！为把这个农村女婆回家，在媒人婆的游说下，父母就给了对方一笔重金，把她娶回了家。

婚后，我就去帮忙打理老头子的生意，钟意诗有空也来帮帮手，我妈脸上露出了久违的笑容。每当我经过酒吧时，我也曾想过退缩，有些许犹豫，可是另一种声音又在强烈地召唤着我进去，于是我还是鬼使神差地进了酒吧吞云吐雾起来，不过会更加小心隐藏着。

那天，钟意诗脸上洋溢着幸福的光芒，把我叫到床沿上让我坐下来说："老公，我们有了，你摸一摸，我感觉到小孩在动呢！"

"真的。那太好了！"我露出了一脸喜悦。

"老公，你说是生男娃还是女娃呢？"

"我猜不了，看样子是女娃哟！"我看她那可爱的样子就故意逗她。

"胡说，我要生个男娃。"她一脸正经地对我说。

"为什么你那么喜欢男娃呢？"我不解地问她。

"我今生最大的愿望就是生个男娃，好好念书，让他出人头地，给我娘家的族人看看。"她边说边流露出奇异的眼神。

几个月后，钟意诗如愿以偿生了一个可爱的小男孩。她没有生产后的苦痛，她那充满母爱的柔情眼光，长期注视着这个小家伙。小家伙的名字也是她起的，叫刘盼盼。她不怕劳累，看着小家伙入睡，看着小家伙不时微笑的小嘴，她就去摸摸他柔软的小脸蛋。她不止一次地说，"这是上天赐给我的儿子，我要用我的全部生命来爱他。"

不久后，让钟意诗奇怪的是，小男孩总是打哈欠，好像总是睡不醒的样子，有时还会无缘无故地啼哭，这下可苦了钟意诗了。她问了有经验的妇女，也不知所措，只好没日没夜，小心翼翼地陪护着。

此时，我心里也是一阵隐隐作痛。只有我最清楚婴儿的情况，我也想告诉她实情，却没有那样的勇气，因为我爱我老婆，我怕告诉她真相后，就会失去她，所以我一直隐瞒着。

刘样群叹了一口气，露出满脸的无奈。

为了缓解小孩的痛苦，我只好趁家里人不注意，倒了些特殊的奶茶给小孩喝。果然，小孩就显得安静了。此后，小孩闹得凶的时候，我就背着家里人偷偷给他喂点有料的奶茶。

我有时怕，于是找更多理由不回家，更不敢在钟意诗面前提起，更害怕面对刘盼盼那双可爱的眼睛。那双乌黑黑大眼球看着我时，我心里一紧，我仿佛看到那眼神包含着深深的怨恨。

三个月过去了，我父母看到小孙子这样子，心里也着急，但他们又想小孩子嘛都是这样的，大人多付出精力就好了。

那天钟意诗看到天气好，就抱着盼盼去草地上玩耍。

"喂，阿诗，阿诗是你啊！好久不见你了。"有人从后面追上几步，把她叫住了。

"邹伟玲，是你啊！"钟意诗一眼就认出她了。邹伟玲是三个孩子的妈妈，经验很丰富，也是从娘家那个村嫁到这里来的。

"我看你都比以前憔悴多了，脸色苍白，你要保重啊！你看，小孩子也面黄肌瘦。"邹伟玲心直口快地说。

钟意诗苦笑了一声，她不知这几个月是怎样走过来的，感觉到身心疲惫。

她叹了一口气说："这不是嘛，这几天盼盼连食物也不大愿意吃了。"

"是啊！是啊！带孩子不容易啊！唉，你这小孩怎么老是流眼泪，怎么你们俩都像吸毒的样子？"邹伟玲看着盼盼并不理会钟意诗的感受继续说。

"吸毒？"钟意诗心里咯噔了一下，一股寒意涌了上来。她也听到些风言风语，说她老公是个"白粉仔"。她问过刘样群，刘样群却矢口否认，她又找不到证据，只好不了了之。心想只要他今后对她好，对儿子好，不吸就行了。经邹伟玲这样一说，钟意诗再也没有好心情，只好赶紧回家。她想问清楚。

然而，刘样群还是联系不上，之前问他父母，她们就说已经不吸了。小孩子一直又在闹，她也无暇顾及这事了。

深夜，孩子一阵不同往常的啼哭。起初，钟意诗以为和往常一样，小孩哭闹一会儿就好了，可是小孩越哭越猛，流鼻涕还抽搐起来。这下钟意诗慌了，赶紧起来叫醒了刘旺成夫妇。刘旺成听着小孩的哭声渐弱，把手放在小孩鼻腔处，感觉到小孩的呼吸越来越弱了，小手也不再怎么乱动。他脸色一变，赶紧说送医院吧！我打个电话叫老黄开摩托车过来，这个天杀的刘样群，关键时刻跑去哪里了。

老黄的车子还没到，刘旺成便抱起孩子，老婆邹运花和钟意诗打着手电筒紧跟在后面，往老黄车子过来的方向奔跑。刘旺成发现小孩似乎一动不动，手脚渐渐发冷，不禁加快了脚步。

刘旺成抱着孙子，手忙脚乱地上了老黄的车子，老黄看到情况如此紧急，一阵风驰电掣，开到了医院门口。

刘旺成带着哭腔大喊一声，医生啊！快点救人啊！可是无论值班医生怎么努力还是回天无力。半小时后，医生用手电筒照了照小孩的瞳孔，摇了摇头。钟意诗发了疯似的跪下来，拉着医生的工作服不让走，哭喊着："医生，你救救我孩子吧！医生，求求你，救救我孩子啊！他就是我的生命啊！"凄惨的哭声传遍了医院，冲破了漆黑的夜空。

万梓星听了，唏嘘几声后，便打断了刘样群的话题："群哥，我猜你那时肯定在酒吧或出租屋里嗨，对吧！"

"兄弟，你也是过来人，吸毒的人不是在嗨，就是在嗨的路上，你说能干什么呢？如果那几天我在家能及时给小孩喂点'冰'，小孩也不会那么快离去，可是，那时我刚认识了一个叫阿兰的姑娘，一吸上来就把这事忘记了。我们正在溜着冰，听着溜冰曲，那曲调太让我舒服了，所有的痛苦忧伤都能在那曲子化解：'寂寞的锡纸上滚动着忧伤，水晶壶里面有我们的梦想，如果麻古能换回曾经的爱，那就溜吧，人生苦短能溜几长是几长。'"刘样群声情并茂地哼起了曲子。似乎盼盼的离去，与他没有任何的关系。

万梓星点了点头说："是好曲子，群哥你的故事很神奇，你继续讲吧！"万梓星说完紧张地盯着他。

"唉，接下来就是一场噩梦啊！"刘梓群看到万梓星这么认真地听他讲，他的头往上抬了抬，脸上飘过一丝得意之色。

不久，我妈就赶到了医院。钟意诗喃喃自语，又似对邹运花说："没了，没了，一切都没了，我怎么这么命苦啊！"

天大亮，昨晚参加抢救的邹医生走了过来，对他们说："小孩的家长过来。"钟意诗只好强打精神，站了起来，跟着邹医生到了办公室。

邹医生拿出死亡告知书，丢在桌面上让她签字。她拿起告知书看了看，看不明白，于是问邹医生是什么情况。邹医生告知她小孩可能死于"海洛因综合症，肺部感染至呼吸道衰竭。"

她的脑袋嗡嗡作响，突感一阵眩晕。她按了按脑袋调整下情绪，急切切地问："怎么会这样？怎么会这样？"

邹医生用手推了推眼镜，冷冷地说："你们自己的事，你们还不清楚吗？还要我说得再明白些吗？赶紧签个名，把孩子的后事处理吧！"医生说完，嘴角边露出鄙视的表情看着她。

"医生，我真的不清楚。"钟意诗露出了一脸的惊讶。

邹医生看着钟竟诗的表情不似说笑，便拿过通知书说："你的小孩死于毒品反应，我们还怀疑他还有其他疾病。你过半个月后再来拿死亡诊断报告！"

"叮当"一声，钟意诗一听，拿在右手上的一支墨水笔，滑掉在地上，她弯腰捡了起来，强忍悲痛右手颤抖着签下了自己的名字。然后，她拿起死亡通知书小心翼翼地藏在内衣口袋里。此刻，她变得出奇的镇定，她有一种内心的渴望，似乎要弄明白一些东西，于是她不动声色来到父母面前反而安慰他们。钟意诗的

绝望重生录

镇静让刘旺成夫妇感到有点意外，但此刻也不方便多说什么，他们也似乎猜到些孙子的死因，只是都不愿捅破这一层薄薄的还在维系亲情的纸。

从医院回来好几天了，屋子里刘旺成嘴里叼着一支烟，手上拿着关于刘样群因贩毒被送去监狱的通知单，来回地在客厅里走来走去，眉头皱成"川"字形。"真是屋漏偏逢连夜雨"，我说这"衰仔"跑哪去了。刘旺成这段时间也是被弄得筋疲力尽，他原以为有了孙子可以好好享享清福，可是发生孙子的事以后，整个家庭又陷入了困境，老婆身体时好时坏，带她去医院看过几次，医生也查不出什么病，只是交待刘旺成要多关心病人，好好调养身子。此刻，邹运花躺在床上神情憔悴，唉声叹气。钟意诗勉强做好饭，饭菜都凉了却没有人过来吃一口。刚听到刘样群被抓去坐牢了，她甚至有一种快感，但又有一种失落，她想如果现在刘样群在面前就是把他撕裂都不过分，现在她连发脾气的对象都没有，想吵架也吵不起来。

家里笼罩着一股悲伤抑郁的气氛。平时让钟意诗喜爱的小黄狗磨磨蹭蹭来到她脚边，她看也不看，飞起一脚狠狠地踢了过去，正中小黄狗的肚子。它哀叫几声，便知趣地躲在角落里去了。刘旺成看了她一眼，流露出不满的眼神，但是话到嘴边又吞了下去。

钟意诗回到房里，坐在椅子上发呆。她现在水都不想喝一口，她脑海里时常浮现出孩子那粉嫩嫩的小脸，还有一双会说话的眼睛。她原想待孩子大一些带回娘家去，给邻里乡亲看看，从此就可以扬眉吐气，挺直腰板！谁知道会发生这样的事情呢？她心乱如麻，脑海里闪过了无数的念头。离开这个家，回到娘家去？但这样更会让人瞧不起。

她感觉到异常沉闷，头晕晕的。她打开门，想出去透透气，她漫无目的地走着，穿过一片树林，来到小河边，这条小河，钟意诗经常来这里挑水浇菜非常熟悉，有些家具也挑来这里洗。村里什么八卦新闻都是从这里传出去的，有的妇女也常在这和其他妇女诉苦。那天，有一个新媳妇在这里哭泣，这时大婶大嫂就你一言我一语地劝劝她，这场面既温馨又感人，洗完东西她也就破绽而笑了。所以，小河在早上是最热闹的。如今，冷冷静静，一道残阳照在光秃秃的河堤上，就像一个老态龙钟的老人躺在那里无声地呻吟。这时，一个年轻人拉着小孩走来，她想如果这个年轻人就是刘样群呢，这个小孩就是自己的孩子，那该多好啊！

她的脑海里又浮现出，一群群孩子在学校门口打闹，一群孩子指着她的孩子刘盼盼在漫骂，"吸毒仔，吸毒仔，我们不跟你玩。"刘盼盼气得哇地一声哭了起来。

"我不是吸毒仔，不是吸毒仔。"刘盼盼急忙辩解。

"你就是吸毒仔，就是吸毒仔。"刘盼盼的辩解招来了更多的人怒斥。

刘盼盼只好颓然地坐倒在地上，再也无力去辩解。

"爸爸，那里有一个阿姨。"小孩子与父亲的对话打断了她的思路。

她看着这对父子远去的背影，她感觉自己是世间最不幸的人，她的眼眉间笼罩着深深的忧愁。天色渐渐暗了下来。前面的小河一片模糊，右边是一片树林，那里看起来一片漆黑，左边是一个小山坡长满了野草。她站了起来，看着四周的境况，一时竟不知何去何从。

黑暗很快吞噬了大地，钟意诗感觉到了前所未有的孤独，她还以为刘旺成他们会来找她，她感觉到她的希望已经随着下山的太阳永远逝去了，她心里突然有了一股可怕的不祥之兆，听人说，吸毒人员很容易感染各种传染病，邹医生说小孩可能还死于

绝望重生录

其他疾病，那么自己有这种情况吗？当这个可怕的念头想起时，她才想起最近身体总是有点不适。对，就这样，死也要死个明白，我一定要弄个清楚，孩子不能白白地死去。她默默地离开了小河，她返回屋里，推开门，一股浓烈的尼古丁气烟扑鼻而来，她被烟呛咳嗽了几声。"阿诗，你回来啊！"黑暗中突然传来低沉的声音，把她吓了一跳，她拉开灯一看，刘旺成居然还坐在客厅里抽着闷烟，烟灰缸上的烟头堆得像小山似的。

她应了一声，便去厨房弄点吃的，他们或许看着钟意诗在吃东西受到了影响，才过来吃了些。

钟意诗从抽屉里抽出一张纸，看了看，皱起眉头，然后缓慢地铺在桌面上，拿出铅笔写上 21 日又打了个 X。她开始焦急地等待医生通知她去医院拿盼盼死亡诊断通知书的日子。

晚上，在昏黄的灯光下，她撩了撩头发，看着镜子里的自己，她都不敢认了，额骨突了出来，脸颊消瘦，眼袋也极为明显。她叹了一口气，拿把梳子梳了下头发，头发里居然发现了几条白发。

她的心愈加沉重，与医生约定的日子越来越近。这段时间她都不知道怎么走过来的，昏昏沉沉，备受煎熬。她想知道结果，但又怕知道结果。

天色微微泛白，钟意诗已无法入睡，她干脆按下了开关，把灯亮了起来，然后拿出了那张记录日期的纸张，打开看了一下，没错，是今天，约定拿报告的日期。她拿出笔在这日期上重重地打了 X，然后又把它揉成一团，狠狠地把它丢弃在垃圾桶里。

她看了看外面的天色，又看了看手表显示 5 点 25 分，她干脆披衣下床，匆匆洗漱完毕，往汽车站里赶去。

钟意诗坐公共汽车在医院站下了车，她感觉到天色阴沉。她看了看匆匆而过周围的人，发现都没有认识的，也没有人在留意她。于是她拉了拉衣领，便往医院走去。此刻，她感觉到了每走一步，心跳就会加快。这几天来，她都有感冒低烧流鼻涕的症状，吃了药也不见好转，她脑海中有无数的想法。

在熙熙攘攘的医院检查室里，钟意诗找了个相对安静的位置坐了下来，等候邹医生叫号。此时，她的心里七上八落，她不知道等待她的是什么结果，看着检查室走出神色各异的男男女女，她手心都沁出了冷汗，她不停地用双手在大腿上搓来搓去，然后又紧紧地握着拳头。

突然，她看到一个妇女从邹医生手里接过了一张化验单，被一个男子搀扶着，满脸苍白地走出了医生化验室，没走几步化验单从手上滑落，男子弯腰去捡，她便瘫坐在地上，嘴里不停地喃喃自语，"为什么是这样？为什么是这样！天啊！这难道就是报应嘛！"男子赶紧把她拉了起来，扶着她走出检查室，边安慰她"医生不是说是良性肿瘤嘛，就是可以医治的啊！不用那么担心啊！"

钟意诗心里不禁一沉，她想拔腿就走，不要结果算了，就把它当作一个秘密吧！然而，双腿又像灌了铅似的一样沉重。她想起惨死的孩子，她又觉得非要弄个明白。她的脑海里不时浮现出刘样群那狰狞丑恶的嘴脸，她觉得这一切都是骗局，他们合伙骗了她的青春，骗了她的一切，又把她的孩子送上了绝路，这一切都是刘样群和他的家人造成的。她恨不得把刘样群杀死，她不想活在阴影里，她决定还是要了解清楚要个结果。

"邹医生，帮我看下这个报告。"钟意诗抖抖索索地从口袋里把盼盼的死亡报告掏出来递给了邹医生。

邹医生看了他一眼，露出了惊讶的表情。他似乎还认得她，只是没想到她会变得如此憔悴而已。他随即向护士打了个眼色，护士过去把虚掩的就诊室房门关上了。

绝望重生录

"邹医生，盼盼是怎么死的，你快点告诉我啊！"她焦急地问。邹医生看了看她欲言又止。"怎么样，邹医生，你说吧！"她赶紧催促。"你是一个人来的吗？""是的。""你对最坏的结果能接受多少？"邹医生脸上掠过一丝焦虑。"我都可以接受，我已作了最坏的打算了。"她有点无奈地说。"嗯，那就好。""你小孩感染了 HIV 病毒，死于肺部感染、呼吸道衰竭，我建议你作为孩子的母亲，也去作个检测，你也可能有 HIV 病毒。"邹医生淡淡地说完，然后看着钟意诗。

"什么是 HIV 啊！"她心里一紧，感觉到自己的声音都在发抖。

"HIV 是一种传染性极强的病毒，目前尚无有效的药物可以治愈，但是如果积极配合治疗，可以减缓它转换为艾滋病的时间。"邹医生积极为她作解释。

"这不等于是癌症？"她额头冷汗都冒了出来。

"是的，跟癌症差不多，在某些方面来说甚至比癌症还要可怕，它通过血液、母婴和性生活传播。希望你回到家里注意家庭卫生，注意夫妻之间同房卫生，作为医生我有责任告诉你这些。我建议你去省里三江专科医院作个检查吧！"

钟意诗脑袋感觉嗡嗡作响，她那里还听得进邹医生在说什么。

这么大的医院还要确诊什么？这不是明摆着的事实吗？她脑海时呈现了许多的想法。虽然她还不完全了解这个病毒的严重性，听到关于"艾滋病"的字眼。她一时呆坐在椅子上，不知该怎么办。

"咚、咚、咚！"这时传来了敲门声，医生把报告递给她。

她站了起来，右脚一个趔趄又坐了下去。护士见此，赶紧跑过来把她扶了起来，用温柔的手拍了拍她的肩膀。安慰她说：

"会好起来的，别想那么多，现在也还没有确诊啊！"

她点了点头说："我没事，我知道了。"说着，无精打采地离开了诊室。

"滴滴滴……""靓女，你找死啊！"几声刺耳的汽车喇叭声传来，一个货车司机来了一个急刹后，猛地摇下汽车玻璃，对站在马路中央的一头乱发、脸色苍白的钟意诗怒骂起来。

她抬起头木然地看了司机，才发现货车距她只有一米的距离，她脑袋一个激灵，下意识地退到公路边。看着熙熙攘攘来往的车辆，才发现自己走错路了。

"找死！"刚才司机的骂声还在脑袋里回响，现在得了这个病毒跟死也差不多了。难道我就要像儿子那样悲惨地死去，想到儿子刘盼盼死去的惨状，她不禁悲恨交加。她想这一切都是刘样群造成的，现在她也恨起刘旺成来，如果不是你刘旺成这么自私，合起来欺骗媒婆，欺骗我，把我当作毒品的殉葬品，我会有这样的下场吗？你们为什么要这样害我呢？如果娘家的人知道我竟然得了这个病毒，她还会让我进门？我还有脸面活在世上？你们不是要我们母子当作毒品的殉葬品吗？那好吧！我也要你们一起殉葬！一想到这，她突然感觉精神好些了，对，绝不能这样白白死去，死也要拉上你们一起殉葬，先回去再说吧！

"咚，咚，咚！"钟意诗拿出钥匙想打开门，门被反锁了，怎么也开不了，她只好抬起手重重地敲了几下。里面传来一阵嗦嗦声之后，门打开了。

"意诗，你回来了"刘旺成一脸惊喜地说。

"是啊！看来你们都不想我回来了。"钟意诗脸色一沉没好气地说。

"意诗，你今天怎么啦！你说去市里找熟人，这么久没回来，都在担心你呢。"

绝望重生录

"喔，别猫哭耗子啦！担心，怎么把门给反锁了。"

"这不，刚才不留意把门反锁的啊！"

"什么不小心，明摆着就不想我进家门了。"

"唉！你先去吃点东西吧！"刘旺成长叹了一声，只好回房间里去了。他看到钟意诗精神状态很差，也不想和她过多地争执。

钟意诗坐在梳妆台前，她从口袋里拿出了报告，翻出来看了看，想把它放进抽屉里，一会儿又拿了出来。

她仔细搜寻了房间每个角落，都没发现比较适合藏报告的好位置。她走到衣柜旁，打开了衣柜的门，翻了翻衣服，她想把报告隐藏到衣服里。正在找衣服时，盼盼那件深灰色的小棉衣露了出来。这件小棉袄是母亲送的，她原想让儿子长高些就让他穿，可是盼盼还没穿就离开了。如今物是人非，她不禁悲从中来，双手紧紧地抓着小棉袄贴在胸前，眼泪顺势掉在衣服上。"对，就放小棉袄里吧！儿子，妈妈会给你一个交待，我要实施一个计划，不会让你这样白白惨死的。"钟意诗抹了抹眼泪，藏好报告后便和衣躺下了，她感觉实在太困了。

"群哥，这女人真可怕啊，这是什么计划，她得逞了吗？"万梓星听到这里也不免有些紧张起来，似乎空气都凝固了。

"哼，这个女人，如此处心积虑，真是人间少有，也真是枉我坐牢如此辛苦存钱，为她着想。"刘样群脸色一变，突然情绪激动起来，脸涨得通红，手微微发抖，提高了嗓子说。在走廊的炽白的日光灯下，万梓星还是看得出刘样群的神情变化。

那天，我妈和老头吵了一架。老头说："这孩子还不是你惯的，会这样吗？还说去看他，就该让政府好好治治他，不受点王法，他是不知悔改的，上次就不应该去保他出来。"

"唉，这不就是一个儿子吗？我就是指望他给咱养老送终，他就是给你打顽皮了，才变成这样啊！"

"哪个父母不打孩子？玉不琢不成器，儿不打不成才，现在可好，他走到今天还不是你们惯的。"说到这里刘旺成按按腰，一股无名火起，那次给钟意诗哥哥打得够惨，腰部落下时常隐隐作疼的毛病。刘旺成见她默不作声，接着说。

"你还指望他养老送终，他不要啃老就不错了，他就是一个败家子。哼，我看你身体不舒服还没告诉你呢！他哪去打理什么厂，就是叫了一个'烂仔'来打理，他基本把厂子吸光了，整天不见人影。"

"唉，老头子，年纪这么大了，火气就收一收吧！你看孩子回到家都不敢和你说话。孩子真要有个三长两短，我们依靠谁啊！我们身体毛病也越来越多了。"邹运花哭哭啼啼地说。

"你就别哭了，自己保重身体吧！搞坏了身体，那就没法子过了，走一步算一步吧！阿诗买菜也差不多回来了。"刘旺成话音刚落，钟意诗就提着一袋子菜回来了。喊了一声："爸，妈，我回来了。"

刘旺成和邹运花看到她今天如此好心情，不由对视了一眼，不禁感到诧异。邹运花赶紧应了一声，从房里出来，进厨房帮忙捡菜去了。

原来，钟意诗一早就拎着小篮子，拎了一把雨伞去菜市场。最近，刘旺成倒是知趣，时不时给她一些钱。家娘的身体时好时坏，现在家里的活基本上要她这个媳妇操劳。虽然，她内心不想见到那个"死鬼刘样群"，此刻倒却希望刘样群回来，她感觉这几天特别的烦躁，想和他大吵一顿，哪怕是打一架，她想弄明白为什么刘样群连小孩也不放过？她甚至想把他的心挖出来看看，是黑的还是白的？她脑海里不时浮现出盼盼死亡时那张痛苦稚嫩的脸还有那可怕的艾滋病，这些情景带给她无尽痛苦和死亡的威胁，幸福的梦景不再有了。

绝望重生录

她感觉今天有些异样，经过一个路口小店门口时，她听到有人在小声嘀咕。"看，就是这个女的，老公是个吸毒仔，听说儿子也给毒害死了。"

钟意诗听到这话，如同成千上万的蚂蚁在身上爬行，在撕咬，浑身不自在。天空中似乎飘起小雨，于是她赶紧打开了雨伞，把脸部遮得严严实实的。

"阿诗，阿诗！"突然，钟竟诗听到有个熟悉的声音在叫。她不由停住了脚步。来人上来一把移开了雨伞。

"我从背后一看，就感觉很像你。"邹伟玲兴奋地说。

"邹伟玲，是你啊！你怎么来这了？"钟意诗不禁叫了起来。

"我来这找个朋友，你这是怎么了，没太阳又没下雨，打着雨伞干吗？差点让我认不出你来呢！"

钟意诗苦笑了一下，把雨伞收了起来。

"你最近还好吧！"邹伟玲边问，边伸手来拉她的右手。

她赶紧一缩手，顺手把菜篮子移了过来，挡住了邹伟玲的手。她觉得现在自己的手都是脏的，她不想传染给她。邹伟玲见此，觉得有点奇怪，也没有多想，只好把手缩了回去。

"好坏就是这个样子了。"钟意诗连说话的底气都不足了。

"我也听过你小孩的事，唉！人死不能复生，你还这么年轻，要懂得照顾好自己呗。"

她点了点头，几度哽咽，竟说不出话来。

邹伟玲见此，又安慰了几句，最后告诉她："调养好身体，到时再生一个呗。"

她张开嘴，但又很快闭上了。她多么想找个人倾诉，可是这些东西又是不能说的。她只得以沉默来应对。

邹伟玲见此，怕不小心的一句话又触碰到她的内心苦痛，于是只好找个借口离开了。

"再生一个"，刚才邹伟玲的话语还在她耳边回响。可是现在连再生的希望也给刘样群浇灭了。她现在感觉自己就是一个带着"瘟疫"的躯体，而这个"瘟疫"就是刘样群给的。想到这，她的怒火又腾腾地燃烧起来。

她匆匆忙忙买了几个菜，故意躲开了几个熟人，便快速回家去。

当她回到家门口，便听到刘旺成他们在争吵，于是挨着门，凝神听了一会儿，她竟有一种快意，就该让你们家破人亡，只是时候未到而已。

"阿诗，群儿这样真是让你受累了。不过，他也是给人害的，别人把毒品放在他包里，说他贩毒。他很快就会出来的。你愿意跟我去看看他吗？"邹运花似哀求，又似怜悯地看着她。

钟意诗也看着她，心想，你们究竟还要隐瞒我到什么时候？正想发火，但看到饱经沧桑又受到疾病折磨的邹运花，不禁闪过一丝丝恻隐之心，于是淡淡地说："我不想去看他，你告诉他，我暂时没打算离开刘家，让他好自为之吧！""真的？"邹运花露出一丝惊喜，旋即又叹了一声"唉"。想说点什么，又打住了。邹运花看着钟意诗日渐憔悴也心痛她，但又能说什么呢？自己儿子她最清楚不过，所以她甚至连安慰的话也无法说出口。

"群哥，他们有去监狱看你吗？"万梓星好奇地看着刘样群。

"有的，不过，我真不希望他们来见我。"监狱规定一个月接见家属一次，在高墙内，排着队等候亲人的见面，几乎是过节日一般，是最高兴的日子。那天，队长告诉我有亲人来会见，我忐忑不安地跟着队长到了会见室，心想，难道是他们过来了吗？刚进门就听到"群儿，群儿"母亲的叫声。我装作没听见似的，木纳地看着她。队长在旁边催促说："刘样群，你父母老远来看你，不容易，时间有限，赶紧坐下来和你父母聊聊吧！"我这才挪开

绝望重生录

椅子，缓缓地坐下来，拿起对讲话筒。

"群儿，你瘦了，你还好吗？"我妈右手拿着话筒，习惯性伸出左手想抚摸我，直到触碰到隔着冰冷的玻璃时才把手缩回去。

"好坏你看呗！"我冷冷地说。

"这里伙食怎么样？睡得好吗？有人欺负你吗？叫你不要吸了，你偏要吸。"邹运花哭泣起来。

"哭什么嘛！我还没死。"我不耐烦地抛出了一句。

母亲冷不防给我大声一吆喝，一下怔住了，收住了哭声。

队长在旁催促说："会见时间按规定只有十分钟，请你们珍惜时间。"

"盼盼还好吧！钟意诗走了吧！"我用眼睛扫了一下会见室便问。我觉得奇怪怎么不见她们呢。

"盼盼很好，阿诗她在家里照顾小孩，做做饭整理家务的，这次，就没让她过来了。"邹运花按照事前和老公约定的话，为了不影响刘样群在里面的情绪，不告诉他盼盼的事情。

"她还没走？"我露出了惊诧的表情。

"嗯，我们只是告诉她，你给别人拖下水，贩了一点毒，很快就会出来的！"

"唉！你们告诉她！让她改嫁吧！"

"仔啊，我们两个老头子还不是希望你能早点出来，共享天伦之乐吗？现在讨个老婆你以为那么容易吗？"母亲痛苦地说。

"你让她走吧！别耽误人家了。"我几乎咆哮着说。

"你这衰仔，还不悔悟，我们花了这么多钱，好不容易给你讨个老婆回来，你不但把厂子败光，还想把我们也气死啊！"刘旺成在旁边听不下去，赶紧抢过话筒骂了起来。

"你从小对我非打即骂，现在假惺惺地来关心我，我就是要把你的厂败光啊！我就是不让你好过。"我就像充了血的公鸡一样提高了嗓门。

"你，你这个败家仔，真的气死我了，早知这样，在你小时候就该把你剁碎喂鸡。"刘旺成气得左手握紧了拳头。

"好了，好了，会见时间要过了，有话好好说吧！"在旁的队长催促起来。

"哼，小时候你有当我是亲生的吗？我告诉你们，赶紧让钟意诗离开刘家。"刘样群说完这句，便把话筒挂掉，头也不回地出去了。

"仔啊，你要好好表现，妈妈等你回来。"良久，房间还在飘荡着邹运花那凄凉的呼唤声。

"走吧！我都说了不用来看，你就不信偏偏要过来。你看这个衰仔一点都不知悔改，我看就让他关十年八年吧！"许久，刘旺成仍怒气未消。

"唉，娃在里面也不知过得怎么样，也还没来得及细问。"邹运花心里嘀咕着，边走边回头望着那高高的围墙。

"走吧，别磨磨蹭蹭了，人高马大在里面死不了的，再晚点就坐不了车了。"刘旺成气鼓鼓地在旁催促她。

坐在车上的刘旺成，疲倦地闭上眼睛，他想静会儿，可是脑海里总是浮现出刘样群的话语。"你们让钟意诗走，让她走。"他百思不得其解，身陷囹圄本应更需要爱人的关心啊！为什么刘样群非要钟意诗走呢？而且还如此的坚决？"不，花了这么多钱，好不容易娶回来，决不能这样白白让她走啊！"

刘样群看了看万梓星的表情，接着说，我从会见室出来后，回到宿舍里，在队长的开导下，冷静下来后，思前想后感觉到确实对不起钟意诗，她也实实在在为这个家付出了许多。我想，她还留在刘家说明心里还是爱我的。队长还告诉我留住女人的心，只有付出实际行动，好好改造早日出去才有可能。于是，我改变了颓废的态度，在检举揭发中，我揭发了一个毒贩子，立了功，减了刑期。我妈寄存给我的钱，还有监狱里每月发放的工资都省着用，多出的都存了起来。虽然我过着那苦逼的生活，但觉得过得充实，在希望中生活，活在希望中。我想到时回家给她们娘儿买个礼品，让她们惊喜惊喜。

回家的日子一天天逼近，我心里也充满喜悦和焦虑，我想着今生就这样平平淡淡和老婆过一辈子吧！再也不去沾那鬼东西了，想着可爱的儿子，已经有三岁了，会喊爸爸了吧！

那一天终于到了，我没有告诉她们，我就想给他们一个惊喜，我在县城买了一个戒指和一个小孩的玩具，揣在口袋里，喜匆匆地赶回家。

"群哥，她们肯定乐坏了吧！你坐牢省下的钱给她买的礼物，特别不一样啊！"

"哼！乐坏了，我看到了今生最卑鄙最无耻的一幕。"刘样群咬牙切齿，双拳紧握着，万梓星看得出他的脸都变形了。

"群哥，后来发生什么事了，什么卑鄙的一幕让你这样愤怒？你先消消气，要不还是不讲算了吧！免得让你的心里更加难受。"万梓星看着刘样群的脸都变形了，心里不免害怕起来。

"我没事，没事，这事已经压抑我好久了，今天也想痛痛快快地告诉你。"刘样群吸了一口气，又缓缓地吐了出来，调整下情绪接着说。

我兴冲冲回到家时，发现门虚掩着，一片寂静，我想给他们惊喜，于是就蹑手蹑脚地走了进去。

当我推开那熟悉的房门时，我惊呆了，我看到在我的床上，躺着那畜牲老头和钟意诗，我的戒指"当"地一声掉在地上。他们惊醒过来，怔怔看着我。那畜牲颤抖着说："群儿，你回来了，我喝多了，你妈又去照顾你外婆去了，我走错门了。"我哪里还听得进这些，发了疯似的抡起旁边的椅子劈头盖脸地砸了下去。这几十年压抑的情绪，彻底暴发出来了，老头被我打得鬼哭狼嚎，还护着钟意诗。我更加火了，一把推开老头，抓住钟意诗的头发又是一顿拳打脚踢。老头趁这机会哀嚎着爬了出去。

实在打累了，我就喘着粗气坐在床上，拿了一根折断的椅脚指着那女人说："你说这是怎么回事？你好好说出来，我还饶你不死，否则我就活活打死你。"

"群哥，小声点，你没事吧！你先抽支烟。"万梓星看到刘样群胸口起伏，双肩颤抖，出奇的愤怒。万梓星怕再激动下去就让旁人听到了，于是赶紧为他点着烟，让他调整下情绪。

那女人也许是没见我发过这么大的火，吓怕了，结结巴巴地道出了事情的真相。为了达到目的，她费尽了心机。

她每天假作积极的样子，买菜做饭，也不用我父母进厨房，原来她用针刺破了手指在老头最爱吃的凉拌海带里，放了自己的血一起搅拌，老头虽然觉得海带的味道有点怪怪的，但是看钟意诗没什么异常，有时还会对老头看两眼，那老头一阵欢喜，却不知道这里面竟然暗藏杀机，真是该死！

钟意诗则不时留意刘旺成夫妇的神情变化。然而，一段时间过去了，刘旺成还是若无其事在客厅看着电视，与往常无异。

她感觉到很奇怪，但又不方便问。于是，那天她特意跑到没有人认得她的邻近乡镇问私人诊所的医生。医生告诉她这种方法是不会传染什么肝病的，如通过共用牙刷，牙龈又刚好出血了，才可以传染，通过性接触基本上是可以传染的。

钟意诗见一计不成，只好另想他法。那天，刘旺成正在客厅里抽着烟，厨房门敞开着，钟意诗在厨房里忙碌，突然，钟意诗在厨房里喊他。刘旺成猛抽了几口烟，把烟头熄灭，应了一声进去厨房。钟意诗对他说："爸，你帮忙把腊肉切一下，这个太硬

绝望重生录

了好难切，我来挑下菜。"

"好咧！"刘旺成爽快地应了一声，挽起袖子就切了起来。钟意诗在看准机会。突然，她用手肘撞了一下刘旺成右手。刘旺成痛苦地喊了一声，切到手指了。只见刘旺成脸上露出痛苦的表情，嘴里发出唉哟声。她赶紧说："要紧吗？不好意思啊，拿个洗菜盆不小心弄到你的手了。"刘旺成痛苦地摇了摇头，说："没事，唉哟流血了，你去帮我在电视柜里拿块纱布过来。"钟意诗应了声说："你先别动，我去找找。"

她进去房间撕了一块纱布，拿出缝衣针把拇指刺破，一阵刺痛后，马上流出一股鲜血。她强忍疼痛，用手指在纱布在上面涂上几滴血，然后就拿着纱布趁刘旺成不注意时，把带血的纱布帮刘旺成包扎。刘旺成看着她手上的血迹，问道："你这是怎么了？"

她摇摇头说："没事，刚才找纱布，抽屉有一颗小钉子刺到手指了，你看你都流好多血了，先帮你包扎好再说吧！"刘旺成对她的这些举动毫无觉察。钟意诗不动声色做完这些，以为老头会有症状反应，可是过了一段时间，还是没有什么异常的表现。

而她感觉到身体越来越多的不适，持续的低烧，头晕，皮肤上还莫名的出现一些皮肤病。她决定采取另一个方法。就是故意买了两支和她的一模一样的牙刷。那天刘旺成问她："这支好像不是我的牙刷啊！"

"嗯，是这样，昨晚搞清洁时不小心把你牙刷弄脏了，而且你也用了这么久了，也该换一支新的了。"

"嗯，这样啊！那新牙刷怎么会有水呢？"

"新牙刷嘛，都是要用水洗洗的嘛！就是用错了也没关系嘛！"

"咦，那谢谢你了！"老头听到这些心里一阵窃喜，还不时给她点小恩小惠，却不知危机正在一步步向他逼近。

她买了十多支一样款式的牙刷，预算到刘旺成刷牙的时间，自己先用了，又放在刘旺成的口杯处。几乎两天就帮他换一支新的，又是自己用过的牙刷。她想这样都传染不了，那老天对她也太不公平了。

老头看着她时不时抛来暧昧的眼神，贴心的话语，不由心猿意马，时不时找机会和她套近乎。

深夜，窗外传来几声小虫的叫声，远处也偶尔传来几声狗吠，钟意诗亮着灯，看着挂历不禁胡思乱想，一年多了，那个老东西刘旺成，看起来没啥异样，甚至精神还更好。难道把用过的牙刷给他用还整不了他吗？她觉得眼前一片困惑，自己还能活多久？她感觉到昏昏沉沉的，可就是无法入睡。

天大亮，她只好披衣下床，拖着疲倦的身子去做好早餐，然后拎着菜篮出门而去。她打开大门时，一张红色的纸掉了下来，她弯腰捡起来一看，原来是居委会告知对本居委会 50 岁以上的人免费体检的通知。钟意诗眼前一亮，对，让老头子去体检看看，没理由这些努力都是白费劲的啊！

她拿着通知单返身回屋对刘旺成说："爸，这是一张免费体检通知，居委会的福利，你去体检下吧！"

"唉啊！我这老骨头就不用去检这个那个了，反正也差不多被那个衰仔'激死了'。"刘旺成虽然这样说着，手上还是接过了通知单认真地看了起来。他的内心何尝不想去体检体检呢，他感觉最近腰疼得厉害，胃也不舒服，他只是怕出门见到熟人问这问那，他也不想给人在后面指指点点。有些话语会如同一把刀刺入刘旺成的心脏。

"爸，我看你最近精神状态不太好，这体检嘛，有病治病没病预防，这也是好事一桩嘛！"

绝望重生录

"况且，刘样群还没回来，这个家也需要你来支撑，如果你有什么三长两短，怎么办？"

是啊！还有这么多的事没办妥。刘旺成想了想，于是默默地点了点头。

刘旺成看到钟意诗还是如常关心照顾他们，丝毫没有离开刘家的意思，心里既高兴又内疚，他唯有尽量多给点钱给她，让她安心在刘家呆着，只希望那个衰仔早点出来，不指望他养老送终，能续下刘家的香火也好啊！

第二天一早，钟意诗租了辆小车，带着他们向居委会指定医院走去，钟意诗让他们在医院偏僻角落里找了位置坐下休息，自己则去排队，领表，填表。当看到自愿自费检查项目时，她悄悄地到窗口交钱增加了 HIV 筛选项目。

刘旺成夫妇看着钟意诗这样忙碌，脸上露出难得的笑容。不久，体检完毕，护士通知她一个月后来领取体检通知。刘旺成心情大好，提议去附近出名的"旺阁大酒家"吃了一顿大餐。

此后，钟意诗便开始焦灼等待取体检报告的日子。她有时看着刘旺成一叠叠钞票拿给她，又起了恻隐之心，希望刘旺成身体是健康的。但她转念一想，这都是刘旺成应该付出的代价，如果真对她好就不应该合起来骗她，害她们母子，这是刘旺成假慈悲的伎俩，再也不能给他表面的虚情假意现象蒙蔽了，儿子不能如此白白的惨死，我也不能白白的死去。

刘旺成夫妇似乎早已忘记体检的事，每天生活如常。只是刘旺成拿钱给钟意诗时眼神有了微妙的变化，眼光有意无意地在她那成熟的身体部位停留片刻，有时还会故意在她手背触摸几下。她佯装不知，理直气壮地接下一叠人民币，扭头便走。

拿体检报告的日子越近，她感觉就越难以入睡。

这天，钟意诗一早起来，匆匆忙忙处理了家务事，便往医院赶去，她恨不得三步并作两步赶到，她感觉心力交瘁，她已下了决心，希望能早日实现她的计划，然后安静地下去陪儿子刘盼盼。

"医生，麻烦你帮忙看下这个检查报告。"钟意诗把这个报告递给了医生。刚才她拿到报告看了半天，竟然没有发现什么问题，她感觉到纳闷，难道自己的心血都白费了？难道老天就这样残忍对待她吗？她不甘心，于是把检查报告递给了医生。医生用右手推了推眼镜框，拿过化验报告，睁大眼睛，翻了翻报告。良久，医生说："这个体检报告没什么啊！有点脂肪肝，血压有点高外，其他都还算不错啊！"

"这个什么 HIV 检测是什么情况？"她希望能找出破绽。"这个没事，都是阴性呢！"医生肯定地说。

她非常失落，只好拿着体检报告，快快地走出了医生办公室。虽然这样的结果她已经有了预感，但真的面对这样的结果时，她还是感觉到怅然若失。只好收起体检报告，然后无精打采地去市场买了菜提回去。

"爸，你们的体检报告我拿回来了。"钟竟诗对着坐在椅子上抽烟的刘旺成说完，就顺手把体检报告丢到桌面上。"嗯，拿回来了啊！我的体检没事吧！""你自己看吧！我先去做饭了。"她冷冷地说。"我都差点把这事忘记了呢！"刘旺成赶紧丢掉剩下的烟头，拿起报告看了起来。"咦，老太婆，我的体检还不错嘛！"刘旺成兴冲冲拿着报告进去房间对邹运花说。"是嘛，那敢情好啊！我还担心你的身体呢！不过你还是少抽点烟吧！""嗯，知道啦！你的就是老毛病肾结石，医生嘱咐你多喝点水，注意心情，劳逸结合。"

"唉，我这病还不是为了阿群嘛！阿群在里面也不知怎么样了？我们还是抽个时间去看看他吧！"邹运花满脸愁云地说。

绝望重生录

"咦"刘旺成示意他小声点，然后，压低声音说："我都不想去看了，让他受受王法也好，这个衰仔真要给他气死了。"此刻，刘旺成似乎不想他那么快回来了。

"唉，你都一把年纪了，还和娃斗什么气嘛！谁也有走错路的时候啊！"邹运花幽怨地说。

晚上，面对漆黑的夜晚，钟意诗独自垂泪。不知经历了多少个不眠之夜了，谁会听她在黑夜里低泣，又有谁会对她怜悯与眷顾，她辨不清前方与归途。每当度过漫长孤独的黑夜后，她不知如何是好，她对着昏黄的灯光，陷入长久的沉思之中。

太阳已经照进屋里老久了，她叫了他们几次吃早餐，刘旺成才起床洗漱、邹运花起来感觉头昏昏的，吃了几口面没有什么胃口，便喝了一口水，正想出门走走的时候，"铃，铃，铃"一阵急促的电话铃声响了起来。邹运花一种不祥之感涌上心头，自从刘样群进去后，已经好久没有电话响了，这时候，谁会打电话进来？不管怎么样。她还是赶紧拿起话筒，"喂，找谁？""是阿花吗？"话筒里传来熟悉而又焦急的声音。"是的，哦，是哥啊！""你赶紧回来一趟吧！妈生病住院了，她一直在说想见见你。""嗯，妈怎么样了，没有什么大碍吧！""刚把她送进医院，检查结果还没出来，你还是赶紧过来看看吧！""好的，我马上收拾一下就过去，你和妈说一声。"

放下话筒，邹运花感觉愧疚起来。老母亲将近八十高龄，父亲去世得早，是母亲含辛茹苦把她们三兄妹拉扯成人，一年前在娘家时，目睹母亲佝偻着身子仍在做家务，操劳了一辈子的母亲没有享受过一天好生活，孤独彷徨的母亲，由于她与老公的关系一直没有化解，她只好独自留在凄清的家中，舅舅长期出差，她就默默忍受着亲人分离的思念、痛楚和艰辛。而邹运花这几年生活的磨难，病痛的折磨，对儿子吸毒的拯救，此时此刻的邹运花，终于感悟到母亲在这秋意弥漫的峥嵘岁月里蕴含的艰辛。回想至此，不禁潸然泪下。

"你又怎么了？"刘旺成见到老婆的样子，于是问道。

邹运花抹了下眼泪，长叹了一口气，说要去医院照顾母亲。刘旺成一听，扭头走开了。

电视画面正在播今年世界艾滋日的主题"我的健康，我的权利"。画面上一个因一夜情感染艾滋病的中年人，脸上，手上有大片的皮肤溃烂，抓破的地方还溃烂化脓，画面让人触目惊心。电视上继续介绍说，目前艾滋病还无特效药可以治疗，是世纪癌症，短则三五年发病，长则十几年。

钟意诗看着这些画面，再联想自己近期皮肤出现的红斑，功能的异样，她的手心沁出了冷汗，手上电视遥控一滑，掉在地上。良久，她还处在极度的震惊之中，艾滋病的恐怖超出她的想象，像她这样的青春容貌很快就会被艾滋病吞噬，她似乎闻到了自己身上正发出的死亡味道，她感觉自己的身体已经不属于她的了。她觉得与其这样悲惨地死去，不如体面地早点死去。但是无论怎么样，绝不能白白死去，便宜了刘家的人。

"你在想什么啊！要做饭了吧！"不知何时刘旺成从房里出来，看着她若有所思地问。邹运花去照顾她母亲有一段时间了，这段时间他时常与钟意诗独处一屋，从开始局促不安，到现在坦然自若。

"嗯，我有点头昏，你自己弄点吃的，菜已经准备好了。"钟意诗关掉电视，站起来右手摸着头冷冷地说。

"你没事吧！要不要带你去看下医生？或者扶你到房间休息会儿。"刘旺成故作关切地问，关切之中带有点别的味道，钟意诗自然听出了一些话外之音。

"我没事，老毛病了，休息下也许就会好，你不用做我的饭了。"

她说罢就起身欲向房间走去。可是一挪步，竟然右脚一软，重心不稳坐倒在地上。刘旺成见状赶紧过去把她扶起。赶紧问："你的腿怎么了？我扶你进去吧！"

她似乎还沉浸刚才画面的恐怖之中，默不作声。刘旺成见状便扶着她进房去，在扶着她时，手有意无意地触碰到她鼓鼓的胸部。她竟然毫无反应，就像木偶一样，任凭刘旺成不规矩地扶着她。

刘旺成把她扶到床上，站在旁边看了她几眼，犹豫了一会儿，便出去把门关上。她倒在床上，感觉脑袋一阵晕眩，似乎床都在旋转。不知睡了多久，迷迷糊糊听到敲门声，刘旺成在门口喊她听饭。她随口应了句："你吃吧！我不饿。"门口便没了声息。她继续躺在床上，脑海里怎么也平静不下来，那些可怕的艾滋病流脓流血的画面挥之不去。

就在胡思乱想的时候，肚子咕咕隆隆叫了起来，她拿起手表定睛一看，傍晚八点了。她心想就是死也不能做饿死鬼啊！于是从床上爬了起来。打开房门一看，刘旺成正在客厅望着这边若有所思。见她出来，便告诉她厨房里还有饭菜留给她吃。她点了点头，感觉浑身不舒服处处发痒，她决定先洗个澡再吃点东西。于是拿了衣服进了卫生间。

她认真观察了发痒的左臂，有几处自己抓破了点皮，周围的红斑居然越来越大，一按下去居然隐隐作痛。她扭转身看看后背，不料左脚踩上沐浴液，一滑摔倒在地上，疼得她"唉哟！"大声叫了起来。

门外很快响起了刘旺成的声音，"怎么样？要紧吗？"

她挣扎了一下，感觉还是疼，心想，我这死亡之躯已经不是我的了，便说："我起不来了，脚扭伤了。"

"那，那我进去扶你吧!"刘旺成的声音有点颤抖，结结巴巴地说。

此时，她脑海里又闪出刚才电视里因性接触感染艾滋病的镜头。对，时日不多，只好如此了。于是应了声"嗯"。

刘旺成此刻不知哪里来的力气，三两下就把门撞开了，看到她那一丝不挂的成熟的胴体，哪里还按捺得住？平时病恹恹的他，此刻，不知哪里来的力气，立刻把她抱到床上，疯狂地发泄兽欲。自从邹运花得病以来，他都压抑好长时间了，他感觉再这样下去他都要疯了。况且，钟意诗也是他花钱买来的，在她身上也花了不少的钱，他觉得占有她都是合理的。

钟意诗就像木偶一样任由他摆布，眼角含着泪水，嘴角却露出了不易察觉的恶毒冷笑。她心想，终于可以拉上陪葬的了，这些都是你自找的，别怪我。儿子你也可以在九泉之下安息了，过一段时间妈妈会来陪你。哼，当然，也要让他们来陪你，绝不能让他们好过。

刘样群看了看万梓星，见他还在屏气凝神静听便吞了下口水，骂了一句："他娘的。"便接着说："听那女人说完后，我感觉看着眼前的钟意诗就像一个恶魔，似乎要吞噬我。我不由放下椅条，打开房门狂笑而去。我哭泣着，狂笑着在路上狂奔，我决定再也不会回来了，最后我找到了嘉嘉与东东，只有他们是我的好朋友，只有在白粉的世界里才能让我找到快乐，才能让我忘记这一切。"

"群哥，过去的事了，你也就别再难过了。"万梓星听他一口气说完，不由倒吸了一口凉气，心想怎么会这样。他感到有点窒息。

刘样群缓了一口气说："没事，今天这样说出来，我心里也舒服些！兄弟，我是没有家，没有希望，没有价值的人了，你自己好好照顾自己吧！"刘样群声音变得柔和起来，随后缓缓地低下了头。

"群哥，这个艾滋病真的如此可怕吗？"万梓星看着刘样群，不由往外边悄悄地挪了挪身子。

"唉，这一切源于无知、偏见造成的恐惧！正如生活中你认为有鬼怪的东西存在吗？如果你认为有，那么黑夜里你也会感觉到恐惧。风吹草动你也会害怕。"

万梓星听着听着，望着漆黑的夜色，陷入了沉思。此刻，一片寂静，似乎彼此都能听到呼吸声。不久，宿舍里又有一队完成任务的人回来了，吵闹着在他俩身边经过。刘样群缓缓地说："我昨天看到进来一个之前和我一起在长江劳教所呆过的人，今天就有人说我有病，似乎他们开始有意躲着我，我说他们才有病呢，有钱不好好去吸毒，不去享受，一辈子也就这么几天。"

万梓星点了点头，也不知说什么好，他现在感觉心里乱糟糟的。

良久，刘样群似自言自语地说："这一切也许是天意，我现在就是听天由命，能活一天是一天。时候不早了，我们回去休息吧！"

万梓星点了点头，不知怎样安慰他。心烦意乱地回到宿舍躺在床上，可哪里睡得着？他的脑海里如同放电影一般，把刘样群这几个月以来说的话都放了一遍。今天他才知道，这世界上还有这么让人害怕，让人变得疯狂的"艾滋病"。如果自己哪一天万一感染上了呢？那该怎么办？万梓星辗转反侧，越想越多。

"万梓星"，"万梓星"。"喂，刘队长在点你名啊！"旁边的昆仔拉了拉万梓星的衣衫。"到！"万梓星赶紧大声回答。刚才他看到不远处刘样群的背影，心里有点害怕，群哥说可能是共用针头注射毒品时感染的，如果是这样，自己好几次也是这样情况，而且酒吧里开放的小丽，每次都主动要求不戴安全套，难道她也有吗？想到这，他感觉到掌心都在冒着冷汗。好在旁边的"昆仔"提醒他点名了，他才缓过神来。

中午，大队几百号人劳教人员按联帮小组各自围成一圈在吃饭。

万梓星和昆仔，林仔围着一个脸盆，夹着里面的菜边吃边说话。

昆仔说："你刚才想什么去了嘛！如果换作往常，你不去层皮也得给臭骂一顿。""是啊！好像最近这个姓刘的脾气好多了，也有点笑容，有点阳光。前段时间总好像欠他钱似的。"林仔也附和着说。"咦，小声点。""猴子"故作神秘地说："听说刘队长检查出来了，没有感染什么 HIV 那玩意儿，所以心情大好啊！那天，我在他办公室他亲自对我说的。""你就是两头蛇，姓刘的这都和你说，看来和你很熟哦！别把我们出卖了啊！""兄弟，说哪里话，我也是和大家一伙的，怎么可能出卖大家嘛！""猴子"赶紧说。"妈的，看他平时凶巴巴的，原来也是怕死的。"昆仔露出不屑的神情说。猴子夹起一块肉放进万梓星的碗里说："星哥，来一块，别想那么多了，进来了，就是过一天算一天了，赶紧吃吧！难得今天加点肉，他娘的，已经很久没有闻过肉腥味了。"万梓星点了点头，"猴子"的话语和举动，让他感到了些温暖，也夹起一块肉放到"猴子"的碗里。昆仔则哈哈大笑地说："你这个色猴，你喜欢的此肉非彼肉吧？"大家一听都哈哈大笑起来。

第六章　感染病毒的噩梦

一个月后，万梓星与往常一样，按部就班在车间里干活，他心里骂了几句，"见鬼，这是什么鬼天气。"天空阴沉得没有一点风，车间里异常的闷热，似乎一场暴风雨就要来临。明亮的日光灯光下，100多名戒毒人员正在紧张地参加劳动生产。直到下午四点，天空还是白茫茫的一片，高高的围墙阻隔着，看不见外面的世界。

"万梓星，万梓星""到！"万梓星正在偷懒的时候，听到刘队长叫他的名字，他赶紧应了声，然后，拍了拍身上的灰尘站了起来。"你来办公室。"刘队长喊他。

"难道刘队长有千里眼吗？偷下懒就给他看见？这下估计又要给臭骂一顿。"万梓星边走，心里边嘀咕着。

万梓星进来办公室，发现里面还有一个穿白大褂的医生。虽然心里有些疑虑，但还是习惯性地蹲在地上，低着头做好了挨骂的准备。

"万梓星，你最近有什么想法啊！"刘队长竟然和颜悦色地问。

"我，我没什么想法啊！"万梓星有些受宠若惊，抬起头看着刘队长。

绝望重生录

"嗯，你结婚了吗？"

"还没有。"万梓星轻声地回答完，然后狐疑地看着刘队长。

刘队长吁了一口气，紧锁的眉头舒展了。

"这样吧！这位是我们医院的李医生，他有话和你谈谈。"刘队长指了指旁边的李医生说。

李医生点了点头，拿出白色的本子，把它翻开铺在桌面上，看了万梓星一眼。然后，郑重其事地对他说："我们现在告诉你一个谁都不愿触及的话题，你要有充分的思想准备，经过省里三江医院的检测，你被检测出带有 HIV 病毒。"

"什么？这不可能！你们搞错了吧！"万梓星一听，双脚一软，瘫坐在地上。虽然之前有些预感，但真正听到这句话时，仍然如同晴天霹雳，让他无法接受。

然而，医生那严肃的表情，刘队长那似笑非笑的眼神，让他心里凉了半截。此刻，万梓星目光呆滞，像傻子一样。令人窒息的沉寂后，突然，万梓星猛地站起来就往办公室玻璃门撞去，刘队长站起来，想去拉他，犹豫了一下，手又硬生生地收了回来。

坐门边的李医生迅速伸手去拉他的衣服，抓到了衣角，万梓星身体重心往前一倒，双手撞到玻璃门上，把中间的玻璃撞破了一个口，顿时，右手掌鲜血直流。刘队长伸出手欲上去又缩了回来。他隔着玻璃窗对外面两个值班员招了招手。值班员见状迅速跑了进来，和李医生一起合力把万梓星死死摁住，万梓星挣扎了几下便泄了气似的，身体软了下来，哭泣着说："你们为什么不让我去死，为什么啊！我活着还有什么意思啊！"

"万梓星，你怎么这么傻呢，你连死都不怕，还怕什么呢？像你这样情况的戒毒人员也很多，他们也一直活得好好的啊！"你知道你生命的来源吗？如果不是你父母把你抚养成人，你能来到这个世界上吗？你的生命不是你自己的，是你父母给予的，你不但要为自己负责，也要为父母负责任。李医生俯下身体对双手紧紧抱着脑袋的万梓星说。

"你别说了，就让我去死吧！我不想活了。"万梓星哽咽着说。

"现在艾滋病也不是你想象中那样恐怖，你要相信奇迹，你先冷静一下。"李医生继续在旁劝说。

可是万梓星哪里听得进去，他左手按着脑袋，右手不停地捶打着脑袋。殷红的血染红了手掌。李医生见此，只好回头对值班员说："赶紧把他扶到医务室去。"

路上，值班员积极开导他说："三分之一的癌症患者都是吓死的，如果我们想开些，积极乐观面对，活着的希望就越大。"万梓星经值班员一路劝说，情绪稍微平静些。这时，他这才感觉到右手疼痛起来，不由痛苦地叫了一声。随后，紧锁着眉头，不发一言，忐忑不安地跟着他们进了医务室。

李医生把情况简单地对邹院长汇报，邹院长皱了皱眉头，戴上手套察看了万梓星的伤口说："这个伤口要缝几针，小李你和于护士去准备下。"

李医生应了声，便压低了噪音对于护士说了几句。于护士一听，脸色微微一变，说了句，"怎么又是我呢?"然后，很不情愿去准备手术工具。

李医生给万梓星打了支局部麻醉，安慰了他几句。他额头上的汗珠少了些，看着李医生和于护士小心翼翼地在他伤口上缝针，李医生用手术钳钳着针线，异常小心在缝着，缝完一边就停下来，再钳住针头拉过来。万梓星之前在酒吧和人打架也在小医馆缝过针，那时医生都很熟练不用反针的，他明白了，就是医生也害怕啊！

李医生缝完针又包扎了伤口，长吁了一口气，用手擦了擦额

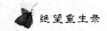

头上的汗珠，对万梓星说："你先在留医部住几天，别想那么多。"随后对值班员交代了几句，万梓星便被他们带到留医部单独监护室看护起来。

万梓星脑海里一片空白，坐在留医部病床上，看了看窗外的天空，他站起来走到窗前，值班员赶紧跟着过去，天空变得一片漆黑，似乎要塌下来，一场暴风雨很快就要来了。窗外草地上的小草还有一些臭草花被风吹得摇摇欲断，可是风一过去，它们还是如此顽强地挺直了草干，紧跟着雨就噼里啪啦地下了起来，有的雨花就飘了进来，打在万梓星的脸上，他似乎毫无觉察，仍然出神地望着窗外，值班员轻声劝他说："下雨了，要关窗门了，进去吧！"他好像没听到。值班员只好把他拉到床板上坐着。

这时手臂一阵疼痛袭来，万梓星痛得猛吸了几口气，便用左手去抓握受伤的右手臂。值班员见状便说可能是麻药解除了，"你先躺休息吧！我俩也累了，接受现实吧！我俩也是感染者，还不是照样活得好好的。"一个高个子值班员劝他。

"什么？你俩也是感染者？"万梓星露出惊讶的表情。

"是啊！不是感染者我们也不敢来护理你啊！这是医院安排好的。"值班员毫不掩饰地说。

"看不出来吧！心态放好，我们这么多年还不是过来了，想那么多干嘛！开心也是一天，不开心也是一天，我们开心过好每一天不是更好吗？"高个子值班员似乎看出了万梓星心里的想法。

万梓星给他们这样一劝说，心里舒服些。

晚上，躺在床上的万梓星，面对着孤独的灯光，陷入了痛苦之中。刘梓群的故事，让他感觉到艾滋病是一种多么可怕的魔鬼，可怕的艾滋病、无法治愈的疾病。他原以为那是离自己很遥远的事情，没想到今天自己就有了这种可怕的病魔，是怎样感染上的呢？是那天晚上在酒吧时摸黑拿起了旁人的注射器？还是和那个女的不洁性生活？万梓星冥思苦想了许久也无法理出头绪来，这让万梓星心里一股怨恨升起，但又不知该怨谁恨谁。最后只能懊悔地在自己的脑门上，狠狠地敲打了几下。他多么希望这一切就是一场梦啊。

值班员盛了一碗饭放在衣物柜上，万梓星看也不看，继续在床上辗转反侧，他感觉今天就是一个被宣判死刑，正在等待执行的死囚犯，而这个等待的过程是那么折磨人的。他不知躺了多久后，缓缓地闭上沉重的眼帘，然后他看见一个黑色、像云一样的东西迎面而来，就像狰狞可怕的魔鬼一样向他扑来，从房顶穿过，感觉要吞没他。忽然那条黑影又变成刘样群那张扭曲的可怕的脸，接着又变成一堆堆坟墓，墓碑上清楚写着他熟悉的一个个名字，刘运辉、刘利标……他惊醒过来，出了一身冷汗，耳边传来嗡嗡的声音，风从窗户吹进来有点冷了。他拉了拉床单，侧身听了会儿，四周一片寂静，静得可以听到自己的呼吸声。

天色开始泛白，在留医部手脚不方便的戒毒人员是可以不用起床早操，万梓星昏昏沉沉起床，喝了几口值班员打来的稀饭。万梓星知道这里的规定，如果不吃饭就会被插胃管灌食的。他虽然没有胃口还是起来勉强吃了几口，这样对照看自己的值班员也是一个交代。

昨天一场暴风雨，天空就像水洗过一样，蔚蓝色的非常清晰，树木就像梳子梳理过一样，枝条明朗翠绿，小草更是充满了活力，嫩绿一片。万梓星深深地吸了一口气，精神为之一振。

他手扶着铁窗透过窗户，不远处正在兴建新的院区，劳教所人满为患，有的人还要打地铺。妈的，不够住还抓我们进来干嘛呢！万梓星心里暗暗骂了一句。

突然，隐隐约约传来了歌声，虽然音调并不是那么标准，但听得出，那是发自内心的喜悦声音。这声音牵引着他的心，万梓

绝望重生录

星不由定睛看了看工地，只见一名年纪较大的建筑工人一边搭脚手架，一边唱歌。工人黝黑的脸膛，一身又脏又旧的工作服，腰间系着铁钳之类的工具，上下走动，双手不停地忙碌着。不一会儿，工作服就慢慢湿了，工人每天重复地做着单调、危险、枯燥的工作，那么卑微而坚实的生命，那么平凡而知足的人生！万梓星心想，如果时光可以倒流，如果一切可以重来，他宁愿去做一个健康快乐而又自由的建筑工人，但现在这一切都晚了。

这一切都是拜父亲所赐，如果不是他这样偏心，就不会在学校受人欺负，也不会去姐姐家寄宿，受姐夫的欺负，也不会被逼出去跟着辉哥混，也就不会有今天这样的遭遇了。这时，万梓星心里一股怒火腾地升了起来，他想，如果我这样死去，不就正中后妈的下怀吗？他们不就过得更加逍遥自在吗？哼，我就偏不让你们过得这么开心。

想到这，他转身端起了衣物柜上的一大碗稀饭一饮而尽，紧跟着又吃了两个馍。

"这就是了嘛，好死不如赖活着，想那么多干嘛！"在旁的值班员终于松了一口气说。

一周后，万梓星刚起床不久就听到了窗外传来了声音。"值班"，"到"，"你去叫万梓星过来一下。"李医生隔着医务室的窗口喊道。

"好咧！"一会儿值班戒毒人员就把万梓星带到了李医生办公室。

"万梓星，你的手恢复得挺好嘛，等下就可以拆线回大队了，别犯傻了，好好活着。"李医生意味深长地劝他。

万梓星低头沉默不语，李医生小心翼翼地套上了手套，犹豫了会儿，又拿起第二个手套套上。见此情形，万梓星把头压得更低了。李医生戴好两个手套，才拉了万梓星的手看了看，然后，小心谨慎地用小剪刀拆线。万梓星感觉手上一阵阵疼痛袭来，看着李医生的动作，他心想，你这还不是怕死嘛！好像就要把血流给你一样，说得那么好听啊！

这时，刘队长戴着口罩进来看了看，李医生示意可以带万梓星走了。刘队长便手一挥说"走吧！"然后，便快速走在前面，万梓星几次欲追上去想说几句。可是，刘队长好像背后长了眼睛似的，又加快了速度往前走。万梓星只好不紧不慢地跟在后面，心里变得抑闷起来，他想，从现在开始，他们都把自己当瘟疫看待了，感染上病毒就像刘样群一样，潘多拉的盒子也就打开了。这比小时候那种被排挤所带来的孤独更加可怕。

万梓星逐渐感觉到周围劳教人员也射来了异样的眼光，有的还在背后小声议论着什么。他回到宿舍里，见几个值班员正在打扫卫生，便主动一一向他们打了几声招呼。值班员应了一声，看了他一眼，马上就贴着墙，从他的身边溜过去了。万梓星见没有人搭讪他，只好双腿并拢拘谨地坐在床沿上，心里变得惴惴不安。一个矮个子值班员陈其正在用拖把拖着地，突然一用力，脏兮兮的拖布碰到万梓星的脚，万梓星穿着的运动鞋和裤脚一片污迹湿透。

万梓星腾地升起一股怒气，凶狠狠地盯着陈其。陈其惊慌地看着万梓星，拖把"啪"地一声从手上掉落在地上，站在那里手脚无措，嘴巴张成了"0"字形看他。突然，他发现万梓星凶巴巴的眼睛逐渐变得柔和，耸起的双肩放了下来。"没事，你去忙吧！"万梓星轻柔地对他说。陈其如获大赦，松了一口气，高耸的肩垂了下来，赶紧捡起拖把，边走边说："不好意思，不好意思。"生怕万梓星反悔似的。

值班员赖光看着这一幕，用手摸了摸头发，心里一阵嘀咕："怪事，万梓星怎么软了呢，按照万梓星以前的性格，肯定会揍

绝望重生录

他几下啊。"

"万梓星，齐队长叫你去他办公室。"值班员陈其结结巴巴来喊他。"嗯。"万梓星应了一声，站起来跟着过去，边走边想，这个齐队长有什么事呢？齐队长不但满脸横肉，说话也粗声粗气，车间里的劳教人员无人不惧怕他，私下里都称他为"齐老虎"。

记得上次车间一个劳教人员闹事，齐队长喝了几声，见没反应，就大骂几句，脱掉上衣呵斥闹事的劳教人员出来车间门口"单挑"，齐队长露出一身肌肉马上震住了对方。从此，齐队长的班都是一片安静，谁也不敢大声说话。

一会儿，就来到齐队长办公室门口，万梓星正要推门进去，陈其赶紧上前小声对万梓星说："我来开，齐队长交代过了，今后你进办公室不能去碰门把手。"万梓星愣了一下，只好闪到一边。陈其去拉开门打了声"报告"，得到齐队长允许后便让万梓星进去，自己则退出门外等待。

万梓星站在那，看了看坐在办公椅上的齐队长，戴着一副浅蓝色的眼镜和白色的口罩，手上戴着白色手套。虽然已是秋季，但今天天气还是炎热的，齐队长还是穿着长袖衣服，把整个身躯遮得严严实实，看不出任何表情。如果不是事先知道齐队长在叫他，乍一看，还真认不出这就是齐队长呢。齐队长见到万梓星站在那里，便用手压了压，示意他蹲下来。万梓星便蹲下来双手放在膝盖上，看着齐队长。

"万梓星，手好了吧！在留医部休息了七天，也该开工了。"从齐队长厚厚的嘴巴里粗声粗气地吐出了这几个字。

"报告齐队长，我的手刚拆线，还没全好呢！"万梓星瓮声瓮气地说。

"一点小伤算什么啊！你那个组少了一个人都不好干活呢！"

"队长，我这手你看看。"万梓星说着欲把手举起来给齐队长看。

"行了，行了，你站住，别过来。"齐队长看到万梓星欲过来，双腿一收，骤然紧张起来，赶紧叫他站在那。

万梓星尴尬地站起来又蹲了下去。

"那好，你明天就给我开工，别再给我整那么多啰啰嗦嗦的事出来。"

"你这样说，我也没什么说的，我尽能力去做吧！"万梓星不满地说。

"好了，好了，你先回宿舍吧！"齐队长不耐烦地挥挥手说。

万梓星呆呆地坐在宿舍里，这时很希望能和刘样群聊聊，可是这样忙碌的季节，哪里能见到他呢。就是同宿舍的昆仔、林仔，也有几天没见到他们了，车间里什么情况？别人有没有听到关于他的什么事？哪怕是那个"猴子"能回来聊几句也好啊！可是一直到关灯都没见他们回来，据说是加班赶货了。万梓星只好躺下了。不知睡了多久，迷迷糊糊的听到有人说："咦，万梓星回来了。"有的人骂了几句娘："他娘的，累得像一条狗。"便没了声息。

突然，一阵凌厉的哨声把万梓星惊醒，这是吹起床点名的哨声，如果迟到了又要被处罚呢！万梓星睁眼一看，天色透出迷迷糊糊的亮光，林仔、昆仔他们起床了，万梓星也赶快起来，林仔、昆仔只说了句："星哥，回来啊！"然后，就匆匆忙忙走开了。万梓星本想和他们聊几句，可是明显感觉到彼此间变得陌生了，他们似乎有意无意在躲闪着什么。甚至在排队点名时，旁边的人也有意和万梓星拉开那么一点距离。

万梓星感觉到心里隐隐作痛，他无奈地坐在车间原先的工号台上，旁边的林仔居然把位置往外挪了挪，再也不似以前那么热情了。万梓星按照刘队长安排的工序做好产品的上一道工序，然

绝望重生录

后把产品递给林仔，林仔示意他放在桌面上，过了好长一段时间才接过去做下一道工序。万梓星想和他搭讪几句，说了几句话，林仔好像没听见似的，只顾低头干活。万梓星只好作罢，慢腾腾地做着。

"放风了，放风了。"值班员在车间里大喊一声，整个车间的人，便纷纷离座到车间外排队吸烟，万梓星找了找身上还有留医时值班员送的几支烟，便拿了出来，看到昆仔，便把烟递了过去。昆仔连连摆手说："谢谢，星哥，我不抽这种烟了，谢谢你！"万梓星心里一阵纳闷，见鬼，你以前不是很喜欢抽这种烟吗？见他走开了只得作罢。自己找了个角落蹲下抽闷烟。

万梓星坐在自己的工台上，感觉周围都是人群，有时又感觉是那么的冷静，连一向爱说几句的林仔、昆仔，他们也不愿搭理他。他不知道是不是自己感染这可恶的艾滋病引起的，还是因为自己顶撞刘队长而引起，这些昔日好友的变化让他深深陷入郁闷之中，他感觉到世界正在逐渐抛弃他。车间里播放着戒毒之歌，"重放的鲜花开在劳教所……呵呵，我哪里是鲜花，我就是一株没人搭理的野草。"正在胡思乱想的时候传来了"开饭，收工"的吆喝声。值班员大声喊了几声。旁边的人哗啦啦全体起身，万梓星此时感觉毫无饿意，他慢腾腾从座位上起来，又抖了抖身上的灰尘，才拿上自己的碗筷出去排队。

吃饭是按工号台上一组八人就餐，今天加了菜，一大盆肥猪肉加白萝卜，看起来白茫茫一片。尽管这样肥腻，但看得出许多人不停地吞咽口水，手和饭勺蠢蠢欲动，就待队长的一声令下。万梓星那一组在室外中间地面上，七个人早就拿好筷子，并把碗放在盆子的边沿，他们似乎有意无意把万梓星的碗挤到一边。"开饭！"刘队长大喊一声，只见七个人争先恐后地把菜往自己的碗里扒，一会儿就所剩无几了，万梓星感觉挺纳闷，以前他们都没有这样吃饭扒菜的啊！再不动手就给扒光了，万梓星赶紧找个空隙把筷子伸进去，他们一见万梓星的筷子放进去，马上抽回了自己的筷子，再也没人伸筷子进去夹菜吃。万梓星心里好像五味翻腾，再也吃不出菜的味道，自个儿尴尬地夹了几口菜吃，便不再吃了。剩下的菜也没人去动筷子了，有的人就趁刘队长不注意时，偷偷从旁边其他组的盆里夹点菜来吃。这一切的变化来得太快了。万梓星感觉从来没有今天这样困惑，这样难过。他有时借故上洗手间，待在里面半天也不想出来。虽然里面臭气冲天，但他觉得在洗手间里才是最安全自在，才能释放情感，才能体验到自我存在的价值。那里有冰冷的墙，狭小的空间，但没有异样冰冷的眼光。

此时，万梓星特别想找刘样群聊聊，可是这些日子一直都没有机会。

"妈的，我这个月奖分怎么少啊！"昆仔边干活边不停地发牢骚。

"是啊，我现在一天都不想待在这了。这样给人拖住奖分，猴年马月才能出去啊。我的也是比上个月少了许多！"林仔说完，有意无意地看了万梓星一眼。

"女朋友来信说，再晚点出去就要跟人跑了！""猴子"也在旁边着急地说。他们刚签完这个月奖分表回来，在座位上纷纷发泄着不满，万梓星听得出他们话外之音。其实都在发泄着对他的不满。以前他肯定会驳斥几句，现在他却觉得连多看他们一眼的勇气都不足了。

"万梓星，你过来签名。"值班员在喊他名字。

万梓星正纳闷，以为不用他签名了呢。

万梓星满怀期待走过去，值班员拿了右手套让他戴上，万梓星很不情愿地戴上手套，拿过值班员递上的笔，正准备签上名字

绝望重生录

的时候，一看本月奖励一栏"0"分。他脑袋"嗡"地一声作响，他现在是多么需要奖分早点离开这个地方，去到一个无人知晓、没有熟人的地方去了此余生。

值班员在旁催促说："快点签名吧！后面还有人等着呢！"

万梓星把笔一丢，气鼓鼓地说："我的怎么是'0'分呢?"

"这个我不知道哦，你问刘队长啊！"

"咦，万梓星，你这样的表现，你想要多少分啊！"刘队长露出不屑的表情看着万梓星。

"我怎样表现呢！我的手没好就带病坚持开工，没有功劳也有苦劳吧！"万梓星不服气地说。

"你还嘴硬，你说你有什么苦劳，你看你的单工产值，你不但自己达不到基本要求，还连累了一个组的人。他们都向我打报告，要你单干呢！"

"单干就单干呗，有什么了不起啊！反正都是'0'分。"万梓星也来气了。

"好，万梓星，你有种，今天开始那你就单干吧！"刘队长气得脸都变形了。

万梓星回到桌位上气得把工具一摔，恶狠狠地看了旁边的林仔一眼。

林仔看到万梓星的眼神，手一哆嗦，赶紧把身子往外移了移。

万梓星在座位上漫不经心地做着手工产品，一个人做一个产品确实很繁琐，各个工序都要熟悉，厂里的师傅过来指导几次也就不理万梓星了。好在没人催万梓星的货，万梓星也就慢腾腾地做着。让万梓星特别难过的是，不是刘队长的批评，而是烟瘾阵阵袭来时那种苦痛心情。万梓星把做的一些产品拿去换几口烟抽抽过过烟瘾。这样一天下来万梓星能交出的产品少得可怜。刘队长在晚上收工讲评时有意无意对万梓星瞪了几眼，然后说："有的人心不在焉，做的产品又差，要引起注意。"万梓星知道刘队长在含沙射影批评自己，把头埋在膝盖上看着地面装作没听到。

这样的日子有一段时间了。晚上，万梓星洗完澡百无聊赖地站在走廊上，用手一摸头发，好家伙，竟然有几根头发被随手带了下来，万梓星心里一慌，继续摸了摸头发，又摸了几根下来，他想这难道是疾病要发作的前奏吗？他把头发丢出窗外，心情格外沉重。因为他听人说过，掉头发是身体变差的特征。

"刘队长，你看，万梓星做的产品都不合格，你叫我们怎么验收啊！这样不但浪费材料，老板知道了还会扣我人工，把我骂死啊！"厂家派出的技术指导邹师傅拿着万梓星交来的产品，气冲冲地对刘队长说。

刘队长看了一眼产品，眉头一皱，对值班员说去叫万梓星过来。

万梓星放下手上的活，不急不慢地来到刘队长面前，他已作好挨骂的准备。

"万梓星你好好看下你做的什么玩意儿。"随后，刘队长把产品丢到万梓星脚下。

万梓星漫不经心拿起来看了一眼说："我一个人做，不可能每道工序都这么熟练，也只能做成这样啊！"

"那为什么其他人能做好，你为什么就不能做好？你这是存心捣乱吗？"

"刘队长，为什么别人做的产品也和我差不多，人家送了烟的就通过验收，我的就不行呢？这不是针对我吗？"

"谁的可以通过，你说出来。"刘队长气得拍了下桌面，用手指着万梓星说。

万梓星看了看旁边的值班员说："你自己去查吧！"

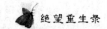

值班员赖光狠狠地盯了万梓星一眼说："你在刘队长面前不要乱说话喔！"

刘队长挥了挥手，示意值班员赖光不要说话。

"万梓星，你自己先做好，再去管别人的事吧！"

"刘队长，我也不想管别人的事，我只想要一视同仁。"

"咦，那照你这么说，我有意针对你了？"

"是不是针对我，你心里很清楚。"

"妈的，你这个发瘟鸡，不死都是废材了，还那么嘴硬。"刘队长几乎咆哮起来。

这些话一字一字地送进了万梓星的耳朵里，非常清晰。像鞭子一样抽打着他的头。他的脸一下涨得通红。

突然，他站了起来，扑向刘队长，张嘴去咬他。"我和你同归于尽，反正我也活不久了。"万梓星心想。

值班员赖光见状立马伸手拉着他的衣服，刘队长顺势抡起桌面的警棍重重地砸在万梓星的肩膀上，万梓星吃疼，身子晃了晃，欲继续上前去抱刘队长。值班员赖光一见赶紧在后面抱住他的腰，其他值班员见状一哄而上把他死死摁住了。

"妈的，你想造反了，把他拉到车间外面蹲下让他冷静冷静。"刘队长脸色涨得通红，手上青筋暴起，拳头抡了起来，又赶紧收了回来。

三个值班员马上按住万梓星拉到门口。万梓星挣扎了几下似乎没有力气了，才极不情愿地蹲下来。

车间里一阵骚动，许多戒毒人员站起来观看热闹，纷纷议论。刘队长见此，呵斥他们赶紧坐下干活。随后，拿起对讲机呼叫其他民警过来。

一会儿，几个全副武装的民警把万梓星带走了。

万梓星被带到大队谈话时，齐队长满脸怒火地走了进来，万梓星抬头一见齐队长，没好气地说："齐队长，别找我谈话，我们没什么好谈的。"

齐队长的脸瞬间拉了下来，瞪了万梓星一眼说："我才不是找你谈话，我是来拿茶杯的。"说罢拿起桌上的茶杯就摔门出去。

随后，李队长又进来找万梓星，万梓星抬头看了一眼，便把头埋在膝盖里，李队长问他："你知错不?"万梓星就是一言不发。

此刻，万梓星已经做好要杀要砍由你们的心理准备，心想反正也活不久了。

"万梓星，你再不说，就要加重对你的处罚。"李队长也失去了耐心。

万梓星把头埋得更深了。

"去，把他带回宿舍坐坐束缚椅，让他好好反省反省，写个检讨书。"李队长对值班员说。

束缚椅是大队最近才添置的装备，通常对危险人员和生理戒断反应明显的人使用。坐在束缚椅子上，万梓星看似平静，内心却想起了许多许多，近期发生的事情就像放电影一样在他的脑海里重放了一遍。人生如此无常，命运在捉弄他，最不幸的事情都发生在他的身上，前段时间由于车间忙碌，没有时间去想艾滋病所带来阴影，死亡的恐怖今天在他脑海里清晰浮现。想到这他心里一紧。林仔、昆仔之前说得这么好听，现在全世界的人都把他抛弃。而且还不时给他种种难题，甚至针对他。该死的烟瘾又不时发作，有几次，他甚至趁人家不注意，捡起别人丢弃的烟头狂吸几口。他感觉这样的生活生不如死。他想到这，动了一下身子，可是，挪动下身子都不行。该死的李队长、刘队长、齐队长，你们这不是变相限制我的自由吗? 你们都瞧不起我，厌恶我，我在你们眼里就好像是一个瘟神一样，走到哪都会招你们不

绝望重生录

爽，让你们看不顺眼。万梓昨星越想越气。

"呼，呼，呼"，旁边值班员点燃了一支烟，吸了一口，又极有节奏地把烟一圈圈吐出来。那烟圈就像一个个穿着白色衣服的舞女，跳动着婀娜多姿的舞姿，顺着风势款款而来，飘到了万梓星的鼻子里。那种烟味，万梓星再熟悉不过，是"红双喜"香烟的味道。他看着烟将飘到鼻孔，便把鼻子靠近，猛地吸上几口。这样他感觉精神多了。他几次欲开口，兄弟让我吸几口吧！喉结上下动了几次，话到嘴边还是硬生生地收回去了。

值班员智于似乎看出了万梓星的心思，他的嘴角露出了得意的笑容，抽得更欢，有意无意把烟雾往万梓星脸上吐过去。万梓星鼻子不停地抽动，眼泪也跟着流下来了。他实在忍不住了，张口便说："兄弟借我一支烟抽抽行吗？"

"借你一支？你这'三无'人员，你何时还？猴年马月也都还不上吧！"

万梓星一听，立马低下头沉默不语。是啊！自己哪来的钱买烟还给别人呢？

"这样吧！你坐着也辛苦，我也累，你就配合我们写个检讨书，我交给队长，说不定大队看你的态度还可以就宽大处理你。"

"如果每个人都像你这样做产品，那你说怎么去管理好车间的生产秩序？"

"你怎么就像一根筋呢？在这里也就三两年，难道你想在这里待一辈子啊！在这要什么面子，要什么威信，这些又有什么用呢？何必把自己折磨得那么辛苦呢！不如舒服坐下牢。"

值班员智于看到万梓星的眉头开始舒展，于是趁势接着说。

"再说吧！人在屋檐下不得不低头。省点力气吧！"

"来吧，抽一支。"值班员智于看了下走廊确信没有民警过来，于是掏出一支"红双喜"递给万梓星。

万梓星张开嘴把烟头含起来。

智于悄悄掏出打火机，凑近万梓星身旁，压低声音说："兄弟，按规定你这种情况是不能给烟你抽的，我让你舒服，你也让我舒服些。如果每天这样看护陪你，我比你更累啊！今后你没烟抽就找我，现在我可以先给你一包'五叶神'。"智于边说边从内衣口袋里变戏法似的掏出了一包"五叶神"香烟。

万梓星吐了一口烟，看着眼前晃动的"五叶神"两眼发光。他想伸手去拿，手一动才知动弹不得。在这里这个时候有上等好烟抽，对他来说比白粉还有诱惑力啊！

智于看出万梓星的心思，把烟收了回来，拿出一支笔和一张纸铺在万梓星的面前说："好汉不吃眼前亏，先写个检讨，这烟就是你的了。"

万梓星吐出一口烟，想了想，然后点了点头。

"报告李队长。""进来！"智于得到允许后，兴高采烈地走入李队长办公室。"李队长，万梓星写了检讨。"边说边递了过去。李队长脸上露出久违的笑脸，看了看智于拿的纸，脸上皱了皱："你拿着，读给我听听。"

尊敬的李队长：

本人万梓星，因做的产品不合格，被刘队长严厉批评后，心生怨气，而顶撞刘队长，现本人认真悔过，积极改造，希望大队领导能给我一个改过自新的机会。

此致。

检讨人万梓星

李队长听完，点了点头问："这是他写的吗?""是的，李队长，是他本人写的。"

"好吧！我们会研究怎么处罚他，明天再让他出去开工。"

今天刚好是 12 月 1 日，晚上八点，全体戒毒人员集中在小院

绝望重生录

操场观看电视，中央台正在播报"国际艾滋日"的艾滋病的相关报道，全国防艾形势严峻，感染人员不断上升，有的进入发病期。关于"艾滋病"这样的字眼，不安全性接触、可怕的艾滋病病毒、无法治愈的疾病、身体的免疫细胞……大型投射幕布上，这些字眼犹如一把把尖刀，刺在万梓星的心上，让他心里就好像芒刺一样难受。他感觉人生没什么意思，好像什么都是空的。他看了看周围的人，都是新来的，他并不认识，也没有留意他，这样他心里稍安定些。突然他看到不远处，刘样群也在人群里，他想过去和他聊几句，可是四周都站着值班员，旁边芒果树下还坐着三个值班的警察，私自离开所在分队是不允许的，还是罢了，看哪天休息再找找他吧！刘样群也看到他了，朝他点了点头。

皎洁的月光顺着窗子的铁方格照了进来，万梓星看了看天色，估计已经是凌晨两点了。他躺在床上毫无睡意，刚才电视里的一幕幕画面仍然在他脑海里浮现。特别是那种艾滋病发病时的惨烈，远比他想象的可怕。这些可怕的画面深深地印在了他的脑子里。他又偶尔想起姐姐，不知道她现在过得怎么样了，姐夫还会欺负她吗？最后，他又想起父亲，一想起父亲，万梓星就更加烦躁，如果父亲稍微关心下他，他就不会有今天这样的结局。想到这，他甚至握紧拳头狠狠地捶在被单上，想着想着，万梓星一夜无眠，不久就听到吹起床哨的声音，这才打断了万梓星的胡思乱想。

白天，万梓星非常害怕经过那个路口，因为一抬头墙上写着"预防艾滋，人人有责"，"艾滋"两个字特别扎眼，但这是所里安排的出收工路线，是无法避开的。现在万梓星看到或听到别人谈起艾滋病的事，他就浑身不自在。

接连几个晚上，万梓星都无法入睡。他甚至想到如果有机会出去，他就要好好地去找他们，看他们是谁有艾滋病，是谁故意传染病毒给他，他不想死得不明不白。如果他知道，是谁故意传染给他，他可能会毫不犹豫地杀了他。最近他感觉白天没精神，晚上却又难以入睡。

"万梓星，又在想什么啊？刘队长叫你到他办公室。"值班员赖光过来对他说。

万梓星正在漫不经心做着手工活。听到赖光这样说，慢腾腾地站起来嘀咕了一句，"又有什么事啊！"

"过去就知道了，快点过去吧！"赖光不耐烦地说。"万梓星，最近有什么想法啊！"看着脏兮兮的万梓星，刘队长表情不大好。

"就这样过呗！还有什么想法。"万梓星头也不抬地说。

"那好吧！这是大队给你的处罚决定，加期二个月，你签个名。"

"什么？加期二个月？"这都半个月过去了，万梓星差不多把这件事忘记了，这处理也太重了吧！这分明就是想整死我嘛！万梓星边想边接过刘队长递过来的处理决定书，瞄了几眼后，默不作声地签下名字。在签下名字的那一刻，万梓星已经做了一个决定。

刘队长看着万梓星这么爽快地签名，有点出乎意料。他已叫多几个值班员站在万梓星旁边，预防他有什么过激行为。现在见到万梓星的表情，他嘴角露出得意的笑意。"这就对了嘛，万梓星，好好表现，积极靠拢政府才是唯一的出路。"

万梓星用眼里的余光扫了刘队长一眼，想说点什么又忍住了。

万梓星回到座位上，感觉到了前所未有的窒息，他觉得有必要采取行动，与其这样给人整死，还不如自己痛痛快快地死去。万梓星想了好几个自杀的方案，喝车间的化学药水是不行的，很快就会给民警发现，之前就有车间的戒毒人员毒瘾发作实在受不了就喝药水，马上就给当班的民警送到医院救回了，还加期。跳楼吧！更不可能，最高也就三层楼，而且到处都是铁窗防盗网，现在那帮值班员积极分子时刻在看着自己。他突然看到隔壁工作台上用来剪铜线头的剪刀，不禁眼前一亮。对，就把剪刀藏起来。他趁旁边的人上了洗手间，万梓星就悄悄地把那把小剪刀拿了起来。然后，看了看没人注意他，就打报告佯装上洗手间把它藏在没人注意的角落里。

不久，万梓星看着丢失剪刀的人给刘队长骂了一通。他心想，活该！我就是死也要拉几个垫背的，我就要闹得鸡犬不宁。让你们厌弃我吧！到了晚上，万梓星知道每天回小院都要给搜身，于是他把小剪刀用绳子绑在裤链处。晚上有惊无险地把剪刀带回了宿舍。宿舍就安全一些了。万梓星一回到宿舍就迫不及待地把剪刀放在床板下面。他还不能马上作出决定，因为他还有一个心事未了。那就是他要打个电话给姐姐，以作最后的告别。那几天他为了能打上电话，他在车间表现稍为好些了。好不容易申请上打电话后，但姐姐的电话却一直无法接通。万梓星极不情愿地放下了电话，也许是与姐姐无缘告别了。心想就算了吧！反正打了电话也是徒增伤感。

第二天他就假装生病起不来。待他们都去开工了，万梓星看着白色的天花板，黯然神伤，算了吧！顾不了那么多了。他毅然地掀开床板，准备拿小剪刀割脉。他双手乱摸，糟了！剪刀不见了。他把整个床板都提起来了，又在宿舍到处乱找都找不到。突然，万梓星想起了，昨天不是例行安全检查吗？可能是给检查的人收走了。唉！万梓星无奈地长叹了一口气。

天黑得伸手不见五指，万梓星晚上和往常一样和衣躺下，他已经好几天没洗澡了，同宿舍的人都不愿搭理他，有的人闻到他的味道掩鼻而过，他也轻易不愿去跟人交流。外面的小虫也在吵杂地叫着，让万梓星更加心烦了。他觉得该结束了，在这个薄情的世界上，他活得毫无意义。这几天似乎也有一种声音在指示他这样做，好像有什么东西在控制着他的思维，于是他把牙刷放在嘴里硬生生往里插，喉咙一阵疼痛，他想呕吐却又吐不出来。他又去喝了几口水，这样折腾了几次还是吞不下去。他全身冒汗，感觉非常难受，一阵头晕袭来。在晕眩中，他似乎发现无穷的黑夜里有一束灯光，在灯光下母亲那慈祥的眼神正在含泪注视着他，他看见一个从来没有发现的异常美丽、发光的、伟大的爱、伟大的怜悯和温暖，耳旁甚至响起了母亲的声音："孩子，这是你自己制造的地狱，你必须勇敢面对它，重新经历所有你这次生命所经历的同样的困难。"他感觉越来越难受，不由用手捶打着脑袋，发出了"啊，啊"的声音。

这时，值夜班的戒毒人员听到了异常声音，赶紧跑过来打开灯察看，看到万梓星在宿舍里手脚乱动，一脸痛苦的样子。他想坏了，赶紧报告值夜班的李队长过来。

李队长一看万梓星这个样子，凭着多年的管教经验，估计万梓星吞食异物，本来想骂他几句，看到他痛苦的样子，于是赶紧向大队作了汇报后，叫上两个值班民警连夜把万梓星送到留医队。

李医生叫值班员把万梓星的嘴打开，万梓星咬着嘴巴不松口。李医生火了，对万梓星说："你连死都不怕，你还怕什么呢？你再不张口，我就叫值班员用铁棍撬开了。"

万梓星刚才看到李队长一身紧张的样子，心里有一丝丝快意，他此刻确实感觉到了异常难受，想吞下去又吞不下去，卡在那里，他满脸涨得通红，感觉喉咙里就像火烧一样。现在听李医生这样说，只好把嘴巴张开。李医生拿起手电筒一照，只看到喉咙里牙刷一点根，喉咙已经明显充血变红了，场所医院是没有条

绝望重生录

件动手术的。李医生对李队长说："赶紧送人民医院吧！"

深秋的夜晚，警灯闪烁，救护警车急速地行驶在清冷的公路上，寒风呼呼地从窗外钻进来。万梓星斜躺在后排座上，不锈钢的坐椅，呼呼的寒风，万梓星穿着单薄的衣服，竟然感觉不到冷，只有喉咙火辣辣的难受。他偶尔抬起眼皮，看到李队长他们疲惫的样子，心里掠过一丝丝的愧意。在他心里，李队长比刘队长好。约半小时到达了区人民医院的急诊科，胖个子医生拿起手电筒和镊子之类东西，让万梓星张开嘴看了看，怪事，竟然没有发现东西在喉咙。李队长问万梓星怎么回事？万梓星说："刚才路上的时候颠簸了几次，好像牙刷掉下去了。"胖个子医生说那要住院动手术。胖个子医生看来和李队长挺熟，就问李队长，你这些"宝贝"的身体是怎样情况。李队长看了看万梓星，把医生拉过一边压低声音说："他是 HIV 感染者。"胖个子医生听了，眉头一皱，脸色一变，赶紧说："那你们送省城三江医院吧！我们没有这样的手术医疗条件。"

"你的医术是出了名的，怎么可能没有这能力呢？你就给他动个手术吧！我这大半夜地跑来跑去也不方便啊！"李队长哀求胖个子医生。

"我们没有接受这方面的专业训练，万一我感染了怎么办，这上有老下有小，你来养吗？你真是站着说话不腰疼。"胖个子医生生气地说。

李队长看了看万梓星，竟无言以对，只好对警车司机说："走吧，我们去省专科医院。"

万梓星隐隐约约听到了他们的谈话，此时喉咙虽然没有疼痛，但胖个子医生的话语让他心里冷到极点，就像突然掉进了一个冰库里，他甚至感觉到比刚才牙刷卡在喉咙更让他痛苦不堪。

李队长带着万梓星匆匆上车，走上高速公路。不一会儿就到了省专科医院。李队长简单地对值班的蔡医生描述了万梓星的情况。蔡医生点了点头，拿小电筒照了照万梓星的喉咙。随后对李队长说："牙刷已经进肚子去了，一时半会不会有危险，我们会尽快安排手术，先办理住院手续吧！"

万梓星看着李队长忙前忙后，弄了几个时辰，这时天也大亮了，他才有空坐在万梓星病床的对面。万梓星被手铐铐住固定在病床上，看了看李队长，瘦小的李队长青春的脸庞写满了疲倦，额头也沁出白发，眼角也有了皱纹，正两眼无神地看着门诊室。万梓星心想反正我是快死的人了，任由你们如何折腾，我的日子不好过，你们也别想过好。

这时，刘队长推门走了进来，一股冷风也被带了进来。他看到躺在床上万梓星就说："万梓星又来搞事了，妈的，害得我们好找，这样的鬼地方。"说完，不顾万梓星感受，继续和李队长在旁边在谈起万梓星的种种不是。李队长交代了刘队长几句，便离去了。

万梓星一整天就躺在床上，除非上洗手间是不能随意走动的。他感觉腰部难受，只得不停转动下身子，可是给固定在床上，翻动下身子也给限制了。空空荡荡的房子里只有他一个人，阵阵秋风吹来，他感觉就好像躺在地下冰库里一样。正在他胡思乱想、孤独无助的时候，一个护士走了进来，对躺在睡椅上的刘队长说："一会儿带他去术前体检。"说着把体检单递给了刘队长。

刘队长咕嘟了几声，无奈地戴上厚厚的手套把万梓星的手铐从床头解开，带着万梓星去体检医院规定的项目。万梓星跟着刘队长走在体检的各个室之间，他看着来来往往的人群，有一种想法涌了上来。"不如找个机会逃走"，一想到这，他就观察周围的情况。刘队长不像以前那样离自己老远，不紧不慢地跟在身后，

绝望重生录

一双眼睛不时注意着他的一举一动。医院只有一个出入口，想逃跑也只得往一个方向跑，可是门口也有保卫人员看住，只要刘队长一喊话，自己穿着劳教所的衣服马上就会给人知道，这个出口也就会很快给封上，得想个法子找件衣服。万梓星一边顺从地配合检查项目，一边在留意可逃走的机会。突然，他看到医院的护工把一堆脏衣服往杂物间里拉，他眼前变得明亮起来。

万梓星从检查室出来，便按住肚子露出痛苦的表情，对刘队长说："我要去厕所拉肚子，快受不了。"

刘队长瞪了万梓星一眼说："妈的，总是那么多事，别给我耍什么花样出来。"

万梓星连连点头称是"刘队长，你放心，我都是半条命的人了，还会整什么事呢？"

"快去，快回，别啰嗦了。"刘队长不耐烦地挥了挥手。

"好咧！"万梓星如获大赦，捂着肚子赶紧往洗手间里跑。

万梓星迅速溜进洗手间旁的杂物间，只见一大桶病人换下的脏衣服和床单堆放在一起，还有一件不知是谁丢弃的蓝色衬衣，窗外是街道，不远处是一座不高的山，外墙有一条排水管直达地面，从这三楼爬下去并不困难，下面刚好没人。万梓星一看心中窃喜，赶紧脱掉病号服换上蓝色衬衣，立即跨上窗台，抱紧水管慢慢往下滑。看离地不远，万梓星便飞跳下去，左脚跟一着地，接着是一阵疼痛袭来，妈的，可能是扭到脚了。万梓星顾不上察看，往左赶紧往山的方向疾走。万梓星感觉左脚疼了起来，停下来看了看脚踝处有点红肿，一按下去疼得他差点叫起来。万梓星心想大街上太显眼，得赶快上山找个隐蔽的地方藏起来再作打算。

刘队长在门外左等右等不见万梓星出来，喊了几句，又没有反应。他急了，一把推开洗手间门一看，傻眼了。他赶紧报告大队和医院保安。他判断万梓星极可能爬窗外排水管逃跑。刘队长在楼下跑来跑去，随后又有四五个保安加入搜寻的行列。

万梓星在往山的方向疾走，顾不上脚痛肚痛。"妈的，平时你刘大个就在我面前趾高气扬，今天你也急得像热锅上的蚂蚁了吧！说不定老子出去后，你的一身'虎皮'也得脱下来呢！"万梓星在心里狠狠地骂了几句。

跑着，跑着，他不由停下来察看周围的地形，右边是一条马路，来往车辆挺多，不时有公交车经过，乘车逃走吧！越远越好，双手一摸口袋这才想起自己身上没有一分钱呢。看来这条路是行不通了，往左是山的方向，看来只得继续往那边走。

没过多久，万梓星已经到达山边，看路牌他知道这是云山。他感觉到警察已经出动在抓自己了。此时他感觉又累又饿又痛，甚至对自己为什么逃跑感到怀疑。他不敢走正常的山路，尽量伏低身子小心翼翼地走在树林草丛中，看到有警察在山上搜寻，吓得他赶紧伏低身子躲藏起来。

天色渐渐暗淡下来。万梓星没有一点吃的，他只得用双手捧起山泉喝点水，一会儿肚子又呱呱叫起来，万梓星看了看周围的植被，凭着儿时记忆采摘了一些嫩绿的树叶，将就着山泉水充饥。

天色终于暗了下来，万梓星在树林里摸索着往前走，一路坑坑洼洼，蚊虫特别多，手上脚上给树枝刺得火辣火辣的痛，他还担心有蛇什么的，路越来越难走。后来他干脆藏起来不动了。

几束手电筒光在周围不停扫射。跟着一阵嘈杂的脚步声慢慢靠近，万梓星屏住呼吸听到他们在对话："整座山都找遍了，难道他插着翅膀飞走了。""是啊，这么久了，有可能早就搭车跑了。"随后脚步声又逐渐远去。此刻，万梓星又累又饿又冷，他估计那些警察不会再来了，心想，只能等天亮想办法找条路出

绝望重生录

去，先过了今晚再说。万梓星匍匐在树林里，呼呼风声，吹得他嗦嗦发抖。他不禁陷入沉思，在劳教戒毒所里曾几何时，他是多么渴望自由，多么想念外面自由散漫的生活。他看着高高的围墙，知道逃走无望，他甚至幻想来一场地震，把围墙震塌，好让他逃。然而，现在真的逃出来了，却是这样的胆战心惊，无处躲藏的逃亡生活，这是他不曾想到的。他原以为逃出就是自由了，现在才知道这样的方式，看似自由实则更不自由，现在连一个合法的身份都没有，更不用说光明正大地走在大街上了。他知道始终是逃不掉的，警察肯定已经封锁了出山的路口。他甚至想到回医院去算了，可是一想起那整天躺在床上的苦痛，戒毒所里那异样的眼光，冰冷的语言，还有那凶神恶煞的齐队长他们会放过自己吗？一想到这些，他打了一个冷战。

他感觉肚子饿，身上痛，迷迷糊糊地睡着了。

"别咬我，别咬我。"一条大警犬猛地扑上来，他挣扎着想跑，可是双腿不听使唤，他感觉双腿已经被警犬咬住了，好痛，哎哟，哎哟……醒了，一身冷汗，原来是一个梦。四周还是一片漆黑，天上稀稀疏疏挂着几颗星星，看来是半夜时分。刚才的梦境让万梓星感觉到了危险在逼近，他决定要离开这里，尽快下山。他深一脚浅一脚地摸索着下山，这个位置下去，地形并不陡峭，幸运的是居然有一条小道，万梓星忍住隐隐作痛的左脚，加快了下山的速度。

经过一个多小时的连滚带滑到了山脚，他先是趴在一棵树后，观察着四周的动静，看到偶尔一两部驶过的货车，并无其他异样。他决定先拦下一辆车，能走多走是多远了，只要离开这个危险的地方。

这时，远处又有一束猛烈的车灯射来，万梓星赶紧走到路中间站住，挥舞着手臂。"嘎"地一声，一辆货车停在他面前。万梓星被车灯照得刺眼，正想上前询问的时候，司机摇下车窗玻璃破口大骂："你这是找死啊！你想干什么啊！"万梓星忙赔着笑脸说："大哥，我身上的东西被人抢了，先搭我一程吧，我会好好酬谢你。""你没看到我这是货车吗？哪里还有位置搭人呢！""挤一挤行吗？"万梓星边说边欲拉开车门上去。"妈的，你这是开什么国际玩笑，赶快让开。"司机不容分说，骂骂咧咧地加大油门呼啸而去。

万梓星站在路边一脸怅惘，正在失望的时候，远处又有两束强烈的灯光射来，他重新燃起了希望，整了整衣服，又挥起了手臂，车子缓缓地在他面前停了一来。

万梓星定睛一看，我的妈啊！居然是一辆警车，吓得万梓星撒腿就跑，车子一个急停，马上冲下几个人，把他围住，大声呵斥他："赶紧抱头蹲下来。"几把手电筒的强烈灯光照在万梓星的脸上，万梓星用手挡了挡。"万梓星，你还想往那里跑，害得我们好找啊！"一个熟悉的声音大喝了一声。是刘队长，万梓星心里凉了半截，不由双腿一软，瘫坐在地上。刘队长挥起右脚踢了下去，仍不解气，还想再踢的时候，被旁边的人拦住了。

又被戴上手铐坐在后排位置上的万梓星，心里反而踏实了，他感觉到一种解脱。他觉得这十几个小时噩梦般的逃亡生活确实累了，现在他不用提心吊胆过日子，他感到一种放松，不由闭上眼睛，安然躺在面包车后排椅子上，心想随你们怎么折腾吧！

不久，天开始发亮，万梓星被押回病房，这次万梓星躺回床上就没那么幸运了，手脚都给刘队长铐上了。他转身时发现旁边病床上，不知什么时候居然也住进一对老夫妇。

如果不是及时把万梓星追回来，就会面临更大的处罚。看着躺在床上的万梓星，刘队长几次想揍他解解气，然而，看到他一身脏兮兮的衣服，脸上刮伤的皮肤还渗出一条条血迹，沾着小树叶的头发，不由得火气消了一些。

李队长急匆匆地来接班了，他向刘队长询问了万梓星的一些情况后，从隔离床边搬来一张椅子，坐在万梓星床边。

"万梓星，你怎么这么傻呢？我们都在为救你忙前忙后，你可一点不珍惜自己的生命，你不为自己着想，也为牵挂你的亲人着想啊！"万梓星看着斯斯文文的李队长，感觉到他今天说的话没那么的刺耳。"为亲人着想。"万梓星心里一阵苦笑，又有哪位亲人在为我着想吗！况且，我是将死的人了，谁会来关心我。

"李队长你放心吧！我会积极配合你们，不会逃跑了。"万梓星看着李队长淡淡地说。

"嗯，你自己想通了就好，刚才医生说，你这样跑了十多个小时，有些项目又得重新检查，我得现在过去问下主治医生，你就别再出什么歪主意了。"李队长嘱咐几句又检查了手铐脚铐，确信锁好了，才走去医务室。

这时，万梓星发现隔床的那位病人正若有所思地看着他。万梓星也打量了他几眼，花白的头发，松弛而又斑斑点点的脸庞，眼角的皱纹，看样子60多岁。万梓星目光最后落在病床卡，上面赫然写着患者"刘旺成"。"刘旺成。"万梓星心里一紧，好熟悉的名字，哦，难道是群哥老爸的名字，他几乎不敢想下去，真的这么凑巧吗？他开始留意起隔床的动静来。

"你自己看看吧！细菌性肺炎，又是风流病，不是看在昔日夫妻的份上，我都不想理你了。"陪着的妇女对着病床躺着的刘旺成怒气冲冲地说。然后，丢给他一叠检验报告。

刘旺成看了那妇女一眼，很快把目光又移开了，随后闭上眼睛在思考着什么。他伸手拿起检验报告翻了翻，叹了一口气，又无奈地把它合上。

那妇女搬了张椅子放在墙角边，然后无力地靠在椅子上。露出痛苦而又疲惫的表情。她看了几眼戴着手铐的万梓星，欲言又止。

病房的气氛有点压抑，三个人在病房相视无语。过了一会儿，那妇女打破了沉静，她幽幽地叹了一口气，看了万梓星一眼，自言自语地说："我儿刘样群好几年不见他了，不知他去那儿了。我怎么这么命苦啊！老头子又这样，儿媳妇又不知跑哪里了。"妇女提高了声音，好像有意说给万梓星听。

刘旺成盯了她一眼，轻轻地嘀咕了一句："就不能少说几句啊！提那衰仔干嘛！就当没生过吧！"

"刘样群。"万梓星再也忍不住了。他微微抬起头问："阿姨，你儿子叫刘样群啊！"

"是啊！是啊！你认识他？"妇女两眼发光，忽地一声从椅子上起来，把椅子往万梓星床位边移了移。

"嗯，没，没有，只是感觉名字有点熟悉。"万梓星心想，刘样群说过不要告诉任何人他的情况，所以还是不提罢了。

"大叔这是怎么了？"万梓星看了看大叔，虽然他心里已经猜到了七八成，但还是忍不住地问。

"哦，他这是老毛病，要动手术，当地医院说要送这边专科医院，就上这里来了。"妇女看了一眼躺着的刘旺成，带着幽怨的口气说。

万梓星猜想，刘旺成可能和他一样的病情。

万梓星陷入了沉思，虽然刘样群也和自己一样感染了艾滋病，但刘样群至少还有妈妈在牵挂着他，可是自己呢！想到这不禁悲从中来。正在这时，听到了呼叫他的声音。把他从悲愤情绪中拉了回来。

"万梓星，准备去体检了，这次不会耍什么花样了吧！"李队长把检查表递给他，然后解开他的脚铐说。

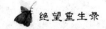

"你放心吧，李队长。"万梓星调整了自己的情绪，顺从地应了一声。

万梓星这样说，李队长仍丝毫不敢大意，这次手铐也不解开，形影不离地跟着万梓星去检查项目。

"万梓星，你的情况比较特殊，这次动手术，需要家属知晓，最好家属能过来签字。"李队长趁检查空隙赶紧对万梓星说。

"李队长，我是孤儿，没有亲人，我已经对你说了几次，你就不要再提了。"万梓星说这话的时候有丝丝的犹豫，内心阵阵的隐痛又被李队长挑起。每当李队长问起他家人的时候，这句话就好像一把尖刀插进了他的心脏，让他感到窒息，让他无奈，引起全身的神经都会一阵疼挛。

"万梓星，我们已经查过多次了，你报的地址是假的，你还要隐瞒到什么时候?"李队长不理会，对万梓星继续追问。

"你可以打个电话给你最关心的亲人，不一定是父母。"李队长继续鼓励万梓星。多年的管教经验告诉李队长，万梓星的种种情况表明，他的家庭肯定存在严重的缺陷，只有找到与万梓星比较亲近的亲人，前来控望，才能发生情感的联接，才能给万梓星的改造注入动力。

万梓星低下头，沉默不语。

"说不定最牵挂你的亲人也在找你呢? 现在有这样机会给你通话，别浪费了这个时机啊! 等下我带你去打医院公用电话吧!"万梓星脸部神经抽动了一下，眼神游离不定。

此时，万梓星脑海里在激烈地斗争着。他想，打给父亲，不，那不可能。他早就不把我当儿子，打给他也是白打的。打给姐姐吧! 姐姐的生活也不容易，而且这样不正好给姐夫耻笑吗? 这不正是姐夫所希望看到的结局吗? 最主要一点是感染艾滋病的事怎么能给他们知道呢? 如果让他们知道了，怎样去面对那些异样的目光？今后怎样生活呢？这一连串的问号在冲击着万梓星，让万梓星感觉痛苦不堪，不知如何抉择。

"万梓星，我只是希望你的亲人能过来看你，其他事情我们也不会和他们透露什么，这一点你大可以放心，你的病情我们有严格的告知和保密规定。"李队长似乎看出了万梓星的疑虑，试图继续努力说服他。

"李队长，真的是这样吗？"万梓星狐疑地看着李队长，开始犹豫起来。

"是的，你也想知道对你最好的亲人怎样了，打个电话问候一下，彼此也便安心啊！"

万梓星想起当年姐姐对她的照顾，这么多年了，也确实不知道姐姐过得怎么样了，加上自己即将动手术，说不定这个手术也许就是永别呢！打个电话问候姐姐也是好的。想到这，万梓星点了点头。

看着万梓星表情的变化，李队长吁了一口气，赶紧带着万梓星检查完最后一个项目后，直奔电话亭走去。

这个电话号已经记忆在万梓星脑海的深处，他忐忑不安按下熟悉而又陌生的电话号码，心里有些许的激动和不安。他不知道接电话的会不会是姐夫，如果是姐姐，千言万语又该从何说起？

李队长在旁看着万梓星按下电话号码，电话却一直没有人接听时，他心里也跟着着急起来，李队长多么希望能尽快接通这个电话啊！这或许是可以改造甚至挽救一条生命的热线电话啊！

"别着急，慢慢按。"李队长在旁边默默地记下万梓星按的电话号码，一边安抚他的情绪。

万梓星脸上汗珠都渗出来了，站在那不停地跺脚，电话还是没有人接听。后面排队想打电话的人逐渐多了起来，李队长怕人多旁生枝节，只好对万梓星说："打不通，这次就算了吧！"

绝望重生录

万梓星无奈地放下电话，心想，或许是老天的安排，打不通也好，也少让姐姐担心。随后，闷闷不乐地跟着李队长回到病房。

不久，护士叫万梓星过去医疗室，熟练地为万梓星做了手术前的准备工作。

第二天一早，万梓星躺在手术台，看着白色的天花板，不禁思绪连篇，他想，无论你有多么显赫的身份和地位，无论你有多辉煌的过去，在疾病面前人人都是平等，面对疾病人们都是如此苍白无力。医生在忙碌地准备手术，那手术刀的碰撞声，声声敲打着万梓星的心里，刀子响一下，他的心就跳得猛烈一些。他甚至能听到自己急促的呼吸声，他开始有些后悔为什么要吞牙刷，来这里白挨一刀。他还听过动手术要先送红包给主治医生，否则可能会留下后遗症让你再挨一刀的。想到这，万梓星手脚都在冒汗。

麻醉师似乎感觉到了万梓星异常的变化，便安慰他说："这是小手术，放松些，很快就会好的。"

听着这些温馨的话语，他心里很是受用。护士在旁边帮助他做些准备，没感受到什么异样，万梓星的心里才稍稍平静下来。

麻醉师给他打下两支麻醉针后，万梓星头脑还是一直清醒的，医生在他肚子上忙碌着，忙碌着……直到听到医生说牙刷取出来了，万梓星心里渐渐平静下来。两个多小时过去了，万梓星被插上氧气管，被护士推出了手术室，回到病房。

邻近病床的阿姨看到万梓星这般模样被推回来，不禁神伤。她对刘旺成说："唉，我们的仔如果生病了怎么办，一个照顾的人都没有，你看对面的，多可怜呢！"

"你想那么多干吗？那个衰仔，他都不认我们了，你今后别在我面前提他了，就当没生过他。"刘旺成生气地说。

"他怎么不认我们啊！还不是被你逼的吗？他现在可能吃不

好，住不好，不知多可怜！唉，好好的一个家为什么会弄成这样子？"

刘旺成本想说她几句，看了她一眼，话到嘴边又停了下来。

"唉哟！唉哟！"万梓星麻醉药失效后带来的手术疼痛，让他不由得轻轻叫了起来。这样的叫声，在这窄小的病房里，让刘旺成夫妇听到很清楚。

刘旺成夫妇相互对视一眼，便不再语言，彼此一副心事重重的样子。

"刘旺成，准备去体检。"一个护士递给邹运花一份检查表，然后交代了体检应注意的事项。末了，护士悄悄地把邹运花拉到门外，压低嗓声对她说："阿姨，你老公的身体状况你了解吗？"

"知道啊！他身上有几种病我也很清楚。"邹运花看着护士坦然地说。

"嗯，那你告诉我，你知道些什么情况？"

"糖尿病，细菌性肺炎，又有'风流病'。"

"什么'风流病'？"护士一脸懵懂地看着她。

"就是艾滋病啊，那死鬼不知去哪寻花问柳感染上的。"邹运秀露出满脸的愤怒和鄙视。

"嗯，那你也做 HIV 检查吧！这样提早预防，对你有好处。"

"什么，这病也会传染给我？我都一直和他分房睡。如果真的这样我就不想活了。"邹运花说完脸都变形了。

"阿姨，你也不用过于担心，现在只是提醒你做个检查而已"邹运花点了点头，想着是福不是祸，是祸躲不过，干脆趁着在这专业医院做个检查吧！

万梓星在床上听到他们对话，感觉到刘旺成的老婆并不知道她丈夫与儿媳的那种关系。他感到很奇怪，刘旺成居然还能隐藏这么多年。不过别人的事情也不便多说。他唯有静静躺在床上养病

绝望重生录

了。万梓星经过几天痛苦的挣扎，伤口愈合，身体基本复原，这次与死神擦肩而过，让他感到生命的脆弱和可贵，感觉到生的眷恋。主治医生过来检查了他的伤口后，告诉他明天可以拆线出院了。

听到这样的通知，万梓星既高兴又失落，高兴的是可以不用受疼痛的折磨，失落的是他已经适应了这里的环境，离开这里他有些不舍。回去后他又得面对那些凶巴巴的值班戒毒人员，和一直看自己不顺眼的刘队长。虽然这里的人他都不熟悉，但这正是他想过的生活，这里有温暖关爱，没有歧视。在病床上的这些日子，他认真回顾这段时间的经历，这些经历让他深切地感受到了歧视比艾滋病更加可怕，那些异样的眼光，异样的言谈举止，在一步步摧毁他的信念，让他无处躲藏。

今天一早，万梓星收拾完衣物，他再次用目光扫视了整个病房，邻床躺着与他同病相怜的刘旺成，刘旺成似乎比刚进来时更加苍老了，毫无一点精神，一直不怎么说话，一副心事重重的样子。他想向阿姨告别，却不知她跑哪里去了。李队长催促他赶紧换衣服，又把他双手铐住，才离开病房。

万梓星走出病房，一股清新空气扑面而来，略带芳香。他深深地吸了一口气，精神为之一振，步伐也变得轻松起来。

突然，院子里一阵骚动，许多人纷纷往院子里跑，万梓星不由循声望去，只见四层大楼顶层护拦边上坐着一个妇女，手上拿着一叠纸，万梓星加快脚步往前一看，咦，这不是刘旺成老婆吗？她怎么在那里？只听见旁边围观的人说："真是可怜啊！听说老公得了风流病又传染给她。唉！这个年纪本来是好好享福的时候，却是这般凄惨。"

这时，一个保安在楼下喊她："大姐，凡事想开点，办法总比困难多，总能找到解决的办法的。"

"不，你不懂的，你解决不了，你不要管我。"邹运花坐在那里情绪激动地地哭诉。

"我知道你心里很难过，你先下来，我们可以一齐想办法解决嘛！"

"你们解决不了的，天啊！我为什么如此命苦啊！为什么要遭受如此的报应啊！上天你这样太不公平啊！"她情绪越来越激动，身子又往外边移了移。她的动作引起围观群众发出惊呼，万梓星看着也替她捏了一把汗。高个子保安一看形势不太对劲，一边对旁边的同事说赶紧报警，一边叫另一个保安上去楼顶看能否找机会把她救下来。

围观的人越来越多，李队长一看，赶紧催促万梓星走快点。万梓星只好匆匆又看了一眼，赶紧上车离开了。

"开会啦！开会啦，快点出来集合。"正在车间里干活的万梓星，跟着人流排好队来到会场，今天会场四周多了许多全副武装的民警，他们神情严肃警惕地关注着会场每个人的一举一动。

主席台上方挂着一条醒目的横幅，写着"森林劳教所2003年表彰总结暨惩处大会"。

万梓星心想今天的惩处肯定有份了，管他呢，现在不管是民警还是戒毒人员更不愿意搭理他，他也逐渐习惯了这里的人情冷暖，世态炎凉。

万梓星听着表彰人员名单，居然拿烟换单工的陈新林和宿舍的"猴子"也有份，他俩都减期二个月，还领到了一份奖品。万梓星看着他俩的得意劲儿，心里愤愤不平。最后是宣读处罚名单，刘样群、万梓星榜上有名，刘样群被罚500分，万梓星被加期二个月，听到这样的处罚，万梓星心里甚至有点得意，这次整个大队几百号人马都认识我，老子加期都不怕，还怕你们这些喽啰吗？哼！今后看你们谁还敢招惹我。

绝望重生录

散会的时候，刘样群竟然悄悄地走到了他身边，铁青着脸，用低沉的声音对万梓星说："明天放假，我们做完事，找个机会到操场聊聊。"万梓星正想他呢，于是赶紧点了点头。

操场边，劳教人员三三两两聚在一起，抽支烟，聊聊家常，发发牢骚。

刘样群递给万梓星一支烟，万梓星贪婪地猛抽了几口，然后，又吐出了一个个烟圈。

尔后，万梓星打破了沉闷的气氛："群哥，我在医院碰到你父母了。"刘样群神色一怔，随即，淡淡地问："是么？"万梓星便把见到的情况对刘样群说了一遍。

"我知道迟早会有这一天，这都是他咎由自取，只是我妈被她害惨了，希望我妈没事吧！那一天，如果能碰到那女人，我就直接把她剁了，为我妈报仇！"刘样群狠狠地吐出一口烟说。过了一会儿，他眉头一皱接着说。

"算了，不去说这些了，说这些让人更烦，也管不了那么多了，还是先管好眼前。对了，你身体怎么情况？"

"唉，医生说要好好调养，调养个鬼嘛，这样的伙食，这样的工作强度，这不是在虐待我们这些病号吗？"

"是的，我正要找你商量个事，这样下去，我们日子越来越难过了，还跟他们一样的待遇，却给我们不一样的眼光，我再叫下其他人一起搞点事出来，才能争取到权益啊！"

"对，反正我们也是给加了几次期了，也不在乎他再加一次，群哥，我听你的，你说怎么搞？"

刘样群靠近万梓星如此这般交代一番，万梓星听了连连点头称是。

给万梓星交代完，刘样群便去找其他人员商量去了。

"报告刘队长，他，他们堵住 201 宿舍的门，不吃早餐，也不让进，也不出来开工。"一个值班员匆匆忙忙跑到刘队长面前上气不接下气地说。

"什么？这是想造反了，有哪些人？"刘队长一听气得脸都变形了。

"是刘样群、万梓星等八个人。"

"嗯，是他们，都是 HIV 感染者。"刘队长不禁倒吸了一口凉气，看来这是一个极其棘手的事情，这类群体事件必须慎重对待，否则会造成极坏的影响。想到这，刘队长拿起对讲机，把发生的情况向大队领导作了汇报。

一会儿，管理科领导带着一批护卫大队警员开着摩托，响着刺耳的警报到了楼下。

大队领导邹大队长向科室领导许科长作了汇报，许科长听到戒毒人员的诉求后，神色凝重，他推了推眼镜，走向 201 室，众人紧跟在后面。

"刘样群，现在上级领导专门来处理这件事情，希望你们态度端正，正确认识到事件的严重性，不要再这样顽抗到底。"邹大队长提高嗓子对着里面喊话。

"我们要见所领导，我们要见所领导。"刘样群和万梓星他们七嘴八舌地回应。

"所领导对这件事情非常重视，就是所领导派我来解决这件事情的，你们选出代表出来跟我们谈谈好吗？"许科长接过话题，镇定地说。

"不，我们不选代表，也不会出去，你们的伎俩我们很明白。"

"那好，你们有什么要求跟我说说。"

"你们解决不了的，我们要见所领导。"

绝望重生录

"就是所长过来，也是要你们说出想法啊！你不说出来怎么知道我解决不了呢？"许科长继续跟他们谈。

"你们说话不算数，也解决不了的，叫所领导过来吧！"

"所领导出差了，你们有什么想法跟我说说，我未必帮得了你，你的问题可能不简单，但我们可以一起想办法。你把事情说出来，起码让我明白你们为什么这样做，也可以和你们分忧呀！我想你们也想尽快解决问题，不想这样拖着。"

"那好，我就说吧！我们这些人都是得了艾滋病的人，说不定哪天就会死了，我们想临死之前吃好的，我们要求所领导增加我们的伙食标准，减轻我们的生产任务。"

"你们先冷静下来，这样可以清晰地表达你们的需求，我们也可以更好地沟通，你认为呢？"许科长委婉地问。

"我们现在就很冷静，我们要死的人了，就想临死前吃好点，过得舒服些。"刘样群暴躁地说。

"我很理解你们的心情，每个人感染了这种病毒心里都会很难过。然而，事情并不是你想象中那样糟糕。"许科长继续劝说。

"别假惺惺和我们说这么多了，我们就是希望临死前过得舒服点。"刘样群不耐烦地说。

"你总是说要死了，是医生给你的诊断吗？"许科长满脸疑虑地问。

"这不是明摆着的事实吗？得了这种病就是活不久了。"刘样群悲愤地说。

"那你告诉我，你现在那里不舒服吗？"许科长关切地问。

"我们现在浑身都不舒服，我们就是要不同于他们（其他劳教人员）的待遇。"刘样群悲愤地说。

"你们是正常群体的人，有病我们都免费为你们治疗。伙食费是根据国家的标准配置的，每天每月都有伙食情况的公示。生产劳动是正常的康复和改造手段，一定的任务考核也是必要的。戒毒人员的伙食在逐年改善，劳动时间和强度在逐渐减少，甚至比社会企业还低。这些你们都清楚。"

"我们都是快要死的人了，怎么是正常群体的人呢？如果是正常群体的人，你们有当我是正常群体的人看待吗？"

"你说说看，怎么不把你们当作正常群体呢？"许科长说完看了看时间，不由皱起了眉头，谈判已经将近过去四个小时了。

"我们内心的痛苦你们知道吗？有谁关心我们的死活？你们都把我们当作瘟神，歧视我们。"刘样群狂躁地说。其他人也跟着起哄，"对啊！对啊！"宿舍里又响起了一片激烈的嘈杂声，谈判的气氛变得更加紧张起来。

"你们先冷静，冷静，现在国家对你们都很重视，对艾滋病人实行'四免爱一关怀'政策，你们要相信事情会越来越好的。"许科长继续劝解他们。

"你不要和我们扯这些了，我们就是要实际的，要眼前的待遇。"刘样群不耐烦地说。

"你们先把门打开吧！你们也闹了挺久了，没吃东西也累了，先打开门吃点东西吧！"

"不，你们先答应我们的条件，我们才开门。"刘样群非常强硬地说。

"你觉得只有这种办法可以解决问题吗？解决问题的方法很多，希望你们认清形势，别顽抗到底，这样并不是解决问题的好方法。"许科长继续和他们谈，同时也不时观察了宿舍里的情况。发现刘样群和万梓星比较顽固外，其他人相对没那么激动。他们也在密切关注着走廊上谈判的许科长。看着这些，许科长心想，如果要强攻只有从后窗户放催泪弹进来。

"反正都是死路一条，都会受到你们严重的处理，我们不在

绝望重生录

乎了。"万梓星抢着回应许科长。

"只要你们现在打开门自己出来，我可以向你们保证，你们所受到处罚肯定比抵抗下去要轻。"许科长说完这句话，看到其他戒毒人员在交头接耳一阵骚动。

"你们这些话骗三岁小孩还管用，怎么骗得了我们？大家不要听他的鬼话。"刘样群看到其他人情绪变化，赶紧瞪了他们一眼，大声说。

"你们这样做，我估计你们亲人知道了也肯定很伤心。希望你们不为自己着想，也要为亲人着想啊！"

"亲人，别跟我提什么亲人，他们都死光了，如果不是他们这样对我，我能走到今天这个地步吗？"刘样群情绪变得激动起来。

"我知道你们经历许多生活的苦难，确实不容易，但犯了错误应该更多从自己身上去查找原因，才能更好地生存啊！"许科长继续跟他们谈着，同时悄悄告诉旁边的邹大队长准备组织护卫大队的民警从后窗户往里面打催泪枪，准备实行强攻。

"呼啪！呼啪！"突然几声枪响，室内顿时乱作一团，有的打咳嗽，有的不停抹眼泪。护卫大队几名身材高大的民警，趁此机会合力猛撞房门，只几下便撞开了房门。他们全副武装还戴着面罩，很快就把室内的人制服，铐上手铐带到了楼下。

"全部送去禁闭，让他们好好反省反省。"刘科长手一挥，护卫队民警就把刘样群他们押上车带走了。

万梓星被押到禁闭室。咦，感觉环境还不错，这不是疗养的好地方吗？中间种了各种树木，四周并排建了一间间平房。万梓星被押到06室，脱下外套进去平房后，铁门便被看守民警沉重地关上了。

禁闭室的房间极小，个子稍长高些，躺下去就伸不直腿，刚进去就一股臭味扑鼻而来，吃喝拉撒全在里面，喝的水和饭从墙壁的一个小窗口里递进来。这绝对是与世隔绝，没有异样的眼光，没有冷嘲热讽，不用看谁的脸色生活，不用去生产车间做单工，也没有命令和责怪的声音的地方。虽然气味大了些，但这不是自己一直梦寐以求安静的生活环境吗？万梓星长吁了一口气，双手做了几个扩胸运动，又伸展腰部，感觉精神不错，然后握着拳头弯了弯手臂，对着监控展示了肱二头肌肉，他想以此方式向民警表达，"禁闭又能奈我何，这样的生活方式正是我所渴望的。"

　　站累了，他就躺在床板上闭上眼睛，在这寂静的环境里让他想到许多许多，儿时以来的经历就像放电影一样从他脑海里一一浮现，想起和妈妈在海边度过的快乐时光，他的嘴角露出了笑容，还有那些儿时的伙伴李桂子他们都去哪儿了？都怎么了？想起老爸时，他就双手握紧拳头，他觉得这一切都是老爸造成的，他永远都不想见到父亲，他不知为什么还会想起父亲。上次打电话给姐姐，她一直没接，她过得怎么样了，还受姐夫的欺负吗？如果再这样他还会找机会报复姐夫。还有赌场的肖东权和刘运辉他们又怎么样了？阿丽她们又怎么样了？如果她们都知道自己这种境况，她们还会理他吗？他躺在冰凉的地板上，眼前出现了许多酒吧里熟悉的场景，美丽的舞台灯光下，一群群美丽的"公主"飘逸而过，一些人影在他眼前晃过来晃过去。他隐隐约约地看到刘利标等许多同伴在酒吧里饮酒作乐，似乎正在说嘲笑他是怪物的话，他从来没感觉到像现在这样的失望和孤独，他开始怀疑起来，他所追求的孤独清静的生活是否他想要的。万梓星又想起自己的将来，这是他最不愿去想的。因为他实在理不清将来何去何从，现在这样一身疾病还有将来吗？他感觉现在的自己就像人间带着病毒的活体细胞，去到哪里人们都会躲避他。这样的人还有什么将来？还有什么人生？就是阿丽知道了这种病毒也不可能理他了。将来想结婚生子更是不可能，哪个女人都不会瞧得

绝望重生录

起自己，更不要说爱上自己。

　　窗口不知什么时候已放着饭，万梓星站起来看了看白白的米饭，毫无食欲，房内只有那道光透进来，现在那道光也给碗遮住了，房内更黑了。一会儿万梓星眼光有意无意地落在窗口的饭碗上，这样肚子叫得更欢。他只好叹了一口气，拿起饭碗，一会儿工夫就把白白的米饭吞了下去。尔后，又昏昏沉沉躺下。

　　不知过了多久，万梓星感觉浑身疼痛难受，原来蚊子一拨拨地在他身上乱咬，赶走几只又扑来几只，这里的蚊子好像许久没闻过腥味了，咬得特别凶，让他根本无法入睡。万梓星只好坐起来，边赶蚊子边看着窗口的亮光。此刻，他多么希望天色能马上亮起来。好不容易窗口透进了微弱的光线，蚊子也似乎心满意足地慢慢散去，万梓星开始感到前所未有的疲惫、孤独。在这静得掉一根针都能听到的地方，他只能听到自己的呼气声。他想起电视上看过的《鲁滨逊漂流记》，那时他还觉得挺好玩，在荒岛上做些喜欢的事情，没有世态炎凉，没有江湖上的是非恩怨、打打杀杀。

　　而当让他真正身处其中时，他才体会到鲁滨逊的孤独和艰难，现在这里就像被世界抛弃遗忘的角落，没有声音，静得让人害怕。万梓星希望大队的民警能尽快找他谈谈话，能早点出去，心想就是在车间做上一份工也好过这个鬼地方。尽管车间也不会有人搭理他，但至少还可以看到人影，听到人声啊！

　　大队民警就好像忘记他似的，三天过去了，仍然没有人找他谈话。虽然那阵阵臭味比那蚊子更加令人难受，万梓星仍不动声色，强行忍住想喊民警的念头。正当他胡思乱想的时候，突然，铁门"呀"的一声打开了，一道亮光也随着照了进来，他两眼刺痛，不由得用手遮住双眼。

　　"万梓星，出来到谈话室。"一句冰冷的语言飘了进来。是李队长的声音。

万梓星心里一阵惊喜，李队长在他心里觉感李队长对他比较和善些，他故意慢腾腾地坐了起来，磨磨蹭蹭半天才走出来。只见李队长用手捂着鼻子，脸上掠过厌恶的表情说："去，到那边水龙头洗洗，再过来谈话室。"

万梓星看着洗出来的污水，心想这个时候如果有镜子，他自己恐怕也认不出自己。洗完脸，他感觉舒服多了，现在才看清浑身给蚊子咬过的皮肤红斑，不由一阵痉挛，心里暗暗骂了一句，"妈的，是什么鬼蚊子，这么凶。"

随后，万梓星惴惴不安地进入谈话室。谈话室空间并不大，摆设和大队民警办公室差不多，一张办公桌子，两张椅子，桌子前面放着一张红色塑料小板凳。李队长威严地坐在办公桌后面，背靠着椅子，点着一支烟，正在注视着他。万梓星呆呆地站在门口进也不是退也不是。李队长并不出声，旁边站着的值班员叫他在小板凳上坐下。他才小心翼翼地走了进来，用手挪了下小板凳到合适的位置，坐下后就低着头看着地面，作好了挨骂甚至挨打的准备。奇怪的是，李队长并没有什么表情，也不说话，房间一片寂静，他甚至听到了自己的心跳声，万梓星不由夹紧了双腿，用力搓了搓手，他不知道李队长葫芦里卖的什么药，不由微微抬起头偷偷地瞄了李队长一眼，李队长正悠闲吐着烟圈，并没有想问话的意思。

又过了一会儿，他终于忍不住了，于是怯怯地低声问："李队长，可以给我抽口烟吗?"说完可怜巴巴地看着李队长。

李队长微微抬起眼眉，并不急于搭话，又吐出了一口烟，才把手一挥。旁边的值班员会意，便点着一支烟递了过去。万梓星迫不及待地猛抽了几口，双脚开始慢慢地舒展开来。他满怀感激地看了李队长一眼。李队长这才漫不经心问他："你是哪里人呢?""西海市的"万梓星说完，不安地看着李队长。他不知道接

绝望重生录

下来李队长还会问他什么。

"西海市好玩啊！那边的沙滩特别的美，海鲜也特别好吃。"李队长终于脸露微笑地说。"是啊！真的很美，李队长你去过那里？"万梓星说完，那忧郁疲惫的脸上露出了霞光。"是的，听说附近还有一些很好玩的景点，要当地人才能找到。"李队长说完，露出向往的眼神。"是啊！附近是有一座龙斗峰，入口处并不好找，爬上山去可以看到很远很美的海景。"万梓星脸上露出了兴奋的神色，仿佛他就坐在山上出神地望着大海。"真的吗？那你告诉我山上有什么，能看到什么景色呢？"李队长身体微微前倾，露出鼓励的眼神看着他。"山上有一个瀑布，水很清，空气又好。旁边也有许多奇形怪状的石头特别好玩，我们几个伙伴玩累了就趴在石头上睡觉呢，那种感觉真的很舒服。当然，如果运气好，还可采摘到一些野果，非常的鲜甜。"说到这，他吐了一下口水，接着说："约一个多小时爬上山顶看日出日落，柔和的阳光照在海面上就好像进入一个粉红色的童话世界里。"万梓星还想继续说下去时。李队长示意值班员把一杯水递给他。万梓星接过来深深地喝了几口，又抽了一口值班员点着的香烟，随后长长地吐出了烟圈，露出了一脸的轻松。

"哦，确实很美，难道你不想早点出去看看那美好的景色吗？"李队长看着他，见时机已到便意味深长地说。"我肯定想啊！可是现在都不知道猴年马月才有机会出去呢！"万梓星不由沮丧地低下了头。"现在就有机会可以让你早点出去，就看你能不能抓住机会了。"李队长带着鼓励，又带着威严的口气说。"李队长，有什么机会？"万梓星说完狐疑地看着李队长。"这其实也很简单，你好好交代，那天是怎么回事？是谁策划的。"李队长的口气变得严肃起来。万梓星一时陷入沉思之中，"如果说出去，日后给刘样群知道了，如何面对他？况且群哥也给了自己不少的帮助，自己这样忘恩负义，给其他学员知道了，又是怎么看自己呢？"想到这些，他心乱如麻，放松的神经又绷紧起来，两眼茫然地看着地板。李队长看着低头不语的万梓星，用手指敲了敲桌面说："万梓星啊！万梓星啊！你要我怎么说你呢？你给人利用了，你还不知道，你直到现在也还执迷不悟。""我怎么给人利用了呢？"万梓星抬起头好奇地问。"人家就是拉你当炮灰使，拉你陪他混日子，图舒服，人家一辈子把牢房当家，根本就没去考虑将来。你还这样年轻，难道也要这样浑浑噩噩过日子吗？难道你也想一辈子在牢房里度过吗？"李队长气愤地说，然后看着万梓星的表情变化。万梓星嘴唇抽动了几下，跟着右脚又抖动了几下，同时，用手抓了抓头发，最后又把双手交叉抱在胸前，眼睛直定定地盯着前方，他很矛盾。良久，他才吞吞吐吐地问："李队长，我有点不明白，是谁把我当炮灰使呢？""你还装傻，那好吧！咱今天就打开天窗说亮话，你心目中的大哥刘样群把许多责任都推到你身上，你以为他还会帮你？还想他做你大哥？以前在这里就发生过这样的事情，有两个劳教人员也是称兄道弟，后来一个人先解教出去，就去另一个人家里骗吃骗喝还骗钱，说能帮人家提前弄出来。我告诉你现在是什么形势了，现在是严打啊！你这样罢工是很严重的事件，如果你不说清楚处罚会更重。况且刘样群已经调到别的地方去，也做不了你的大哥。如果你再这样执迷不语，那你就重回禁闭室去好好反省反省吧！"李队长说完佯装就要起身离开。万梓星看着李队长一脸怒气，不似说笑的样子，心想刘样群曾说他是没有将来了，就想着等死。但他也不能把全部责任推在我身上啊！况且禁闭室的那种孤独的环境也不容易过啊！现在看来李队长已经掌握了情况，再不说对自己也没有什么好处，过了眼前这一关再说。想到这，于是他抬起头，抱在胸前的双手松开，自然地放在膝盖上，然后，看着李队长怯怯地

绝望重生录

说:"李队长,我说出来可以免去处罚吗?""免去处罚是不可能的,我可以向你保证,只要你认错态度诚恳,把事情说清楚,结果肯定会比你保持沉默要好许多。"李队长再次用鼓励的眼神望着万梓星。万梓星猛吸了一口烟,把剩下的烟头往地上一丢,用拖鞋踩灭了烟头,然后把头一抬,作出了很大决定似的缓缓地说:"好,我说吧!"于是,把那天刘样群找到他,引诱他如何煽动更多的人参加罢工的事情,原原本本地说了出来。

"妈的,我早就知道是那个'多进宫'刘样群搞的鬼。"听万梓星讲完,李队长不由得拍了一下桌面。

万梓星被冷不防的响声吓了一跳,抬起头看了看李队长,平时很少发火的李队长这次脸涨得通红。

"你要好好写检查,等下先把事情经过写出来还要观察你一段时间,再看下一步怎么处理你。万梓星,你也不小了,也混了这么多年江湖,一而再再而三地搞事情出来。换作你站在我的角度,你又会怎么想,又会怎么去处理?"看着万梓星低着头不说话,李队长继续说:"你别这么自私,总是为自己考虑,也要考虑下大局,考虑下亲人的感受,如果每个戒毒人员都像你这样,那场所不就乱套了?"

李队长生气地说完,看到万梓星头低得老低,才交待值班员把纸和笔递给他,万梓星不敢再说什么,默默地拿起笔伏在小桌子上写事情的经过。

一个小时后,万梓星把写好事情经过的纸交给了李队长,李队长戴好白色的手套,拿起纸张看了看,点了点头说:"看在你这样的认识态度上,下午再押你回大队。"

"听说刘样群调到三大队了,这下好了,否则以前总是仗着自己有病,强拿强要我们的烟,真的人憎鬼厌。"

"可不是吗?不给他了,他就偷,上次我买的那条烟给他偷了几包呢！早就该调去别的大队了，最好全部调走，这些'V哥'，总是有恃无恐地敲诈我们，干部也奈何不了他们。"万梓星在上洗手间时听到车间里两个人在悄悄对话。

感染 HIV 病毒的戒毒人员被称"V哥"，场所里民警是不会公开他们的信息，但有些戒毒人员自己说出来，或被戒毒人员猜测出来。对这类特殊病员政府正在计划实行集中管理。

怪不得回到大队半个月了，都没见到刘样群他们。听到这个消息，万梓星心里都凉了半截，看来今后做事情都得靠自己呢！

"万梓星，看你心神不定的样子，在想些什么啊！"李队长把万梓星叫到办公室问他。

"没有什么想法啊！安心改造呗！"万梓星看了一眼李队长，淡淡地说。万梓星很清楚地知道他目前的处境，刘样群一走他成了众矢之的，唯有走一步看一步了。

"最近看你也有一点点进步，态度也有所改变，做的货也比以前好些了，故大队研究决定给你一个改过自新的机会，给你较轻的处理，罚你一千分，希望你能正视现实，珍惜机会，以正确态度面对学习改造。"李队长边说边看着万梓星的神情变化。

"你们说怎么处理就怎么处理吧！我没有意见。"万梓星面无表情地说。

"那好吧！你把这个表签了。"李队长把表递给了他。

万梓星接过表，看也不看就把名字签下了。

万梓星今天的态度让李队长有点意外，他观察了万梓星几眼，确实没有什么举动，又和他聊了几句，才让万梓星回去劳动车间。

万梓星回到座位上盘算着怎样才能过得舒服些。拿货物去换产品吧！自己又没货。靠暴力，群哥一走势力也不足以压人。他想了想看来只有这样子了。

"刘队长，我肚子疼得厉害。"万梓星蹲在地上，用两只手拼

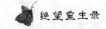 绝望重生录

命按住肚子，露出满脸痛苦的表情。

"刚才不是好好的吗？怎么突然之间这样了？你刚才吃了什么？"刘队长满脸狐疑地看着万梓星问。

"我也不知道怎么回事，刚刚就是喝了点凉水，就这样了。"万梓星哭丧着脸，额头上渗出了几点汗珠。

"妈的，每次都是我上班的时候搞点事给我。"刘队长看着万梓星露出一脸的不高兴。

"刘队长，我也不想这样啊！真不知怎么回事，唉哟，唉哟。"万梓星双手继续按住肚子，干脆坐在地上左右翻滚。

"走，快起来，去医务室。"刘队长看到万梓星这样，不耐烦地说了一句。

万梓星用眼瞟了刘队长一眼，慢慢地用右手撑住地，一边哼着，爬起来紧跟在刘队长的身后往医务室走去。

周医生戴着深度近视眼镜，低着头看了会万梓星，随后，不动声色问："哪个位置痛？吃了什么？"万梓星一一作了回答。周医生听了，用笔飞快地写了几个字给旁边协助医务的劳教人员："吃点止痛片吧！"

万梓星接过止痛片对刘队长说："刘队长，我痛得快受不了，我实在开不了工，你让我回宿舍休息吧！"说罢，可怜兮兮地看着刘队长。

"去吧！去吧！"刘队长露出厌恶的表情。反正你在车间里也干不了多少活，妈的，别在车间里给我影响其他戒毒人员，刘队长心想。

万梓星嘴角露出难以觉察的笑容，这招看来还挺管用呢。不过万梓星还是继续装着，不让人看出破绽，回到宿舍便把止痛片丢进厕所里冲走了。

万梓星隔几天便这样在不同当班队长那里装病，刘队长虽然心里犯疑，但又挑不出毛病，只好多留了个心眼。

今天，从医务室出来，万梓星照例拿了药片正准备回宿舍，刘队长叫住了他。刘队长拿了瓶矿泉水，递给他说："你就在这里把药片吃下去。"

万梓星一下怔住了，他看了看刘队长的神情，知道今天是瞒不下去了。他只好接过矿泉水，看了看药片迟疑了一下，硬着头皮把药片和着水送进了嘴里。万梓星用舌头悄悄把药片卷到右边牙齿边藏住。吞咽了几下后。然后，对刘队长说："吃完了。""把嘴张开，快点。"刘队长大声呵斥万梓星。

"你右边白色的是什么？万梓星你的戏还要演到什么时候？"

万梓星只好低下头，一言不发地听着刘队长的训斥。

"赶紧给我回车间开工，该怎么说你呢！你就不能争口气，现在开始创建现代化文明劳教所，希望你不要这样搞了，这样只会害人害己，对你没有一点好处。你要认清目前形势。"刘队长怒气冲冲地对万梓星说。

万梓星低头不语。心想看起来像"大老粗"的刘队长怎么那么细心呢，看来今后再想瞒他是很困难了。

万梓星又恢复了以往"二点一线"的常态生活，枯燥的车间生产，劳教所里偶尔来堂"填鸭式"的政治教学让他厌烦。他感觉在劳教所度日如年。他也有过念头想通过自己的努力能早点出去，可是想到出去又能干什么呢？自己这种情况还有什么盼头。有人说"男人三十岁成功的标志是老婆孩子热炕头"，自己根本就没有成功的机会了，连何时死亡都不知道，早点出去又有什么用呢！不如能舒服一天是一天。

这时他发现，坐在旁边的"猴子"显得特别高兴，只见他从座位底下拿出一包烟丢给万梓星说："大哥，我今天就要解戒出去了，这包烟也用不着了，你拿去抽吧！我出去也不会抽这烂烟了。"

绝望重生录

"什么？'猴子'你要出去了？"万梓星有点惊诧。"猴子"是和自己同一批来的，他居然就要出去了。"你怎么这么快呢？"万梓星还是忍不住发问。"我减了半年，这还不算快，有一个减了八个月，早就出去了。""猴子"眉飞色舞地说。"那你出去有什么打算？""什么打算，你懂得，坐牢三年'母猪赛西施'，男人的事你还不明白。"说完"猴子"露出一脸邪笑。看着"猴子"那兴高采烈的神情，万梓星屈指算来进入劳教所里也有二年多的时间了，如今一个个熟悉的人解教出去，万梓星心里满不是滋味。

第七章　亲情的救赎

"万梓星，你在想什么呢?"刘队长不知什么时候走到了身边。

"嗯，看下风景也没想什么呢!"万梓星幽幽地说。

"你过来一下，有人来看你。"刘队长略带兴奋地说。

"什么? 有人来看我?"万梓星似乎听错了，两眼茫然地看着刘队长。

"是的，抓紧点，跟我过去会见室。"

刘队长露出了难得高兴的表情，万梓星用手摸了摸脑袋，他实在想不明白，究竟是谁来看他，是姐姐? 还是刘运辉或者是肖东权他们?

"刘队长是谁来看我啊?"万梓星怕刘队长叫错人了，觉得还是要确认一下。

"走吧! 别那么啰嗦，管他是谁呢，到了会见室不就知道了。"

万梓星只好狐疑地跟在刘队长身后来到会见室。

踏入会见室的门，万梓星便用忐忑不安的眼神扫视着房间，只见一个妇女和一个白发苍苍的老头也正往这边张望，当她和他看到万梓星时，正好和万梓星的目光对视在一起，万梓星先是一

绝望重生录

愣，对方也露出了诧异的表情，老头子哽咽着说"阿星，是我，我是你老爸啊！"

"老弟，我是你姐啊！"旁边的妇女看到万梓星那惊疑不定的表情，赶紧接着说。

"什么，原来是你们。"万梓星一听，扭头便走。

"阿星，都怪我不好，你原谅爹好吗？"万梓星的父亲万树贤颤抖站起来，哭泣着说。

"老弟，你别走，我们这么多年一直在找你！这不接到警官的电话就来了。"姐姐万丽丽也哭泣着说。

"你们就当我死了吧。"万梓星狠狠地抛下这句话继续往外走。

"万梓星，你给我站住！你这是什么态度！"刘队长在旁边看着这一幕，不禁大喊了一声。

"你老爹一身是病，从大老远跑过来这容易吗？有什么恩怨不能放在一边？"刘队长看万梓星停了下来便继续说。他不想让这事黄了，这是大队领导好不容易安排的一次会见啊！

"老弟，爹有多种病，刚出院不久，听到你消息便要过来看你，你就跟我们聊几句吧！"

万梓星听了，双肩抖动几下，然后缓缓地转身。

万树贤一见，一把鼻涕一把泪哭喊着万梓星的乳名"星星"，"这么多年，你长高了，在这里还好吗？"

"什么好不好的，就这样子呗！"万梓星表情木然，硬硬地嘟哝了一句，仍站在那里不肯与父亲对视，更不肯上前一步。

万树贤更难过了，他跟跟跄跄地往前走了几步，姐姐万丽丽赶紧上前扶着老爹。

刘队长走到万梓星面前带着命令的口吻说："听说你老爸得了重病，过去聊几句吧！"

万梓星很不情愿地找个位置坐了下来，却把头扭向一边，不愿意看父亲一眼。

　　"星仔呀，一切都怪爹呀……你还生爹的气吗？"万树贤退回椅子边挨着万梓星坐下来。万梓星两眼仍冷冰冰地看着墙壁，把身子往旁边挪了挪，不发一言。

　　"星星，这次或许是最后见你一面了，老爹浑身病痛，就想来见你一面。"万树贤抹了抹眼泪，然后，欲上前拉万梓星的衣角，万梓星又挪了挪身子闪开。

　　"你不是好好的吗？自己吃好的，打我还挺有劲的啊！"万梓星忍不住冷冷地吐出了一句话。

　　"老弟，怎么能这样说呢！哪个孩子小时候不是给父母打大的呢！老爹也向你认错了。"万丽丽继续劝说万梓星。

　　"现在认错还有什么用呢，一切都晚了，如果当初不是他这么狠心把我推出门，我会走到今天这样的地步吗？"万梓星愤怒地说。

　　"星星，我那时也很无奈啊！老爹一个人养活不了那么多人啊！"万树贤抽泣着。

　　"你知道，我这么多年一个人经历了什么吗？我现在……"万梓星本想说，我得了这种病，也活不久了，停顿了一下，还是硬生生地把这句话收了回来。

　　"星星，我也知道你受了很多苦，走到今天挺不容易，你在这里听从管教，早日出来，日子会好起来的。"万树贤继续劝说万梓星。

　　"哼，好起来，我还会有什么好日子，我还会有什么将来。"万梓星气愤地回应，仍然不愿与父亲目光对视。

　　"老弟，你还这么年经，听从管教好好改造，会好起来的。"

　　"别说了，你们是猫哭耗子——假慈悲，做管教的说客来的，

绝望重生录

你们都回去吧！"万梓星已经对生活不抱什么希望，这让他对亲情都变得无所顾忌。

万树贤一听，双肩颤抖得更加厉害。

"老弟，我们一直在找你，这次老爸是癌症晚期，硬要来见你。"姐姐万丽丽再也忍不住，边哭边把事情的缘由说了出来。

万梓星一听愣住了，上身颤抖了一下。

空气似乎凝固了，会见室里只听到万树贤和万丽丽轻轻的哭泣声。万梓星心里一软，倔强的神情松懈下来，他才抬起眼皮打量着父亲。父亲60岁年龄，但沧桑的容貌显得他过度的衰老，头发全白了，眼袋肿大，苍老的双手起了许多皱皮，正在抹着眼泪，满脸布满了老年斑，虽然是坐在椅子上，还是看得出背已经驼了，乍一看就像一个70多岁的老人。

万梓星心里一酸，一直以来对父亲充满怨恨，今天真的面对父亲，看到他那凄惨的晚年，患癌症的苦痛，对疾病的恐惧，他已经深深体会到了，所以他现在觉得其实父亲也是不幸的，埋藏了对父亲的十多年的怨恨有所减退。万梓星开始愿意回应父亲几句话，语气也变得温和起来。

刘队长看到这些微妙的变化，特意延长了会谈时间。

万梓星在医院拨打姐姐的电话时，是李队长用心记下了电话号码。大队领导前不久才联系到万梓星的姐姐，万梓星的姐姐才把万梓星入戒毒所的事情和父亲说了，父亲听了，非要和她一起来看万梓星，这才出现了开头的一幕。

"星星，爹也知道你吃了很多苦，爹心里也难受。"

万梓星应了声"嗯"便低下头。

"老弟，待会儿我帮你存点钱，改善下生活，不过你要省点用，这几年生意也不好做了。"

万梓星听了这句话，充满感激地看了姐姐，姐姐头发也开始花白，不修边幅，一脸的憔悴。此刻万梓星太需要购买点食品了，特别是每次和别人讨烟抽不知遭受了多少白眼。有了烟他至少可以在其他戒毒人员面前把头昂得高一些。他本想问下姐夫对她怎么样，他看到父亲的样子话到嘴边又收了回来。

他们又聊了一会儿。刘队长看了看表，对他们说："好了，会见已经超过一段时间了，就这样吧！"

万树贤又嘱咐了万梓星几句，这才离去。

万梓星看着姐姐搀扶着父亲蹒跚离去的背影，鼻子一酸，眼眶湿润了。他的内心是很复杂的，是感动还是内疚还是怨恨，他也无从知道。

从会见室出来，日上三竿，太阳正好照在万梓星的身上，这是久违的温暖，他感到浑身轻松。经过一块绿草地时，今天的小草哦，正在迎风招展，显得如此翠绿娇嫩。回到座位上，他不由得哼了几句小曲。

一会儿，刘队长通知他去领物品，看着大姐为他买来堆得像"小山"似的物品，一股暖流瞬间流遍了全身。他又想起在姐姐家里时，姐姐照顾他的一幕幕又涌现出来，姐姐就像妈妈一样，给予他许多无微不至的照应。他勉强露出一点笑容，心想我现在哪儿值得姐姐期待。值得她这样为我付出，像我这种人活也罢，死也罢，对社会都是一样的。

半年后，万梓星在车间里听到他们在讨论，刚听到部级现代化文明劳教所就要废除劳教了，因为《禁毒法》要出台了。最近，他感觉到了一种悄悄的变化，这种变化是什么，他一时又说不上来。

"万梓星，过来办公室。"刘队长在喊他名字。

"好的。"万梓星爽快地应了一声。刘队长这么久没叫他了，

绝望重生录

这次又会是什么事呢？万梓星边想边走。

"万梓星，这半年来，你有一点点进步，也给了你一些奖励，今天你可以解教出去了。"

"谢谢刘队长，谢谢刘队长。"一个月前，刘队长就说帮他办了解教的材料，今天听到这个消息时，万梓星还是露出惊喜的表情。

看着万梓星的神情，刘队长也被感染了。他笑呵呵地说："是啊！恭喜你啊！希望不要再见到你了，好自为之吧！"

"那是，那是。"万梓星欢快地应着。如今真的要出去了，他又感到丝丝不舍。他似乎适应了这里的环境。刘队长那天对他们说："劳教戒毒快要取消，代之而来的是《禁毒法》规定的强制隔离戒毒。其最大的变化便是把吸毒人员当作病人收治，管理、教育内容方面都会发生很大的变化。当然，无论怎样还是希望你好好过日子，别再进来了。"刘队长态度的变化以及他那难得的笑容，是不是《禁毒法》所带来的影响，万梓星不得而知，心想管你什么法，反正老子即将出去了，离开这个鬼地方，这个法，那个法关我屁事！

万梓星虽然这样想，但这半个月来他也确实焦虑不安，每天晚上都想着出去的打算。有家不想回，父亲上次虽说欢迎他早日回去，但他还是不想见到他们。以他现在的境况也不想回去。去姐姐那里吧！也不可能，这样更令姐夫瞧不起了。找辉哥吧！前不久，就听说他从劳教所出来后，因吸毒过量倒毙在垃圾堆旁边，也不知是真是假，反正辉哥的境况如此，找到他也帮不了自己。去酒吧！他也不想去，这次坐牢三年，还是给他许多触动的。他能够去哪？进厂也不可能，要进行严格的身体检查，况且他也不想进厂打份"苦工"。他每天晚上就这样冥思苦想，直到今天也是想不到有什么好的路子。

看着徐徐关上的沉重铁门，想起三年来他迈进这个铁门时的彷徨和挣扎，三年的时间，在万梓星跨出那大门的时候，戛然而止，这一千多个日夜的光阴，在这一刻，简单地被定格为两个画面：迈进去的脚步和跨出来的脚步。他现在才感觉到跨出来的脚步如此艰难，世界之大竟然无处安放他的一双脚。

他拿着所里给的 100 元路费，心想只能先去姐姐家，看看再说吧！

万梓星轻车熟路，很快就找到了姐姐家，他远远站住，望了望姐姐家门口的动静，有几个小孩子在门口玩沙子，姐姐出来拿了件东西，又进去了，并没有发现姐夫的身影。于是，他硬着头皮往姐姐家里继续走去，几个小朋友见他过来，都惊讶地看着他。他走到门口想推门进去，听到里面传来姐夫和姐姐的争执声，他又迟疑了，举起的手又放了下来。

"你那个宝贝弟弟，你还每个月寄钱给他干吗？难道戒毒是去享福吗？就该让他受受罪。"姐夫在埋怨姐姐。

"唉，他挺可怜的，我不去理他，谁去理他呢？"

"他可怜？你看他那德性就是一副黑社会老大的样子，就要让政府治治他。"

"算了，算了，你还记着以前的事干嘛！估计他最近会出来，上次会见时，我叫他先来我这里，到时找点事给他做着。你就大度一些，少说他几句啊！"

"哼，你还让他来住，帮他找事做，我是不会同意的，你有本事，你就去找工作给他吧！"

听到这，万梓星转身就走。

这时姐姐的大女儿倩倩，拉开门正要出门，看到万梓星，愣了一下，然后忙对屋里的妈妈喊："妈，好像是舅舅来了。"

万丽丽听到跑出门一看，见万梓星正往外走，赶紧跑过去惊

绝望重生录

喜地拉住他的衣服劝他：　"阿星，你要去哪？快进去坐一会儿啊！"

"姐，我还有事情就不进屋里去了。"

"无论什么事情，你都先吃点东西再走啊！"

"姐，我……"

"别说那么多了，进去再说吧！"万丽丽不由分说，硬是把万梓星拉了回去。

万梓星拗不过，怕衣服给扯烂了，想想现在身上也只有十几块钱了，能走到哪里去？于是万梓星就像一个做错事的孩子，跟在姐姐的身后一言不发走进屋里。

姐夫邹远青站在门口看着他俩，见到万梓星过来，哼了一声，露出不屑一顾、又惧怕的眼神走开了。

待万梓星坐下，万丽丽便问他有什么打算。万梓星找了个借口说："有朋友叫他过去合伙开个饭店，已经联系好了。"

"要不你在这里住下，我帮你找找工作吧！"

"不用，不用，真的不用。"万梓星一听，脑袋摇得像拨浪鼓似的。

"那你有资金开饭店吗？"

"这，这个。"万梓星看着姐姐不好意思说下去。

"我弄点吃的给你，你坐会儿。"

一会儿，万丽丽便弄了三个热气腾腾的菜端上来，万梓星早就喉结上下窜动，口水就要往外流，但怕传染给姐姐，坐在桌旁犹豫不定。万丽丽看到万梓星这样子，以为他在考虑钱的事情，便说："姐还有点积蓄，你先吃点东西再说吧！"

万梓星见此，心想没有一起吃问题也不大吧！于是如狼吞虎咽，一会儿工夫就把几碟菜吃得精光。三年多没有吃过如此可口的饭菜了。万梓星争着去洗碗筷，在洗饭碗的时候，他故意把自己吃过饭的碗掉在地上打碎了，用过的筷子也丢进了垃圾桶里。

万丽丽听到响声，过来看了一眼，便说："没事，小心点就是了。"她虽然心疼这只碗，但看着万梓星把桌子等收拾干净，心想他出来似乎懂事多了，心里便舒畅起来。他们拉了一会儿家常，万丽丽对万梓星说："爸其实也是挺可怜的，你要去看看他。"

万梓星低着头沉默不语，直到万丽丽说了好几次，他才点了点头。

突然，里面房里传出了孩子的哭声，万丽丽跑进去，牵着一个小男孩出来。小男孩三岁的样子，肥嘟嘟的很让人喜爱。万梓星上次就听姐说她又生了一个小男孩，估计是他了。

万丽丽让小男孩叫舅舅，万梓星本能走上前想抱抱小男孩，转念一想忽地停下来，尴尬地站在那里，直到小男孩走上来，他才拉了拉小男孩的衣服。

"姐，我有事先走了。"万梓星看了看姐姐说。

万丽丽挽留了几次，见万梓星执意要走，想着他与丈夫的关系差，心想也罢，于是拿出二千元对万梓星说："这点钱你先拿去用着，到时赚到钱就还给我吧！"

万梓星接过钱，点了点头，便告辞而去。

万梓星出得门来，心里顿感轻松起来。他想先找个安身地方再说吧！于是叫了部摩托车拉他到以前的出租屋瞧了瞧，发现这里物是人非，门窗紧闭。

他又转到别的地方瞧了瞧，问了几间出租屋，好家伙！都比前几年涨价了。他摸了摸口袋，只好再到别处去看看，希望能找个合租的人。

"万梓星，你怎么在这里呢？"迎面走过来一个人，上下打量着万梓星，露出了惊讶的神情。

绝望重生录

　　万梓星定睛一看，哦，是陈老板。以前一起在出租屋玩的，他时常供应毒品和吸食工具给大家，所以都称他为陈老板。

　　"哦，是陈老板，你怎么也在这里？你上次不是也进去了吗？"万梓星尴尬地笑了笑说。

　　陈老板摸了摸头皮，也尴尬地笑了起来，"唉，这些陈年旧事，我们就别提它了，对了，你现在上哪儿去，我前几天听说你要出来了。"

　　"嗯，正在想办法找房子呢！先找个落脚的地方再说吧！"

　　"这个事嘛，好办，我现在也是一个人住，你去我那里暂时住着，就不用你交房租了。"

　　万梓星眼前一亮，推辞了几句，便跟着陈老板到了出租屋。陈老板清理了一下客厅，弄来二张板凳和几块木板装了一下床架，又带着万梓星去买了席子之类的日用品。万梓星终于有了落脚的地方，心里悬着的一块石头也落了下来。

　　一连几个晚上，陈老板都很神秘地出去，很晚才回来，万梓星心里也隐隐猜到他在忙什么，彼此心照不宣。万梓星有时在城区转悠转悠，有些街道他都快认不出了，崭新的建筑物如雨后春笋般拔地而起。他留意了一下招聘信息，好的工作要求学历，还要有技术专长，进厂做一线流水工人，他觉得工资既低又累，找了几天也没有合适的工种，他不由陷入了深深的苦恼之中，他在大街上漫无目的地走着，虽说这几天都是吃陈老板的，但这也不是长久之计，必须尽快找到工作做。

　　"阿星，你回来了，正在等你吃饭呢，今天我们喝一杯。"陈老板正在厨房里做吃的，见万梓星无精打采的样子，心里一阵暗笑，不露声色地招呼他赶紧吃饭。

　　"陈老板，这真不好意思，这几天都吃你的。"万梓星举起酒杯，满脸愧疚的样子。

"兄弟，你这客气了，今后你就叫陈哥，别叫什么老板了，那样叫就见外了。"陈老板赶紧打断万梓星的话。

"陈哥，我这二百元，你先拿去买菜，待日后我找到工作再还给你钱。"万梓星不好意思起来。

"兄弟，你又来了，你找到工作再说吧！对了，这几天看你出去转，有情况吗？"

"唉，都没有找到合适的。"万梓星叹了一口气说。

"兄弟啊，现在工作不好找啊！像我们这些人谁会要呢？"陈哥边说边拿出一小包白粉在万梓星面前肆无忌惮地吸了起来。

万梓星这几天已经隐隐约约感觉到那种气味，心跳加速，这次看到陈哥在他面前吸起来时，他感到呼吸都有些困难了，额头渗出了汗液。他用手抹了抹，坐立不安，不由得往阳台走去。

陈哥看着万梓星的背影，冷笑了一声，心里暗骂："妈的，看你装，能装到什么时候。"

万梓星在阳台上深深地吸了一口气，想到三年艰难的戒毒所生活那一幕幕情景，硬是把这种渴求强行压了下去。

良久，估计陈哥差不多吸完了，万梓星回到客厅，看着陈哥一脸满足的样子。他按捺住内心的冲动，清了清嗓子说："陈哥，我这每天白吃你的也不好，要不我搬走或者帮你做点什么吧！"

陈哥嘿嘿笑了几声："兄弟，你这是客气了，搬走干啥？要不晚上你去帮我送点货？"

万梓星一听，连连摆手"陈哥，这个事我做不了，做不了，真不好意思。"

陈哥沉默了几秒钟，突然一拍大腿："对了，我忘记你在酒吧做过经理呢！城郊有一个酒吧这几天开张营业，正在招人呢！你明天去应聘下或许能进去做个经理，这样你有机会就帮我向客户推销下，到时也少不了你的好处。"

万梓星听了，心想只好暂且如此了，口袋里的钱也很快用光了，必须尽快找一份工做。

第二天一早，万梓星穿了件整洁的衣服，按着陈哥指引的位置找了过去。负责招聘的经理听到万梓星有担任酒吧经理的经历，马上高兴地拍着万梓星的肩膀说："行了，你小子可以过来上班了，干得好，还可以给你奖励。"

万梓星看着经理的表情，高兴地点了点头。

酒吧装修风格新颖独特，气势堂皇。但三个多月过去了，生意并没有想象中的火爆，万梓星领的工资也是少得可怜。

万梓星像往常一样刚到办公室，销售总监发来信息，立刻到二楼开会。销售总监分析了市场，分析了生意清淡的原因，地理环境是一方面外，主要还是缺少点吸引人的东西，他告诉大家要提高服务质量，可以为有需要的客人秘密提供些摇头丸、加了料的奶茶等，但绝对不能提供传统型的白粉，也不允许客人公开在大厅里消费这些。

这一招果然见效，那些青年男女一传十，十传百，很快吸引了大批客户前来消费。看着这些人醉生梦死，万梓星开始意乱情迷，似乎有一种东西在引诱着他。他发现有时呼吸急促，手脚都会颤抖。

万梓星照例拿着一打啤酒进入客房。"万梓星，是你吗？你怎么在这里？"万梓星刚放下啤酒，一个熟悉的声音飘来。

万梓星抬头一看，感觉很面熟，一时又想不起来。不由尴尬地站在那里，看着叫他的人。

"阿星，是我啊！我是邹利清啊！"邹利清站起来一拳打在万梓星的肩膀上。万梓星抚摸着肩膀，定睛地打量着眼前的邹利清，头顶成了"地中海"，头发差不多掉光了，皮肤松弛，眼袋肿大，笑起来满口黑牙，有一颗门牙已经脱落。突然，万梓星恍然大悟起来，原来是肖东权开赌场时一起做事的邹利清，已经近10年没见了。看邹利清现在的样子，如果不是他说出名字，万梓星还真不敢认，30多岁的邹利清怎会苍老得这么快呢！万梓星一拍脑袋笑了起来，上前轻轻地一拳打在邹利清的胸膛上，原来是利清哥啊！

"来，来，来，坐下喝两杯。"邹利清上前拉着万梓星的衣服说。

万梓星看这情形，只好顺势坐下，与邹利清边喝边聊。

"清哥，听说你那次赌场被抓，进去坐了几年后，去了云南发展哦！"万梓星看着喝得满脸通红的邹利清，不失时机地奉承几句。

"是的，看来你的消息还挺灵通的嘛，我在那与人合伙做点小生意，最近那边风声紧，不好赚了，这才回来。"邹利清露出得意的神色。

他们又喝了几杯，邹利清神秘地从裤袋里拿出了一小包东西，"来，兄弟，这是云南的上等 A 货，尝一口。"

"清哥，我已经没整这个了，这不刚出来嘛！"万梓星连连摆手说。

"整一口不会上瘾的，你在里面那么久，就当补偿一下而已，有什么大不了啊！"邹利清不高兴起来。

"清哥，我真的没整了。"

"人家给我钱，我都不卖。你这是什么意思，瞧不起我吗？整一口有什么大不了的嘛！又不会死人。你这样服务，今晚我就不买单了。"邹利清生气地说。

"行了，行了，清哥，那我就整一口吧！"万梓星满脸无奈地说。

"这就是嘛！这才像个男子汉大丈夫嘛！其他人我还不益

· 247 ·

他呢!"

　　万梓星犹豫了一下，双手抖抖索索地接过清哥的白粉，点燃了锡纸，袅袅升起的像薄暮一样的轻烟。这一刻，当初那信心满满，再也不吸了，坚持了三个月的信念瞬间土崩瓦解。万梓星吸了一口，又一口，心瘾涌上来的难熬，根本就想不到其他了。姐姐的教诲，戒毒所的磨难，自己曾发下的誓言，统统地被遗忘脑后，化作轻烟飘去。

　　从此那种强烈的念头，就像阴魂不散的幽灵一样，在万梓星的脑袋里徘徊，把万梓星向那深渊处拉扯，让他再次坠入白色烟雾里，不能自拔。

　　是夜，万梓星拖着疲惫的身躯回到住处。"陈哥，还没睡啊!"看到陈哥在灯下吞云吐雾。万梓星那种感觉又上来了。"是的，要来一口吗?"陈哥面露得意地看着万梓星说。

　　"要，要，陈哥你赊点给我。"万梓星迫不及待地说。

　　"兄弟，你都赊几次啊! 这样拖到几时啊! 我也是要过日子的啊!"陈哥彻底撕下嘴脸，对万梓星毫不客气地说。

　　"这个，我也知道，你先给点我吧! 陈哥求你了，我过两天就还你钱。"

　　"过两天就还，你拿什么来还啊! 你姐不是很有钱嘛，赶紧去找她啊! 还有你那个死老头，说不定有一大笔遗产呢! 你不去那就白白给你后母夺走了。"

　　"我知道了陈哥，我明天就去找他们，先救急救急嘛!"浑身如同蚂蚁噬咬难受的万梓星，只好不停哀求陈哥。

　　陈哥看到火候差不多了，拿出写好的借条说："你签个名，共欠我 20000 元，5 天内还账，否则每日利息是 10 个点。"

　　"行，行，我签。"万梓星看也不看，赶紧签下了名字。

　　"妈的，还以为真的戒了呢! 在我面前扮什么鬼嘛! 活这么多年还没听过能戒掉的。"陈哥说完。从裤袋里掏出一小包白粉丢了过去。万梓星颤抖着双手，从地上捡起包好的白粉，然后，赶紧小心翼翼地打开包装纸，用鼻子吸了起来。

"姐，我的饮食店亏损了，你就再借一次钱给我吧！我赚到了一定还你钱。"万梓星观察到姐夫邹远青不在家，偷偷溜进屋里跟姐姐说。

"老弟，看你的样子，你肯定又吸上了，你这样怎么行呢！你一点都不吸取教训。"姐姐生气地说。

"姐，我没吸，你相信我，借点我，给我救救急吧！"万梓星强装精神，但仍然掩饰不了打呵欠流鼻涕的表情。

"你看你，上次我偷偷拿钱给你，给你姐夫臭骂了一顿。你这次又这样，我的脸也不知哪里放，出门都不敢见人哪。家里也上有老下有小，哪有存钱啊！你就怎么一点都不替姐姐争口气呢？"万丽丽终于忍不住说了万梓星一通。

"姐，你再给我一点钱，趁姐夫还没回来，我下次再也不会来了。"万梓星看了看门口焦急地说。

"我只有二百元了，你拿去用吧！"万丽丽说着从口袋里拿出了二百元递给了万梓星。

万梓星接过来放进口袋里，对姐说："姐，再给多点啊！这点钱吃不了几顿饭呢！"

万丽丽把口袋翻出来给万梓星看，"你看还有什么钱呢？"

"你把房间里的钱拿出来嘛，你不去我去找了。"万梓星说完便往房里走，万梓星看过姐姐从衣柜里拿过钱，所以径直就去翻衣柜。

万丽丽一看，吓得大惊失色，赶紧拦住万梓星说："阿星，你真失去人性了，里面你外甥女不舒服正在睡觉，你别乱动。"

万梓星哪里顾得那么多，硬是要翻找，万丽丽见此哽咽着说："阿星，只有千把元给你外甥看病的钱，还有咱爸看病的，你真的要拿走吗？"

"姐，求你这次一定要帮我，我这次渡过难关，筹到钱就一定还给你啊！"万梓星被姐挡住去路，只好哀求她。

"罢了，罢了，那1000元你拿走吧！拿走了也好，你也不用惦记了。你这衰仔真的没得救了，九泉之下我也不知如何向妈妈交代。"万丽丽几乎哭泣起来。

"行了，行了，又不是不还给你。"万梓星拿到钱，又在柜子里翻了翻，确实没有发现值钱的东西，这才快速转身离去。

只有这点钱，不但会给清哥断货，还会给"大耳隆"追数，万梓星心里一点也高兴不起来。对，回去老爹那里找找，清哥说得对，说不定老家伙临死前还有一大笔钱呢，别给那个贼婆娘全部卷走了。

万梓星在路边补了"飞"后，人变得精神些，看着天色还早，便走到街上拦上一辆摩托车往那离别十几年的家驶去。

万梓星在回家的路上，心里不禁思绪万千，看着那似曾相识的建筑，简直不敢相信自己的眼睛，不敢相信眼前的事实。只见以前的羊肠小道变成了宽广平坦的马路；原来的矮房不见了，高楼大厦如雨后春笋般拔地而起，原来的荒山荒地，已经被一幢幢高楼所代替……

万梓星费了一番劲才找到家的位置，以前的小平房已经变成了二层破旧的小楼，与远处的房子比起来还是看出明显的差距。

万梓星心里还不敢确定是否他家，在门外观察了一番，看到老爸那熟悉佝偻的身影，他才走上前去。

这时，万树贤也看到了万梓星，四眼相对，都愣住了。

在四眼相对的瞬间，万梓星千言万语竟不知从何说起，老爹脸色比上次见到时更差了，头发杂乱稀薄，就像一个耄耋老人。

"星仔，你回来了，回来就好，进来坐吧！"万树贤惊讶之余，流露出喜悦的神情。

万梓星点了点头，跟着老爹进了里屋。

"谁啊！老头。"一个熟悉的声音传来，万梓星循声望去，只见一个胖胖的妇女，拿着包正准备出门的样子。这女人见到万梓星正在注视着她，一会儿才醒悟过来，勉强挤出一点笑容说："哦，是阿星啊！回来啦！"

万梓星不冷不热地应了一声。

"上次你姐过来，说你出来懂事了开饮食店。生意还不错吧？"继母黄秋玲似笑非笑地看着万梓星说。

"嗯，还好，就是最近手头有点紧，请你们帮忙周转点资金，过了这关就还给你们。"万梓星看了她一眼，还是直接说了出来。万梓星不想在这待太长的时间，免得姐姐把信息传过来就露馅了。当然，也不想和这个女人多聊。

"我就知道，你回来定没有好事，这不就给我估准了。"继母脸色一变，愠怒地对万梓星说。

"谁没有难处的时候，你不是也把我爸的钱都刮去吗？"万梓星也不示弱，大声地对继母说出了隐藏多年的不满。

"你说什么？万梓星你说话要注意点，我是你爸的合法妻子，我用他的钱不是应该的吗？你有本事就别回来啊！"继母脸上怒气顿起，双眼露出凶光，一口气说了这么多。

"好了，好了，你们说够没有啊！就不能让我静会儿吗？"万树贤被气得咳嗽了几声。

"算了，孩子刚回来就让他先吃点东西吧！"万树贤接着说。

"你去弄，我才不去呢！"继母气鼓鼓地说。

"爹，不用，不用了，我刚才已经吃过了。"万梓星转头对

绝望重生录

爸说。

万树贤听到万梓星终于肯叫他爹，不禁老泪纵横。激动地说："星星，我那还有三千元，你先拿去用着吧！"说着他就屁颠屁颠去房里拿了一叠钱出来。

"老头子，我告诉你，这是你要去买药的钱，如果你拿给他了，我可不管你了。"继母站起来挡着丈夫气势汹汹地说。

"唉！我这病怕是好不了，就少吃点药吧！先给他拿去救急吧！这也算是我多年来对他亏欠的一点补偿吧！"万树贤唉了一口气，脸上写满了无奈，用右手轻轻地推开老婆说。

她只好让开，转身对万梓星说："万梓星，如果你还有良心就别拿你爸买药的钱。你长这么大，这时候也该你回报他了。"

"这是我俩父子之间的事，你管不着，我这是救急才借嘛。"万梓星拿过钱狠狠地瞪着继母说。"好啊！那你爹你来照顾，我就不管了。"黄秋玲说完，气愤地丢下干粮包，摔门而去。

万梓星看着她，冷笑几声，心想早就该走了。随后便问："爹，你那还有钱吗？这点恐怕不够。"

"星星，你自己进屋里去找找吧！这是钥匙。"万树贤叹了一声说完，便把钥匙递给了万梓星。

万梓星看着爹的神情，又看到家具多数是陈旧破损，最值钱的就是那台21寸彩电了。他便把钥匙还给了爸，然后告别出门而去。

他回头看到老爸还倚着门槛望着他，心里一酸。随后转念一想，如果当初不是你这样待我，你会落得这样凄惨的晚年吗？你就让黄秋玲好好照顾你吧！想到这，赶紧离去。

出租屋里，邹利清刚刚吸完，正躺在床上美美地享受着那种幻觉所带来的快感。突然一阵敲门声，打断了他的美好享受。他恼怒地爬起来，心想准是那个"扫把星"。打开门一开，果然是万梓星，眉头一皱，正想发火时。万梓星赔着笑脸拿出一叠钱，毕恭毕敬地递给他说："清哥，这是四千元，先还给你。"说罢，万梓星贪婪地看着邹利清桌面上摆着的白粉。

"这点钱有屁用啊！剩下的什么时候还？"邹利清接过钱一把摔在桌面上。

"清哥，我会努力去筹款的，你再宽限些时日。"万梓星低着头，唯唯诺诺地回应。

"叫你在酒吧里推销推销，你又不醒目，本来也可以给你很大提成嘛！"

"酒吧里不让推销！我也想赚点外快啊！"

"你傻啊，你不会暗中去销啊！"邹利清大声地呵斥万梓星。

"清哥，我知道怎么做了，给我两包粉吧！我这快没货了。"万梓星赔着笑，露出满脸的可怜相。

"妈的，再不努力去销，就别怪我不客气了。"邹利清说完狠狠地丢了两包粉过去。

万梓星赶紧弯腰捡起白粉，拿起来在鼻子里闻了闻，脸上放出光芒，笑逐颜开地到一边"嗨粉"去了。

夜幕悄悄地降临在这座充满活力的城市，九点过后，来卡拉OK消费的人便多了起来。万梓星像往常一样，在酒吧各个包房里穿梭忙碌，这两个月来酒吧生意逐渐好了起来，万梓星也按照清哥的吩咐适时去推销。不知不觉，万梓星在这个酒吧里工作半年了，万梓星用拆东墙补西墙的办法，应付清哥的一次次债务追讨。晚上下班时，公司管理员通知全体员工，第二天中午到华远大酒店聚餐。

饭前，钱总发表了洋洋洒洒的鼓励话后，大家便急不可待地动筷就餐。新来的小刘把一双公筷不小心弄掉了，旁边的邹经理便说："算了吧！反正都没病，用什么公筷呢！"小刘开玩笑地说："我有艾滋病哦！"邹经理一听神色一变："是真的吗？那你赶紧去找公筷，夹菜去旁边吃啊！"

万梓星看着这一切，想起劳教所里的情景。他默不作声，深知只有死死保守秘密，才能在社会上有立足之地。

饭后，万梓星照例在各个包厢房里忙碌。

突然，几个服务生惊慌失措往逃生门跑去，万梓星见状心想可能打架了，正想去看究竟，面前就出现了几个全副武装的公安人员，喝叫他蹲下。他一看这阵势，想跑也跑不了，只好乖乖地蹲下来。

第八章　张开的眼睛

他们被押上车，到派出所验尿，提审，然后被送去看守所。一夜之间，万梓星又失去了自由，他刚刚领略到自由的滋味，如今又要面临关押之苦，不免心里一阵哀叹，再次感叹生命的无常。他不知道这一次，是否又将重演劳教所的经历，想到这，他的心不由变得沉重起来。

看守所钱队长正在检查万梓星的随身物品，做入所登记，当他翻到万梓星的材料一看，得知万梓星感染 HIV 后，他脸色为之一变，立即找来一双手套、口罩，全副防护设施。也许是觉得不保险，又戴多了一双手套。他始终与万梓星保持五六米远的距离，"远程遥控"万梓星配合着他的工作，办完手续后，命令他站到墙角。钱队长走过来，用两根手指捻起那支万梓星签字的笔，好像捻着什么恶心的垃圾一样，丢到了垃圾桶里。这时，万梓星感觉自己是个彻彻底底的异类。他丢给万梓星一个口罩，要万梓星戴上。钱队长又找来一根警棍，让万梓星走在前面，离他五米左右，像赶鸭子一般把万梓星赶去宿舍楼。

一进宿舍，由于万梓星戴着口罩，里面的戒毒人员一下就猜到万梓星有严重的传染病。钱队长在门外说："这个有传染病的，

绝望重生录

你们多注意一下。"本来就不大的寝室，戒毒人员们都缩成了一堆，显得更加局促。随后，万梓星感觉到鄙夷的目光在他身上来回扫着。这时一个"大哥"对万梓星说："新来的，你就睡地上吧！洗漱用品也别和我们的放一起，放在你的脸盆里。"万梓星看了凶神恶煞的大哥，只好照做。到了中午吃饭的时候，万梓星接过饭盆，看到他们都坐在一起吃，万梓星刚走过去，就听到有人骂道："他妈的，这里不是你坐的，滚厕所那边去吃。"万梓星非常气愤，但是他知道自己个人的力量是无法与他们抗衡的。于是，万梓星只好默默地端起饭盆，走到厕所边位置蹲下，委屈的眼泪止不住地就流到了饭碗里。他感觉这里比劳教所还要难过。

这里的人都觉得万梓星晦气，从不跟万梓星多讲一句话。万梓星就像个活体病毒，让他们又害怕，又恶心。在这小小的空间里，万梓星不得不忍受着这样的歧视。万梓星只好小心翼翼，生怕引起他们更多的反感和排挤。万梓星的心陷入了低谷。他只希望快点离开这个地方，渴望去一个新的，没人知道他底细的劳教所也好。

两个月后，在政治课上，看守所许教官说《禁毒法》出台了，对戒毒工作作出了重大改革。《禁毒法》与劳教戒毒最大的区别是坚持以人为本的理念，立足吸毒人员具有病人、违法者、受害者三重属性，既要惩罚，更要教育和救治。规定国家采取各种措施帮助吸毒人员戒除毒瘾，教育和挽救吸毒人员，他们这些人也不再进行劳动教养，改成强制隔离戒毒 2 年。听到这些消息，万梓星压抑的心里，稍稍变得轻松些，这就是嘛，本来我就是病人啊！不过什么以人为本，这或许说的比唱的好听，关键我可以少坐一年时间就行了。

"赶紧拿包裹准备分流。"随着仓管人员的一声吆喝，万梓星知道今天就要给分流下去了，这是既让他期待又让他忐忑不安的时刻。前几天就听到一个仓头埋怨："在外省时，都把这些 HIV 人员专门关押在另一个地方的，全部用玻璃隔离，干部也不进去的。现在倒好，把这个瘟神跟我们一起关押了。"他心想，看来这是强制隔离戒毒所了，也没有我们这些人的春天啊！只能走一步是一步了。

他正在胡思乱想的时候，干警吆喝他们上车。万梓星发现还有几个戒毒人员在一部车上，另一批戒毒人员去了另一部警车。经过一路颠簸，终于到达新的收容单位。万梓星往车窗外看去，门口挂着林河强制隔离戒毒所的牌子，果然没有劳教所的牌子，看来许警官没有骗我。让万梓星心里纳闷的是，难道强制隔离戒毒所与劳教戒毒所真的不一样吗？押运警察下去登记后，便看到沉重的铁门徐徐打开，车子缓缓地驶入时，呈现在眼前的是一片绿色的世界。正中心是一个足球场的绿色草地，后面一个升旗台，五星红旗正在迎风飘扬，还有一棵木棉树，两旁是花基，种满了五颜六色的植物，令万梓星精神一振，扫去了许多疲劳。警车直接驶入小院。小院的门打开了，这里又是别有一番景致。两个标准的篮球场，两张乒乓球台，阅报栏，干净的水泥地板，几幢漂亮的宿舍大楼。一楼是饭堂。想当年在森林劳教所，吃饭还是露天呢。尤其是下雨天，常常在饭中多出一些莫名的味道。

万梓星和同戒人员蹲在地上接受检查，突然，有一位干警向他走来，他懵住了，这位干警居然就是刘队长，他怎么也在这里呢！就在快要靠近万梓星的时候，刘队长提了提裤脚，万梓星心想麻烦来了，以前顶撞过他啊！于是万梓星本能地抱着头，咬紧牙，准备承受这"一脚"。等了几秒钟，这一脚没等来，却听到了刘队长温暖的询问："你怎么了？是哪里不舒服吗？"万梓星又懵住了，不由抬头看着他，刘队长也愣了一下说："万梓星，你怎么又进来啊！"万梓星尴尬地用手摸了摸脑袋。然后故意用右手挡着刘队长那锐利的眼神。刘队长用双手托住他的臂膀，把他扶了起来，并伸出手把他的手握住了，原来他是要握手。万梓星非常惊愕，这是个什么情况？万梓星盯着刘队长的手，并没有戴手套。万梓星有点受宠若惊，忙说："刘，刘队长，您好！我没事，我没事！"说完万梓星下意识地往后退了一步。刘队长似乎看出了他的心思，笑着说："我不介意你，你反倒介意起我来了，哈哈！"听着这爽朗的笑声，万梓星怀疑是否走错了地方，同时感到内心暖洋洋的。

刘队长这轻轻的一托一握，看似非常平常，但对他来说，似乎是把他从悬渊边上拉了回来，他放下了忐忑不安的心，他那渺小的生存希望徒然放大了，让他第一次感觉到作为一个人活着的尊严和价值，给他在艰难困苦的戒毒生活注入了新的动力，使他对未来看到了点滴的希望。他那憔悴的脸上露出了些许的阳光。

来到宿舍，窗明几净，每个宿舍都有电视，有书桌。要不是亲眼所见，真是难以置信。

万梓星住的这幢楼在中间位置，往窗外看去。这里空气清新，绿树成荫，楼层干净。这时，一群白色的鸽子从楼顶飞下来，一个穿黄色衣服的民管戒毒人员正在喂鸽子。只见他手轻轻一抛一把鸽粮便飞了出去，鸽子晃着脑袋探头探脑靠近了几次，越走越近，有调皮的干脆飞到他手上抢食。他想用手去抚摸它，鸽子忽地飞起来，其他鸽子也跟着飞起来，蔚蓝的天空突然出现这道风景，煞是好看。

万梓星的心情也随着鸽子起飞带走了许多烦恼。不远处还有孔雀园，里面养着几只颜色各异、大小不一的孔雀，它们有的在休息，有的骄傲地开着屏，展示自己的美丽。这一切和谐的景致，让万梓星心里非常舒服。在孔雀园的旁边还挂着心理健康实践基地的牌子。刚才就拿到了入所指引的小手册，上面写着"你有心理困惑吗？我来助你成长。"这是心理辅导指南手册。这一切都让万梓星感到新奇，让他感受到了强制隔离戒毒所与劳教所确实不一样，他不由留心起来。

第二天上午上完操练课，下午是到分队参加生产劳动岗前培训。踏进车间的门一看，里面的空间宽敞干净。这是一个组装电器的车间。万梓星在忙碌的戒毒人员中间发现一张熟悉的脸孔，居然是李队长。他正在车间里来回穿梭指导戒毒人员做产品，有时他干脆坐在戒毒人员的身旁和戒毒人员一起做，手把手去教。这里的戒毒人员全都是 HIV 病毒感染者，他不怕感染吗？他显得苍老一些，和他相处了三年多，还是很容易认出来的。怎么会这么巧呢？他也在这里啊！

以前也顶撞过他，给他添了不少的麻烦。今天他拿花名册点名的时候，好像留意了一下万梓星的名字，在人群中看了万梓星一眼。万梓星不知道他是否认出来了，心里想，他要是记着以前的事情，我今后的日子就麻烦了。

岗前培训课一个多小时就结束了。听李队长说劳动时间都按照八小时工作制。每周还休息一天。他以为听错了，问了旁边老戒毒人员也说如此。万梓星心里不由喃喃自语，看来真的是变了。然后，李队长带大家到草地搞活动。刘队长在中间休息的时候，还拿出了绳子，叫戒毒人员自动站出来和他玩手牵手绕手环游戏。游戏是这样的，在众目睽睽之下，刘队长用一根绳子结成绳套，以手指编成一种花样，戒毒人员用手指接过来，翻成另一

绝望重生录

种花样，相互交替编翻，直到一方不能再编翻下去为止。旁边的戒毒人员都看得兴高采烈，大声鼓掌欢呼。出来挑战的戒毒人员也毫不顾忌，尽情展示自己的手法，博得许多戒毒人员的欢呼声。

活动结束后，其他民警也参与进来，民警和戒毒人员并排坐在草地上，每个民警的双手都揽着一个戒毒人员准备照张集体相呢，当万梓星的肩膀被刘队长强有力的手臂揽着时，他一阵震颤。此种情景万梓星犹如在梦里。他似乎都没感觉到父亲有对他这样的搂抱。随后，刘队长找万梓星进行了一次促膝长谈，谈到目前《禁毒法》实施以来开展的形势，谈到了场所可以免费提供HIV抗病毒治疗药物，建议他申请去医院领取。最后，刘队长诚恳地表达了过去对他粗暴管理的歉意，希望大家都忘记过去不愉快的事情，展望美好的明天，然后，伸手拍了拍他的肩膀。

万梓星心里一震，胸口一热，他似乎感到心里的那块冰开始融化，他抹了抹眼泪，慢慢张开了眼睛，重新打量着眼前的刘队长，只见刘队长头发花白，黑色的脸膛，不知何时起眼角有了几条鱼尾纹，衣服上警用臂章也有点褪色。他不由热泪盈眶，几度失声地说："刘队长，你放心，今后我不会给你添麻烦了。"

刘队长笑了笑接着说："既来之则安之，别想那么多。审时度势，学会改变和成长，有时作出改变就会有'山重水复疑无路，柳暗花明又一村'的感觉。如果一条路走到黑，那么不但会给社会无情地抛弃，还会让你的人生充满耻辱的烙印。"

万梓星使劲地点了点头说："谢谢你刘队长，你的一番话突然让我明白了许多道理。"

这一次谈话，彻底让万梓星转变了对刘队长的看法，他心中无数次喃喃自语："变了，变了，这一切都变了。"

这些点点滴滴的，一件件看起来毫不起眼的小事，却无时不冲击着万梓星的心灵。人常常会是这样，一句平淡无奇的话语，一个微乎其微的举动，就可以让一个人感动一辈子，甚至可以改变一个人的一生。其实人的一生是少不了那种震撼灵魂的警醒的，当一个灵魂真正被感动了，刺痛了他的才智、潜能，重生的欲望，才有可能被空前地发掘出来。

特别在心理课堂上，王老师结合 HIV 人员的情况，深入浅出地讲解了什么是心理，心理健康的意义。他还举了张海迪的事例。她5岁患脊髓病，高位截瘫。从那时起，张海迪开始了她独特的人生之路。她无法上学，便在家自学完中学课程。她还自学针灸医术，为乡亲们无偿治疗。后来，张海迪自学多门外语，还当过无线电修理工。在残酷的命运挑战面前，张海迪没有沮丧和沉沦，她以顽强的毅力和恒心与疾病做斗争，经受了严峻的考验，对人生充满了信心。她虽然没有机会走进校园，却发愤学习，学完了小学、中学全部课程，自学了大学英语、日语和德语，并攻读了大学和硕士研究生的课程。这些话让万梓星陷入了深深的思索之中，让他明白了从某种意义上来说，心理健康比生理健康更加重要，这激发了他想申请心理咨询，去心理健康实践基地看看的想法。

"万梓星，你知道吗？听说刘样群死了！"对面床铺的陈光和他聊了起来。陈光是四川人，大专毕业，在高中时就常去酒吧泡吧，然后和一帮损友吸上毒。他的年纪比万梓星还轻，细皮嫩肉，长得阳光帅气，说话轻声细语。咋一看，谁也无法把他和HIV病毒联系在一起。

"真的？"万梓星心里一惊，一下从床上弹了起来，头重重撞在上铺的床底板上，然而，他顾不上疼痛，摸了摸头，叫了一

绝望重生录

声，双眼便直直地盯着陈光让他说下去。

"我也是在外面听到的，据说死得很惨啊！大腿上还插着一根硕大的针筒，倒毙在垃圾堆旁边，死后全身被苍蝇叮咬，好几天才给人拉走，据说是他妈妈来帮他收尸，那女人都哭疯了。唉，像我们有这种病的人，都不会有好下场的。"

"她没跳楼？"万梓星自言自语地说了一句。

"你说是谁？你认识那个女的？"

"嗯！"万梓星点了点头，便把知道的一些事情告诉了陈光。

陈光听得双眼发呆，最后两人相对无语，都陷入了长久的沉思之中。这意外的消息对他来说确是一个打击，对面陈光那张略现稚嫩的脸，忽然变成了刘运辉的脸，刘运辉的许多事马上就像放电影一样在他脑海里播放出来：为了毒品被人追杀，为了毒品偷、盗、抢、诈骗，为了乞求一丁点毒品能往别人裤裆里爬，最后悲惨地死在满是苍蝇的垃圾堆上，没有了人格，没有了底线，没有了尊严，这一张张画面在他眼前晃动。接着又出现了刘样群对他诉说时声声发自内心的悲愤，惨死的婴儿刘盼盼，躲在医院病床上感染艾滋病的刘父，以及站在医院高楼上准备跳楼的刘母，这一家人悲惨的命运历历在目，让人震惊。毒品就是一个噬人的漩涡，一旦沾上，便会让人变成恶魔，让人失去理智。他又回想自己近几年的生活不禁感慨，面对毒品他也曾一度想戒掉，然而毒品就似那摩登妖女，开始是那么的温柔可人，引逗你神魂颠倒，到了你欲罢难休时就一改妖媚之态，毕露出青面獠牙的本相，要挖你的肝，掏你的心，你的灵魂也被摄去，身子空荡荡，变成一具躯壳，让人行尸走肉般活着，哪里还能控制自己？想到这些，他不由紧锁眉头，出神地望着窗外一片嫩绿的小草，草地上似乎多了几只幼小的鸽子正在欢快地飞来飞去，充满生机，空气也很清新，略带花草的气息，微风吹来，像母亲的手在他的脸颊上轻抚，突然头脑里似乎有一种声音响起在指引着他走向一条路，这是刘队长，还是王老师的声音他也说不清楚。这条路有时很清晰，有时又很模糊，又很艰难，这让他有点犹豫不决，他该怎么走？有多少人能成功？与过去彻底告别需要付出多大决心和勇气？

"梓星，王老师似乎对毒品的特性很有研究哦！你觉得呢？"陈光的问话把他从思索中拉了回来。

"哦，还行，你怎么突然问起这个呢？"万梓星回过头好奇地看着陈光说。

"我就不明白了，王老师说冰毒不能助性还会损性，它只是割裂了意识与感觉的联系，才暂时延长性生活的时间。这什么是意识呢？怎么意识与感觉割裂了呢？"陈光说完用一双期待的眼神看着他。

"你这小子上课想哪去了，王老师心理课上不是说过了吗？意识是大脑对大脑内外表象的觉察啊！简单地说就是让你在性生活时能感觉到快乐的大脑区域。意识与感觉割裂就是大脑区域体验不到快感，或需要很长时间的刺激才能体会到。你这小子怎么问起这个了，八成是想女人了吧！"万梓星略带嘲笑地看了他一眼。"那里啊！我是感觉最近早上可以勃起了。"陈光挠了挠头皮，压低声音故作神秘地说。"我就说嘛，你小子是想女人了，又不肯承认。"万梓星佯装生气地说。"刚进来时我也想啊！那时想勃起也起不来呢！半年过去了，前几天我家里人来会见时还笑话我，说我坐牢反而长胖了，这可能就是王老师说的冰毒只是损性而不能助性兴奋吧！"陈光脸上掠过兴奋的神情。看着陈光不似说笑的表情，万梓星不由想起以前和酒吧里阿丽"溜冰"发生

绝望重生录

关系后，好几天都感觉身体极度虚弱，当时还以为自己身体不行呢。最近早上也有陈光这种感觉了，想到这里，脸上也按捺不住露出了浅浅的微笑。

第九章　苏醒的灵魂

　　天气有点闷热，一片浅蓝色的天空，日光时浓时淡，有时太阳完全淹没在云海中。刘队长正带着分队戒毒人员在操作上进行康复训练。"刘队长，我想去申请心理咨询。"万梓星趁着操练的空隙，思考之后，终于鼓足勇气找刘队长说明了来意，然后忐忑不安地看着刘队长。

　　"哦，这是好事啊！我们所王老师有二级心理咨询证，还真不错呢！"刘队长热情地鼓动他。

　　"可是我还是怕给人说我有精神病呢！"万梓星双眼充满疑虑地望着刘队长。

　　"寻求心理帮助，是一件需要勇气和毅力的事情，有的人宁可自欺欺人地活着，也不想清醒地焚毁自己的心理垃圾。如果不能及时去清理心理垃圾，也许会在某一个意想不到的时候幻化成形，牵引我们步入歧途。其实每个人都有心理困惑，去看心理咨询师，就像我们平常感冒要去看医生一样，何必去顾虑他人的眼光。去看心理咨询，不但对自己负责也是对他人对亲人负责啊！"万梓星点了点头。刘队长一番话，让他坚定寻求帮助的决心。而且他也隐隐约约感觉应该去尝试一种新的生活方式。

绝望重生录

"万梓星，很高兴你主动来了解心理知识，这样吧！我先讲解心理实践基地的主要功能室吧！"王老师那爽朗的笑声，面带微笑的眼神，充满激情的肢体语言很让万梓星受用，打消了他许多顾虑。万梓星点了点头，跟在王老师后面察看起来，映入万梓星眼帘的是："倾听你的心声，关注你的成长"这几个艺术大字，咨询室采用浅黄色色调，一幅名画、一幅励志名言，还有两张布艺沙发，一个小圆桌，上面放着一个盆景。万梓星刚踏进来就有安全祥和的感觉；而音乐治疗室采用来自大自然景色的蓝天白云相间的天花板，纯洁白色的地板，蓝色的沙发，让万梓星又有放松、平和、宁静、回归自然的感觉。室内还有几台现代智能反馈治疗音乐设备，王老师现场作了演示，并向万梓星介绍了这个设备的功能。

宣泄室在相对安静的位置，室内设计为海绵墙面和地毯，配有爱心抱抱人、智能呐喊仪和宣泄人。王老师对着呐喊仪喊了几句，设备传出这种声音："你的声音太小了，加油哦。"王老师笑了笑说："万梓星还是你来试下吧！我没力气了。"万梓星于是站好位置，放开架势，猛力一喊，设备传出语音："力气还不错，加油哦！"万梓星又喊了几次，一次次得到鼓励，心里一下子感觉舒服多了。

万梓星随后参观了团体辅导室、阅读治疗室、沙盘治疗室等，发现各个室无论是窗帘、座椅，色彩都各不相同，带给他不同的体验。

随后，王老师让万梓星在情景导入室休息片刻，一张天蓝色的双人沙发正对着门摆放着，沙发前面一张淡黄色长方形茶桌，茶桌上摆放着叫不出名字的绿色植物，右边是可移动的阅报夹，放着几本心理健康杂志，万梓星随手拿起来翻了几页。

一会儿，王老师邀请他进入心理咨询室，咨询室用简洁的窗帘把太阳光遮住了，两张单人小沙发摆成半圆形，左侧一张小桌子放着一盆开着小花的绿色盆景，在房间的右侧放着一张舒服的沙发。房间布局给万梓星一种温馨之感。

万梓星站在这简洁舒服的环境不知所措的时候，王老师热情地给他倒上一杯刚泡好的铁观音。万梓星受宠若惊，颤抖着双手接过递过来的茶。轻声说："谢谢您！王老师。"王老师微笑着说："放松点，不用拘谨，在这里我们平等地交流。"王老师边说边示意他坐在靠墙的有一个小抱枕的小沙发椅上。万梓星诚惶诚恐，赶紧摆着手说："王老师，我还是蹲着，坐在地上也行！"王老师笑了笑，拍拍万梓星肩膀说："没事，来，我陪你一起坐，不管是坐地上还是沙发上，感觉舒服就好。"

万梓星看着王老师一脸真诚期待地望着他，不好再推辞，便用半个屁股坐在沙发椅上。

王老师用深切的目光注视着万梓星片刻，便微笑着说："感谢你对我的信任，心理咨询你也有一定了解，特别是保密原则，在这里我们的谈话都不会流露给任何人的，所以你有什么心里话可以大胆在这里说出来。"万梓星若有所思地点了点头。

"今天，首先很感谢你对我的信任。过来寻求帮助，我们都要关怀自己的心理健康，保护它，医治它，而不是压迫它，掩盖它。心理咨询就是揭开你那些不知道的神秘面纱，就像剥洋葱一样，一层层往里面剥时，你就会知道得越多，当你了解得自己越多，这时你就可以掌控你自己，去设计自己的未来。也只有正视伤痛，我们的心，才会更清醒有力地搏动。你来这里，希望我在哪方面帮到你？"王老师微笑着询问万梓星。

"王老师，我来到这里以来都睡不好，昨天晚上我躺在床上，觉得很静，很黑，很孤单，很苦，也很累，睡不着觉，我不知该如何活下去，我整个生活都乱了，我想你也会说我的人生毫无希望了。"

万梓星说完这句话，长吁了一口气，身子往椅背移了移。王老师观察到这个后，从办公桌抽屉拿了抱枕给他。万梓星接了过来，把抱枕紧紧地抱在胸前。万梓星脸上露出了轻松的神情，似乎感受到了抱枕的柔软和温热，似乎这能让他获得王老师支持的力量。

"你经历了许多苦难，走到今天实属不容易。你觉得你自己正背着一个艰难的重担，看不到未来，是这样吗？"

"是的，我觉得心里很苦、很烦躁、很压抑，但又不知从何说起。"万梓星用低沉的声音诉说。

"嗯，我明白了，我们先去隔壁音乐室，做个音乐放松吧！"王老师看见万梓星双手把枕头抱得紧紧的，双脚也并得很紧，便对万梓星说。

万梓星点了点头。

王老师把万梓星带进隔壁的音乐放松室，让万梓星用自己最舒服的方式半躺在沙发上，按照万梓星的喜爱选择镇静催眠的音乐《春江花月夜》《二泉映月》《军港之夜》，随着音乐的节奏和语音提示做放松训练，深吸气——放松——深吸气——放松。在幽雅的环境中伴随着放松训练，万梓星慢慢地平静下来，他感觉就像躺在软绵绵的沙滩上，海风在轻轻地吹着，偶尔还听到了海浪的声音，感觉舒服极了。他调整到最佳的身体放松状态，聆听着轻音乐。他感受到背部躺椅的柔软和温热，他感到一股暖流，似乎获得了从来没有的体验，他觉得绷紧的肌肉开始松弛下来，心理就好像熨斗轻轻地烫过一样。他觉得眼敛开始下坠，睡意涌了上来，他多么渴望这个宁静的世界能永远保持下去……

"万梓星，万梓星。"万梓星睁开了眼睛，原来王老师轻轻地叫醒了他。

他觉得眼睛就好像被深蓝的海水冲洗过一样，非常的清澈，眼前的景物让他感觉到格外清晰。他站起来抖动了一下手臂，他感觉手臂有了一股力量，他刚才昏昏欲睡、浑身的疲劳感顿时消失了。多年的咨询经验告诉王老师，人只有在放松的时候，防御和抵触心最弱，这时掌管人娄愉悦激素的多巴胺和内啡肽就开始活跃，人的接受度、开放度和学习能力也就容易达到最强。

"万梓星，刚刚你似乎睡着了，先喝杯温水缓和一下吧！聆听了刚刚的轻音乐感觉如何呢？"

"很放松的，感觉很舒服。"

"我们的身体是有能量的，身体由五脏六腑组成，每一个手部穴位都会对应一个脏腑，我们的心房位于虎口穴的位置，你试试用力按一下虎口穴，感觉如何呢？"

"痛，酸痛。"万梓星不解地看着王老师。"身体的痛让你联想到什么呢？""想了许多许多，反正是胡思乱想。"

"那你最近想得最多的是什么呢？"

"我在想，这样可怕的事情怎么发生在我身上？这简直太可怕了，我的好友刘样群，这么快就死了，让我的心里更加害怕。"

"嗯。"王老师点了点头，亲切地看着他，鼓励他继续说下去。

"心理害怕恐惧是一种痛，在这种痛的影响下你感觉身体如何呢？"

"我感觉到现在的身体很差，几乎每天晚上都会做噩梦，昨晚我又梦到自己死得很惨，浑身起了许多脓包，躺在阴暗的角落里，身上爬满了许多虫子，在慢慢撕咬我的身体，我拼命的挣扎，可是浑身无力，根本动弹不得，吓得出了一身冷汗，一想到这些可怕的虫子，我现在都会害怕，我不知道是不是艾滋病要发作了……"万梓星说着，双手把抱枕抱得更紧了。

绝望重生录

王老师时而躬身前倾，专注倾听万梓星的诉求；时而沙沙几笔，在关键处做必要的记录；时而微笑点头，观察万梓星的情绪反应；时而又沉思默想，感受万梓星的内心感受。而他的身体语言，则自然而然地跟随着彼此的对话，回应着万梓星。

"这个梦境给你带来的感觉是什么？"

"害怕，非常害怕。""我也能感觉到你的恐惧，试试跟自己的这种恐惧感受待在一起，什么都不做待在一起。""怎么待在一起呢？"

王老师温和地建议万梓星闭上眼睛，并集中注意力，试着与脑子里面的想法连接，让想法漂流，并在它停下来的时候试着去观察里面的想法感受。在这个过程中王老师关注万梓星的眼神、动作、表情等非语言信息变化，并在需要的情况下加入引导。"当你陷入那个想法记忆感受的时候会发生什么？留在想法里有什么样的意义？什么都不做试着让它漂流。"

"好的，再试试按摩一下虎口穴。""怎么样，感觉这样的焦虑情绪稍微好点了吗？""好点了，我好像能不去想这个问题了，好像能放空了。"

"我们身体是有这种能量，身体能帮助我们去观察我们的大脑在干什么。注意觉察此时此刻的身心活动，把自己头脑中的各种想法仅仅看作是一个过程，一个心理事件，不试图操控与评价它，尝试以抽离的态度有意识地倾听自己心中的自我批判，倾听自己心中无能感和无力感，试试从'我是什么想法'变成'观察我自己是什么想法'。""我观察到我很害怕死亡，很害怕被人抛弃，我恨被人抛弃。"万梓星轻轻地说。

"嗯，感染病毒确实让人感到害怕，但你的意思是感染了病毒，好像天就要塌下来了，你认为这是可怕的灾难，你把这件事情扩大化了，你把这件事扩大化之后，你越想越糟。但你要知道这并不是你的世界末日。你现在整天关注的只是病毒，夸大的事情以及扭曲的认知。你应该有清晰的思路，不仅要客观地了解发生的问题，还要了解自己现实状况。你认为呢？"

"嗯，你这么说，在这个问题上我是否想得夸张了，但是刘样群本来活得好好的，没多久就死了，对于艾滋病我不知是不是真正这么可怕，但想起刘样群的事情我还是忍不住感到恐惧。"

"他是怎么死的呢？""在垃圾堆旁注射毒品后死的，听说死得很惨。"

万梓星身子微微前倾看着，王老师说："你很担心自己跟他一样的结局，对吗？"

"请你仔细看看你的身体、你的生活环境，看看这个现实是不是跟你的感觉一致。"王老师关注着万梓星的情绪变化，接着说。

"这就是说他不一定是艾滋病发作而死的，你和他的情况并不一样啊！你现在远离有毒的环境，这里有医生随时为你检查身体，监测 CD4 情况，有抗病毒的药物治疗，加上合理休息，结合运动康复训练。这些都是刘样群不能具备的与艾滋病病毒作斗争的有利条件。你认为呢？"

"你这样说，我是不是想得太糟糕了。"

"你可以换个角度去想想，这里的戒毒人员，他们每天正常学习工作与常人并没有什么不同，从这些现象来看，你是否认为你的想法和真实情况之间是有差距呢？"

"你说得有道理，可以让我换个角度看问题，但这还是不能解决我的身体状况，特别是感染病毒这件事情。"

"是的，这不能解决问题。但是我们要学会客观地思考，勇敢地接受，我们要知道的是这件事情并不是糟糕透顶，不是世界末日。要进一步了解这些，这就要我们学会识别自动思维。"

"王老师，什么是自动思维呢？"

"自动思维简单来说就是你对问题最初的自动化的反应，并形成了固定的思维习惯而被保存下来。事实上，每个人都有自动思维，但大部分时间我们是意识不到的。"

"这个自动思维与我的心情有什么关系吗？"

"自动思维和紧跟在后面的情绪紧密相关，一般来说有什么样的自动思维就会跟着有什么样的情绪。所以自动思维有正确的，也有错误的。我们就要学会识别错误的自动思维。就拿目前的情况来说，你觉得你是艾滋病人，你很快就会死去，这样你就会处于焦虑、恐惧的情绪中。换一句来说，你感染了艾滋病病毒，你仅是病毒的携带者，还可以活很长的时间。这样你的情绪就会跟着改变，你就会感到轻松、愉快些。"

"哦，王老师，经你这么说，我似乎明白了一些道理。"

"假设有一辆公交车，你是司机。在公交车上，有一大堆乘客，这些乘客代表着各种想法、感觉、身体状态、记忆和其他经验。有一些乘客很吓人，他们穿着黑色衣服拿着刀威胁你，告诉你应该怎么做，你该去什么地方。如果你不按照他说的做法，他们会从公交车后方走到你跟前。"

"这个时候我们能不能达成这样的协议呢：乘客坐在公交车最后面，这样你就不会经常看到他们，作为交换，你真的会按照乘客说的去做。整个协议的关键在于：司机还是控制了整个公交车，与乘客之间的秘密协议抵消了开车过程中的恐惧、焦虑等负面情绪，最终'车'还是开去你心中有价值的生活方向。"

"哪个乘客现在在威胁你？""这个乘客还有位置吗？""有的。"

"你的方向盘是什么？"

"我想过正常人的生活。我想结婚，生孩子。"然后享受一家人的天伦之乐。

"你还能掌握想象中的方向盘吗？"

"可以，我再试试。"

"边开车边与'乘客'聊天，是什么样的感受？"

"我还是可以开车的。"

"你的眼睛始终看着前方，而不是转过头对抗聊天的，开车又是什么感受？"

"我能坚持开车了。"

王老师又说："自动化思维好像我们的乘客一样，不要总想着去摆脱它，试着与他相处，但别忘记你的价值方向，对新生活的向往与追求。"

"目前你无法改变事实，只有抱着乐观的态度与疾病作抗争，努力争取延缓疾病的发作时间。现在抗艾滋病的药物每天都有新的进展，如果调节好自己的心态，或许奇迹就会发生，至少你可以活更长的时间，比如十年、二十年。美国球星约翰逊感染 HIV后积极与病毒作斗争，最后不是战胜病毒了吗？有时努力了，奇迹也会伴随着出现了，改变你的想法，事情也就会出现转机。你就会过上正常人的生活，结婚、生子也不再是梦想了。你认为对吗？"王老师接着说。

万梓星点了点头："你这样说，我心里似乎舒服一些。"

"那就好，希望你回去后，多练习记录自动思维，记录情绪变化，找到自动思维后，我们在今后咨询中一起努力找到你的中间信念、核心信念。这样你在今后生活中再次碰到挫折时，才能提高你应对挫折的能力。"

万梓星点了点头，告别了王老师。今天的咨询让他有醍醐灌顶的感觉，他没曾想到心理咨询会如此奇妙，困扰内心已久的症结似乎正被王老师一步步地打开。王老师似乎在引领着他走向一条新的路子。让他对问题有了新的思考方式。心理咨询似乎在他

绝望重生录

的心上投掷了一线亮光、一个希望，他的内心世界因为真实的喜悦而往微微颤动，他脚步也变得轻松起来。

在回宿舍的路上，刘队长和万梓星聊了起来。经过了一棵木棉树下时，刘队长告诉他，昨晚的雷够吓人的了，不但把许多监控设施打坏了，而且把那棵最高的木棉树也劈掉了一大块，才叫人清理完呢！万梓星随着刘队长的手指看了看，它的伤口很明显，似乎还在流着树汁。它的树杈很少，不似别的树那样枝繁叶茂，看起来毫不起眼。刘队长告诉他，这棵树已接近四十年树龄，它经历了多少狂风暴雨，雷鸣闪电，多少次被雷电劈掉树枝，仍然坚强地生长。它经历了无数的艰难困苦，却从不要求人们对它格外照顾。有时候，看到它那光秃秃的树干，都以为它可能活不久了，想不到一夜春风又把它吹醒了，满树又长出了嫩绿绿的树叶，充满着生机与活力。人也是这样啊！有时经历苦难也是一种财富，坚持下去就会出现生命的奇迹。

万梓星点了点头，阳光照在身上，他似乎感觉到了一股力量，有一股热量在身上流动，精神变得清爽起来。

"万梓星，你回来了，这是大队发给你的一箱牛奶和水果。"陈光指着地上一堆东西对万梓星说。

"什么？大队还有这些东西发啊！"万梓星简直不敢相信自己的眼睛，就是在外面，自己又何时能喝上这些高钙的纯牛奶呢！

想起刚才刘队长对他说的话，看着地上这一堆东西，刘队长在他脑海里的形象正在进一步地转变。

"万梓星，你在想什么？"陈光见万梓星那发呆的样子便问他。

"在背戒毒信条呢，大队不是要求每个人要背熟吗？"陈光看了看墙壁上的戒毒信条："我是人生旅途的迷失者，毒品的诱惑，让我深陷魔窟，饱受苦难。我无颜面对社会和亲人，无法忍受煎熬和痛楚。我真诚忏悔，渴望重生。"

"命运之神又让我回到了人生的起点。在这里，我郑重承诺，我要用行动表示我的渴望与决心。珍惜生命，坚定信念，磨炼意志，远离毒品，直至毒魔从心中彻底驱除。"

"戒毒艰辛但生命宝贵，除了戒毒我别无选择。为了明天，不管有多少困难挫折，我决不放弃！"

"万梓星，我问你，你觉得像我们这样的人还有明天吗？我们的明天是什么？我们戒掉毒又怎么样，又能娶妻生子吗？我是家里一根独苗，唉，如果家里人知道了我这种情况，不知道会怎么样啊，他们还盼着我出去给我找个老婆，生个儿女，可是这一切我都不能跟家里人说啊！我真的感到非常苦恼，这种苦恼的日子不知何时才是尽头啊！"陈光边说边用手抹了抹眼眶。

"唉，这也是个问题，我们不能娶妻生子，不能传宗接代，就是戒掉毒瘾又有什么意义呢？还不是一个废物嘛！"万梓星刚刚燃起的一点希望之光又被浇灭了。两人良久无言，随后都把头扭向一边，抽着闷烟，似乎谁都怕再触及内心更深层的苦痛。万梓星刚吸收到心理咨询的力量又给陈光的话语带走了，在这样群体里，常给他负面的信息，给他带来痛苦和死亡的消息，常受到周围种种阴郁情绪的围攻，让他又陷入不良的心境中。

"唉哟，唉哟！"虽然窗外的风呼呼地刮得老响，但在这漆黑的夜里，这几声痛叫声，还是划破了寂静的黑夜，清楚地传入值班戒毒人员的耳里。

"万梓星，你怎么啦？"值班员见万梓星按着肚子，痛苦地在床上翻滚，赶紧推开门问他。

"我，肚子痛，不知怎么回事？"万梓星痛苦地说。

这时刘队长也闻迅披了大衣从值班室赶了过来。他一看这情

绝望重生录

形，二话不说，叫值班员扶万梓星下楼，马上去医院。在车上，刘队长不停安慰万梓星，"坚持住，很快到医院了。"

经过值班医生检查、输液、服药后，他的病情好了一些。医生诊断是肾结石，万梓星看着忙碌了大半夜，坐在椅子上无精打采的刘队长，心里有丝丝的不安。他说："你放心，我不会逃走的，你也休息一下吧！"刘队长笑了笑说："你现在是病人，好好休息吧！别想那么多，输完这瓶液，我会叫护士帮你换上。"躺在病床上的万梓星感激地点了点头，可是哪里睡得着？他思前想后，想到自己以前无理取闹的行为，刘队长却不计前嫌，还这样照顾他，这不是亲人胜似亲人的关怀，让他眼眶湿润了。

夜色更深了，由于万梓星走时匆忙，没带上被子，他感觉到阵阵寒意袭来，不由把双脚紧紧并拢在一起。尽管这样，有时身体还会冷得发抖。

睡得迷迷糊糊的时候，万梓星感觉双脚被什么东西盖住了，他睁开眼一看，原来刘队长不知从哪里找来一件床单盖在他身上，刘队长在窗前来回走动，不停地搓着手。他不由动了一下。刘队长刚好看见了，便关切地问："你醒了？打吊瓶的手不要露在外面，否则容易引起肌肉硬结。"

这时，护士过来帮他拔掉了输液吊瓶，天也开始慢慢泛出了鱼肚白，民警陆续过来交接班。万梓星翻个身，睁开眼一看，刘队长坐在身旁，只见他眼袋浮肿，满脸疲惫的样子。万梓星这时感到口渴难耐，就想下床找点水喝。刘队长问清情况后，便到医生办公室找到一次性纸杯，帮他倒了一杯水过来。随后便问他："现在感觉怎么样？"万梓星说："还好，就是感到浑身无力。"刘队长关切地说："你给疾病折腾了一个晚上，也许是肚子饿了，医生说你可以吃东西，我叫李队长帮我买的早点就先给你吃吧！"说完便把面包和牛奶递给万梓星。

万梓星赶紧坐了起来摆着手说："刘队长，你吃吧！你昨天值班也没吃什么东西呢。"

"没事，你吃吧！我等下交班了再去买。"刘队长说着硬是把面包和牛奶塞给他。万梓星见此，只好双手颤抖着接过了还带着温热的面包和牛奶，并连声说："谢谢你，刘队长。"刘队长笑了笑说："没事，你先吃吧！别想那么多，现在李队长也帮你带来了枕头、被子和洗漱用品。"万梓星正发愁没这些物品用呢，没想到李队长就帮忙带过来了。他拿着面包的手开始下沉，他看着这个面包啊！想起了儿时妈妈看病时从县城买面包给他吃的情景。眼前这两个面包凝聚着多少情与爱？有多少期盼的眼神在关注着他？这些只有万梓星才能够体会。他愣在那里，眼睛湿润了。好一会儿，他都舍不得吃。直到刘队长提醒他，他才醒悟过来，赶紧把面包放进嘴里轻轻一咬。他感觉这个面包的味道丝毫也不比妈妈买的面包差。那边刘队长与李队长交流了几句，刘队长便拖着疲惫的身子下班了。

李队长看万梓星吃完面包，便对他说："医生说你这种情况还要留院观察一天。天气预报'今天会降温，下雨'，你如果不够衣服穿，缺什么的就和我讲一声吧！"

万梓星使劲地点了点头说："好的，谢谢李队长。"

周医生过来病房询问了万梓星的一些情况，然后点了点头说："没事，休息一天再看看情况。"

"周医生，我。"万梓星看着周医生欲言又止。周医生回过头来微笑地看着他说："怎么样？有什么事吗？"万梓星看了看旁边的李队长。李队长见此便笑着说："你是不是要我离开，有什么秘密啊！"万梓星赶紧摆了摆手说："不是啊，我想找医生咨询下关于 HIV 的一些事情，可以吗？"万梓星憋不住，鼓起勇气向李队长提出了这个请求。

绝望重生录

"嗯，这个肯定可以啊！刚好周医生也是负责这方面工作。你有什么疑虑就直接问他吧！"

周医生也微笑着向万梓星点了点头。

"周医生，我心里有个疑问，像我们这种带病毒者，可以结婚生孩子吗?"说完，万梓星焦虑地望着周医生，他好像在等待周医生对他人生命运的重大判决一样。

"按法律规定，HIV 病毒感染者要结婚，需到专业医院去咨询。你这种情况，以积极乐观的态度，改善身体免疫系统，将来去专科医院接受治疗，是有希望结婚，甚至可以生下孩子的。"

"嗯，真的，感谢医生！"万梓星激动地连声说，他那暗淡的眼神突然之间发出了亮光，他好像掉在大海里抓到了一块浮板，不禁眼眉上扬，脸上露出了久违的笑容。

万梓星心情出奇的好，他时而面带微笑望着窗外，时而低头思考着什么。那疼痛带给他的不快，早已被他丢到九霄云外了。

万梓星此刻倒希望快点回到大队了，做点事情似乎更能让他充实。于是他赶紧问来查探他病情的医生，什么时候可以出院？医生看了看万梓星笑着说："这么急着出院啊！没什么意外明天上午就可以出院。"

"万梓星，好些了吧！大队领导叫我来接你出院。"万梓星正在收拾洗漱用品时，未见到刘队长，他那粗犷的声音就先传进耳朵里。万梓星赶紧停下手上的活，对刘队长说："谢谢你照顾，已经没事了。""那就好，你抓紧收拾吧！我去办出院手续，天似乎要下大雨了。"刘队长说完赶紧去忙了。

果然，办好出院手续，刚坐上警车，天空就哗啦啦下起了大雨，看这雨势一会半刻肯定不会停了，万梓星心想这下完了，要淋成落汤鸡了。

车子驶入大队小院停了下来，车门被打开了。万梓星准备冒雨往宿舍里冲时，一把雨伞已经在他头顶撑开。他看到刘队长撑着伞，站在汽车旁边，头发上沾满雨水，顺着两边脸颊往下流着几条不知是汗水还是雨水的液体。万梓星一时愣住了不敢下车，刘队长赶紧催促他，还愣着干嘛呢？赶紧下来啊！万梓星这才拿着东西跳了下来，不料地上一滑，重心往前一扑，看似就要摔倒。这时，刘队长眼疾手快伸手一拦，把他拦腰抱住，万梓星扑倒在刘队长的怀里，刘队长被他一撞，身子往下一沉，他赶紧用力往上一推，万梓星站稳了。刘队长却跌倒在湿漉漉的水泥地板上，雨伞顺势摔在旁边，裤子一下就湿了。万梓星心里一惊，一时呆住了，待他醒悟过来，想放下东西上前去拉刘队长时。刘队长见此，赶紧对他说不用扶，你拿好东西、别弄湿了。然后，刘队长一手撑地，一手扶着腰，眉头紧皱了一下，脸上闪过一丝痛苦的表情，慢慢地站了起来。刘队长随后拿起雨伞帮他遮住雨水，微笑着对他说："没事了，你拿好东西，我背你过去。""不，刘队长，这样哪好意思呢，我跑过去得了。"万梓星说完作势就要跑。"你干嘛呢！这样过去全身都会湿透，而且你刚出院很容易感冒呢，赶紧上来！"刘队长用强有力的右手一把拉住他手臂，让他无法动身，接着刘队长带着惯常的严厉，但又不缺温和地说。"拿好东西，快点上来，这是命令。"刘队长看着还在犹豫的万梓星，把宽厚的背转到他的面前微微蹲下，用空着的右手去按压他的身子往自己的背上靠。万梓星见此，不好再说什么，颤抖着把身子趴了上去。一袋杂物在刘队长胸前晃动，刘队长像是用尽全身的力气把他背起来，冒着风雨，踏着雨水，艰难地往前迈着脚步。万梓星瞬间感觉一种电流往他身上传来，非常温暖舒服。他突然想起了小时候，也曾经这样趴在父亲壮实的背上去海边玩耍。那时父亲背累了要他下来，他就是不愿意下来，他觉得

绝望重生录

在父亲背上不但安全舒服，还藏着许多奥妙，父亲漆黑布满斑点的背上有一道道浅红色的印痕，好像是一片片紫红色的云霞。少不更事的他好奇地伸手去抓时，父亲就发出一声声轻微的疼痛的声音。母亲在旁边呵斥他好好趴着，别去碰父亲的"印痕"。他就好奇地问母亲，爸爸的背上为什么会有这么多好玩的印痕呢？母亲告诉他："爸爸长期在外面风吹日晒做泥水工，要挑很重的担子，很苦很累，昨晚就给他的背上'刮莎'了。"他似懂非懂地点点头，不久就趴在父亲背上睡着了。现在回想起来父亲也是爱过他的，也给了他一些欢乐。想到这他对父亲的怨恨逐渐在减退。

这时他感觉身子在往下掉，又听到了刘队长大口"扑哧，扑哧"的喘气声，于是他赶紧说："刘队长你累了，放我下来我自己走过去吧，我最近长胖了，有 150 多斤呢！"刘队长摇摇头并不搭话，用他那粗糙而温暖的手，把他身子往上提了提，把他背得更紧了，然后继续往前走。风夹着雨水吹了进来，零零散散地扑洒在他们身上。刘队长就把雨伞往他身后挪了挪，尽量用雨伞为他挡住更多的风雨。万梓星心口一热，眼睛湿润了，他调整下情绪，认真察看了刘队长，只见刘队长粗黑的脖子上也有一道道深深的红色的印痕，这些印痕和父亲背上的一模一样。他心里一惊，想伸手去拨开看看，但他很快意识到是不能这样做的。他又把眼睛移向了刘队长的头发，只见泛黄头发中间开始有一点秃，耳鬓两旁还长出许多白发。突然他感觉趴在刘队长浅蓝色的警服上，就像是趴在浅蓝色的大海上，这大海的深邃、宽容、宽广、谦卑、大度不正像是刘队长吗？刘队长用他的宽阔的胸怀接纳了他那卑微的生命，充满无数缺陷的生命，让他有勇气让生命之路重新起航，让他在那艰难的困境里看到了曙光。此刻，他的眼睛似乎穿过了无边的风雨，看到了一片灿烂的阳光。

好不容易走到宿舍楼，刘队长气喘喘地把他轻轻放下来。万梓星发现他的警裤湿了一大半，皮鞋也湿了。他鼻子一酸，再也忍不住两行眼泪就掉了下来。他哽咽着说："刘队长，真的非常感谢你。""没什么呢，别傻样了，赶紧回宿舍去吧！小心着凉了，我没事的，回去就可以换件衣服"刘队长爽朗地说完，便转身离去。他久久站在宿舍大门前，看着刘队长撑着雨伞在风雨中一瘸一拐远去，他突然觉到刘队长的身影在他眼前变得越来越清晰，越来越高大。

"万梓星，回来啊！身体没什么大碍吧！"陈光见到万梓星拖着疲惫的身子回来，正在看信的他赶紧收了起来。

"还好，没什么事，对了，你刚才在看什么啊！"万梓星看到陈光这么神秘，便靠近他欲拿来看个究竟。

"没什么，是一封信。"陈光脸带笑容，欲把信往口袋里装。

"搞那么神秘干嘛呢！拿来分享一下啊！是不是女朋友寄来的？"万梓星看他的样子已经猜到几分，陈光曾说过他认识一个四川女性朋友。

陈光见万梓星非要抢着看，怕给抢烂了信纸，于是面带微笑小心翼翼地把信纸铺开。

看着那些关心问候的话语，那些鼓励的语句，万梓星屏住呼吸一口气读完，虽然不是写给他的信，他还是很替陈光高兴。万梓星轻轻地打了他一拳说："你这小子藏得很深嘛，手段不错。对了，到时也叫她介绍个小妹给我啊！"

"唉，星哥真会取笑人了，说不定梓哥到时会找个黄花大闺女呢！"万梓星笑了笑，不再搭理轻自去整理床铺，衣物。

不知不觉一个月的时间又很快过去了，万梓星像往常一样在车间里做着手工活。突然听到有人叫他的声音。

"万梓星，过来签名。"值班员过来对他说。于是，他赶紧放

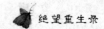

下手上的活来到车间办公台李队长面前。

"万梓星啊！这三个月以来你表现还不错，这个月又给你奖励 500 分哦！"李队长笑眯眯地对他说。

"谢谢李队长！"万梓星满心欢喜地签下名字，屈指算来到这里三个月过去了。他算了算还有一年多，就可以出去了！

明天又是和王老师约好心理咨询的日子，现在万梓星咨询时间已经拉长了，之前是十天一次，现在改为一个月一次。有的戒毒人员便笑他，好像女人来月经一样每个月都要找王老师一次，万梓星也不理会他们的耻笑。觉得每次从王老师的咨询室出来都让他对人生有了新的思索。

"上次我们讨论了中间信念，它处于自动思维和核心信念的中间，是一种比自动思维更深刻，更不容易被觉察，影响力更大的思维，可表现为规则、态度和假设。自动思维是我们告诉自己的言语信息，而中间信念（假设）却没有那么明显。我们经常从自己的行动中推断出假设。如果我们把假设转化成言语，通常是'如果，那么'或'应该'等说法。核心信念是根深蒂固被接受的，它们是整体的、牢固的和被全面概括的。我们一起来寻找核心信念，你可以试着练习一下，自己对自己的看法，别人对自己的看法。"王老师微笑着说。

"我感染了艾滋病病毒，我是个失败者。我感染病毒，别人都不会喜欢我。人们认识我的话，那么他们会认为我很卑贱肮脏，是瘟疫。非但不会接受我，还会伤害我。"

"通过这些练习，你觉得你的核心信念是什么呢？"

"我觉得我是毫无用处的人，这么大年龄了，不但一事无成，还落得一身疾病。"万梓星把头低得老低，望着地面。

"嗯，我们接下来要练习改变不好的核心信念，学会正确认识自己，正确认识别人对自己的看法，而且事情的发展有时也会让人称心如意。然后去探索那些较支持你、能让你信赖的人际关系和环境，依靠这些支持，去应付较困难的人际关系和环境。比如我们在这里对你所说我是毫无用处的人进行辩论。你这里的'我'毫无用处，是不是太抽象了？这里的'我'好像不太被人理解。这里的'我'指的是什么呢？"

"当然是我自己啊，我是毫无价值的，我有时感觉活着都不知还有什么意义。"万梓星不解地望着王老师。

王老师说，我是说这样一个"我"应该包括"我"的各个部位，"我"的脚，"我"的左手，"我"的眼睛，"我"的鼻子，"我"的内脏，"我"的大脑等。正是这些东西构成了"我"的整体存在，而脱离了这些具体的内容，这个"我"也就没什么意义了，是这样吗？王老师问。

"嗯，你的意思是指具体些。"

"是的，我们就可以换一种方式来说'我是毫无用处'这句话，换句话说，你可以用刚才提到的那些'我'的具体内容来代替'我'。你可以试一试。"王老师微笑地鼓励他。

"那就是说，我的手臂毫无用处，我的眼睛毫无用处，我的双脚毫无用处，我的大脑毫无用处……好像不能那样说了。"万梓星说了几句，停了下来。

"对，你说我的眼睛毫无用处，我的双脚毫无用处，我的大脑毫无用处，这样的句子就没什么意义了，对吗？"

万梓星默默地点了点头。

"所以，虽然现在你身体不幸感染了病毒，在某些方面是有缺陷的，但却不能说明你是毫无用处的人。你这是过分夸大了灾难的后果。"

"照你这么说，我还有存在的价值。"

"是的，你这几个月不是通过劳动，拿了500分奖分嘛，你

绝望重生录

通过劳动创造了一定的社会价值，也给自己创造了价值啊！"

"王老师，那为什么我会产生这种想法呢？"

"这是因为核心信念往往产生于童年时期。当你孩儿时候与其他重要的人之间相互影响以及遭遇一系列情境时，这些信念就逐渐产生了。因创伤而产生的绝对信念，会保持其顽固性。如果早年生活经验让我们深信某些信念是真实的，那么成年之后也仍难以改变它们。辨明了关于自己的核心思维，就足以了解在你生活里重复出现的问题。然而核心信念只说明了现象的一部分，辨明针对他人和世界的核心信念，会帮助我们全面理解为何这种情境会令人心情低落。你也谈到过，你小时候做事得不到父亲的鼓励，反而多次被呵斥是无用的人。小时候上课时，老师也让你在课堂上难堪，还有在姐姐家生活时，他们说你是废物这些早年经历的创伤，或许是你产生不好的核心信念的原因。现在你可以尝试下建立新的核心信念。"王老师说完用鼓励的目光注视着他。

"我是有价值的。我仅是感染了病毒，这并不能影响我的生活。"万梓星说完看着王老师。

"对，虽然我感染了病毒，但我大致上能控制住自己，我可以带着病毒去生活。""我能够胜任地做绝大多数事情""我是一个有作用的人。""我是一个可爱的人。"王老师一边帮他总结，一边鼓励他加强新的核心信念的练习。

"现在虽然说你有病毒，然而科学每天都在发展，我想有一天还是可以治疗的，关键是你对自己要有信心，调整好情绪，这样对病毒的治疗是有很大帮助的。科学研究表明，良好的情绪也是一种很好的治疗药物。"

王老师接着说："人的免疫系统是个很奇怪的家伙，跟人的情绪有很大的关系。一个人如果每天都处在积极的情绪下，对未来有着坚定的信念，那么身体的免疫才能得到最大的保护。否则，当一个人每天都处在恐惧、担忧、不满、仇恨等不良的消极情绪时，就是自己在破坏免疫系统，加速病毒的损害。"王老师看了万梓星一眼接着说："我们要提高处理情绪的能力、比如说恐惧艾滋病，如果你去面对它、体验它、接纳它，它不仅会过去，而且从此之后你会减轻甚至消除对艾滋病恐惧，你会懂得怎样去处理这个恐惧。如果你逃避它、害怕它，你就加强了这个负性的能量，你就无法解脱。因此影响你的并不是恐惧，是你对恐惧艾滋病的解释、认同和在乎。"

"你可以加强正念的练习，正念是一项 ABC 技能：A（aware）觉知；B（beingwith）全然接受当下经历的，而不是意气用事；C（choice）更好地选择适应环境的方式。长期稳定的正念练习本身就可以带来更持久的注意力，更清晰的判断力，以及更成熟的情感能力。"

万梓星点了点说："王老师，通过前几天正念练习，我明白了目前这种状况，我不应该深陷过去，而是应该更好地活在当下。"

"你明白就好了，其实人的能量是有限的，如果过多分散了自身的能量，那么对抗病毒的能量就会减少，虽然现在还没有根治 HIV 病毒的药物，但是可以把全部能量集中起来抵抗病毒的损害，延长潜伏期，才能获得更多的时间和机会来等待医学的发展，更能对得起自己的人生和一切关爱自己的亲朋好友。"

"我怕不知能否等待这一天到来呢。"他像喃喃自语，又像向王老师询问。

"你知道最近发生在四川地震的事吧！许多灾民给倒塌的房屋压住了，有的人失去了亲人，有的失去了健全的躯体，但他们仍然顽强地与困难作斗争，好好地活了下来。其中有一个最感人的镜头，就是一个灾民被倒塌的房屋困了七天，期间没有食物，

绝望重生录

没有水，最后不停地接自己的尿喝，等来了救援人员就获得重生。"王老师又说："我想你也面临一样的困境，但你要学会灾变去除法，改变绝对化思维、糟糕透顶思维、自动负性思维。因为比较悲观的人，会有一种悲观的自动思维，做什么事情都首先朝坏的方面去考虑。学会发现自己的优势，用好的核心信念代替不好的核心信念。以积极乐观的心态面对病毒，我相信你将来的结果肯定会比糟糕的心态要好，未来是充满无限可能的。"

万梓星边听边点头，有所领悟地说："你讲得确实有些道理，我回去好好体会。"

王老师的脸上露出了笑容，握着万梓星的手说："加油！只要用力呼吸，就能看到奇迹，加油，我相信你可以做到的!"

王老师看着他迈着轻松的脚步而去，脸上露出了欣慰的笑容。万梓星的语言表达比前几次更加强烈，只有让他越放松，才能更自由地表达自己，但是随着咨询的深入，过往多个创伤场景的再现，王老师感受到了他的身体和意识出现躲闪和回避，王老师头脑里已经有了下次为他做咨询的方案。

"陈光，你又在看什么呢?"万梓星最近休息时，总是看到陈光乐呵呵地望着窗外，好像窗外有什么宝贝捡似的。

"嗯，你知道吗? 万梓星，我的女朋友又来信了。"陈光按捺不住一脸的幸福。

"怪不得，怪不得，快说来听听，你女朋友说什么了。"万梓星迫不及待地靠近去问。

"我就不告诉你，你吹啊!"陈光故意卖了个关子。

"我就知道你这熊样，行了，给你，快说吧!"万梓星知道这小子每次谈起他女朋友的事情时，总要万梓星拿支烟给他抽抽，他才愿意说出来。

陈光点着烟，吸了一口，又优雅地吐出一圈圈烟雾，才吞吞地说："我女朋友说了，她两个月后出去，她会来接我，然后我们就去旅行，再也不回到原来的那个地方，去见那帮人了。我们计划赚到钱就去接受治疗，说不定到时我们还可以要个宝宝呢。"

　　"你女朋友也是这种情况，还可以要宝宝吗?"万梓星不禁纳闷地问。

　　"有什么不可以呢! 听我女朋友说，她们身边同样感染 HIV 病毒的人就有生下健康婴儿的情况，不过听说要去省里三江专科医院进行病毒阻断治疗。"

　　接着，陈光又谈了许多今后人生的规划蓝图，看着陈光那充满激情的样子，万梓星也被感染了，不断地祝福他。

　　陈光听了窗外集合的哨声，拍了拍万梓星的肩膀说："哥们，别泄气，你会有更好的将来，不过命运要靠自己去把握，去创造的，谁也救不了我们，只有自己能救自己。"

　　万梓星点了点头，赶紧下楼去集合了。

　　"全体戒毒人员，听好了，今天挑选二十名戒毒人员，参加由社工组织的提升信心的户外拓展比赛活动。戒毒人员自动报名的，来我这里登记。"刘队长说完，眼光有意无意地落在万梓星脸上。

　　身边的戒毒人员窃窃私语，户外拓展没听过，是搞什么的啊! 会不会很累啊! 太阳又这么猛烈。万梓星又看了看刘队长鼓励的眼神，情不自禁地举起了手。

　　"好，万梓星报名了，看还有谁，抓紧些，今天的活动还有丰富的奖品呢!"刘队长站在人群里继续动员。

　　"去呗，还有与社工接触的机会呢，听说都是'美眉'呢!"重赏之下，很快站了二十名戒毒人员出来跃跃欲试。大队一百多号人，集中坐在软绵绵的草地上，由四个专业社工人员带领二十

绝望重生录

名戒毒人员参加活动，其他没参与的就在旁边观看。

社工宋老师说："拓展训练项目开始前的一个必需课程，'破冰之旅'意为打破人与人之间生疏的坚冰。"万梓星被队员推选为小队的队长，小队起了各自的队名，并富有激情地高喊各自的口号，万梓星的队名是"红牛队"，他们高喊"红牛，红牛，我最牛。"另一队的队名是"野狼队"，他们的口号是"野狼，野狼，我最棒。"旁边不少观看的戒毒人员都被他们高昂的口号和"POS"所感染，不时为他们喝彩鼓掌。

半个小时后，万梓星带着小队迎接更加激烈的拓展挑战，分别进行了"捆绑行动"。宋老师将每个团队中相邻的两个队员的脚绑在一起，并要求一个小队肩搭肩形成一个同心圆，然后与其他团队进行从 A 点到 B 点的竞走比赛。万梓星绑好脚，心里确实没底，已经许久没参加运动的他，感觉身体很是虚弱，他实在没有信心迈出去。宋老师似乎看出了万梓星的心理，过来拍了拍万梓星的肩膀说："凡事要勇于尝试，在哪里跌倒了，就从哪里爬起来，继续前行。"万梓星看着宋老师那期待的眼光，点了点头。吐了一口气，随着宋老师的哨声勇敢地迈出了一步。才走几步，万梓星就跌倒了，宋老师过来拍了拍他的肩膀，要他站起来继续前进。万梓星一咬牙，抹了抹汗水，赶紧站起来继续前行。旁边的戒毒人员也给了长久的热烈的掌声。

两个半小时的活动后，宋老师要求队长发言，万梓星不好意思站了起来说："在我带领大家去完成比赛的项目时，有些项目看起来无法完成，但通过一次又一次的尝试，最后还是成功了，心里感到非常的高兴，体会到成功的喜悦、团队的力量。"

宋老师点了点头。上前拍了拍万梓星的肩膀，然后给万梓星颁发了一些奖励食品。

宋老师接着说："有人这样说，心若改变，你的态度跟着改变；态度改变，你的行为跟着改变；行为改变，你的习惯跟着改变；习惯改变，你的性格跟着改变；性格改变，你的人生跟着改变。所以大家要改变一些错误的认知，有些看起来无法完成的事情，通过努力也是可以克服的。"

宋老师看了大家一眼，又说："其实社会并没有忘记大家，都在尽力帮助大家，现在社会有些企业都愿意接收大家到厂工作，所以大家不要自暴自弃，解戒后可以第一时间找当地社工共同去解决一些面临的问题，最后，请大家记住这样一句话，生活总是让我们遍体鳞伤，但到后来，只要我们努力，那些受伤的地方一定会变成我们最强壮的地方。"

回到宿舍后，万梓星还在回味着宋老师的话，"在这个世界上，从来没有真正的绝境，无论黑夜多么漫长，朝阳总会冉冉升起。在恐惧、死亡、痛苦中，在迷惑，无所适容，甚至不知道应该如何活下去的时候，我们要记住，找到我们的人生价值。在哪里跌倒了就从那里爬起来奋勇前行。"是啊，谁的人生会是一帆风顺呢？只有勇敢地站起来继续前行，才有可能达到目标啊！

刚才宋老师那一拍，万梓星感觉一股力量传给他了，让他如神助般站了起来，继续前行。像宋老师看起来这么爱干净的漂亮女生也没嫌弃他，或许社会正在悄悄地发生着某种变化，今天第一次听到社工这个名号，已经被万梓星深深铭记在心里了。

"万梓星，你的脚没事了吧？"刘队长关切地问万梓星。

"没事了，谢谢刘队长送的'正骨水'，擦了几天就好了。"说着，万梓星在刘队长面前伸了伸腿。

"嗯，没事就好，这几天看你都是比以前早完成习艺劳动任务，希望你继续保持下去哦！这是你上个月的适度工资发放情况，你看看。"

万梓星接过适度工资条一看，居然有 178 元。万梓星几乎不敢相信，这个数值来之不易啊！差不多排在车间戒毒人员的前列了。

当初刚接触这个产品时，万梓星也是极不适应，做了几次返工货，正感到沮丧的时候，刘队长走了过来，和颜悦色，不厌其烦地教他怎样掌握产品的技术要领。万梓星看着刘队长那皱皮粗糙的双手，渗出的汗珠把他警服的后背也弄湿了，心里一紧，心想刘队长这样一把年纪了，都能学会，我又怎么学不了呢！经过思索，多次练习，万梓星终于掌握了技术要领，动作也越来越娴熟了。

"刘队长，真不知如何感谢你，我去给你拿瓶饮料吧！"万梓星想起前几天大队发了一箱王老吉饮料。

"哈哈哈！"刘队长发出了欢快的笑声。在万梓星的印象里，刘队长从来没有这样笑过。万梓星一时懵在那里。

"谢了，我有水呢！来，抽根烟。"刘队长打住了笑，递给万梓星一根"五叶神"香烟。

万梓星抖抖索索地用双手接了过来，竟一时说不出话来。

"来，抽一口试下这个味道。"刘队长打着火，给他点烟。

"我，我来。"万梓星一激动，把烟掉在地上。

"没事，抽一口再说吧！我俩也很久没聊了，今天可以好好聊聊啊！"刘队长爽朗地笑着说。

万梓星见此，拿着小板凳靠近去点着了烟，随后深深地吸了一口，又吐了一口烟出来，心里便平静了些。

"刘队长，以前我给你添了这么多麻烦，真的很不好意思。"万梓星说完看着刘队长的反应。

"哈，哈，万梓星，以前那是多久了，那是劳教所的时候吧！我都忘记了，你怎么还惦记着呢！从今天开始这一页就揭过去了，人都要不断成长，才能适应时代的发展啊，等你出去后今后发达了，再请我喝瓶水，抽根好烟。"

刘队长爽朗地笑着说。

"刘队长，就别耻笑我了，像我这样的人哪里还有发达的机会啊！"

"万梓星，你还别这样说，从这里出去的，有一个称'小李子'，也是 HIV 感染者，他刚到这里开始也是情绪很差，后来调整好心态，他出去后离开了以前的吸毒环境，去了另一个城市卖水果，又去帮别人洗车，经过不断的努力，至今不但一直保持操守，还成了一个拥有几百万资产的石材批发老板呢！"刘队长一脸认真地说。

"刘队长，这是真的吗？"万梓星张大了嘴，听得目瞪口呆。

"那肯定啊！我有必要骗你吗？上个月所里组织回访跟踪调查时才知道的。可惜他不愿意接受记者的采访，也不愿意回所里给戒毒人员帮教。"

"嗯，那'小李子'真的厉害，这样的人生才有意义，才有价值啊！"万梓星露出了一脸的羡慕。

"其实，我们无法改变生命的长度，但可以改变生命的宽度。人的一生都很短暂，有的人在这短暂的时间里，活出了生命的精彩。当自己老了回首往事时没有太多的遗憾，因为他的人生有奋斗，有奉献。虽然'小李子'这样的人生成就，许多戒毒人员不一定做出，但人生并不是要去做一些轰轰烈烈的工作才有价值，才对社会作出奉献。其实你可以不断地完善你的人生，把一些普通而又平凡的工作做好，这也是活出了生命的精彩，也是对社会作出了奉献。"

万梓星点了点头，以前刘队长也和他谈过许多话，但今天万梓星第一次感觉到刘队长的话语，饱含着这么深刻的含义。直到大队领导来找刘队长了，他才依依不舍结束了这次会谈。他从来

绝望重生录

没有感受到刘队长如此的亲切。他想尽快解戒的心愿也是一天天炽热起来，他开始想探究外面的世界了，但他的内心又充满着矛盾，他又害怕出去，他不知道外面的世界将会怎样对待他这样的群体。

"陈光，你又在练字啊！你写的字越来越漂亮了。"在民管会活动室，万梓星看见陈光正在专心致志地写毛笔字，看他写的字越来越漂亮，万梓星由衷地赞叹几句。

"是啊！所里不是组织书法绘画比赛吗？你擅长绘画，你也可以参加啊！说不定还能拿个名次，又有奖分又有物品奖励，何乐而不为呢？"陈光看着万梓星那羡慕的眼神，积极鼓动他。

"我不行，我不行的。"万梓星连连摆手。

"你都没试过，怎么知道不行呢？上次我也看你用铅笔画过图画，感觉你画得还不错，即使不能获奖也权当参与罢了，也没有掉你一斤肉什么的啊！"

万梓星经他这么一说，迟疑了一下。

"来吧！反正也是打发休息时间，没有关系的，况且你的经历也很丰富，不正是可以通过绘画表达出来吗？"陈光从抽屉找出画笔和颜料，递给万梓星。

万梓星转身欲走。

"万梓星，你就不要推辞了，积极参加吧！今天不是休息吗？这个房间可以让你创作。"不知什么时候，刘队长来查房了。万梓星听刘队长这样一说，不好推辞，只好接过话来，讪讪笑了一句说："那好，我就试试吧！"

万梓星凝神思索，一会儿，便铺好纸，开始他心中图画的创作。万梓星时而拿笔，时而拿涂料，两个小时后，画的轮廓逐渐显示出来了。陈光有时过来看几下，也不多言。又过一小时，万梓星便把笔一放，长吁了一口气说：

"好了，差不多就这样吧！"

"咦，画得不错啊！不过，是什么意思？我不是很明白。"陈光见万梓星画完，便欣赏起万梓星的画来。

"这画表达的主题是死亡之吻，这是我最近安静独处时，一直在思索的一个问题。你看这个年轻人站在悬崖上，这条毒蛇化作一个白色的妖姬，正在诱惑这个年轻人来接吻。这个年轻人身

绝望重生录

后是袅袅升起轻烟的小山庄，几个人正在劳作，享受着美好的阳光家园。"万梓星眼睛久久地盯着那个小山庄。

"嗯，我明白了，这一转身一吸上就是万丈深渊啊！"陈光在旁边接着说。

"是的，这白色的妖姬或者化作美女，或者是熟人毒友，在这美丽的外壳下，稍有不慎便是万劫不得超生啊！如果可以，我愿意在这小山庄里过一辈子平静而又平凡的生活。"万梓星看着图画，陷入了沉沉的思索之中。

"好了，好了，别想那么多了，我们先做好眼前的事情吧！今天难得休息，我们出去晒晒太阳吧！"陈光拍了拍万梓星的肩膀，说了几句便出去了。

一个月后，万梓星照常起来洗漱完毕，便去楼下做早操，当他走出宿舍时，习惯性看了看白色板上的公告，上面赫然写着："万梓星，今天是你的生日，祝你生日快乐！"

"今天是我的生日？"万梓星自己都忘记了，这里的警官竟然还记得自己的生日呢？万梓星鼻子酸酸的，他用手偷偷抹了抹眼角，便下楼去了。

"万梓星，你过来一下。"万梓星正在车间劳作，刘队长过来叫他。

"来抽根烟。"刘队长把一根五叶神香烟递了过来，万梓星毫不客气地接过，打上火。

"万梓星，恭喜你哦！今天你有两件好事呢！"刘队长笑眯眯地说。

"有什么好事呢？"万梓星用左手摸了摸脑袋，看了看刘队长说。

"你看这是什么？"刘队长神秘地从抽屉掏出一张红色荣誉证书，递给了万梓星。

万梓星迫不及待地打开一看，上面赫然写着"万梓星你的'死亡之吻'的绘画作品，经评委评审荣获二等奖。"万梓星乐呵呵地笑着说："感谢刘队长当初的鼓励啊！"

"所以要对自己有信心啊！你努力争取了，就会越来越幸运。这次获奖不但有奖分，还有物质奖励呢！继续努力吧！大队考虑让你出黑板报呢！"刘队长说着把一包奖励的食品递给万梓星。

万梓星高高兴兴地接了，谢过刘队长，接着便问："刘队长，你还有一件好事是什么呢？"

刘队长故作神秘地说："你下午收工，就知道了。"

万梓星见此，也不好多问，回到车间便把一些食品与陈光、赖哲等几个好友分享。

万梓星坐在车间里胡思乱想，刘队长这样说肯定是好事，但他就是想不出来有什么好事呢！好不容易半天时间过去了。

"万梓星你留下来，其他人跟着钱队长回去。"刘队长集合时候对大家说。

万梓星兴冲冲地跟在刘队长身后，刘队长不管万梓星怎么问，他就是不透露一句。

"好了，到了。"刘队长笑着对万梓星说进去吧！他犹豫了一会，看了一下牌子，写着"文体活动室"，便推门进去，里面挂着一条红色横幅特别显眼，写着"戒毒人员集体生日晚会"，桌子上放着生日蛋糕和一些水果糖果，已经坐了十几个戒毒人员，他扫视了一眼都不认识，好像是别的中队的，还有几个大队领导也围坐在一起。万梓星此时心里完全明白了，原来是集体生日晚会啊！早上的提示语，他就应该想到啊！可是他真没想到在这特殊场所还有生日晚会呢！民警看见万梓星进来了，拿来一张椅子热情叫万梓星坐在旁边。

"戒毒人员们，祝大家生日快乐！今晚在这里给大家一齐过

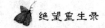
绝望重生录

一个大生日。大家来自不同的地方，但都是同一个情况，我们应该一起努力战胜病毒，现在随着科技水平的提高，发病时间不断推迟，在国外甚至有治愈的先例，所以我们要集中精力去应对病毒，科学戒治。大家不要自暴自弃，相信明天会更好。"大队李书记作了热情洋溢的讲话，许多戒毒人员听着听着，都出现了久违的笑容。

接着，李书记叫大家在蛋糕上插上燃着的蜡烛，把光管熄灭，然后叫全体戒毒人员闭上眼睛许下心愿。万梓星闭上眼睛也许下了一个心愿，随后李书记喊一二三，大家一起把蜡烛吹灭。每个戒毒人员都分到了生日蛋糕。接着李书记对大家说："今晚大家就边吃东西边欣赏一个大队排练的节目。"

只见李书记手一挥，几个戒毒人员上台开始表演起来。万梓星听说节目是戒毒人员自编自创的，很是感兴趣，便认真看了起来。一个戒毒人员上场举着一个牌子，上面写着第一场：《蜕变》

旁白：王强把父亲的百万家产吸光了。父亲无奈之下报警送他去戒毒所，在戒毒所度过了两年的强戒改造生活。今天，他即将解戒回家。

王强：（唱歌出场）两年的戒毒生涯说长不长，说短不短，所有的严肃，所有的严格，洗掉我身上的污点，驱除心中的毒瘾，找回全新的我，开始新的生活。

干警：希望你不要再走回头路了，现在你也老大不小了，思考问题要成熟冷静，遇到什么困难记得主动寻求帮助，这是戒毒社工的联系方式，一路走好了。

王强：谢谢干警，我记住了。

旁白：离开戒毒所，王强充满了回家的喜悦和未来的希望，他想快点见到年迈的母亲，现在可好，可是……可是……想到了自己曾经给家里带来的伤害，王强心里满是愧疚，他还不知道家里到底发生了什么，他咬着牙，鼓起勇气，推开门。

王强：爸、妈，我回来了。

旁白：母亲从房间走了出来。

母亲：是强仔呀，回来就好。

王强：妈，你身体怎么样了？怎么头发都白了，身体也瘦了，我爸呢？

母亲：你爸，他……（哭）

王强：我爸怎么了，你快说呀！

母亲：你爸去年已经走了，他知道自己得了肺癌晚期，没办法才送你进戒毒所，就因为这个你还怨恨他，你这个不孝子啊！

王强：（哭）爸，对不起，是我害了你啊！要不是因为我吸毒把所有家产吸光，你也不会气得一身病，怪我没有明白你的用心，都是因为我啊……

母亲：你现在忏悔，你爸也活不过来了，如果你真的还惦记这个家，以后就争口气，老老实实找份工作，好好做人，不要妈再为你担心了，要不然我也活不长了。

王强：好，妈，我这个不孝子，都是我害了你，让你受苦了。我对不起这个家和你，我明天就去找工作，以后好好孝顺您。

旁白：第二天，王强马不停蹄，带着简历去应聘工作。

王强：你好！请问你这是招人吗？

张老板：是啊，我们这招人，你是来应聘什么岗位？

王强：只要你肯用我，什么工作我都愿意做。

王老板：那说说看你会什么，有什么职业技能资格证，还有你以前的工作经验。

王强：这是我的洗车美容师证，你看行吗？

陈总：小张，我车停那了，赶快安排一个人把我车给洗了，

绝望重生录

别要上次那个啊，车洗不好不说，还把我的车玻璃刮花了，记得啊，我一个小时后来提车。

张老板：嗯，好的，陈总你放心，你是我们的老客户了，肯定给你服务好。

旁白：王强其实早就认识那个陈总，曾经是生意上的伙伴，还一起走进那灯红酒绿的酒吧。

陈总：哎呀！我总算想起来了，你不是当年咱们市赫赫有名的王总嘛，我听说你进去了，你这是刚出来吧。

王强：别提了，都过去了，以后还请陈总多照顾才行。

陈总：不敢不敢，我这还有事，我先走了……（转身走着说）以前你神气得很，现在这个样子，给我洗车都不要，白粉……

王强：怎么样，老板，我会洗车，打蜡，给我安排份工作，行吗？

张老板：这个啊……我看这样吧，你先回去等候消息，好吗？

旁白：他低头转身走了，像打了霜的茄子，蔫了，心里非常不是滋味，等候消息，他知道那是用人单位婉拒的言语而已。找不到工作该如何是好，又该如何跟母亲解释呢！想到这里，一股凉风刮来，让王强觉得心好冷，好冷。

王强：想当初，我也是有身份有地位的人，如今帮别人洗车都不要，唉！

旁白：他独自一人漫无目的走在路上，走着……走着，他竟然鬼使神差的又来到了那个他吸毒的酒吧，回忆起当初第一口，就是从这里开始的。

张总：王总，今天我们的生意合作不错，去庆祝一下。

王强：好啊，去哪呢。

张总：走，带你去个好地方玩。

王强：来，先抽支烟。

张总：王老弟，这都什么年代了，你还抽"三个五"牌，现在流行这个了，你试一下。

王强：咦，这是什么东西！

张总：唉呀，放心吧，不会害你的，这是有身份地位的人来玩的，可舒服了。

王强：喔，那怎么玩？

旁白：就这样，王强吸上了第一口，走上了吸毒这条路，随着时间的流逝，王强的毒瘾也越来越大，公司和家产被他吸光了，他开始放下自尊，为了毒资，时常强迫妻子要钱，什么都不重要了。

王强：老婆，老婆开门，臭婆娘，我叫你不开门（一脚飞门）。

妻子：你这死鬼又回来干什么，吸吸，吸死你，公司也破产了，车也卖了，房子也被你抵押了，你还回来找什么！

王强：别跟我废话，老子告诉你，总有一天，老子一定东山再起，你现在赶紧给我拿点钱。

妻子：钱钱钱，哪里来的钱给你（哭）。

王强：没钱，我看看，这是什么，拿来（抢）。

妻子：不行不行。

王强：信不信老子弄死你，拿来。

妻子：你这个没人性的东西，这可是给儿子上学的钱，你拿了儿子怎么办？

王强：老子自己都顾不了，还管他。

妻子：你这个魔鬼，我决定和你离婚（哭）。

旁白：就这样——妻子离开了王强，他站在酒吧门口，回忆

绝望重生录

起过去的一幕幕，心里更加凄凉，进还是不进，此时的王强矛盾着，忽然耳边好像响起了天使和魔鬼的对话。

魔鬼：进去吧，进去吧，喝杯酒，可以忘掉所有的烦恼。

天使：进去，你真的要进去吗？你还不知道这灯红酒绿背后的东西吗？

魔鬼：何以解愁，唯有杜康，何必去想那么多烦恼，烦恼是你想得完的吗？喝杯酒又能怎么样呢？

天使：看啊，这就是诱惑的诡计，什么解愁，什么忧愁，这都是骗人去吸毒的鬼话。

魔鬼：什么鬼话，在这个社会上，有谁会看好你，过好一天是一天吧。

天使：真是这样吗，你忘记了对你千叮咛万嘱咐的干警了吗？你忘了家中对你期盼的老母亲了吗？

魔鬼：想那么多干嘛，在里面那么长时间了，难道喝杯酒都不敢吗，哪怕吸一口又能怎么样？

天使：吸吸吸，难道你真的要走回头路吗？

旁白：是啊，又想到了吸。

王强：这是怎么啦，又犯糊涂了，不行，我不能再走回头路了。

旁白：此时的王强不敢多想，赶紧跑回了家，并把自己关在房间里，他害怕自己又走回自己的老路。

王强：对了，我得寻求帮助，罗干不是给了我一张卡片吗。

小刘：喂，你好，我是刘华，您哪位？

王强：额……额……

小刘：你好！有事吗？

王强：我是王强，今天可能是因为应聘工作失败，脑子里又想去复吸了，我很害怕。

小刘：我想你现在肯定非常自责和内疚，的确，刚刚出来，还没有对社会和家庭适应，还有自己内心的那个毒魔，这些都不容易，但是，我想你愿意打这个电话给我，也是不想继续下去了，是吗？

王强：是的，我太害怕走老路了，可我身边的环境就像一个迷宫，怎么也找不到方向，你说我还有救吗？

小刘：只要你自己不放弃自己，就还有希望，你必须抵住毒品的诱惑，找工作先不用急，还有我建议你换个环境来适应，因为你身边对吸毒的经历太紧密了，太容易诱发你的心瘾，换个新环境对你有帮助。

王强：可是我家里只有一个带病的老妈，我得照顾我妈呀！

小刘：我非常理解你的孝心，这样吧，我会联系你那里的社工组织，按时上门探访你母亲，而且提供一些必要的医疗支援，你呢，也要和家人保持密切的联系。

王强：嗯嗯，我听你的，去试试看。

小刘：好，另外你近段时间每个星期给我来个电话，和我交流，便于我更好地督导你戒毒。

王强：嗯嗯，我一定做到！

旁白：挂完电话，王强的心里踏实了很多，他知道，原来不是他一个人在和毒品战斗，在他的身后有亲人的支持和社会各界爱心人士的帮助，他收拾好行李，给母亲留了一封信，默默地踏上去邻市的列车。

万梓星看着，似乎明白了一些事理，他发现旁边观看的戒毒人员眼泪泛光，若有所思。有的戒毒人员在悄悄抹眼泪，有的在窃窃私语。万梓星在思索今天走上这条路的原因，真的只能怪父亲吗？为什么有的戒毒人员有父母亲的精心呵护，一样走上这条不归路呢？

绝望重生录

十几分钟的剧情很快就结束了，大队书记随意叫了几个戒毒人员谈谈观后的感受，其中一个人谈道："剧情给了我很深的震撼，让我直观地看到了吸毒对家庭造成的巨大危害，在出去社会碰到困难后，懂得寻求帮助，远离吸毒圈子才能戒除毒瘾。"

大队书记点了点头说："是的，每个人的领悟能力不一样，希望大家回去后可以好好讨论，写一些观后感，今天是大家的生日，也是母亲的受难日，母亲怀胎十月生下我们不容易，我们要懂得感恩，懂得怎样去回报亲人。"

随后，大队书记鼓励有才艺的戒毒人员上台来表演才艺，有一个戒毒人员兴致勃勃地上台表演了街舞，没有更好设备，两个戒毒人员就地取材拿起小板凳和脸盆随着舞蹈的节奏快乐地敲打起来，他们表演的古怪动作引得大家捧腹大笑。

其他戒毒人员似乎受到了感染，纷纷上台表演拿手好戏，台下掌声、欢呼声久经不绝，这笑声，掌声划破了寂静遥远的夜空，传到了很远很远，他们久久沉浸在这特殊的生日集会中。

上午，戒毒所里一阵忙碌后，又归于平静。他们看书的看书，看电视的看电视，躺在床上休息的就在那闭目养神，他们在默默地享受这难得的休息日。

"陈光你在想什么呢？"万梓星见陈光闷闷不乐地站在窗前，远眺着外面发待一段时间了，于是问他。

"唉。"陈光长叹了一口气，露出一脸的无奈，接着从口袋里拿出一封信给万梓星。

"你女朋友要提前出去？这是好事啊!"万梓星看了看信说。

"你再认真看下，CD4 低于 200 才给提前出去呢!"

"嗯?"万梓星看到这心里一激灵，他很清楚 CD4 低于 200 对于感染 HIV 病毒的人来说是意味着什么。一时空气就像凝结了一样，谁也不想说话。

良久，万梓星忍不住说："怪不得最近我们分队莫名其妙，有好几个人还没到期就提前出去了，原来是这样啊！"

"是的，他们提前出去看似好事，其实是离死亡也就不远了。"

听着陈光这样无比失望地说，万梓星一时竟不知如何安慰他，看着陈光那布满愁云的面庞，他似乎也看到了陈光女朋友不幸的生活。陈光女朋友在社会上不幸的遭遇就是他们将来的不幸，她的苦乐幸福点滴消息都在牵动着他那敏感的神经。他以为内心已经变得强大可以直面困难，可如今听到与关于艾滋病相关的不利消息时，他还是感觉到了自己内心的脆弱和惶恐。他才知道自己内心其实还不够强大。他不想把这种感觉和心境传染给陈光，于是他只好掏出一根烟递给他，两人相对无言抽着闷烟。看着那吐出的一个个小小的烟圈随风散去，他俩似乎都看到彼此的眼角里带着淡淡的忧愁。

绝望重生录

第十章　生命影响生命

"万梓星，有人来见你，快点过来。"刘队长异常兴奋地对万梓星喊道。

有人来找我？万梓星心里一咯噔，是谁呢？估计是姐姐了，她又怎么知道我在这特殊专管区呢？她知道我感染了 HIV 吗？这一连串的问题在万梓星脑海里闪过，他实在是不想姐姐知道他这种情况。

果然，远远地隔着玻璃窗，万梓星就看到了姐姐那熟悉的身影，他低着头不敢看姐姐一眼，他甚至想扭头回去，迟迟不上前去拿对讲话筒。

"万梓星，你姐这么远来看你，饭都还没吃，你应好好和她说几句啊！"刘队长在旁边又是催促又是鼓励他。

万梓星偷偷看了姐姐一眼，看到姐姐露出关切的眼神，似乎并没有责怪他的意思，他才缓缓坐下来拿起了话筒。

"老弟，你身体还好吧！伙食怎么样？"万丽丽关切地问。

"嗯，比上次好多了，你是怎么知道我在这里呢？"万梓星露出一脸的疑惑。

"唉，你怎么不告诉他们你的地址呢，你写我的家庭地址也好啊！我就会早点来看你，我是上个月去逛街时碰到熟人告诉我

绝望重生录

的。说你上班的酒吧都给抄了，这才去派出所问的地址呢。"

万梓星听姐姐这样一说，稍放心了。

"那你知道这是什么地方吗？"万梓星故意试探姐姐。

"这不是和上次一样的劳教所吗？"万丽丽不解地看着万梓星。

万梓星点了点头，完全放下心来。

"刚才听你分队的警官表扬你，说你获奖了，表现也不错，希望你这次真的能意识到错误，把毒戒了吧！姐姐求你了，你也老大不小了，也该成家了。"

万梓星沉默不语。

万丽丽看了看万梓星的情绪，又看了看旁边的刘队长说："有一件事我想告诉你，老爸三个月前走了。"

"什么，他走了？"万梓星虽然对老爸一直有深深的隔阂与怨恨，但真正听到这个消息时，拿着话筒的手还是一阵颤抖，差点滑落。

万丽丽哽咽着接着说："老弟，你也该懂事了，你知道吗？上次老爸把买药的钱都给你了，你还骗他说做生意，其实老爸也很后悔这样对你，但他也有苦衷啊！我们做子女的也该理解长辈的不易吧！"

万梓星一时语塞，不知说什么好。他的内心就像打翻了五味瓶一样，什么味儿都有。

"妈妈临走时，叫我照顾好你，可是我说了这么多你又不听，妈妈在九泉之下知道你这样，她也死不瞑目啊！姐姐现在走在街上都抬不起头，熟悉的人都在后面对我指指点点，说三道四。唉！你就给我争气些嘛！"

万梓星一直低着头，听姐姐诉说。

"你现在有什么困难跟姐说，我会尽力帮助你的，现在父母也不在了，只能靠我们自己了。我现在三个小孩也在读书，也要花费不少钱，所以我能力也有限，主要还是靠你自己。"

万梓星点了点头说："姐，我知道了，现在也还好，有适度工资了，伙食生活上都还过得去，前几天还过了一个集体生日晚会呢！"

万丽丽听了，连说："那就好，那就好，希望这是你最后一次了，我又要照顾小孩又要出去做事，没那么多时间来看你，前不久搬重物时，我的腰也扭伤了，也不可能经常来看你，希望你好好表现，早点出来找点正经事做，再不珍惜青春很快就消逝了。"

万梓星看着姐姐那憔悴的双眼、沧桑的脸庞，他只好点了点头，便依依不舍地放下了听筒。

万梓星闷闷不乐地回到了宿舍，无精打采地坐在床板上。他回想小时候和父亲的点点滴滴，父亲还是有给他爱的。记得那次自己还骑在父亲的肩膀上，在沙滩上玩游戏时，不小心摔跤了，父亲心疼地把他抱起来。还有上次去要钱，父亲二话不说就把买药的钱拿来给他。想起这些他的眼睛湿润了，一种内疚深深地刺痛他的内心，他似乎已经无法恨他的父亲了。

"万梓星，你在想什么呢？刚才还好好的，怎么突然之间变了一个人似的。"

陈光见万梓星坐在床板上发呆一段时间了，忍不住问他。

"嗯，没事。"万梓星用手抹了抹眼泪。

"没事就好啊！心理老师不是告诉我们，有事要说出来，别闷在心里，要有良好的情绪去应对困难啊！"

万梓星点了点头。"对，明天去找找王老师。"经陈光的提醒，万梓星醒悟过来。

绝望重生录

咨询室里，王老师正忙碌地整理着一个个咨询记录，他拿起万梓星的记录，看了看已经有十二次了，每一次进步，王老师都记录在本子上，看着看着，他露出了欣慰的笑容。从万梓星点点滴滴的转变，他看到了希望，充满了喜悦，这种感觉就好像浇水培养的园丁看见一颗种子从发芽到枝子长成，现在长出花蕾。这些情形让王老师对工作充满了喜悦的情感，不断学习新的咨询技能，他希望这样的花朵越开越多，他的工作疲倦也逐渐消失了，他满心喜悦地等待万梓星的到来。

"王老师！您好！"一个熟悉的声音飘了进来。

"万梓星，你来啊！我都有一段时间没见你了呢！进来坐吧！"王老师照例热情地招呼他坐下来。

"嗯，王老师，最近碰到一些问题想来请教你。"万梓星坐下来，勉强挤出点笑容回应王老师。

"嗯，最近碰到什么事呢？我们一起来解决吧！"

"是这样的，几天前听到姐姐说父亲去世，心里充满内疚。特别是那次毒瘾发作时，我把父亲买药的钱都拿去买毒品。现在回头想起来，好像自己就是杀死父亲的刽子手。死前也没有送别。"万梓星轻声诉说着，眼睛泛出泪花。

"嗯，你的意思我明白了，你现在充满自责，内疚和难过。是这样吗？"

"是的，我最近心里好像有什么东西压着一样，脑海时常浮现出父亲临死前那痛苦的表情，好像有什么话要对我说一样。"

"嗯，你现在非常怀念他，你父亲带给你难以忘怀的回忆，我想知道你最想回忆的是什么？"

"我记得小时候在海滩上，我骑在父亲的背上那种快乐的时光，看着眼前的大海，那真是让人心旷神怡的时刻；也有父亲对我的偏心，让我耿耿于怀，我对父亲的感情是复杂的。当然，最后一次去骗父亲的钱时，父亲那憔悴的眼神，佝偻的病躯至今又会让我很不安，如果父亲在眼前的话，我真想向他说说。"

"嗯，那现在我们做一个简单的对你父亲的送别仪式，你觉得怎么样？"

"那太好了，王老师，你说我该怎么做？"

"你先用铅笔画一个你父亲的头像，我去帮你做个简单的准备。"

"好的。"万梓星爽快地答应了，接过王老师给的纸和笔就画了起来。

万梓星不时在思索，时而抹掉又重画，好一会儿才画出了父亲的头像。

王老师叫万梓星把画像摆在走廊的桌子上，然后拿了三个苹果摆在桌上，又拿了三根烟点着，又放了几个水杯。

"万梓星，你现在可以和你父亲做个告别仪式了。"

万梓星双膝跪下，看着父亲的头像默默地拜了三拜，然后，长跪着哽咽地说："爸爸，你一路走好。"

王老师见差不多了，便把万梓星拉了起来说："我们进咨询室再谈吧！"

"现在你有什么感觉？"

"嗯，我现在好像完成了一件心事一样，心里舒服多了。"

"刚才看到你好像有许多话要和父亲说，如果现在就有个机会让你说的话，你愿意大声说出来吗？"

"我愿意，但在这里哪有这样的机会呢？"万梓星沉默几秒后说。

"那好，下面我们就一起来创造一个那样的机会。现在放在你面前的是两张椅子，左边的那张代表你父亲，你可以把你刚才画的图像放在父亲的椅子上，右边那张代表你自己，你可以随意

绝望重生录

挑选一张坐下去。你坐了哪张椅子，你就要用哪张椅子的角色，对另外一椅子代表的角色说话。'你们'谈话的内容可以是某件事情，也可以是某个话题，说完一句就坐到另一边代表这个角色的椅子继续说，把你所有想对父亲说的都可以说出来，你明白吗?"

万梓星点了点头。

"那好，我们就开始。你挑一张椅子坐下去。"

万梓星先坐在代表他自己椅子的位置上。

"爸爸，我心里一直恨你，你对你亲生儿子这么偏心，我走到这样的路，都是你害的。"

"星星，爸爸确实也知道对你有点偏心，但老爸这样的条件再讨一个老婆也不容易，所以就全听你后妈的。希望你能理解。"万梓星坐在父亲椅子上说话时眼睛湿润了。

"爸爸，你为什么那次只给他们买校服缴学费，却不给我买校服，害得我在同学们面前都抬不起头来。"

"星星，我那时口袋确实没有更多的钱啊！全部钱都给你后妈掌管了，我也是很无奈的。"

"爸爸，你为什么那么狠心把我推给姐姐。"

"星星，我当时考虑到这边家庭环境不利于你的成长，姐姐的经济要好些，所以想让她帮帮你。我也没想到你去到那边会发生这么多事情啊！"

"爸爸，我在外面这么多年，你也从来没关心过我，从来没过问我的事情，你知道吗，我这么多年来活得容易吗?"万梓星情绪有点激动。

"星星，爸爸确实对你关心不够，我也去找过你几次，但都没找到你，我的身体一直不舒服，这才作罢。后来我知道你坐牢，我就拖着病痛去见你。"

"爸爸，你那次过来，我本来不想见你的，但看到你的真心歉意和病残的躯体，我才意识到走到今天这条路也不能全怪你。"

"星星，你走到今天这条路，是爸爸没有尽到责任，确实对不起你，希望你能原谅父亲，别带着怨恨去生活。"

"爸爸，你这么说，我心里舒服多了，我也不该把你买药的钱强行拿走，但我也是被人追债追得急，再不还钱，他们就会砍我啊！"万梓星痛哭流涕地说。

"星星，你能这么想就好了，这些事情都过去了，你还年轻，希望你能把毒瘾戒了，好好讨个老婆过日子，这样我和你妈在九泉之下也瞑目了。"

万梓星坐在椅子上，沉默不语。王老师问他还有什么话要说吗？

万梓星摇了摇头。

王老师便叫他挪开椅子，坐回咨询时的位置。

"万梓星，你现在感觉怎么样？"

"我现在心里舒服许多了，没那么压抑了，心里似乎明朗起来。"

"但我还是看不到希望，就好像陈光好不容易找到感染 HIV 的女友，却最近发现 CD4 偏低。王老师，你看我该怎么去面对将来呢？"

"你这种想法我是理解的，也是很正常的。但你目前身处所内，过多想这些对自己的心情不但没什么帮助，反过来会增加你的心理压力。你如果出去了，接触的多了，环境改变了，也许机会就来了。现在科技这么发达，到时做个试管婴儿什么的，也不是行不通啊！目前对你来说，你不觉得把毒瘾戒掉更重要吗？"

"那我该怎么办？"

　　"这里给你介绍一种森田疗法，就是以一种顺其自然的态度看待这件事情，老老实实地接受症状，真正认识到对它的抵制、反抗和回避、压抑都是徒劳的，带着症状去自然地生活。但强调不是对症状放任不管，而是保持人所固有的上进心，将精力集中在有益的方面，尽量减轻症状对自身的困扰。简单一点就是顺其自然，为所当为，这就是森田疗法的主要原理。"

　　万梓星点了点头。

　　"我们要接纳它，就是上次说的不必整天关注这种情况（感染病毒）。带着这些症状去劳动，去学习，锻炼，你也知道在你开公交车时，旁边许多人在干扰你，但只要你向着前方目标前进，就不会影响到你开车。"

　　"那还是没有解决问题。"万梓星似懂非懂地看着王老师。

　　"对那些症状和想法。顺其自然。通过学习把注意力投向自己生活中确定意义且能见成效的事情上。比如积极运动，多看有益的书。其实我们常常被自己的念头所困，好像有一道无形的枷锁捆住了我们的手脚，让我们动弹不得，然后我们还抱怨说：'都是他们，才害我这样的!'我们看起来好像无助，是受害者，是生活情境的受害者，我真的不愿意承担生活以及生活中各种情况给他们带来的麻烦、痛苦、羞辱和不堪，不能以柔软的心来接纳生活的安排。所以我们不幸福啊，我们以为把不幸福当成抗拒的念头，就可以改变我们的生活情境不用创造幸福了，结局是生活情境不但没有改变，反而变得更糟糕了，本来痛苦就那么一点点。就是因为我们老是把焦点聚集在让我们不幸福的病毒上，不断去放大、反而增强它们的影响力。"万梓星听着眼眸动了动，眼前变得明亮起来。

　　"你知道吗?"王老师接着说，"上个月我有一个表姐夫被汽车撞死了，这个消息让我们所有的人都很难过和不平。他平时待人很好，是一位很好的丈夫和父亲，两个孩子才 10 来岁。我表姐一家这几年好不容易才过上比较好点的生活，没想到就发生了这件意外的事情。他当天只是驾着自己的摩托车，没想到会遇到一个刚刚学会开车的女性，结果就被撞得血肉模糊。不知你作何感想？你说你想找心理的平衡点，其实平衡点就在你自己的内心，当你把自己所有的关注点都投放在抱怨上天的不公平，及自己糟糕的生命时，你的内心就永远失去了平衡。所以，当你寻找平衡点时，不妨问问自己把关注点投放在哪里？是否能够看到自己现在所拥有的，尽自己所能去珍惜现在所拥有的呢？我也不知自己下一刻生活会怎么样，是否也会遇到意外？但我知道我无法控制，只能珍惜现在的每一刻，努力做更好的自己。"

万梓星点了点头说："王老师，感谢你的分享，突然之间我似乎明白了许多。"

"那就好，希望你能早日走出困境，活出阳光。"

万梓星充满感激地紧握着王老师苍劲、温暖、有力的手，告别了这次咨询。

在回宿舍的路上，万梓星一直回味着王老师的一番话语，是啊！只能珍惜现在，努力做更好的自己，奇迹或许会发生。

"万梓星，你看。"万梓星刚回到宿舍里，陈光便把女朋友写给他的信在万梓星面前扬了扬。

"怎么了，看你这得意劲儿。"万梓星欲上前抢夺。

"好了，我告诉你就是了，我女朋友来信说她去省城三江专科医院治疗了，调整好心态，现在 CD4 又升到 250 了。"陈光嘴角边露出了得意的神情。

"真的？那真是太好了。"万梓星既替陈光高兴，也替自己高兴。他想至少目前来说 CD4 还是可以控制的，事情并非想象中那

绝望重生录

么糟糕。

一个月过去了，万梓星照例起床洗漱下楼做早操，正准备去车间参加生产劳动时，刘队长在全体戒毒人员面前宣布说："鉴于万梓星的表现，经大队研究决定，经上级批准，万梓星今天开始可以不用参加习艺劳动了，升为民管会副主任，在小院负责报板出版以及宿舍的纪律。"刘队长说完，给万梓星投去鼓励的目光。

"什么，我升为民管会副主任啊！"万梓星简直不敢相信这是事实，一直以来他都很羡慕民管会主任在宿舍里发号施令，想不到今天开始也可以管理他们了。

"万梓星，你今天把全体宿舍卫生检查一下，发现没弄好的写在黑板上。"齐队长交代他。

"万梓星，你把黑板报内容更新一下，注意结合形势作宣传，要弄好啊！黑板报是大队的宣传窗口。"刘队长交代他。

"万梓星，你把购物人员的名单收集一下，明天交给我。"邹队长交代他。

"万梓星，你把戒毒人员的作业收集起来，并检查一遍。做错的本子告诉我。"李队长交代他。

万梓星上来几天，尽心尽职地做好各个队长交办的任务，他感觉日子比在车间过得还快，许多都是刚接触的都要去学习，忙得很充实。

"万梓星，你这个做民管的怎么弄的，一点都不负责任，你看这个卫生都没检查到，如果给我扣分了，我就重罚你。"邹队长刚好值班发现卫生情况，就狠狠地把万梓星批评了一顿。

万梓星抑闷了好几天，压力倍增。他要执行队长要求的各项工作任务，各项纪律。

早上，万梓星按例收缴检查作业，当查到邹明信时，告诉他这样做不行，要他返工时，邹明信不但不听，反而态度嚣张地说："你算老几，你管得着吗？"

万梓星给气到脸一阵红一阵白，真想动手揍他几下，可幸的是万梓星深呼吸几气，硬是把火气压了下去。万梓星也不想多理他，直接把邹明信做的作业情况向当班邹队长作了汇报，邹队长问明情况后，狠狠地批评了邹明信，邹明信回来瞪着万梓星看了老半天，像要把万梓星吃下去似的。

"万梓星，你把我的名字也报上去了，真不够朋友，不就被子没折好吗？"陈光气鼓鼓地对万梓星说。

"陈光，希望你能多理解下，我也是没办法啊，如果我不写，给队长查到，我又要受批评还要扣分，上次已经给邹队长狠批一顿了。"万梓星一脸无奈地对陈光说。

陈光狠狠地瞪了万梓星一眼，当作没听到他的话，满脸怒色地走开了。

"姓万的就是假积极，做那么正经干什么，听说他以前不是'搞头王'吗？"万梓星无意中在上厕所里听到里面有戒毒人员在说话，只好悄悄退了出来。

万梓星显得特别抑闷，情绪有点低落，他一直羡慕的民管会副主任的工作居然难以开展。他无比怅惘地走在宿舍走廊上，最近许多事情一件件堆压在自己心里，内务卫生，学习纪律，还有一些台账，让他有点喘不过气来。工作累点倒是无所谓，可是连最好的朋友陈光也不理解他的工作，他想还不如回到车间做一份工。当这个想法一上来时，他眼前又显示出了刘队长那充满殷切的眼神，这样心里更烦了。他继续漫无目的地往各个室走去，突然一阵悠扬吉他之声飘进了他的耳朵里，他凝视听了一会儿，"睡吧，睡吧，我亲爱的宝贝，妈妈的双手轻轻摇着你，摇篮摇你快快安睡，夜已安静，被里多温暖。睡吧，睡吧，我亲爱的宝贝。"哦，这不正是妈妈在他小时候哄他睡觉的摇篮曲吗？他一出生就听着母亲的摇篮曲长大，母亲把所有的慈爱都给了他。他仿佛看见了慈祥的妈妈，在明亮的月光下轻轻地摇摆着他睡着的小摇篮，他似乎回到了童年，此刻他感觉到一阵温暖啊！他循声走去，原来是文艺兴趣小组今天正在练习准备演出呢，当差不多走到兴趣小组活动室门口，他才想起来。他正欲转身离去，这时里面有一个人眼尖看到他了，马上放下吉他把他拉了进来，屋里四个人马上停下了手中的演奏，纷纷对他说："梓星你来得正好，赶紧坐下来做听众，我们正愁找不到人呢？""我可不懂你们的五线谱啊！我怎么做得了听众呢？"万梓星看着他们，露出一脸的难色连连摆手说。"没事，我们就是需要听众才能更好发挥水平呢！"弹吉他的曹光放下吉他。不容他分说硬是拉着万梓星坐下来。万梓星看到他们这么热情又信任他，不由心里一热，他以为因为他的民管会身份所有人都不愿意搭理他了，今天看着他们都这么热情，再推辞也说不出口了，于是便顺势坐了下来。曹光调了一下弦又清了一下嗓子，然后便声情并茂地边弹边唱起了《水手》这首歌，"苦涩的沙，吹痛脸庞的感觉，像父亲的责骂，母亲的哭泣，永远难忘记。年少的我，喜欢一个人在海边，卷起裤管光着脚丫踩在沙滩上……"他听着听着，这些熟悉的歌词又把他的思绪带到了童年时候，他想起了在海边和父母玩耍的美好时光，随后心里又升起了一股热量，让他心潮澎湃。这和以前酒吧里那种摇滚乐曲有很大差别，如今似乎有一种力量在唤醒着，激励着他要面对现实，面对当前的压力，面对失败时要有水手的那种坚强勇敢。曹光唱完了，定定注视着他，希望他能给些意见，万梓星却似乎还沉静在那美好的歌曲里，他似喃喃自语，又似夸赞曹光："唱得真好，唱得真好。"曹光看他这副傻样，微笑着走过去，拉住他的手说："梓星，我看你对音乐很有感受力，我们一起来学习音乐吧!""别笑话我了,我一窍不通,哪能学啊!"万梓星就想站起来离开。"我也是慢慢学会的,你看我的手指,这都是弹出来的老茧,但我还是很喜欢弹。因为好的音乐有益于身心健康,甚至有治疗疾病的作用,提高工作成效,培养健康的心理,你现在听完以后,心里是不是比刚才舒服些呢?"曹光用一双期待的眼神看着他。万梓星想了想,点点头说:"嗯,是让我放松些,可是我怕学不会啊!我这个人很笨的。""只要你肯学,我保证教会你,你上次说不会绘画,这不是也刚获奖了吗?相信我,好的音乐它会让我们开心,每当我感觉孤独的时候,我弹起吉他,它就会把孤独赶走。"曹光继续积极动员他。万梓星见他如此诚恳,不好再拂他的意,只好点点头说:"这样吧!我先体验一段时间,看看行不行再说吧!""好啊!你先体验体验,待你有空时我就好好从基础开始教你。"曹光看着他的表情,知道一时很难说服他完全答应下来。

从文体室出来,他感觉心情轻松许多。不过,他还是想找刘队长聊聊。他像一个失足跌进了淤泥里的人,想往上爬,然而总是爬不起来,好像有什么东西绊住了脚一样,每次努力的结果总是一场空,还有人耻笑他假积极。

"刘队长,我感觉自己做不来这个工作。"万梓星终于鼓起勇气向刘队长大倒苦水,把做担任民管会副主任以来的烦恼都向刘队长尽情倾诉出来。

刘队长边听边点头,看到万梓星讲完了便说:"我理解你的不易,这也说明了你确实用功用心去做事,其实这也是最锻炼考验你的时候。不但要处理方方面面的人际关系,还要有处理各种事务的技巧能力。如果你放弃了,那么这样的锻炼机会就会半途而废。经历就是一种财富。你把这些关系处理好了,将来你走出社会要面对其他关系时,这些经历会给你更好的帮助。"

万梓星点点头。刘队长接着说，要想成功就要比别人多付出一分汗水，心灵的污垢就会洗刷得愈干净。人的一生不可能是一帆风顺的。总会遇到这样或那样的挫折和失败，关键是怎样从不幸的阴影中走出来。有的人遇到接二连三的打击，便失去了重新振奋的勇气，让不幸蒙蔽了双眼。在他的眼中命运对他是不公平的，别人才是上帝的宠儿。他所能做到的只是等待机遇找上门来，或者天上掉下馅饼来。

一位名人曾经说过："人生的道路虽然漫长，但要紧处往往只有几步，特别是年轻的时候。"所以要珍惜年轻时关键的几步，给自己一次挑战的机会，挑战孤独，挑战自我，挑战意志，挖掘我们的潜能，尤其是戒毒人员会面临更多困难和挫折。如果你把这些管理工作处理好了，说不定你今后出去做个管理人员或者老板也就绰绰有余了。

万梓星不好意思地摸了摸短发，笑了起来说："刘队长，我哪有这样的机会呢！别笑我了。"

刘队长正色地说："这个将来谁也说不清呢！最近这里出去的又有几个戒毒人员，已经做老板了。"

"其实，我也正准备找你呢，你出的黑板报在所里获奖了，给你奖励 300 分呢！"

"真的啊，刘队长。"万梓星一扫厌倦的神态，激动地说。

"你看嘛，这是奖分通知。"刘队长微笑着说。

万梓星迫不及待地接过来看了又看，露出了一脸的兴奋。

"万梓星啊！现在形势都不一样了，人的思想也发生着各种各样的变化，你要注意一下管理的方式方法，平时有空找他们聊聊，看是否有什么思想问题，及时沟通解决。这样可以减少许多的误解，有时间还可以看看书。比如心理调节方面的书刊，既可以帮助你出黑板报，又可以调节自我，在不影响工作情况下，你还可以按你刚才说的学习吉他，这样可以陶冶你的情操，一举多得呢！"刘队长饱含无比期待的眼神看着他说。"刘队长，你认为我学习吉他好啊！""那肯定好啊！健康的音乐是一门很好的艺术。不但可以放松我们的心情，抒发我们的情感，提高我们的审美能力，还可以转移对毒品的关注呢！"刘队长带着坚定又鼓励的语气说。

万梓星点了点头，他看着刘队长的眼神，他感受到刘队长的良苦用心，这也坚定了他学习吉他的决心。当然，他也意识到了刘队长工作其实也不好做，每天面对上百名戒毒人员，要了解掌握每个人的思想动态、心理变化、行为状况等，还要一一找他们谈心，做思想工作，安抚他们的情绪，最主要的还可能面临着职业感染啊！

"刘队长，我之所以能获得这些奖分，这得感谢你没有嫌弃我，放弃我，感谢你对我的鼓励和帮助，真不知如何回报你？"万梓星动情地说。"你做出优异成绩，就是对我最好的回报啊！看到你的点滴成长，你获得的每一项奖励，我也一样开心，一样替你高兴啊！好好努力吧！相信你是可以做好的。"刘队长高兴地说。

万梓星坚定地点了点头，从刘队长办公室出来，走在回宿舍的路上，他一直在思索着刘队长的话，他开始慢慢地理顺那些困扰他的事情，刘队长的话就像警钟一样提醒他，一直在他脑海里激荡，为他拨开心理上的阴霾，他感觉到了刘队长亦师亦友。因此，他的心脏跳动得更加有力，眼前变得更加清晰，他似乎看到了更广阔的天空。渐渐地在他的脸上浮现出一片笑容。

一个月后，太阳一早就从窗格的空隙里，斜照在特殊场所宿舍地板上。今天是课堂化教育，半天学习半天休息。万梓星则更加忙碌，每逢放假，他就要分配各种物品，组织各种活动，不能粗心大意。万梓星刚接收到大队十几箱苹果，要分发给每个人一个，忙得焦头烂额。

陈光拿了一桶衣服在晾晒，一转身不料把万梓星捧的箱子弄掉了，箱子里的苹果随之滚落在地上。陈光愣住了，看着地上的苹果不知如何是好。万梓星俯下身捡拾起来并说："没事，你忙你的。"

陈光顿时觉得不好意思起来，他也赶紧帮忙捡起来，他们对视了一眼，所有的怨气都给这温暖的眼神化解了。万梓星挑了一个红红的大苹果递给他并说："等我忙完了，我教你折被子。"

陈光笑了笑说："谢谢了，其实我会折的，只是那段时间与女朋友争吵了，心情不好才胡乱折的，现在没事了。"

万梓星拍了拍陈光的肩膀说："没事，女孩子多哄几句就好了，加油哦！""对了，梓星，听说你在练习吉他，怎么样？好玩吗？"陈光好奇地问他。"我感觉挺好的，学习吉他之后，有时调节下心情，学习些励志的歌曲，还会让你变得自信些。要不你也来学学？"万梓星鼓励他说。

"我可学不了，看你的手指都破皮了，刚才就是因为手疼没拿稳水果吧！"陈光打趣地说。"吉他入门比其他乐器入门相对简单，这也是一门技能呢，当然要想学会还真是要付出代价的。学会了你就会变得充实，你也不会整天只想着你女朋友呢，你会有更高的追求，你在今后人生路上变得更加丰盈有趣。"万梓星看着他一脸认真地说。

"看你的手指多可怕，我可不学，我还是写我的情书好了。"万梓星只好笑了笑，不再勉强他，然后哼着刚学的《水手》歌曲，拿起水果喜滋滋地继续去分发。

"万梓星，有什么好事呢？今天看你这高兴劲儿。"万梓星刚分完最后一批水果，准备去练习吉他时，刘队长不知什么时候走到他身后把他叫住了。"刘队长，你好啊！好几天不见你了，听说你小孩得了重病你去照顾他了，好些了吗？"万梓星见到刘队长既惊讶又高兴，夹着关切的表情说。

"嗯，你耳朵还挺长的嘛！多谢你关心，他还处在康复期呢！"刘队长用低沉的声音说完，脸上掠过了不易觉察的忧郁神情。"刘队长，那怎么办，你不多照顾他几天吗？"万梓星小心翼翼地问。他怕他一不小心说错话会触碰到刘队长的伤痛。

"我叫了一个亲戚过来帮忙照顾他，没事了。对了，你看我今天带了什么给你。"刘队长叹了一气，马上把低沉的声音转成略带坚定的语气，然后像变戏法似的从身后拿出一把还没拆除包装的吉他和二本书。

"刘队长，这把新吉他放到文体活动室吗？"万梓星一脸惊讶但还是按捺不住兴奋，因为活动室吉他弦已经断了几次了，不好弹，现在他练习吉他正处于关键时刻，他多么想大队能添置一把新的吉他啊！

"这些都是送给你的。"刘队长微微一笑，便把崭新的吉他递了过去。"不，不，这个我绝对不能要，这么贵重的礼物，况且你小孩重病正要用钱之时。"万梓星边说边摇头，惊慌地退了两步。"万梓星，你什么时候也学会婆婆妈妈了，我说是送给你的，你就收好啊！"刘队长脸上露出不悦之色。"刘队长，我听说你老婆又没工作，家里又急用钱之际，我不能要啊！"万梓星近似哀求地说。"那好吧！你不要我就把它摔烂了。"刘队长脸露愠怒之色，说完双手举起吉他作势要摔。"刘队长，别摔，我要，送给我吧！"万梓星一见大惊失色，赶紧上前拦住刘队长。"这就是嘛，我看你对吉他还是挺有兴趣的，慢慢掌握了一些技巧，我也很高兴啊！我看你手指弹破皮了，特意买了些护指胶套给你，你抽空好好练习吧！会带给你不一样的收获。此外这二本书一本是

绝望重生录

学习吉他的，另一本是传统文化的书，结合我所开展的文化新疗法，你认真看看对你非常有好处的。"万梓星双手抚摸着喜爱的吉他和二本崭新的书，眼泪却在眼眶里打转，这次他倔强地不让它落下来。这是他梦寐以求的吉他，没曾想一下就实现了。他暗暗下了决心，一定要好好工作，还要学会弹那两首歌，这两首歌是他心中的歌，是他最爱的歌，每次唱时都会让他热血沸腾。

两个月后，万梓星在分发戒毒人员的信件时，居然发现了自己的信件，他赶紧拆开拿起看了起来。信是姐姐写来的，和以往一样除了鼓励以外，这次信说到得知万梓星差不多要出来了。万梓星凝神想了想，日子过得真快，还有两个月就可以出去了。这段时间以来，万梓星把民管会工作做得得心应手，受到许多队长的好评，就连邹队长也赞扬了他一句呢。

姐姐希望万梓星出来后就住在她家里，或者可以找找当地社工机构，寻求社工的帮忙。万梓星心想去姐姐家住是不可能的。找社工机构倒是可以看看，上次就听到社工介绍说，机构有"中途之家"，可以先帮助无家可归的解戒人员暂时住下，帮助解戒人员寻找工作。

想到回家之路，万梓星心里焦躁起来。

"万梓星，欢迎你，有一段时间没见你了，最近好吧！"王老师微笑着对万梓星说。

"还好，就最近事情比较多，这不差不多要解戒了，心里有点烦躁，想过来向你咨询咨询。"

"嗯，恭喜你即将迈向新的生活，时间还过得真快呢！一晃眼一年多时间过去了，听说你进步大，不但担任民管会副主任，获得了一些奖励，还在学习弹吉他。"

"这还得感谢王老师的帮助啊！"万梓星不好意思地笑了笑。

"今天过来有什么能帮到你吗？"

"王老师，我渴望能早点出去，又害怕出去。"

"你为什么害怕出去呢？"

"我怕看到他们投来异样的眼光，害怕听到他们指指点点，害怕看到酒吧 KTV，害怕闻到那种毒品的味道。一想到这些我就呼吸紧张。"

"你说的这些我都明白了。这样，我先教你做一些放松训练。放松分躯体放松和心理放松，两者相辅相成。当我们放松躯体时，心理松弛随之而来，当我们心理放松时，躯体放松也会相伴发生。肌肉渐进放松：一种身体肌肉群交替紧张和放松的技巧。过程可以从头到脚，也可以从脚到头。从额头、眼睛、下颚、颈项、肩膀、背部、手臂、肘部、腹部、腹股沟、腿部、臀部、大腿、小腿和脚部肌肉先紧张后放松，每个肌肉群先紧张 5 秒，然后放松 10~15 秒，再紧张 5 秒，放松 10~15 秒。

"不同的人的不同部位肌肉紧张程度不同，因此对哪个区域需要特别注意应因人而异。你先好好练习。"

10 分钟后，万梓星告诉王老师，已掌握了放松方法。

王老师告诉万梓星，把引起他焦虑紧张的事情从轻到重排列好。

万梓星想了想，从轻到重写出了一份清单。出所见到熟人；见到街上的行人；见到酒吧；见到毒贩毒友；见到毒品。

王老师叫万梓星坐在音乐治疗椅子上，开始想象自己正走出戒毒所的大门，迎面碰到了熟悉的工友，他们在嘲笑你"白粉仔"你出来了，"白粉仔"坐牢很舒服吧！你不是说戒毒嘛。想象自己在这些场景，声音和他们的动作神态，这时你会感受到焦虑，紧张难受，就立即停止，然后进行放松训练。

万梓星闭着眼睛，开始进行想象场景，只见他时而呼吸急促，时而呼吸平缓，不断进行放松训练。直到万梓星确定自己不

绝望重生录

再为这个场景感到焦虑为止。王老师问了万梓星的感受，然后轻轻地对他说："这样吧！今天我们就先练习到这里，你回去要多加练习，下周再过来进行第二场景的练习。"

万梓星点了点头，告别了王老师。

经过几天的自我训练，万梓星对第一个场景只有轻微的紧张。

两周后，万梓星在咨询室坐下，王老师一番嘘寒问暖之后，便引导万梓星用同样的程序想象陌生人的指指点点，"你看那就是坐牢刚出来的白粉仔，看他一副衰样，准不是好东西，大家要多加提防他，小心把你的孩子拐走，偷你家的东西啊！"万梓星闭着眼睛，开始进行想象场景想象放松训练，如此反复十几次后，紧张焦虑的情绪减轻。王老师交代他回去后加强练习。

最后一次想象场景，是见到毒品时，万梓星想象到一群人在酒吧里吸毒，有人拿着毒品在他面前引诱他。此时万梓星感觉呼吸急促，难受，开始停止想象，进行放松训练。王老师见万梓星掌握得差不多了，便告诉他，这些方法要加强练习，才能减轻焦虑，提高抵抗能力。

万梓星点点头。随后王老师还送了一条橡皮条给他，告诉他如果想象到某些场景特别紧张停不下来时，可以用橡皮条弹弹手，让自己停下想象转移注意力，特别是处在危险情景时要用力弹，直到手腕疼痛为止。只有疼痛才能让人更清醒。万梓星试着操作了几次，掌握了方法后才告别了王老师。

万梓星在忙碌的工作中度过了一天又一天，后天就要离开这里了，万梓星长吁了一口气。每当焦虑袭来，便用王老师所教的方法加强练习。今天一早王老师通知大队刘队长要带他们十几个同一批解戒的戒毒人员，去团体辅导室做出所辅导。

王老师先给大家发了一份出所指引。然后叫大家安静下来，先观看残疾人《艺术与人生》的激励片。万梓星第一次看到这样的激励片，影视中失去双臂的残疾人仍然积极乐观的面对生活，不向困难低头。不但生活能自理，而且，还学会了用双脚写一手好字。这是许多常人都不能完成的工作。他自语说："真不可想象，没有双手还能游水，还能骑自行车。"王老师适时在提醒大家："我们并不是糟糕透顶，改变想法就可以改变情绪。我们学习片中的残疾人一样，勇敢乐观地面对生活，学习他们这种自强不息的精神。这样，生活中的种种困难又算得了什么?"万梓星若有所悟，点了点头。

随后，王老师让大家观看了 3D 厌恶治疗影视片，厌恶治疗影视片运用了厌恶疗法原理，针对吸毒的想法一经产生，就立即给予刺激性的惩罚，使其感到厌恶而控制不良的想法和行为的一种治疗方法。

王老师又让大家看到"白粉"、注射器，当产生强烈觅毒想法时，可以用力捏自己手臂上的肉，或者用戴在手上的橡皮条尽力拉起弹手腕，直到感到疼痛为止，这样反复练习，减少想毒的念头。

王老师接着说，我们多次劳教戒毒、强戒的时候，家人最终还包容接纳了我们。希望大家这次出所后，确实能为家里做出点贡献。大家想想曾经富裕的家，完整的家，给弄得破败不堪，看着躺在床的父亲母亲，如果你还有良心，就应该与毒品决裂！戒毒人员们，我想跌落不是问题，人生就像风筝一样，并不会因跌落而破败不堪，只要能振作起来，重新系上希望的线，就能再一次在天空中飞舞！

王老师铿锵有力的话语，感染着出所的每一个戒毒人员，有的人泪花泛出，默默地低下了头。

王老师看着大家，若有所思，沉默了一会儿，然后抬起头坚

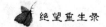

定地对大家说："这样吧！我看大家心事重重，为了让大家能清除内心的淤泥垃圾，领会我刚才所说的话，能更好地告别昨天，更轻松面对今后全新的生活，今天我们轮流来做个体验，现在先需要四个人上来。"王老师说完用鼓励的眼神落在万梓星身上。万梓星看着王老师那亲切的目光落在他身上，瞬间感受到一种温暖流遍全身，他不由举手走了出。他通过这几次咨询已经深深感受到了王老师那专业知识带给他的力量，心想今天或许是最后一次听王老师的体验课了，不能浪费了机会。王老师看着他，赞许地点了点头，接着又走出了陈光等三名戒毒人员。王老师先让陈光站在万梓星的对面扮演他的父亲，在陈光后面安排一个相对矮小点戒毒人员扮演童年时的万梓星。在陈光左边放了一张椅子，王老师又安排一名比较年轻的戒毒人员站在椅子上。万梓星正感到纳闷的时候，王老师来到他身旁拍了拍他的肩膀告诉他："这是一个告别过去断、舍、离的体验活动，现在需要他按照提示进行体验，你明白了吗？"万梓星点了点头。"那好，你现在尽情活动，放松抖动一下手脚，转动一下头部。"他照着王老师提示去做了一会放松活动。随后王老师让他看着对面"父亲"的眼睛，让他思考了一会儿，然后问他你看着父亲让你想到了什么？他说："看到了父亲的暴力和漠不关心。"这时候你看下"父亲"后面童年的你是什么样子？"痛苦、孤独、紧张、彷徨无助。"万梓星低沉地说。"嗯，那你现在心理是什么感受？"王老师轻轻地问他。"胸闷、难过，很压抑。"他痛苦地断断续续回应。"你现在继续看着你'父亲'的眼睛，你回想下父亲给你快乐的时光。"

王老师继续引导他。"我想起我骑在父亲的背上在海边玩耍，父亲做马让我骑，玩累了就递水给我。"他说着，嘴角边露出了一点微笑。"你再看看父亲背后童年的你是什么样子呢？"王老师继续用那带有磁性的声音引导他。"开心快乐的小男孩，正在海边迎着太阳奔跑。"他轻快地回应王老师。"那你现在心里是什么感受呢""感觉舒服多了，没有那么压抑怨恨了。""嗯。"王老师点了点头，轻轻地回应他。"现在我们把目光移到右边站在椅子上的那个人。他是你父亲的生命管道，你看到了什么，你又想到了什么？""我看到了父亲把我带到了这个世界，没有父亲也就没有我的生命，我这样一想心里似乎变得舒服起来。"万梓星眼睛变得湿润起来，王老师拿了一张纸巾让他轻轻地抹去眼角流出的泪水。"是的，你以前看到父亲全都是阴暗的一面，这会让你非常难过、压抑、痛苦。当我们把想法转移寻找父亲给你快乐的一面，你会变得轻松愉快些。如果我们把目光看得更远，你就可以打开一个宽广的世界。其实父亲就是宇宙里一个微不足道的生命管道，他只是负责把你带到这个世界上来，父亲并不对你的生命负责，你自己得对你生命负责，你可以活出自我，我们有自己的生命状态，你应该感恩你的父亲把你带到这个世界上来。你可以回去好好体验，现在我们每个人都轮流体验每一个角色。"万梓星欢快地点了点头，赶紧走到"父亲"位置的角色进行体验，他觉得这样的体验还是带给他许多新的感受的。

万梓星凝视着窗外的天空，他想，这将是我在戒毒所的最后一个夜晚吗？3年多，2年多，5年了，青春就在戒毒所里度过，我一直在毒品的泥潭里挣扎。陈光下个月也要出去了，他说他去亲人的厂里做工，他是不用愁出路的，刚才还看了他的日记："如果我没有吸毒，我会潇洒地走过多姿多彩的人生四季。在满是生机的春天，播下希望的种子。在执著热烈的夏日，感悟放飞生命的豪壮。在秋收的季节，收获勤奋拼搏的喜悦。在银装素裹的冬天，体验冰霜傲雪的意境。如果我没有吸毒，我的人生之舟，不会搁浅在心灵的沙滩，我的心灵独白不会如此的悲怆，我的心田上就不会飘荡着挥散不去的阴云。如果我没有吸毒，我不

绝望重生录

会如此举步维艰地跋涉在人生的苦旅之中，在苦苦挣扎之中耗费生命。"是啊，作为天之骄子的富二代，如果他没有吸毒，此刻他怎么会身陷高墙，怎么会感染这可怕的病毒呢？

　　而等待自己的前方又是什么？万梓星无从得知，他想着只有先找个落脚的地方吧！他拿出出所指引看了又看，对，就先去找当地的社工。做了决定后，万梓星才返回到床上躺下。

　　"万梓星，过来拿解戒通知书，你可以出去了。"刘队长满脸堆笑地把解戒通知书和路费交给万梓星，并说这套衣服是你姐寄给你的，你出了大门在外面洗手间里换上，一直往前走不要回头了。

　　万梓星此刻感到浑身充满兴奋，所有阴霾都消失了似的，他赶紧高兴地接过这些东西。"刘队长，我马上就要离开了，我向你提一个请求，可以吗？"万梓星故作神秘，而又夹带着愉快和自信的表情说。"好啊！你提吧！只要你出去后不沾毒品，什么都可以提啊！"刘队长哈哈笑着说。"那好，我就不怕献丑了，我想为你弹唱两首歌。"万梓星有点不好意思摸着头皮说。"那敢情好啊！你学会弹唱了啊！真不错呢！"刘队长露出惊喜的表情，他有点激动，他没想到万梓星这么快就学会了弹唱吉他，他不想错过这个励志教育的机会，于是对旁边解戒人员说："时间还早，来吧！我们站成一个圈，好好听完梓星的弹唱，再走不迟。"万梓星这时也不客气，搬张椅子坐了下来，然后清了下嗓子，和了一下弦，便说："这一首《从头再来》是送给在座和我有一样曾经堕落的解戒人员，同时也给管教过我们的队长表表决心，告别过去，从头再来。'昨天所有的荣誉，已变成遥远的回忆，辛辛苦苦已度过半生。今夜重又走进风雨，我不能随波浮沉，为了我挚爱的亲人，再苦再难也要坚强。只为那些期待眼神，心若在梦就在。天地之间还有真爱，看成败人生豪迈，只不过是从头再来……'"歌声时而朦胧，时而悲伤；时而清晰，时而深沉；时而低调，时而激昂令人热血沸腾。万梓星动情投入的弹唱把在场解戒人员的情绪带进了歌声，带进了故事里。他们随着歌声的起伏，情绪也在发生着微妙的变化，有的人就双手起拍合着唱了起来，有的人背转身用手指悄悄抹去流下的眼泪。歌声慢慢变低变低，最后停了下来。万梓星手抚吉他眼含眼泪，充满期待地看着刘队长。刘队长露出了赞许的眼神，他没想到万梓星从获知感染艾滋病后自暴自弃，曾一度想放弃生命，处处顶撞民警管理的戒毒人员，变成了民警的得力助手，到现在充满阳光自信，从最初的不识乐谱成长为一名爱音乐的吉他手，他看到了人的无限潜能和人性化关怀管理的力量。想到这里到这他不免感慨，他调整了一下情绪便笑哈哈说："唱得好，唱得好啊！希望音乐从此改变你的人生，你们出去以后，远离不合适人群和高危场所，一切都要从头再来。在人生道路上每个人都会走弯路错路，关键是我们怎么样去认识和对待错识。我和大家一样也会走错路，也会面临各样的困难和挫折；但是，再苦再难我们也要坚强挺住，只为那些亲人的期待，为了自己有尊严地活着。"万梓星边听边想，刘队长上面有两位老人身体差要照顾赡养，小孩子又得了重病，这一系列打击一夜之间突然降临在刘队长身上，但这一切并没有压垮他。他反而不计前嫌热情地工作。我只是千千万万戒毒人员中的一员，我们两年时间便可以离去，而刘队长他们多年来每天教育矫正他们，他和同事一样几十年如一日坚守着这片荒凉的土地上，默默无闻地奋斗在被社会遗忘的角落里。想到这，他坚定地说："刘队长，我这一首学了两个月的歌《感恩的心》是送给你和你们的同事，以表达我的感激之心。"他一说完，还没待众人掌声落地，便弹唱起来，"我来自偶然，像一颗尘土，有谁看出我的脆弱。我来自何方，我情归何处，谁在下一刻呼唤我？天地

绝望重生录

虽宽，这条路却难走，我看遍这人间坎坷辛苦，我还有多少爱？
我还有多少泪？要苍天知道，我不认输，感恩的心，感谢有你，
伴我一生，让我有勇气作我自己，感恩的心，感谢命运……"唱
着唱着，万梓星几度哽咽，他的眼前浮现出刘队长送他去医院，
帮他盖好掉落的被子，在风雨中背着他艰难地前行等等一幕幕，
快速地在他脑海里闪过，他眼泪禁不住流了出来，渐渐地他也分
不清是在唱还是在哭。在场其他解戒人员无不为之动容，纷纷低
声哭泣。刘队长本来很认真站着听，见此情形不由缓缓地走了过
去，拍了拍万梓星肩膀说："哭什么呢？傻孩子，今天你出去我
们应该高兴才对啊！"万梓星把吉他放下，然后站起来用手抹了
抹眼泪，似哭似笑地说："刘队长，你怎么也流眼泪了呢？说好
了，我们都不哭。"这时，刘队长快速地抹去眼泪，张开双肩向
万梓星拥抱，万梓星也张开双手拥抱着刘队长，似有千言万语，
一切尽在不言中。他俩深情拥抱，令人动情，旁边的人一个个热
泪盈眶、低声哭泣，此刻泪水和哭泣声交织在一起，在戒毒所的
天空交汇成一部人间至爱的交响曲，一股暖流荡漾在每一个角
落。良久，刘队长拍了拍他的肩膀坚定地说："该走了，你出去后
只要好好保持操守，就是对我工作最好回报，三年后我会去看
你。"万梓星使劲地点了点头，这才慢慢松开双手。随后，他突
然醒悟过来，赶紧招呼其他解戒人员排成一排，一齐弯腰向刘队
长再次致谢，刘队长会心地笑了笑，挥了挥手。他才背上吉他依
依不舍地往回归社会的大门走去。看着徐徐打开的大门，不禁感
慨万千，在这里度过了 500 多个日日夜夜，终于重获自由，微风
从大门空隙处吹来，夹着自由和清新空气，他激动地迈了过去。
刘队长紧紧握着他的手说："祝你一路走好，别回头。"万梓星用
坚定的眼神看着刘队长，这才发现刘队长更显苍老了，一双深深
陷进眼窝的双眼布眼了血丝，眼角边的鱼尾纹又多了几条，头发

更加稀疏有向"地中海"迈进的趋势。万梓星不再说什么，默默点了点头，头也不回跨出大门径直走了，身后铁门"当"地一声关上了，万梓星心里猛跳一下，随后恢复了神情加快脚步往公交车站台走去。

绝望重生录

第十一章　岁月的春天

公交车站台上，万梓星正在焦急地等待着公交车。突然，他发现一个满头白发的老妇女佝偻着腰，正艰难地拖着两个鼓鼓的蛇皮袋，步履蹒跚在小车空隙处挪过。太阳正毒辣，老人的衣服湿透了。这样毒辣的太阳，老人却没有什么遮挡太阳的东西。这么脏的蛇皮袋，显然与老人穿着很不般配，她穿着宽松的深灰色的衣服，看得出不是很新，但是很干净。老人的头发也梳理得很有纹路。他还在猜想老人是干什么的时候，老人接下来一系列的举动让他非常惊讶。只见她走到垃圾桶的旁边，放下蛇皮袋，一只手扶着脏兮兮的垃圾桶，另一只手努力地往桶里拨弄。桶不是很高，但要把手伸进去分清有回收价值的东西，还是需要一番努力的。老人的脚几乎踮起来了，脖子刚好触到桶的边缘，天气如此的热，各种垃圾散发出恶臭有时远远地就能闻到。对于老人来说恶臭还不是最重要，现在正是桶里生物旺盛生长的时机。因此，老人对于桶里的生物来说，无疑是个人侵者，于是很快她就受到了苍蝇等生物的"热情招呼"。天啊！万梓星几乎不敢相信眼下的情景，"太阳、老人、垃圾桶"。

老人还在努力地搜寻着，几乎翻了个桶朝天，也只是找到几张报纸和几个易拉罐，但看得出老人已经很满足了。又拖着蛇皮袋慢慢走向下一个垃圾桶。

看着这个衣着干净的捡垃圾的老人，万梓星心想，这是否一个有捡垃圾嗜好的有钱的老人，仅仅是为了打发时间而捡垃圾呢？然而，他听到身旁等车的人在谈论，"经常可以看到这个老人在这里捡垃圾，听说他儿子中风了，靠捡些垃圾来帮补下家用。"

听着听着，万梓星不禁陷入了沉思，人生不如意事十有八九，天灾人祸也许不经意间就降临了，但并不是每一个人都有足够的勇气，去面对生活中的种种挫折。有的人碰到一点困难，就选择了逃避，不敢去面对生活。这位老人选择了坚强，自尊自爱地生活着。万梓星似乎明白了什么道理，他看到一辆公交车徐徐驶入站台，于是毅然地坐上了往社工机构方向驶去的公交车。

在阳光社工机构办公室，只有李桂子一个人，他在整理着本辖区吸毒人员的资料，他时而起身在墙上写上几个名字，时而摇头叹息几句。这时，李社工一抬头发现进来一个人。

"你好，我叫万梓星，这是我的材料，我想找一下社工。"万梓星露出腼腆神情对面前社工说。"哦，星星，你终于来了，我是李桂子啊！小时候的邻居啊！"李桂子放下手里的活，上前紧紧握着万梓星的手激动地说。"什么？你是李桂子？"万梓星异常惊喜地上下打量着眼前的李桂子，他实在不敢相信在这样的场合与他见面，不过万梓星还是依稀看出了眼前的社工有小时候李桂子的模样。"我就是李桂子啊！我们小时候还同穿一件校服呢？你就把我忘记了？"李社工脸上故意露出不悦之色。"哪里，哪里敢忘记，你长那么帅，我一下认不出来，我不久前还想着你在那里发达了呢！"万梓星看到李社工腭下那颗黑痣，他终于确信眼前这人就是李桂子无疑，他感觉到有点局促不安。"好了，好了，我们别光顾站着说话，我们坐下来好好聊聊吧！也真的好久没见

绝望重生录

面了。"李社工边倒茶水边说。"李桂子,你怎么在这里做社工呢?"万梓星坐下来,看到墙上社工工作职责,顾不上喝水,便好奇地问。李社工看着万梓星那闪烁不定的眼神,不由眉头紧锁,心里想虽然两个人小时候非常要好,也在家乡听到了一些关于他的消息,但在这特殊情景里相逢现在既显得陌生而又有深深隔阂,两个人再也不是小时候无话不谈的小屁孩了。那么,如何取得万梓星的信任,更好地开展社工工作,这是当下首要的问题。想到这,他便说:"这样吧!现在也到吃饭时间了,我们等下边吃边聊,你先在这里安顿下来,这幢楼是政府免费给我们社工机构使用的,三楼有几间宿舍专门提供给无家可归的解戒人员暂住,我也刚收到你的解戒信息,正寻思怎么找你呢。信息显示你在所里学习过汽车美容,鉴于你的特殊情况,你暂时在这住下来,我帮你联系下车行的老板先去做汽车美容,你看怎么样?"万梓星看着李桂子那充满期待的眼神,心想现在也没有好的去处,只能先住下来走一步看一步了。也确实很久没和李桂子聊了,况且也不好拂了人家一片心意。他知不知道我感染艾滋病这件事情?想到这,他仍然佯装犹豫不定的样子,沉默不语。"好了,别考虑那么多了,你先上楼去看看再说吧!"李桂子看着万梓星似乎还在犹豫,于是不由分说便拉着他往楼上走去。"你看,这是套间,有厨房有卫生间,也有一些生活用品了,平时你自己也可以弄点吃的。你刚出来面临许多困难,你住这里我们可以更好地一起面对困难,这样对你彻底戒除毒瘾有很大帮助啊!"万梓星见此不再推辞,便放下吉他,跟李桂子去了附近的小店坐下边吃边聊。虽然李桂子多少知道万梓星的经历,但当听到万梓星讲述少年感染毒瘾到酒吧,又二次坐牢,碰到的人和事,种种曲折的人生经历时,他还是不免唏嘘不已,特别是讲到刘样群的事更是让他无比吃惊。他没想到艾滋病会离吸毒人员如此之近,这让他长久陷入沉思之中，他似乎感到某种庆幸，庆幸自己那段不堪回首的吸毒历程没有感染上病毒。"李桂子，你在想什么？"万梓星看着李桂子的表情不太对劲，不由好奇地问他。"嗯，其实我也是过来人，我也曾经有过一段吸毒史。"李桂子想了想，还是说了出来。"什么？你也是过来人？听我姐说你是我们村的高材生啊！"万梓星感到惊讶之余，一下子拉近了与李桂子之间的距离。"是的，我那时是全村人的骄傲，也有一段鲜为人知的不堪回首的吸毒经历。那一年，村里只有我一个人考上大学，我带着父母的期待踌躇满志地迈进了梦寐以求的象牙塔求学，我以为我从此就踏进了天堂，然而这份荣耀没多久就在一次同学生日聚会上灭掉了，看着同学那豪掷千金的生日宴，我开始变得迷茫和虚荣，我寻思怎样才能拥有高消费的生活，看到有些同学去酒吧兼职客服经理，在同学怂恿下我也走上了去酒吧的兼职之路，从此我变得颓废不振，逃学成了家常便饭，学习成绩也一落千丈，面对父母、老师的关心，我闪烁其词，千方百计地进行隐瞒。如果不是那件事情，我们也可能见不到面了。""是什么事改变你啊！"看着李桂子脸上写满了懊悔，万梓星迫不及待地想了解清楚。

李社工喝了一口水，看了万梓星一眼说："我与死神擦肩而过，经历了人间最恐怖的情景。我永远记得那天凌晨，我和一个甘姓的客户经理浑浑噩噩从酒吧出来，在昏黄的路灯下，街上几乎看不到其他人，经过一个垃圾处理场时，甘姓经理突然毒瘾发作了，也许是上班比较忙碌忘记'补飞'了，他赶紧找个偏僻的垃圾堆旁边就蹲下来，双手颤抖着地从身上掏出针筒等工具，他从旁边臭水沟里掏了点了污水和着白粉就往大腿上扎。可是不知怎么回事，总是找不到位置扎不进去。他苦苦哀求我赶紧帮他打一针。看着他流鼻涕那痛苦的表情，我知道毒瘾发作的滋味比死还难受，心里一软，便借着打火机微弱的光亮帮他寻找到一个完

绝望重生录

好的一小块大腿静脉处扎了进去，还没完全把粉液打进去，他突然浑身激烈颤抖起来，抚着胸口非常痛苦的样子。我大吃一惊忙问他怎么啦，他不回答我，一把把我推开在垃圾堆里打滚，针筒还扎在大腿他似乎也没有感觉。我还没反应过来，他就滚到旁边臭水沟里没有了声息。我赶紧跑过去，顾不上一阵阵恶臭把他捞了上来，一探他的鼻子已经断气了。借着晨光，我看到了人世间最可怕的一幕，只见他满脸扭曲，圆睁双眼，嘴里流出污物，露出二排门牙，非常恐怖。我吓得魂飞魄散，连滚带爬从垃圾堆里爬到了马路边，我气喘喘地呆靠在电线杆上，我不敢相信一条鲜活青春的生命瞬间就在眼前消逝了，生命竟然如此脆弱。不知过了多久，路上有人手上拎着小包大包有说有笑去上班，我突然心里一震，这是两个世界啊！一个是人间美景，一个是吸毒者的地狱。我这是怎么啦？难道自己也非要落得如此下场。我担负着父母兄弟姐妹的期盼呢！我突然醒悟过来，我赶紧站了起来匆匆回到学校办理了请假手续，带着在酒吧赚的钱去了一间戒毒医院，经过半个月刻骨铭心的痛苦硬是把毒戒掉了。"

"嗯，李桂子想不到你也有这样的经历啊，不过庆幸的是你吸毒时间不长。而我吸了这么久心瘾太重了，怕是很难戒掉。"万梓星看着他，忐忑不安地说。

"你要有信心，信心很重要，想法念头也很重要，有时一念天堂，一念地狱，全看你的信念，我永远都还记得甘姓经理弥留时的情形，到现在还像针一样刺痛我的脑子。你通过努力，不是慢慢学会了弹吉他吗？我大学毕业就选择了禁毒社工，我通过自身的经历也帮助一些人戒掉心瘾的，当然也有些人继续吸毒死掉的。你看到了社区戒毒人员动态信息栏了吧！刘运辉、刘利标等好几个人都因吸毒死得很惨，在杂草堆里发臭了才被人发现呢，一个刘运辉，又是一个刘利标，这些都是我们身边的人，千万不要再让这样的悲剧再在我们身上重演了。过段时间有个社区戒除心瘾团体辅导活动，到时通知你来参加。我是过来人更能感同身受，带动你们一起努力把毒瘾戒掉。"李社工看着情绪低落的万梓星一直劝说，鼓励他。

"嗯！"万梓星应了声便低下头，他刚才来到这街道上，似乎就有一二个粉仔闪身而过，他也似乎嗅到了一种味道，他头脑有点晕眩。虽然他也想把毒戒了，但真正面对社会上那种种可以勾引他心瘾的情景，他又有点不知所措。他们又聊一会童年的趣事才回到社工办公室，万梓星借办公室电话打了个电话给姐姐，告诉她在这里的情况。万丽丽希望他过去住下，万梓星执意不肯。她就说："老弟，你已经长大了，姐也管不了你了，路都是靠自己去走的，命运也是掌握在自己手上。你自己看着办吧！我是真心希望你把毒瘾戒了，找个姑娘过上平静的生活吧！"

万梓星说："知道了，姐。"便挂了电话。

第二天一早，李社工就带着万梓星去见"春晖汽车美容中心"的黄老板。黄老板倒是很爽快就答应了。工资却比较低，而且也不包括食宿，但可以先给万梓星五百元生活费。万梓星想了想，答应先来上班。

"小强，来抽根烟。"趁着空闲时间，万梓星掏出一根烟递给了一同洗车的小强，小强染着红绿相间的头发，一张黝黑的圆脸，大家都叫他"金毛狮王"。小强接过烟，看了看，点上烟，两人便悄悄地聊了起来。万梓星与小强渐渐熟悉起来，小强看到其他工友正在忙着玩游戏，于是压低声音说："梓哥，你是社工介绍过来吧！"万梓星点了点头。

"唉，这里人工太低了，只够个生活费，这样的日子难过呗。"小强叹了一口气说。

"是的，只有先做着了，看你的手臂，你也是过来人？"万梓

绝望重生录

星看着小强手腕上那密密麻麻的针眼疤痕说。

"是的，我出来有一段时间了，听说老板每接收一个我们这类人，当地政府就有补贴给老板的。不知为什么工资会这么低，工作又这么累，还不如去戒毒村做事呢。"小强继续抱怨说。

"戒毒村，戒毒村是什么情况？"万梓星第一次听到这个名字，不由好奇问起小强来。

"我也是听人说的，在一个与世隔绝的地方，建了房子，戒毒的人在那里同吃、同住、同收工、同学习、同唱歌什么的，就好像一个村吧，可惜纪律严格，不能随便出来，就好像坐牢一样，那个人就是受不住从那里出来的。"

万梓星点了点头，虽然是第一次听到这些情况，但在心里已经把它记下。这时一部车开了进来，他们赶紧起身忙碌去了。

这样的日子虽然清苦，但也平静而又充实，万梓星中午就在车行吃老板分发的快餐盒饭，晚上有时下班早了就在菜市场买点菜用社工的电磁炉做点喜欢吃的。李社工还时不时给他带点吃的。只是在晚上一个人躺在空荡荡的宿舍里时，那种感觉便不时袭来，脑海里不时浮现出酒吧里"追龙"的情景，让万梓星辗转反侧难以入眠。

今天轮到万梓星休息日，万梓星感到烦闷想去爬爬山。他坐上公交车，半小时后就到了附近的九龙山。九龙山其实也不算山，只是一座小山坡，四周都是一片树林，荒草地，一些老人过来散散步，换换气。万梓星观察了地形，择了一条偏僻的山路，便往山顶走去。

万梓星边走边想，车行里小强似乎有复吸的迹象，有好几次小强走出洗手间，万梓星接着进去时，都闻到了那种曾经熟悉的味道，这种气味让万梓星很难受，有好几次他差点向小强要点料。

他想离开这个车行，但离开这个车行又去哪里呢？特别是洗车时，居然碰到过以前在酒吧里一齐吸过的钱老板，钱老板那天用奇怪的眼神看怪物似的打量了万梓星半天，把他从头看到脚，又从脚看到头。万梓星被他看得发毛，只好尴尬地对他笑了笑。

正在思考的时候，突然听到前面有哭泣的声音和小孩子的声音，万梓星循声望去，却见不到人，有棵大树挡住了。他心里一紧，不由加快脚步走了过去。

声音越来越清楚，万梓星看到了冒出的烟雾，微风一吹很快又散去了，万梓星不由停下脚步凝神听了起来。

老人痛苦地诉说："儿啊！你就为了那200元的毒品钱，就把人家捅死，搭上一条命。却把我害惨了，你把女儿丢给我，我们怎么过啊！你的媳妇也不知道去哪儿了，我也一把年纪了，真是作孽啊！好好的家给你搞成这样，你让我这张老脸在村里怎么抬得起头呢。过几年我就80岁了，小孩怎么办呢？"老人家说完又咳嗽了几声。万梓星移了一下位置，透过树叶看到一个七八岁模样小女孩，正在帮满头白发的老奶奶擦着眼泪，"奶奶，别哭了，我不去读书了，我会捡瓶子卖钱。你看，这是我捡的易拉罐给你卖钱。"

"玲儿，真是乖，你要去读书啊，你还小。"奶奶说完抚摸着小女孩的头，哭得更伤心了。

"奶奶，我真的不想去了，他们都欺负我，他们说我爸是吸毒的还是杀人犯。你看我的手臂都给他们打成这样了。"玲玲说着挽起了衣袖给奶奶看。奶奶一看，心疼地抚摸起小孙女的手来，最后抱着孙女哭得更加难过了。玲玲此时再也忍不住了，在奶奶怀里放声大哭起来。

万梓星的眼泪忍不住流了出来，他再看了她俩几眼，便默默地离开了。

　　万梓星又往山上走了一段路，路边有不知名的小花，以及翠嫩的小草，如果以往万梓星肯定会俯下身好好地欣赏把玩一番，然而现在他竟然丝毫也提不起兴趣来，他感觉心里好像有什么堵住一样。他想了想决定早点回去，他想明天上班时好好问下小强关于戒毒村的地址。

　　回到宿舍里，万梓星感觉头痛，倒头便睡。

　　"小强，你上次说的那个戒毒村在什么地方呢?"万梓星趁周围没人时悄悄地问起小强。

　　"哥，听说在桥光镇三里村，离这远着呢! 那个鬼地方难道你想去啊!"

　　"嗯，我只是想打听打听下。"

　　"那就好，刚出来，别想着又进去，对了，今天发工资，晚上我们一起去吃饭吧!"

　　"就吃饭吗?"万梓星疑虑地看着他。

　　"是的，哥，难道我还骗你不成，也干了这么久，该吃一顿好的，喝一杯好的，放松放松下啊!"

　　"就这点钱，还能吃一顿好的吗?"万梓星面露难色说。

　　"唉，行了行了，我请你行了吧!"小强不耐烦地说。

　　万梓星心想，自己在这里干活，多亏小强给予很多的帮忙，让他少犯一些错误，少给顾客投诉，不去坐一下吧，也显得太不近人情了。可是一想到自己的身体情况又担心传染给他，心里甚是矛盾。

　　"万梓星，你在想什么啊! 别把客人的车弄坏了，看你洗车都走神啊!"黄老板不知什么时候站在他身后看着他呢。

　　万梓星心里一惊，赶紧赔着笑脸忙说:"知道了，老板，刚才头有点晕。"

　　"要小心点，把客人的车子弄坏了，要赔偿的。对了，这是你这个月的工资，你拿去点个数，看看对否？"万梓星满心欢喜地接过钱，数了数一共是 1500 元，便点了点头，赶紧把它放进内衣口袋里，又摸了摸口袋便继续洗车了。

"万梓星，走吧！饭位已经定好了。"小强见下班时间到了，万梓星还磨磨蹭蹭不想走，便上前拉着他的衣服往外走去。万梓星无奈只好跟着走去。到了星光饭店，座位上已经坐了四个人，见到小强过来，都热情招呼小强。万梓星打量了他们一眼，便小心翼翼地拉了一张椅子坐了下来。小强便把他们四个一一向万梓星作了介绍。

陈哥拿起满满一杯啤酒，说："来，为咱们有缘相聚干杯。"

其他人见状也纷纷拿起酒杯，说："干杯。"

接着大家一饮而尽。

小强又帮大家倒满了酒，说："白天干活像牛一样累，有这样的机会，大家要尽情 happy，不醉无归。"

大家又拿起倒满酒的酒杯，说："好，干杯。"

酒过三巡，菜过五味，小强便提议去隔壁酒吧再喝个尽兴。万梓星很久没这样喝过了，仿佛又回到了几年前在酒吧里的场景。他发现心跳得很厉害，特别是小强提议去隔壁的酒吧里再喝个尽兴时。小强有意无意在暗示着什么。

"走，陈哥带你去潇洒一下，你也这么久没碰了，来点儿带劲儿的，吃饭无粉不成宴。现在有种新货那才叫嗨呢！"陈哥干脆直接说了出来。

万梓星心里一惊，赶紧往后退，你，你们在吸毒？

"嘘，小点儿声，走吧！都是过来人，还装什么装呢？"小强在旁边赶紧说。

危险正在一步步向万梓星逼近。内心深处"飘"的感觉一阵阵涌现，心瘾使万梓星呼吸加快，此刻他想起了昨天那奶奶上坟时的情景，刘运辉死亡的惨境，不由心里一震，脑海有两种声音在无情地撕打。"吸、不吸、吸、不吸、吸、不吸……"痛苦的万梓星在不停地挣扎。突然他想起戒毒所里王老师所教应对方法，赶紧用左手猛用力捏了一下右手腕，又拉了几次橡皮条，右手腕吃疼，这酒意就醒了过半。

他赶紧对小强说："我绝不能再吸第一口了，你也戒了吧！你还有白发苍苍的父母在等着你，勤劳的妻子、乖巧听话的儿子也在盼着你，你的亲人都渴望你戒毒成功，你不能再伤他们的心了，否则，你这一生就完蛋了。"小强他们听了都哈哈笑起来，"你装吧，继续装，看你还能装多久，你说有多少人能戒掉的。偶尔吸几口有什么吗？这样才有人生，人生，你懂吗？"小强醉熏熏地用手指着万梓星的脸说。

陈哥拉了拉小强说："算了吧！不要管他，把我们的好心当雷劈，我们走吧！"他们狂笑着远去，只留下万梓星孤零零的身影站在那里。万梓星待他们走了一段路才回过神来，他走到马路上，一阵晚风吹来，令他清醒了许多，感到右手腕有些痛，他看了看原来刚才用力过猛，右手腕有些红肿呢。

"看来这份工作是不能做了，自己不可能每次都能控制住。"万梓星边走边想，这么多年自己就是一直害怕孤独，害怕被排斥，没有人生的目标，才落得这样。该醒悟了，该独立做我自己了，一路想着，脚步越来越快，越来越轻松，不一会儿就回到宿舍，拿起吉他弹了二首歌，心里变得明亮起来，他暗暗作了个决定。戒毒所王老师也说了，圈子不同不要强融，只有远离"粉圈"才可能戒断。

第二天一早，李社工就来叫他了。

"万梓星，我听说你们昨天去聚会了，你们车行有一个叫小强的，他们几个人当场给抓了，我还担心你呢。"

"他们给抓了？他们给抓了？"万梓星一脸惊愕，连续问了两句。

"是的，现在我要给你验尿，这是我的工作，请你配合。"说着李社工拿出了验尿板。

"好的。"万梓星爽快地答应了。

李社工认真地监视着万梓星，然后看着验尿板上的色条变化。

"万梓星，恭喜你，你的验尿呈阴性，这一箱牛奶和二百元购物券是政府奖励你的。"李社工满脸欢喜，好像中了什么大奖似的对万梓星说。

万梓星的情绪也被他感染了，兴高采烈地接过了礼物。他现在才感觉他是被人关注的，在戒毒的路上他也并不孤单。

"梓星，我们下去活动室和其他社区戒毒人员来一起做个抛弃毒瘾的团体体验活动好吗？"万梓星点了点头。活动室已经有十几位戒毒者，他们互相一一作了介绍，万梓星发现都是陌生的面庞才稍稍放松下来。"现在你作为上瘾者，对面的人扮作让你着迷的毒品，旁边的是扮作学习功课者，你们在我的指导语进行轮流体验，明白了吗？"社工说完用眼睛在大家脸上扫了一遍，见大家都点了点头。然后说："现在大家尽情活动放松抖动一下手脚，转动一头肩膀腰部。"然后便让万梓星看着对面的人，想象着是让他上瘾的毒品，然后缓缓地移动着脚步往前走，"体会一下每走一步会你看到了什么？会带给你什么感受？"只见万梓星脸色凝重缓缓地往前迈出一步，二步，三步。他嘴里回应着社工的话语："我脑海里出现了酒吧吸毒的情景！他们有的用嘴，有的正在用针扎血管。我现在感觉到紧张，焦虑，胸里好像有什么东西堵住了，越来越难受。""接下来，你根据你的感觉可以走到离'毒品'最近的位置站住，你可以决定站在那留下来，还是决定转身离开，转身是什么念头让你转身，离开的途中你也可以决定回头，你要清楚是什么又让你回头？"社工看着他的表情变化继续引导他说。万梓星越来越接近"毒品"，他似乎听到了自己的心跳，他的双手微微发抖。他突然停了下来，然后缓缓地转身。"你不想和他说点什么吗？"社工在旁边提醒他。"我现在已经成长，我有自己的生命状态，我想独立做我自己，对不起，我要永远离开你，我的生命要向前了。"说完他毅然转身前行。他的脚步变得轻松起来。社工提醒他，"你决定不回头看一眼吗？""是的，我不想回去了，我转身的时候，我看不到它（毒品）的时候，我内心抛下毒品的时候，我的心里都会变得轻松起来。"万梓星轻轻回应他。"所谓旁观者清，那么你在旁边看到这些情景的你又有什么感觉，你会给他什么建议呢？"社工对旁边学习功课者说。"我看到他靠近毒品的时候，心里也会紧张起来，替他捏了一把汗，如果可以我想上去拉他一把，看到他转身的时候，我的心里也会变得轻松起来。一个人只有抛弃过去的成瘾行为，把以前旧的垃圾清空，这样才能把自己变得强大起来，才能活出自己。""嗯，这就对了，因为一个人心里总是想着过去，不把过去（毒品）抛开，内心就会变得很匮乏，痛苦。新鲜的东西也就无法进到你的内心世界，你也看不到阳光和自己的优势，你就无法树立新的目标，没有新的目标你就没有动力前行，也无法进入到新的关系里面。"李社工意味深长地说，然后要求大家互换角色一一进行体验。万梓星做完体验，内心感觉有了一种力量，然而他也觉得这种力量是很薄弱的，还不足以应对当前各种压力以及生活中的种种诱惑。

　　车行里小强他们被抓后，万梓星更加忙碌。正当万梓星感觉快撑不下去的时候，老板招了两个年龄较大的洗车工。工人年龄都比较大，老工人时常谈到老板的小气，生活的种种不满。万梓星偶尔应和应和。这天趁下雨天在车棚休息时，一个老工人便又对万梓星说："小伙子，你还年轻怎么来做这个毫无技术含量的活呢？"万梓星笑了笑不答话，拿了一支烟递了过去把他的话题转移了。其实万梓星前几天见到钱老板过来洗车后，又勾起了他种种不安，钱老板似乎有意无意趁无人之机向他展示"追龙"的信息，他佯装不懂。待钱老板走后，他就悄悄向老板提出辞职了，老板不断挽留他，但他执意要走。老板才勉强答应过段时间招到人就让他辞工。万梓星觉得最近似乎越来越多"熟人"来洗车，他觉得无法应对，有时呼吸都感觉到困难。他想，就是躲避也罢，选择新的生活也罢，暂且去戒毒村看看，或许有新的视野。

"李社工，我有件事想和你谈谈。"万梓星看着李社工正在忙碌，迟疑了一下还是说了出来。"好啊！你说吧！需要我帮什么呢？"李社工把满是友爱和鼓舞的眼光落在他的脸上。"也没什么，只是感觉车行不适合我，我已经向车行老板打报告辞职了。"他不想告诉李社工在车行碰到钱老板的事情，免得李桂子追问起来，得知他感染艾滋病，这样他在这个城市就会很难生存下去。而在这个地方呆下去也会越来越多的人认识他，说不定就会有人知道他的底细，把他的事情说出去。他低下了头，不敢去看李社工的眼睛，他感觉完全辜负李桂子的期望。

李社工眉头一皱说："可是你才做不到两个月哦！我想着你在那做的时间久一些，跟社会接触多一些，心瘾淡化了，我再告诉你有一个政府奖励措施，就是针对戒断半年的人可以在市场给个铺台，免费使用三年，让你做点小生意。"

"有这样的事，那太好了，我在所里也学过 SYB 创业培训，也有证书呢！我就想做点小生意。"万梓星高兴地说。

"可是，你现在的情况不符合条件啊！你这样辞职，你有什

绝望重生录

么打算呢?"

"我想好了,我想去桥光镇三里村看看,听说那里有个戒毒村。"

"嗯,嗯,那敢情好,我也听过那个地方,但是没有去过。那边就不是我工作的范围,你自己照顾好自己吧!你懂的,这戒毒的事我也只是一外力而已,主要还是要靠你本人发自内在的力量,你既然作了决定,我也不挽留你了,你自己注意安全。"

万梓星点了点头说:"我知道了,到时我再回来找你申请免费铺位和一些贷款的事!"他没想到李社工这么爽快答应了,还给了他鼓励。

万梓星坐了几趟公交车,又搭上一辆摩托车,才到达三里村。摩托佬说三里村是三个村落汇接处,范围大,山又多。好不容易见到几个路人,向他们打听戒毒村情况,都摇头不知有这样的戒毒村存在。万梓星有点失落,他想找个有屋舍的地方,向当地人打听下,然而,走了几公里都荒无人烟。

中午时分,万梓星又累又饿又渴,只好找了一块干净的石头坐下来,拿出袋子里的两根玉米咬起来。此时,万梓星想回去算了,但想起小强他们的话,还有那鄙视的眼神,"有多少人能戒掉的,什么研究生、大学生,多少人意志那么坚强的照样戒不了。"另一个声音也在他脑海里激荡,那是戒毒所王老师的话,"人生关键处时只要几步,这几步就会决定你的人生方向。如果坚持跨过去了,就会达到理想的目标。"

想起这些,万梓星感觉激起了他灵魂深处的潜在力量,他打量着周围的环境,林间清露犹熏,野花摇曳多姿,小鸟在树上吱吱喳喳叫个不停。万梓星感觉很舒服。他深深地吸了一口气,沁入心脾,精神为之一振。突然,他看到远处山峰上有一股白烟冉冉升起，万梓星站了起来，他心想那里肯定有人居住，说不定就是戒毒村了。这样一想，他不由加快了脚步往前走去。

这条路特别难走，崎岖不平，应该是新开的，只容一辆摩托车通过，万梓星几次差点滑倒，好不容易到达山顶，一扇厚重的木门挡住了去路，周围要么是洼地，要么是给铁丝网围起来。万梓星正欲呼喊，突然两条狗狂吠起来，万梓星不由退了一步，站在原地，往里观望。

这时，一个高大、皮肤黑黑的光头中年男子从铁板房里走了出来，往门口观望，看到万梓星站在那里，便走过来打开门，疑虑地打量着万梓星一番后便问："你是谁？来这里干什么呢？"

"请问这里是戒毒村吗？我是朋友介绍过来，想来戒毒的。"

中年男子一听脸色缓和下来，便问："你有什么证件？"

万梓星便把解戒证明拿给他。中年男子接过来看了看，脸上露出笑容说："那你进来再说吧！"

中年男子领着万梓星，边走边说："我叫刘常保，是这里的负责人，你叫我保哥吧！他们都这样叫我。"

万梓星应了一声，紧跟着保哥走了进去。

万梓星走了一小段路，又过了一道门，便到了一处一层混凝土结构的建筑物前，前面空旷的地方用铁皮搭了一个雨棚，中间摆了两张饭台，一张茶几，右边是厨房，墙上挂着值日牌。万梓星定睛一看；左边写着两个人的名字张加志、韦香华。右边却写着"罗，12章第二节。"下面是几行字。"不要效法这个世界，只要心意更新而变化，叫你们察验何为神的善良，纯全可喜悦的旨意。"这似乎是读书摘录，万梓星却看不明白是什么意思。正感到纳闷时，保哥招呼他过来茶几旁坐下。旁边几个人正在洗菜，看到万梓星到来，停下手中的活，打量着万梓星。

"你出来也有一段时间了，你现在有什么想法呢！"保哥给万

绝望重生录

梓星倒了一杯茶水，便问他。

"我感觉到自己还没有融入社会的能力，希望戒掉心瘾，但发现社会上又处处充满了诱惑，让自己感到迷茫困惑，我也不知道该怎么办？听朋友说这里有个戒毒村，我就想过来看看这里的情况。"

"嗯，你想戒掉毒瘾，但又怕经受不了诱惑。"

万梓星点了点头。

"我们这里也有严格的规定，我们只招收22个人，一经签下协约，半年内不得擅自外出，如果不经同意外出，那么就不得再回来了。一经发现吸毒贩毒，也是立即报派出所处理。我们这里半个月要验尿一次。这里就是一个家庭，不得打架，吵闹。每天要进行学习，种果树、种青菜，喂几十只鸡，做一些手工活，没有任何报酬，这些收入都是用在这里。当然，还有一些社会上慈善机构的赞助来维持开支。前两天有两个人修行期满，出去了。我带你参观一下这里的情况，你考虑一下，再决定吧！"

万梓星点了点头，起身紧跟着保哥走去。

"这里是宿舍，四个人一个房间，铁架床，只有公共卫生间。这是加强互相监督和交流的机会。"

穿过这座土建筑物，后面还有一排铝扣板搭的二层楼，共有四个房间。保哥打开了一楼左边的房门，万梓星不由眼前一亮，这里面是布置得漂亮的课室。四排单人小书桌，桌面上都摆满了书。还有一些乐器如笛子、吉他、手风琴。万梓星随手拿起一本，翻了翻是一本陌生的歌谱，墙上贴了几幅书法，还有一个赐福的挂图。

右边房间是文体活动室，有一些文体活动器材，还有一个小舞台。活动室布置得很温馨，贴了许多图片，正中是一个十字架。二楼是做一些手工电子产品室。

这时，一个人过来喊吃饭了。保哥便说："我叫他加了一点菜，中午就这里一起吃了，你考虑清楚了再答应我。"

　　万梓星微笑着点了点头说："保哥，我知道了，我感觉这个环境还不错。"

　　待万梓星、保哥过来时，他们已经站在桌边等待了，保哥赶紧招呼他们就坐，加上万梓星共 22 个人分成二桌而坐，桌上有鱼，有猪肉，主要以素食为主。保哥看着大家坐好了，便站起对大家说："今天来了一位客人，他叫万梓星，他也和我们有过一样的故事，希望他能留下来和我们能一起战胜困境，走向阳光的生活。"接着，保哥一一介绍了这些人的名字，张加志，韦香华，陈保鹏……万梓星只记得前面黑板上的几个名字。他们都一一站起来向万梓星点头微笑。这让万梓星很舒服。

　　"好了，开饭吧！梓星你就不用客气，自己动手吧！"

　　梓星应了声"好咧"，便赶紧动起筷子吃了起来。

　　虽然，万梓星和他们都素不相识，仅是短短的交流，但他已经感觉到了一种爱的流动，一种平等，尊重和友好氛围，这些都让他特别的舒服。特别是保哥，寥寥数语却让他感觉到如兄如母在关注着他，他的每一句都说到了他的心里去了，温暖着他那受伤的心灵，当然，深宅里的吉他也深深吸引着他。他决定留下来。

　　饭后，万梓星跟保哥签下了半年的协约。

　　万梓星按照保哥的安排与张加志、韦香华、陈保鹏住在一起。

　　下午，万梓星跟着他们一起去菜园，万梓星虽然从小在农村长大，却不懂种菜，但对蔬菜还是有一定的了解，起码知道它们叫什么名字，是什么样子，大概知道经过几道程序。在菜地上，万梓星看到了绿油油的小白菜，感觉很惊讶，这些都是保哥他们

绝望重生录

种的，有通心菜、白菜、黄瓜等。

保哥告诉他，每个人都要负责一小块菜地，先锄好地，然后去他那里领菜种。保哥问他有无种过菜，他摇了摇头。保哥便告诉他种菜的知识，地要锄深锄透，泥块也要敲碎，经过太阳照射，让草枯死，然后放些肥料。

万梓星点了点头，心里跃跃欲试。拿了锄头就冲劲十足弄了起来，不一会儿就锄了一块小菜地，也许是许久没有抓过锄头了，双手抓得太紧，以致双手都起泡了，又不敢挤破它。好几天都担心那个泡会不会感染呢？很快，兴趣代替了小小的不快。

晚上保哥便带大家去课室，教大家唱歌曲，有好几首万梓星都很喜欢唱的，这些歌仿佛就是在描写万梓星的人生轨迹。其中《岁月中的寒冬》这首歌是这样唱的："曾经孤独地走过那寒冷的冬天，曾经迷失在路口，不知何去何从，曾经无知地沉沦……"还有"谁人一生没有失败，唯求新生，挫折又怕怎样，纵使崎岖都要去闯。"听着听着，这些歌词让万梓星想起了许多许多，常常陷入沉思之中，他感觉有一种力量开始悄悄地在他内心滋长。

不久，万梓星发现，张加志很有才华，他平时虽然不怎么出声，却弹得一首好吉他，万梓星特别羡慕他，也经常向他请教吉他。在这里只要万梓星想学什么，他们都会不厌其烦地教他。这里没有歧视，没有偏见。万梓星在这里首先学会了感恩。

又一周后，万梓星估计菜地暴晒得差不多了，便找保哥要了小白菜种子。然后就是施肥，浇水。在过了一段漫长等待时间后，万梓星又像往常一样去察看小菜地时，发现稀稀疏疏的长出了娇嫩的小菜苗，虽然是很少，但这足让他兴奋一个早上了。于是赶紧给它浇水，盼望着其他菜种也能快点长出来，可是令万梓星失望的是，无论他怎么盼望，它就是不再长出来。看着这可怜的小菜苗，他的激情有所减退了，很少去打理它。保哥看在眼里。告诉他施肥、浇水要看时机，你这些菜种很多都给肥料烧死了。万梓星听了只好重新整地，然后又兴奋而又谨慎地撒播着生命的种子，他生怕因为一时疏忽而浪费了一颗宝贵的生命。然后，便殷勤地浇水。有时是火热的太阳照射着，又觉得双肩疼痛，但当水浇下去的时候，听到它们滋滋的吸水声时，便有一种快意，似乎那一瓢瓢的水就盛载着自己的期盼和希望！接下来便是漫长而焦急的等待。

一周后，当他再次蹲在菜地边，急切地搜寻着希望时，猛然发现泥土里竟密密麻麻地散布着一些顶着两片小小的、白白嫩嫩的叶子的芽芽。他有些不相信自己的眼睛。好似哥伦布发现了新大陆，仿佛看的不是一块长着小菜苗的土地，而是在欣赏一幅美妙图画。

保哥把这一切看在眼里，然后叫万梓星把这次种菜的感觉写了下来。他写道："我体会到劳动的快乐，虽然刚开始有些失败，但经过努力我还是成功了。特别是摘菜与同事一起来分享我的果实，看着同事们大口大口地吃着青菜兴高采烈的样子，我也被他们兴奋的情绪感染着，感受到了劳动带给了我更多的乐趣，当然也体会到了'汗滴禾下土'的辛苦。人的一生，能够经常有这样的感受，不也是一种幸福吗？"

戒毒村还养了一些鸡。陈保鹏皮肤黑黑，他是养鸡的高手，一些鸡看起来无精打采了，经他一调理又生龙活虎起来。那次，保哥不知从哪里抓来一只黑公鸡，当它进场时，便迈着正步走，一副趾高气扬的样子。料想不到的是，它向别的公鸡挑战，争斗异常激烈，鸡毛落了一地。最后，五只大公鸡合力把它赶到"三八线"以外，从此划定了各自的地盘。每次喂鸡时，几只大公鸡在外围警戒，不让那只黑公鸡靠近，待其它母鸡吃得差不多了，才让它进去吃点。黑公鸡的地位每况日下。下午，它看到一只公鸡在角落里欺负母鸡，它拼了命地从远处飞过去，也许飞得太急了，一下撞到一棵树上，倒了下去，许久才爬起来。万梓星发现那只公鸡的脖子歪了，以为它活不了的时候，陈保鹏一把抓起公鸡用点巧劲把它一扭，居然把它脖子扭回去了。黑公鸡又活蹦乱跳跑开了。万梓星看得惊奇不已，心想这里的能人真多啊！

"保哥，我有些事想和你谈谈。"万梓星发现保哥，虽然人长得高大粗鲁，但是粗中有细，脑袋里总是有无穷无尽的知识。趁浇完菜空闲的时候，万梓星便叫保哥一起坐在一块大石头上聊了起来。

保哥微笑地注视着他："你说吧！我在听着呢！""保哥，我进来一个月了，最近感觉很闷，想去社会上闯一闯。""你现在就想出去？"保哥露出了惊讶的神色。"是的，我感觉到很烦躁，特别是夜深人静的时候。"万梓星犹豫地看着保哥。"在夜深人静的时候，你在想些什么呢？""那种感觉，我也说不出来，就是浑身不舒服，头脑里老是出现那种场景，好像有一个声音在呼唤着我。""哦，我明白了，这是因为你的心魔在作怪。心魔就是内心的那种恶魔，现在对于你来说就是毒魔，是人内心深处的缺陷。它看不见摸不着，却真实地存在着。心魔可以一直存在，可以突然发生，可以隐藏，可以增长，可以吞噬人，也可以修炼人。""保哥，为什么时间过去这么久了，我还是存在这样的心魔呢？"

"这是因为毒品它具有强大的诱惑力，而且能被人体吸收，是因为人体内有相应的内源性物质。海洛因吗啡——内啡肽负责取乐和镇痛，协助我们战胜困难的'催产素'。脑啡肽是神经递质的一种，能改变神经元对经典神经递质的反应。还有冰毒、麻古刺激多巴胺，尼古丁乙酰胆碱刺激内啡肽的分泌，所以，吸毒之后常会使人产生一种飘飘欲仙的奇妙感觉，有人还认为这种感觉比性生活所带来的快感要大几倍，它是一种'高峰体验'，头脑里已经长期形成了这种深刻的记忆和体验。所以这种习惯一旦形成就不易打破，长期使用，会发生人格改变和认知功能损害，人的记忆、语言、抽象思维、判断方面都会受到影响，特别是长期吸食、注射毒品的人影响更大。"

"嗯，那为什么总是在我空闲孤独的时候，它就出现了呢？"

"这是因为它像恶魔一样，随时存在着，一有机会就会寻找到可吞噬的人。一个人在孤单的时候也是最脆弱的，最无奈的时候，它最容易乘虚而入。从最根本上来说，你还缺乏对抗心魔的能力。"

万梓星若有所思地点了点头说："那让我考虑考虑吧！"

第二天一早，万梓星又找到保哥说："保哥，我昨晚梦见我姐找我了，我担心她，还是想出去，况且我也迟早要去接触社会的。"

保哥看了看万梓星的表情，然后说："你真的想这个时候出去，我也不再阻拦你了，不过在你出去前，我们想集体为你做祈祷，你认为可以吗？"

万梓星见保哥如此认真，便点点头，答应了。

随后，保哥把其他人都召集到课室里，然后对大家说："万梓星的心魔未了，他想现在离开我们，我们现在一起来为他祈祷。"保哥说完，全场都安静下来，所有目光都转向万梓星。万梓星看着那一双双期盼的眼神，不由低下了头。

万梓星也闭上眼睛在听着，听着听着，他感觉到好像在悬崖上，有人在呼唤他，有人在拉他，他的四周都充满了力量，他的心慢慢静了下来，一股力量在他内心升腾起来。他睁开眼睛，看到他们表情严肃，都在真诚为他祈祷，他的眼眶不禁湿润了，他没想到自己会如此受到重视。他突然站了起来，斩钉截铁地对保哥说："保哥，我决定留下来。"

绝望重生录

保哥一听，露出了一脸的喜悦，他笑着说："好啊！我就知道你会留下来的。"陈保鹏他们都很高兴，一一走过来和万梓星拥抱。万梓星突然觉得有一种重生的感觉。

保哥随后对万梓星说："我俩等下继续聊聊吧！你命里也是该经过如此挣扎。"

"那要怎样才能克服这种心魔呢？"

"你要先找到替代你毒品快感的另一种更愉快的体验，比如人在喝酒之后常常产生一种飘飘欲仙的感觉，可以成为一种高峰体验。而如果进入一种深度的放松状态，去聆听音乐所产生的愉悦感和欢欣感，会比平时清醒状态强烈得多，也就是一种高峰体验。在美国就有一些音乐疗法师使用音乐来替代毒品或酒精所带来的高峰体验，从而帮助吸毒者逐渐地摆脱对毒品或酒精的依赖。当然你不用担心听音乐，会不会产生跟吸毒一样的依赖。因为你听音乐所产生的感觉，是由于你内在的内啡肽的分泌增加而产生的，所以它只能让人的身体更好。音乐就是一种很好的替代品，让人远离孤独，所以在这里为什么每天都要教大家唱歌，学会一些乐器。"

"在这里，音乐确实带给我许多美好的体验。"万梓星点了点头说。

"在我们这个大环境里，就是模拟社会环境，让你体验各种困难和诱惑，还要积极改变你以前的不好的行为模式，习得健康的模式让你尽快适应社会，最后达成人格的完善。"

"哦，保哥，原来这些劳动都是富于意义的，我现在总算明白了。"

"我们在这里学习，也是为了驱除心中的恶魔，用对善良、美好的追求，代替贪婪、索取。当以上这些因素一起发生作用时，再加上现实生活中的积极因素，它们就会形成一个大熔炉。

这个大熔炉会驱赶你对毒品的心魔，使你的心变得明亮透彻，脱离白色的妖魔。"

"哦，是这样。"万梓星点了点头。

"其实，你现在还没到时候。到了一定的时间，我会带你出去社会上实践，去做义工，你更会体验到对他人奉献所带来的快乐，你就会寻找到人生的真正意义。"

"真的，还可以带我们去做义工啊！"

"是的，但现在还不是时候。"保哥看着他诚恳地说。

一年后，一个矫健的身影从戒毒村走了出来，他不时向身后目送着他的人群挥手告别。他就是万梓星，一年前萎靡不振的他，如今变得神采奕奕。

"保哥，鹏哥，你们回去吧！感谢你们了！我会照顾自己的。"万梓星眼含泪花再次向保哥挥手告别。

"万梓星，保重。万梓星，保重。"那一声亲切的呼唤在山上回荡。

如果不是姐姐通过郑社工找到他，要他去车队见工，他还是不想出来。保哥说了，准备送他去香港、新加坡学习一些戒毒知识，之前好几个被保哥送出去学习的人，回来后不但自己戒断了，还带动了一些人也跟着戒了。万梓星今天真的感受到毒瘾是可以戒断的，关键是你有无这样的念头、意志去戒除。一个歪念可以让人吸上毒，一个正念也可以让人戒毒。而一个正念的形成需要历经多少的锤炼，历经多少内心痛苦的挣扎，只有经历过的人才知道其中的滋味。

万梓星在姐姐的介绍下，去了姐姐朋友的物流公司当司机，老板姓白，中等身材，人很和善。万梓星的工作任务就是开着货车，每天按照白老板指定的线路去送货、接货。一个月来，万梓

绝望重生录

星几乎跑遍了省内各个市县。这样的生活起早摸黑，让万梓星过得充实忙碌。回到宿舍里弹奏几首吉他曲，然后就沉沉睡去，时间倒是过得很快。

晚上，万梓星又拖着疲惫的身体回到店里，他照例把车门锁好，准备回去宿舍，他感觉有点口渴，看到对面新开了一间甜品店，便走了过去。

店主居然是一个身材高挑、面容端庄，扎着一条马尾辫的年轻姑娘。万梓星不由站在店门口多看了几眼，姑娘被看得不好意思，脸色一红，对万梓星说："先生，请到里面坐，请问你要喝点什么？"

"哦，帮我来一碗绿豆沙。"万梓星发现自己的窘态，赶紧回过神，随口点了食品。然后，找了个位置坐下。

这是一间新装修的店铺，空间并不是很大，只排了六张桌子。地板、桌子收拾得干净明亮，墙上挂了几张山水艺术画，还有一张甜品清单，让万梓星感觉很舒服。

店里的客人并不多，一会儿，姑娘就把绿豆沙端上来了。万梓星赶紧起身，伸手接了过来说："谢谢老板。"

姑娘嫣然一笑说："别叫我老板，叫我小倩就好啦！"

万梓星点了点头，开始双手合十做祈祷。小倩好奇地看着他，看他做完后，于是问他："你刚才在做什么？""嗯，我习惯了吃饭前都要先祈祷感恩生活，刚才是感恩你的绿豆沙。"小倩笑了笑，然后去忙碌了。

万梓星则边吃边回味着她的笑容，那充满青春气息的秀脸，一排雪白的牙齿，淡淡的红唇，深深地印在他的脑海里，一天的疲惫都消失了。

此后，万梓星下了班，只要小倩店没有关门，他都爱她到店里喝点甜品。今天是第十天了，万梓星照例和她打了个招呼，然后看了看墙上甜品清单，排在第十号的是龟灵膏，便说帮我来一碗龟灵膏吧！

"好咧！"小倩应了声，很快就把龟灵膏端了上来。万梓星看到店里再无其他客人，便鼓起勇气小声地说："小倩，你也忙一天了，过来坐坐喝杯茶呗！"说完，一双火热的双眼充满期待地看着她。

小倩站在那里，迟疑了一下，看了看外面淅淅沥沥下着的小雨，估计这个时候也应该没有客人来消费了，于是便走了过来。

万梓星很热情地拿出了公司帮他印制的卡片，递给了小倩，并作了自我介绍："我叫万梓星，在对面的物流公司做司机。"

"哦，这做司机挺好吧！整天东跑西跑，可以到很多地方，又可以和许多人打交道哦！"小倩拿着卡片看了看，露出了一脸的纯真。

万梓星笑了笑说："还好，生活挺充实的，下了班就自弹自唱两句，然后就睡觉，也有点无聊！"

"嗯，那你老婆不在身边吗？"眼前的万梓星，结实宽厚的肩膀，乌黑的头发，浓眉大眼，皮肤黑亮黑亮的，看起来三十出头的样子，小倩露出不解的眼神看着万梓星。

"老婆？我还没有女朋友呢！"万梓星尴尬地笑了笑，用手摸了摸头发。

"什么？你还没女朋友？"小倩露出了满脸的疑惑，看着万梓星那憨厚的样子又不似在说笑。

"是的，我真的还单身。"万梓星满脸真诚地说，"因为家庭贫穷，母亲早逝，自己又走了一些弯路，现在又整天忙于工作，也没时间去找女朋友，所以就把这事给耽搁了。"

"嗯。"小倩点了点头，一副恍然大悟的样子。

在随后的交谈中，万梓星了解到小倩中专刚毕业，她叫邹倩

绝望重生录

玲，今年 19 岁，因为不想去厂里工作，就开了间甜品店，有时间还学习一些金融理财知识。

这时，天空突然响了一声雷，把他们的谈话中断了。倩玲说："时候不早了，我也要关门了。"万梓星看了看时间，不知不觉已到十一点，他多么想能继续聊下去，哪怕聊到天亮他也愿意，可是人家这样说了，也不好意思再谈下去。于是他掏出钱包，拿出了一百元递给了她。

倩玲看了看，不好意思地说："大哥，真不好意思，小本生意，今天刚好没有零钱找给你呢！就下次再给吧！"

"那就不用找了，留着下次用呗！"万梓星说完把钱放在桌子上就大步走了出去。邹倩玲愣了一下，醒悟过来再追出去时，在茫茫夜色里哪里还能见到万梓星的影子。她拿着还带着体温的一百元钱，站了一会儿，嘴角露出微笑，然后拉下了店里的铁闸门。

"这都第四天了，怎么还不见他呢？"邹倩玲心里想着，不由走出店面看了看对面的物流公司，黑灯瞎火，什么也看不见，马路上也见不到一个人影。她不免有点失望，只好转身回店，准备打烊。

突然，一个熟悉的身影闪了进来。邹倩玲眼前一亮，装作嗔怒地说："你怎么今天才来呢？"万梓星笑了笑，扫了扫头发说："这几天公司的事比较忙，所以就没过来了。"万梓星照例看了看墙上清单说："给我来一碗双皮奶吧！"

"好的。"邹倩玲应了一声，很快就把双皮奶端了上来。然后，她就坐在万梓星对面，微笑地看着他。突然，万梓星吹了一口气，把一些双皮奶飘到了她的衣袖上。"唉哟，真不好意思，不小心把双皮奶吹到你身上了。"万梓星赶紧起身，毛手毛脚地拿了纸巾想帮她擦拭。邹倩玲也忙着想擦拭，两个人的手忽地碰到一起，又都缩了回来，双目相对。万梓星用火热的眼神关注着她，她也正用含情脉脉的双眼注视着他。一会儿，她才低下头轻轻地说："没事啊！你小心喝，有点烫呢。""嗯，嗯。"万梓星接连应了几声，赶紧低下头，右手微微发抖地拿着汤匙喝了起来。

万梓星边喝边告诉她，自己去过一些风景区看到的景色，邹倩玲听着听着，双眼露出羡慕向往的眼神。

万梓星从口袋里拿出两对红色蝴蝶结吊坠，对她说："这个是我送货时看到的，感觉它和你店的装饰很般配，就把它买下来送给你。"邹倩玲两眼发光，惊喜地接了过来说："你这是哪里买的？太漂亮了，多少钱？我拿给你！"

"给钱我就不送了，这也不用多少钱，你把它挂起来就是，我每天过来也可以看到它呢！"万梓星说。

"那好吧！"邹倩玲高高兴兴地转身比划着看看挂哪个位置。万梓星见此，掏出一百元放在桌面上，然后悄悄起身，走到门口才回头说了一句："阿玲，我有事回去了。"

"喂，喂。"待邹倩玲拿着蝴蝶结吊坠追出门口时，万梓星又不见踪影了。她望着黑色的夜晚，怔了一会儿，若有所思，突然，她发现自己的脸颊发热，"胡思乱想什么呢？"她心里不好意思地对自己说。

一连几天，夜幕降临的时候，邹倩玲就开始盼望着万梓星过来。可是，这次居然过七天了，万梓星还没有露脸。她开始有点着急起来，心里想："难道万梓星换工作或者出事了吗？"

早上八点整，太阳暖洋洋地照在邹倩玲身上，她哼着小调，走到店门弯腰拉起铁闸门，突然一个信封映入了她的眼帘。怪了，谁会丢下一个信封呢，她赶紧拆开一看，上面赫然写着几个字："阿玲，我想今晚九点请你看电影。我已经买好票了，老板也同意把车给我开去看电影，你可以早点关门吗？"万梓星。邹

绝望重生录

倩玲看了看四下无人，赶紧把信收了起来，心怦怦直跳，她不禁又惊又喜。惊的是万梓星突然请她看电影，她感觉这来得太快了。虽然她感觉到万梓星热情大方，积极上进，也善解人意，但还是有点意外；喜的是这场电影她是很想去看的，可是离电影院太远了交通极不方便，她陷入了矛盾之中。

万梓星正开着车往黄梅县送货，他的脑海里也在激烈地斗争着，他是多么渴望爱情，渴望有一个温暖的家，他想到阿玲的眼神，温柔关心的话语，他就有点激动起来，嘴角露出了微笑。他又转念一想，这也许是自作多情吧！她不过是同情我的身世罢了，自己这种情况，省点力气吧！怎么可能配得上美丽纯洁的阿玲呢？这不是癞蛤蟆想吃天鹅肉吗？自己是如此的微不足道，说不定哪天就走了，别去拖累人家罢。虽然说这一年来的生活境况越来越好，前景也越来越光明，然而，幸福总是在眼前飘忽不定，似乎触手可及，又似乎遥不可及。他甚至想如果能娶到阿玲就是缩短我十年的寿命我也心甘情愿啊！一连几天，他的头脑里都在交织着这个问题，一直不敢去见她。今天早上出门时，他终于鼓起勇气把写好几天的那封信丢进了阿玲的店里，然后像做贼一样溜走了。

"嘎"地一声，万梓星突然来了一个紧急刹车。车窗边一个老伯怒气冲冲地瞪着他，"后生仔，开车小心点。"万梓星惊出了一身汗，刚才胡思乱想时，一不留神，差点撞上突然走出马路的一个老伯了，于是忙赔着笑脸说："阿伯真对不起，对不起。"

夜幕降临了，离约定的时间越来越近了，万梓星希望时钟过得快些，又希望它过得慢一些。他开着车子往阿玲的店里驶去。差不多到达时，他把车停在路边，又想调头回去，他感觉到心跳得厉害，这以前和李春霞交往也没有这种情况啊！他对自己也感觉到诧异，他伸出头往邹倩玲店里望了望，没有发现异常，于是又硬着头皮把车开了过去。

万梓星远远地就看见，阿玲今晚穿了一套白色的连衣裙，在灯光照射下约 1.6 米高的身材显得婀娜多姿。

"你过来啦，进来坐一会儿吧！"阿玲的热情的问候打消了万梓星的顾虑。

"好的，我能帮忙做点什么吗？"万梓星看着阿玲还在忙碌便说。

"你不熟悉帮不上的，你先坐会儿。"

万梓星应了声，就自顾倒了一杯茶水喝起来，他抬头看到墙上挂着的蝴蝶结在风扇下面摇摆，煞是好看，不禁心花怒放。

客人终于吃完走了，万梓星看到阿玲不急不慢、不动声色的样子，不免着急起来，于是鼓起勇气说："阿玲，那封信你收到了吗？今晚我们去看电影吧！听说这电影很不错呢！"

邹倩玲回头一笑说："是吗？那有什么好看嘛！"

"听说可好看啦！美国花了几个亿拍摄的《泰坦尼克号》，是一部史诗浪漫的灾难性爱情故事，影片告诉人们什么是爱情的真谛，什么是信仰，什么是勇气，什么是牺牲。"

邹倩玲经他这样一说，本来还在犹豫的心给说动了，"好吧！那你答应我，看完电影马上送我回来哦！"

"好咧！一定。"万梓星像小孩似的笑了起来。赶紧帮她清扫了一下卫生后，开车驶向县城电影院。

到县城的路上，万梓星情不自禁地哼起了在戒毒村学唱的歌曲，"曾经孤独地走过那寒冷的冬天，曾经迷失在路口，不知何去何从……"

"万梓星，你唱的是什么歌呢，还不错哦！"

"哦，这是《岁月中的寒冬》，你喜欢听歌啊！我还会唱好多

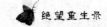

歌曲，待会儿看完电影我再唱给你听。"

"好啊！"邹倩玲不由拍手叫起好来，她没想到万梓星看似一个憨厚的粗人，居然还会这么多东西，对他的钦佩油然而生。

"阿玲，我觉得你就是我生命中的福星。"万梓星说完有意无意地看了邹倩玲一眼。

"你说什么呢？我听不懂。"阿玲脸上泛起一片红云，害羞地把头低着。

万梓星内心起了一层波澜，微微一笑，便转移了话题。

谈话间，车子很快就驶到了电影院门口，时间刚刚好，万梓星和邹倩玲随着人潮走进去，找到座位便坐了下来。

"你说露丝为了杰克抛弃了荣华富贵这样的爱情故事，是真实的吗？"看完电影后，邹倩玲的内心一直无法平静，直到回去路上走了好长一段路，她才忍不住问万梓星。

"我想影视里不一定是真实的，但现实生活中肯定真实存在这样的爱情故事。"万梓星看了她一眼，只见邹倩玲若有所思点了点头，于是接着说："这种不论贫穷、富贵、疾病而冲破门第，在风雨同舟、患难与共的生死考验面前，建立起来的爱情才是真正的爱情啊！"

"是啊！可惜这么美好的爱情，却是如此凄美而结束，相爱的人却不能在一起，这真的让人惋惜。"

"是啊！真的让人惋惜，但也正是突出了爱情的伟大，在灾难面前更能表现出爱情那种至高无上的品质，爱情总是不完美的，白头到老也总是不可能的，总有一方会先行离去，只是他们都曾经拥有美好的爱情，一生也就不应感到遗憾了。"万梓星看了看邹倩玲的表情，继续说。

这时，车子驶入了一块空旷的草地，皎洁的月光照射下来，显得如此寂静和美好。

"我刚才说为你弹奏一曲，就在这草地上如何？"万梓星说完，充满企盼地看着邹倩玲。

"嗯，好啊！我都差点忘记了！"邹倩玲看着天空中如此这醉人的月色，心情大好，她也很想下去走走。

万梓星满心喜悦，赶紧停好车，拿着吉他，和邹倩玲穿过芬芳的花丛，踏着软绵绵的草地，一齐往中心大石块上走去。突然，邹倩玲轻轻叫了一声，原来踩到一块小石头了，万梓星忙伸出右手去拉她，抓住了她的左手，邹倩玲左手微微一颤，轻轻挣扎了几下，挣脱不了，只好任由万梓星拉着，到大石头上坐下来，万梓星这才放开她的手。此时，温柔的月色洒在他们身上，万梓星用手轻拨了几下吉他，然后清了清嗓子，开始边弹奏边唱起来《迷失的路羊》：以前我太放荡，到处去流浪，我已二十多，闯白少年头，终日游街头，岁月空蹉跎，当我街上过，没有人睬我……万梓星那声情并茂的弹唱，让邹倩玲听出了神，良久，她才说："谁教你唱这些歌呢？好像你经历过许多事情。"

"是保哥教我的，我以前的经历确实很坎坷，但我相信现在一切都会慢慢好起来。"万梓星说着，用坚定的眼神注视着前方，虽然前方看不清什么，但他双眼仍是那么坚定，好像看到了很远很远。此刻，万梓星心里对刘队长和保哥充满了感激，如果不是他们，他也不会如此快速地拉近了与邹倩玲的距离。刘队长说音乐是个好东西，它可以让人走近美好，赶走孤独和寂寞，拉近人与人之间的距离。看来是没有错的。

"嗯，那你将来有什么打算呢？"邹倩玲看到万梓星似乎对未来充满信心的样子。

"其实我早就想和你谈谈的我的想法了。我在物流公司也做了将近一年了，熟悉了各个流程，建立了一定的人际关系，我打算自己开一间物流公司，先请一两个司机协助，业务拓展了再增

绝望重生录

加人员。刚好，前几天我听老板说，他有更好的发展项目，想一年后转手物流公司，我就想把它接过来，我这个想法也和姐姐说了，姐姐很支持我。"

"嗯，这敢情好啊！"邹倩玲此时借着月色重新审视着万梓星，她觉得眼前万梓星形象变得高大起来，他的成熟稳重，吃苦耐劳，而且还有很强的上进心，从他的身上看到了一种品质，这种品质让她有很安全稳定的依靠感。

此刻，晚风吹拂，她的头发不经意吹到了万梓星的脸上，万梓星帮她理了理头发，顺势轻轻地揽着她柔软的香肩。两人是那么近，此刻都听到了彼此的心跳声。万梓星觉得此时，自己就是世界上最幸福的人。

他多么希望就这样一辈子拥抱着她，让时间从此定格。邹倩玲似乎在期待着什么，她仰起头注视着万梓星，万梓星再也忍不住，轻轻地捧起她那洁白恬静的小脸，轻轻地吻了吻她那温柔的额头，倏地又缩了回去，他想起了自己的情况。他陷入矛盾之中，如果告诉她全部，她会离开自己吗？自己有能力给她幸福吗？……他该怎么办？

她似乎有点失望，然后说："我们回去吧！时候不早了。"万梓星点了点头，心情极其复杂地拉着她的手，乘着柔和的月色慢慢地走出了草地。

短暂的沉默后，邹倩玲很快就恢复了情绪，她说："这几天我准备抽空去学习地产、金融方面的知识，我在学校就接触过这方面的知识，对它还是很有兴趣的。"

"这很好啊！趁年轻多学点知识，将来也就会多一份谋生的手段。"万梓星边认真听她描述着将来的计划，边给予她积极的回应和鼓励。

"对了，你每次吃饭前都会进行感恩祈祷，这有什么意义吗?"阿玲一直想问他,今天终于忍不住了。

"这是因为,当你感恩的时候,你的内心就会变得平和,你的情绪也会变好。感恩的能量是美丽的,你会变得知足,你会感受到与他人与自然界的链接,感受到爱,感受到温暖,拉近人与人之间距离,一切都会呈现非常美好。"万梓星把自己学会感恩以来的感受,简单地告诉了她。

"嗯,我明白了。"阿玲点了点头。

万梓星连续三个月,只要每天下班没事,他都会到倩玲的店里坐一下,有时是喝杯甜品,更多的时候是看店里有什么需要帮忙的,他几乎承包了小倩甜品店所有重体力劳动和各种设备的维修,忙的时候他会也帮忙打下手。和小倩之间的交流越来越多,大家没有了最初的陌生感,说话也很随意,交流变得很轻松。有时小倩需要外出学习,万梓星会帮忙看店,招待起顾客来也是有模有样的。每次能为小倩做事情,万梓星心里总感觉暖暖的,洋溢着不可言表的幸福,因为他觉得自己能为小倩做的并不多。

爱情是美好的,也是很折磨人的。面对美丽善良的小倩,万梓星一直以大哥哥的身份进行交往,并没有表现出过多的非分之想。越喜欢越在乎就越煎熬,每当他一个人的时候,内心的焦虑彷徨就会让他痛苦不堪,对比小倩的美好和自己的情况,自卑让他不敢追求这份奢侈的感情,而内心又是那么真诚的想拥有,万梓星想照顾这个美好的姑娘一辈子。公司同事知道了万梓星的苦恼,都劝他现实点不要做白日梦,小倩之所以没有拒绝他的帮助,是因她想从他身上获得一些好处。万梓星并不认可同事的说法,他觉得自己没有什么好处可图,小倩能和自己聊得来是因为大家都漂泊异乡,有个能聊得来的朋友心里会有安全感。他在安静的时候想起小时候和刘运辉去村里听戏,有一个盲人妇女用四块竹板,敲打出有节奏的声音,她边唱边打竹板,然后又解说一

绝望重生录

遍，她语调抑扬顿挫，极富磁性。她讲的是祝英台女扮男装去书院读书，邂逅梁山伯成为知己，马文才去祝英台家下聘礼，此时梁山伯已去赶考，后来才知道祝英台乃女儿身，相思成疾郁郁寡欢而死。祝英台在花轿经梁山伯坟头时跳轿为梁山伯烧纸钱，梁山伯的坟裂开，双双化为蝴蝶。万梓星想起这凄美的爱情故事，心里就滋生出一股积极追求爱情的力量。他有时尝试不想去想念她，却愈想念她，愈想见她，况且在他空闲的时候脑海里就被倩玲那优美的形象占据了，就是白天也做着梦，梦里尽是关于他和她的事情，他发现越来越离不开倩玲了。

雨果说：男人遇到真爱时第一反应是胆怯，女人遇到真爱的第一反应是勇敢。

天气渐渐转凉，甜品店的生意没有夏日那样红火了，但中秋节这天的生意却格外的好。万梓星在这个举家团圆的日子里没有地方可去，母亲去世后他变成了没有娘的孩子，他对家的印象越来越模糊，家是一间破旧的房屋还是继母的记忆？这一切对他都不重要了，他希望能自己建立一个新的家，开始新的生活，这也是王老师帮他找到的价值方向，这种想法越来越强烈地支撑着他往前勇敢地走下去。

这天他帮小倩忙里忙外几乎一天没歇脚，晚上十点多快要打烊时，又来了十几个聚会刚散的中学生，叽叽喳喳的每人点了杯饮料，万梓星和小倩赶紧又忙乎了半天。将近十一点时，小倩对万梓星说："哥，时间不早了，你早点回去歇一下吧，这里我来弄，明天咱们晚点开门。""不累，今日事今日毕，收拾完吧，这样你明天一早来就不用收拾了，省心些，你去收拾下店面，后厨的事我来吧。"万梓星说着便把小倩推出了操作间。他的话语使她感动，她感激地看他一眼，她似乎看见了美好的光明，有一种东西在她眼前亮了一下。她微微一笑便轻快地走开。

"放手！再无理取闹，我就要报警了！"店里突然传来小倩带着哭腔的喊声，万梓星一听赶紧放下手中的活计，奔向店里。只见两个醉醺醺的男子拉扯着小倩的胳膊正在撕扯，万梓星顿时火冒三丈大吼道："你们哪里来的地痞流氓，快松开手！光天化日下竟然这样耍流氓？不想活了？"说着便顺手拿起身边的椅子准备砸过去，那两个醉汉本想看小倩是一个人占些便宜，没想到后厨竟然窜出来一个壮汉瞪着猩红的眼摆出一副要吃人的样子，顿时酒醒了一半说道："大哥，没事儿，没事儿！误会了，我们想喝点醒酒饮料，你家没有我们去别处喝吧。"说着便顺势松开小倩的胳膊仓皇逃走。万梓星怒火中烧，想要追出去给那两个流氓一点颜色看看，却被小倩拉了回来。看着小倩挂着泪水的脸关心道："没伤着吧？"小倩缓过神来，趴在万梓星胸前委屈地哭了起来。万梓星看着伏在自己胸前的小倩，心疼地拍了拍她说："别怕别怕，有我呢，不哭了，我一直在。"小倩用力抱紧了他，万梓星感觉到小倩的信任与依赖，她感激地眼光和柔情的话语把他更向着的希望接近了。他暗暗下决心一定要保护好这个弱小女孩子，不让她受到一点伤害。

"张小娴说世界上最遥远的距离不是天涯海角，也不是天各一方，而是我就站在你面前，你却不知道我爱你。"这句话对于万梓星来说应该是最真实的写照，爱一个人就会照见自身的不完美，尤其是对于自己这个走过弯路的瘾君子来说，更是满心向往却不敢伸手。

日常的交流中，万梓星不时会透露些自己的信息，过往的一些信息，偶尔会蹦出吸毒、戒毒、艾滋相关的一些情节。小倩觉得很奇怪，万梓星为什么总提这些，慢慢地听多了也见怪不怪了。

人们常说，日久生情。万梓星和小倩应该就是这样日渐熟络

绝望重生录

起来的。虽然彼此都未曾表白，两人都小心翼翼地维护着这份情谊。

日子像流水一样，不知不觉又过大半年。万梓星和小倩之间几乎每天都见面聊天，谈理想谈人生，每晚会互道晚安，虽然万梓星也感觉到了小倩的情意，但他仍然不敢走出那一步。

周末休息，万梓星照例来到店里帮小倩打理生意。天气不错，客人来了一批又一批。中午客流量达到了高峰，万梓星和小倩忙得没空吃完饭，只是随便叫了个外卖吃几口。突然，小倩的电话响起，万梓星一看是小倩家里的电话，便把电话递给小倩。小倩高兴地接过电话，没说几句就神色凝重了地走出了操作间说："妈你别着急，你好好说，现在我爸什么情况？"声音里透出了焦虑。万梓星听出小倩家有大事发生，就侧耳听了一下。不一会儿功夫，小倩放下电话匆匆的地走到屋里说："星哥，家里有一些事情我需要回去处理一下。店里现在还有客人，就拜托你帮忙照看一下，明天你帮我在门上贴上一张'暂时停业'的字条好吗，我还不知道啥时候能回来。"万梓星连忙点点头说："放心回去吧，这边的事情我来帮你打点。实在不行的话，我和你一起回去吧，家里发生了什么事儿？""刚才我妈打电话来说我爸爸突然晕倒送医院了，现在还在抢救时，具体什么情况还不大清楚，我需要回家去照看一下。谢谢你星哥。"小倩说道。

小倩收拾东西回家了。只是在回家的当天，万梓星收到了小倩的到了的平安短信，随后一连三天也没有小倩的消息。万梓星每天在焦虑中度过，下班后习惯性的不管多晚，有没有客人，他都会到到店里看一下。只是没有小倩的店显得格外冷清，房间显得空荡荡，没有了任何温度。万梓星坐在那里突然想到了和小倩交往的点点滴滴。他们之间虽然没有表明爱意，但是在日常交往中万梓星已经把小倩当成了自己生命中最亲密的人，他会在休息的时候。带上自己心爱的吉他，带上小倩，在公园深处弹唱自己最喜欢的歌曲给小倩听。他特别享受小倩听自己唱歌的情景，在温柔的月光下，她一脸崇拜，一脸享受地听着自己弹唱的《爱你一万年》，唱完的时候，发现小倩脸上竟然挂满了泪水，这一刻他们心灵是相通的。万梓星仿佛在小倩身上看到了年幼的自己，那个单纯可爱、天真无邪的自己。而小倩从万梓星身上，似乎看到了一个偶尔忧郁，但又饱含一种倔强、绝处逢生、向上的力量。她很想知道关于这个男人的更多故事，但是万梓星就像谜一样，仿佛总是蒙着一层纱，关键时刻总是欲言又止，平时说话做事方式也和其他人不大一样。在他们接触的几个月中，有空的时候万梓星就手把手教小倩弹吉他，天资聪颖的小倩学会了，并能够简单弹唱几首歌。他们在夕阳西下的傍晚，你弹我唱的情景，成了最美的画面，也成为彼此在这钢筋水泥的城市里，最温柔的诉说。

万梓星就这样盼星星盼月亮等着小倩的消息，而小倩一连几天像消失了一样，杳无音信。这天，万梓星觉得再没有小倩的消息自己就要疯了，每天都是一种煎熬，不能再等了，于是内心忐忑的拨通了小倩的电话。电话接通前嘟嘟的声响，让万梓星心跳加速。几天不联系，感觉竟然有了陌生感和不适应。"哪位？"万梓星被电话传来的带浓浓地方口音、年老而又陌生的声音吓了一跳，赶紧回过神来，结结巴巴地说："你好，这是小倩，哦！不，这是邹倩玲的电话吗？""是，你是谁？找她有什么事情吗？她现在在医院还没回来。"苍老的声音回答道。"是小倩家阿姨吧，我是小倩在佛州的朋友万梓星，我找他也没有什么事情，就是一连几天没有她的消息，有点儿担心。""哦，她没事，回来后让她给你回电话吧。"

傍晚，万梓星接到了小倩的电话，电话里小倩的声音显得很

绝望重生录

疲惫。万梓星了解到小倩的父亲突然心肌梗塞，晕倒后不省人事。在 ICU 病房里观察没有问题后转到普通病房，这些天都是小倩一个人忙里忙外帮着陪护。小倩毕竟还不到 20 岁，这样的生活变故突然压过来，她的确有些吃不消。听到万梓星嘘寒问暖的声音，说着说着，小倩哽咽了起来。小倩一哭，万梓星的心都碎了，心疼地连声说："妹妹，别哭，还有我呢，别哭，还有我呢。"

放下电话，万梓星就向公司请假，赶到小倩父亲所住的医院。万梓星敲门而入，小倩十分惊讶，像见到久别的亲人一样，呼的一声起身迎了过来，随后又像意识到什么一样，放缓了脚步，脸上挤出微笑说"星哥……星哥，你怎么来了?"说着连忙把万梓星让进病房。

"叔叔的病情怎么样了?""唉，病情基本得到了控制，需要观察一段时间再进行手术。"小倩一脸愁容地答道。

"病情已经稳定了，等做完手术就好了，你怎么还这样难过呢?"万梓星不解地问。小倩欲言又止，还没说出话，眼泪就先流了出来。万梓星见状赶忙说："妹妹，你别哭，天塌下来还有我呢，你说有啥困难，我们一起来面对，方法总比困难多。"小倩一直红着眼睛不肯说，万梓星急得团团转。

"二号床家属先来护士台核对一下费用，再到主治医生那里开下药。"尴尬的氛围被护士的话打破，小倩随声答应了声知道了，勉强对万梓星笑了下，说我去去就回来，说罢便起身到护士台。

万梓星悄悄地跟了出去，看小倩仔细核对医疗费用详单，签字后和护士交流了几句，便转身下楼。万梓星看小倩走远，便过去询问护士刚才的费用是多少，护士瞟了他一眼说："一万多元啊!"万梓星随后问道："如果做手术的话，费用大概是多少?"

"前期手术加后续治疗，大概 20 万左右。"护士面无表情地说道，万梓星道声谢后离开，他知道小倩脸上满是愁云的原因了。

他知道小倩面对的最大困难是怎样筹 20 万元手术相关费，这个费用对于这个并不富裕的家庭来说几乎是天文数字。

此刻，万梓星唯一的想法就是帮助小倩渡过难关。他头脑迅速旋转，计算着自己能筹到的钱数。这些年自己积蓄多少，外面都有谁还还欠自己钱没有还，向谁还可以拆借等问题。

万梓星拜访了小倩的母亲后，在医院陪小倩过了两天就走了，期间和小倩聊了近况，表达了关心，临走时对小倩说："叔叔手术费用的事，你别太着急，我们一起来想办法，我手里有些，我回去再想办法争取多筹些，早点做手术。"

回到城里后，万梓星把自己的存折和卡里的钱全取出来，才勉强凑到六万多元。万梓星坐在宿舍的床上。不停地思考如何才能够凑到更多的钱，看到放在墙角的摩托车，他突然灵机一动，可以变卖一些家当啊。最后万梓星把家里值百块钱以上的东西都变卖了。在处理那把刘队长送给他的，陪他走过戒毒艰苦岁月的吉他时，用手反复抚摸着吉他满是不舍，只是一想到小倩焦急的眼神，万梓星还是咬咬牙卖掉了。古语说破家值万贯，经过一番折腾，万梓星又多凑了 1 万块钱。从戒毒所开始，万梓星有了爱写日记的习惯。在当天的日记里，他用一幅画记载了自己当时卖吉他时像丢掉老朋友似的复杂心情。

万梓星将筹到的钱第一时间拿给小倩，小倩这边也正在为做手术差的钱着急，万梓星的八万块钱简直是救命稻草。小倩怎么也没有想到萍水相逢的万梓星能这样仗义相助，一直说："星哥，这钱我先用着，往后一定加倍还你，我也说不出太多感谢的话，这份情谊我记在心里了。"万梓星大咧咧地说："小倩，你别说见外的话，你的事就是我的事，我们都是漂泊在外，你给我的温暖

绝望重生录

我一辈子也忘不了。"听到万梓星暖心的言语，小倩心里的依赖和好感又多了几分。

　　小倩父亲顺利地完成了手术，出院回家康复后，小倩重新开张了甜品店，和万梓星的感情也日渐浓烈。像普通情侣一样，有时万梓星会调皮地亲一下小倩，小倩最初还想拒绝，慢慢的有时也会热烈地回应下。日子就在二人的耳鬓厮磨中慢慢地过着。万梓星因自己是艾滋病毒携带者，一直不敢越雷池一步。这天，两个人在晚饭时高兴地喝了点红酒调节气氛，酒肉穿肠过，气氛变得暧昧。万梓星拥吻着小倩，听到小倩娇羞的喘息声，万梓星再也按捺不住了，将小倩压在身下，在激情即将冲破底线的那一刻，万梓星挣扎着起身采取了安全措施。

　　之后的几天里，万梓星一直处于矛盾中，虽然他和小倩之间已经捅破了一层纸，但是自己携带病毒的阴影一直在心中徘徊不散。虽然自己采取了措施，但是不敢百分之百确定不会传染给小倩。他小心翼翼地观察着小倩身体的变化，一连半个月小倩并没有表现出不舒服的症状，万梓星紧张的神经慢慢地放松了。在平时交流中，万梓星会时不时给小倩说哪个同事的朋友被传染艾滋了，并开玩笑说要是自己得了怎么办。小倩每次都瞪他一眼说："放心吧，只要你不是在外面鬼混传染的，你就是得了绝症，我也不会丢掉你！"

　　因为公司业务不断扩大，万梓星的工作也越来越忙了，连续出差加班成了家常便饭。这天万梓星刚跑长途从德庆回来，因为老板接了一单生意，公司司机人手不够，老板便把他叫来，让他辛苦再跑一趟。万梓星因为心念着快半个月没见的小倩，便推辞说自己刚好回来，现在很疲惫，看是不是可以找其他同事跑这次。"我知道小万你刚回来很辛苦，可是公司实在安排不开人了，只好辛苦你了。"老板说道。见万梓星还在犹豫，老板补充道：

"这是我们一个大客户的生意，我们无论如何也要做好，不能丢了这个财神呐，要不这样吧，这趟出门公司再加 1000 块钱的补助给你，怎么样？"听到老板说要给额外的补助，万梓星一口应了下来。他想到了上次陪小倩逛街，她在饰品店里拿起又放下的那对耳环，100 多元的耳环，小倩拿起又放下了好几次，最终还是放下了，自己掏钱要买，可小倩拉住他的袖口说："咱们都是辛苦人，打工挣钱不容易，钱还是花在需要的地方吧！"说罢拉着万梓星离开了。爱一个人，总想把最好的东西分她一半，看到的美景、吃到的美食，最痛苦的是看着自己的爱人难过痛苦，这比让自己承受疼痛更让人心痛。当看到小倩对那对耳环喜欢又不舍得花钱买的复杂心情时，万梓星的心像被刀割一样心疼，他暗暗发誓，一定要努力奋斗，总有一天让小倩过上好日子。

"请问是小倩吗，我是万梓星的同事，他出车祸了，在市医院 120 急救中心抢救，联系不上家属，看手机通话记录你们联系的最多，就给你电话了，你能来医院一趟吗？"一个陌生人打电话给小倩，小倩一听头就大了，她振作一下精神问清楚了在哪个病房，匆忙关上店门便奔向了医院。医院里，处于昏迷状态的万梓星头包着白绷带躺在病床上。小倩站在病床边紧紧握住万梓星的手，那双温暖的大手此刻冰冰的，小倩一阵心疼。"21 号床位万梓星病人家属，病人血检发现 HIV 病毒呈阳性，属于艾滋病毒携带者，你们知道吗"跟床大夫对小倩说道。"哦，哦，不，不，知道！"小倩被突如其来的消息吓得懵了好久才缓过神来。"艾滋病毒携带者，艾滋病毒携带者！自己竟然被蒙在鼓里，万梓星你个王八蛋！你个大骗子！"小倩心里狠狠地咒骂起来，顿时觉得天都黑了。

"病人家属，请到一楼大厅缴费。"小倩的愤恨被护士突然叫醒，她拿着缴费单茫然地走到了缴费大厅。"请交押金 6000 元。"

绝望重生录

失神的小倩再次被惊了一下，想到自己出来的急没有带这么多钱，卡也不在身上，便忙说："不好意思，不好意思，钱没带够，我一会再来办理好吗？"小倩回到病房，看到躺在那里的万梓星，爱恨交织，眼下救人要紧，得赶紧筹够住院费用。想到自己的父亲刚刚大病一场，家里所有钱都差不多花光了，还借了很多，目前手头只有4000多元店里的流动资金。她又找朋友借了2000帮忙垫上了万梓星的住院费用。

因为联系不上他姐姐，眼下他只有自己这个不是亲人的亲人了，小倩无奈地摇了摇头。幸运的是万梓星只是头部受了重创，属于暂时性的休克，意识虽然模糊，但也慢慢地恢复了，左腿粉碎性骨折需要做手术治疗。小倩去万梓星住的地方收拾他常用的物品，万梓星的宿舍里小倩还是第一次来，普通的双人间被收拾得整整齐齐，万梓星的被褥叠的豆腐块像在部队训练过一样方正，翻看他的衣柜时，一本夹着存折的日记掉了出来。小倩打开存折，看到从开户之日起，每个月存入1800块，一直没有支取的痕迹，到了2005年8月，突然支取全部的54000元。小倩核对了一下日期发现刚好是自己父亲生病需要费用的时间，心里咯噔了一下，万梓星这是拿出了全部身家来帮自己啊。

翻开日记本，万梓星写得最多的是关于自己的事，第一次见面的奇遇，第一次拉手的忐忑，第一次买小礼物时的纠结等等，几乎都是关于和自己相处的点点滴滴。看到8月13日的日记，只是画了一把吉他，下面写有店名并备注可赎回，还写着要给她最好的爱，任何事都值得。小倩发现自从万梓星与自己发生亲密关系后，每页日记上都写了"对不起，我爱你，不辜负！"，小倩想起了万梓星时常提起关于艾滋的事，现在想来应该是在做铺垫，而日记本上的字恰好印证了这一点。小倩继续看到衣柜里还有两本日记，随便翻看一本在扉页上竟然写着"绝望岁月盼重生"，里面内容多是写戒毒所里发生的事，看到毒品两个字让小倩突然心惊一下，差点失手将日记本掉地上。翻看日记，万梓星记载了自己怎样年少无知染上毒品进而又被传染了艾滋，以及自己戒毒期间遇到的人、那把吉他的来历、手上橡皮筋的意义等等。日记看完，小倩已泪流满面。这个自己中意的男人竟然有这么多不为人知的故事，可是有艾滋病的事作为情侣自己是有权知道的啊！此刻她对万梓星的情感爱恨交加，十分复杂，刀切豆腐不能两面光，这样的万梓星自己该不该放弃？生活给这个年轻的姑娘出了道难题。

昏迷两天两夜的万梓星清醒过来了，他不知道在他昏迷这两天发生了怎样的事情。他的腿被打了夹板动弹不得，小倩这两天因为知道万梓星的过往内心极度煎熬。"小倩……"醒来的一瞬间，万梓星喊出了小倩的名字。

"星哥，你醒了，醒了就好，渴不渴？我给你倒水喝。"小倩语气带着关心又有愤怒。

"不渴，辛苦你了，小倩，对不起，给你添麻烦了！"万梓星似乎并没有听出她异样的语调。

"先别说这话了，好好休息，好在伤得不严重，腿上医生已经做完手术处理好了。"小倩看着他的表情不由心里一软，便转换了语气。

小倩和万梓星一来一回的回应着，善良的小倩看到万梓星身体确实比较虚弱并没有质问他艾滋病的事，她想再缓一缓吧。在知道万梓星是艾滋病毒携带者的第二天，小倩就在医院挂号检查了 HIV 病毒，医生说是阴性，没有被传染，小倩顿时觉得天放晴了，压在后背的那口大锅也卸下来了。

万梓星的病情越来越稳定，这天趁着同床病友出院，刚好小倩心情不错，万梓星吞吞吐吐，欲言又止，说了关于艾滋的笑话给小倩听。小倩一听万梓星提到艾滋这两个字，顿时气不打一处来，厉声说道："我这辈子最恨欺骗，你天天说艾滋，安的什么居心？你的事，别以为我不知道，你自己住在特殊病房，你自己不清楚吗?! 你以为我是三岁孩子在和你玩游戏吗？你觉得我就这么弱智好骗吗？"小倩越说越激动，竟然呜呜地哭了起来。

万梓星顿时傻了眼，忙说："小倩，我爱你，我没有想骗你，我怕失去你，我想找个合适的机会和你说，我一直都是真心的。"

"真心的，你骗鬼呢，你就是一个大骗子，从最初开始就是有预谋的。如果你传染给我，你是要坐牢的。万梓星你不得好死！"说着就气愤地跑出了病房。

万梓星一着急，忘记自己一条腿处于无意识状态，赶紧起床追小倩，竟然噗通一声掉下了床。他不顾疼痛，拼命爬行着追小倩。小倩听到声音不对，回头发现万梓星竟然这个模样爬着追出来了，不禁又好气又好笑，心里一软抹着眼泪掉头跑了回来说："你有病啊，你这是干嘛？"万梓星抱着小倩的腿哭得像个泪人，连声说："对不起，对不起，亲爱的，对不起，原谅我好吗？我这辈当牛做马也报答不了你的恩情，求求你别走好吗？我们这样生活也不是没有感染吗？现在国际上对艾滋病的治疗有重大的进展，经过治疗完全可以结婚生孩子啊！"小倩看见他这种情形，同情、怜惜、爱恨齐集到她的心头。她到底忍不住，俯下身子和他抱在一起哭成一团。小倩生性善良，对万梓星又有着深厚的感情，在痛哭中原谅了万梓星。万梓星在人生低谷如同在黑洞里看不见光明的时候，小倩居然给了他帮忙，而且还肯原谅接纳他，他很感动，瞬间全身有了力量，病情似乎好了大半，内心更是充满了无限的感激，他想着唯有给予小倩更多的爱来回报她。

万梓星出院后，两个人恢复了从前状态，只是对艾滋这个词两人都小心翼翼不再提起，万不得已的时候会用"那病"来代替。平时小倩也会多关注一些这方面的知识，从饮食和心情上帮助万梓星调理，万梓星则抱着感恩的态度对小倩更好了。小倩感冒发烧不退，万梓星都整夜守着，用酒精进行物理降温或去医院进行病毒检验，小心翼翼地呵护着倩玲。

　　时间不知不觉过了两年，万梓星在姐姐和阿玲的帮助下，终于接手了物流公司，他掀开了人生崭新的一页。万事开头难，他体会到了做一个小老板并不是那么容易的事情，虽然才两部车，请了一个司机，但已经让他感觉到创业的艰辛，店租、水电、人工就是不打开门也是一笔不小的开支。可幸的是万梓星凭借着以前在戒毒所学习的创业培训知识，认真地对市场进行调查、市场评估、市场预测、市场营销计划，制定了物流公司的运行计划书，做到有条不紊地拓展业务，妥善地安排工作。这样生活忙碌而充实。让他欣慰的是邹倩玲很理解他的不易，不时来到出租屋给他做些靓汤。万梓星在和她亲热的同时，也小心翼翼地保护着心爱的她。

　　一年后，凭着他为人踏实肯干，讲究诚信，积累的客户多了，公司的经营风生水起。万梓星决定找个机会回小倩老家向她父母提婚。小倩犹豫着说："星哥，你得病的事我一直瞒着父母，你知道的，现在人们都是谈'艾'色变的，我爸妈都是老实人，我怕他们接受不了这个事实，即使他们勉强答应了，他们也受不了邻居的眼光，怎么办呢？"这个问题的确难倒了万梓星，他知道自己这病的可怕性，也知道社会的眼光，小倩接纳了自己，并不代表全社会都接纳了，自己被爱情无芥蒂的美好冲昏了头脑，他默不作声，陷入沉思。

　　该面对的事情躲避不了，既然如此还不如勇敢面对。万梓星和小倩经过商量特意选定世界艾滋日这天回小倩家。饭间，刚好新闻播放艾滋相关新闻，并对如何预防、治疗进行了科普，小倩趁机说："现在感染艾滋的人越来越多了，但科技也越来越进步了，治疗手段和预防手段都在提高，我们身边可能就有艾滋病患者呢，好像也没那么可怕的。""话可不能这样说，这个病是绝症，世界上最先进的美国都没有发现治疗方法，谁家遇上这样的病人倒大霉了。"小倩母亲说道，父亲也在旁边附和道："哎，这个世道啊！那些年轻人好好的日子不过，非要去走这些歪门邪道"小倩看父母这样的态度，忍住了想坦白的念头。

不被父母祝福的婚姻多数是不幸福的，小倩也是这样想的，自己认可了万梓星，也希望父母也能接纳他认可他。晚间休息时，小倩悄悄地跟进了母亲的房间，闲扯些不咸不淡的家长里短，随后又说了些与万梓星相处的故事，征求了母亲的意见。小倩母亲说，万梓星为人好，踏实肯干，能养活一家人，小倩自己喜欢就好，家里没有意见。

看到小倩欲言又止的样子，细心的母亲问道："姑娘，你不是有什么心事瞒着我？"

"妈，有件事憋在我心里两年了，一直不敢告诉你，现在万梓星向我求婚了，也向您二老提婚，我觉得这事需要让你们知道，但我又不知道该怎么说好。"小倩一直想对母亲这句话说，却始终找不到适当的机会，说完她焦急地注视着母亲的神态。

"什么事情，一家人不说两家话，是不是万梓星他私下里对你不好？"

"不是的，他对我很好，对我的照顾可以说是无微不至，和他在一起也很开心，我们没有生过气，我觉得他是值得托付的人，可是他有很不幸的过去，现在有后遗症留下了病根。"

"病根？什么病？"母亲马上严肃了起来。

"妈，说出来您别害怕，就是刚才新闻上讲的艾滋病……"

"什么？你再说一遍！"母亲的声音提高了几度，"他怎么会得这么脏的病，你这个缺心眼的姑娘怎么还和他在一起？你还把他带回家，你疯了吗?!"母亲说着竟然激动地哭了起来。小倩看到母亲哭，便抱住母亲一起哭了起来。"妈，妈，妈你别哭，我错了，不应该惹您生气，刚开始知道的时候，我也是接受不了，可是我真心爱他，他苦苦求了好久，我心软就原谅了他。妈，你别哭了，我现在好好的，我们很小心的相处两年了，一直很注意，我没有感染的，您看我现在很健康呢，不信您看我的检测证书，我会定期进行检测的。"小倩心痛地抱着母亲哭道。

"我的女儿啊，怎么这么命苦，遇到一个真心对她的人，又是这样一个情况，这让我们怎么活啊?"母亲呜呜地哭道。

"妈，妈您放心，我一定会幸福的。现在他的病情得到了控制，可以像正常人一样生活了。如果您和我爸接纳他了，同意了我们的婚事，我们正在联系医院想通过医学治疗干预要一个孩子。现在医疗上有成功的案例呢。"

母女连心，小倩母女哭了很久平静下来，问题总是需要面对和解决的。母亲看到小倩决心已定也不好过多阻拦，便说："你可要考虑清楚，你们相差十几岁啊!"小倩听到母亲的口气有所转变，便坚定地说："妈，这几年我和他相处，我觉得爱可以填平代沟，你相信女儿的感觉。""既然这样，我尊重你的选择，只是你选择的这条路太艰难了，你还是要想好。""妈，我知道，您是为我好，对不起您和爸爸，我一定会幸福的。这事您看怎样和父亲说说，好吗?"第二天吃饭的时候，万梓星发现了自己用的碗筷与其他人的不同，饭桌上也多了一双公筷，心里一紧。他明白，小倩已经把自己患病的事交代给二老了。他们既没有反应强烈地让小倩和自己分手，也没有把自己赶出去，已经是一个很好的开头了。想着，内心的石头便轻了些，暗下决心，一定要好好工作过日子。时间是最好的良药，它虽不能治愈万梓星的病，却

绝望重生录

在日久的相处中慢慢地治疗了小倩父母的心疑，看到小倩与患病的日常接触并没有患病，便慢慢的放松了紧绷的那根弦，慢慢地撤掉了公筷。

　　早上，天空飘着小雨，但万梓星的心里满是阳光。幸福像一丝丝轻柔的风儿，在他还没觉察的时候就飞来了。物流公司运作越来越顺畅，他准备和小倩去专科医院咨询，他哼着小调照例打开了公司的大门，安排好工作后，便悠闲地点了一支烟，打开了手机上的音乐开始听了起来。突然有一个戴着鸭舌帽子瘦小的人鬼鬼祟祟地闪了进来。万梓星看不清他的脸心里一愣，还是赶紧站起来迎了上去说："请问你要租车吗？"来人并不急于搭话，先打量办公室环境后才把帽舌往上提了，露出像骷髅一样的脸，随后诡异地笑了笑说："万总，发达了，怎么就把我忘记了呢？""你是？"万梓星打量着眼前的人似曾相识却又认不出来。"星哥，我是阿牛啊！以前一起在肖东权赌场做事的啊！"阿牛看到万梓星的样子不像是装的便道了出来。啊！万梓星看着眼前的阿牛不由倒吸了一口凉气，跌坐在沙发上。阿牛面黄肌瘦，目光呆滞，脸上还有一块块黑斑，有一颗门牙已经掉了，剩下的全黑了。这十几年不见哪里还找得到当年那个精灵英俊少年的模样，他怎么会找到我呢？"那你今天过来租车吗？"万梓星想到这不由警惕地看了他一眼。"也不是，这不听报纸上不是报道你的事迹'昔日瘾君子，今日小老板'嘛！我嘛，一来向万总道喜，二嘛，向你学习学习。"万梓星心里缓了下来，招呼阿牛坐下并倒了一杯茶给他。他们边喝边聊，万梓星手机突然响了起来，原来是小倩打来的，问他在不在办公室。阿牛听到他们的电话露出羡慕而又不安的表情。于是他拿出惯常的口吻，露出满脸的苦相说："星哥，我在做点小生意手头有点紧，这不？咱兄弟一场你就先借点给我，我过几天就还你。""你在那做什么生意，带我去看看吧!"万梓星这时已经明白他的来意。"星哥，这是新出来的上等货，我舍不得吃专门孝敬你的。"阿牛见他转身欲走赶紧神秘地从内衣袋里掏出一小包白粉放在桌面上。

万梓星看到这包曾经那么熟悉的东西，不由心跳加剧，呼吸加速，心脏就像被一只无形的手揪在一起，额头上也冒出了冷汗，脑海里出现酒吧里的情景。他一度想伸出手去拿，突然，他脑海里又浮现出阿玲、姐姐、王老师、刘队长、保哥等人的影子。正在痛苦万分的时候，阿牛狞笑着用打火机在锡纸下面烫了烫把一包东西递给他说："星哥，来一口吧! 很舒服的，就一口没什么的，人生能有几回享受，来吧!"万梓星满脸发热，呼吸更加急促，呆呆坐在那里，眼看着阿牛就把东西递到他鼻子边。这时一个女人吃喝声响了起来："你是谁? 你在这里干什么?"阿牛回头一看，一个高挑女人正拿着一把吉他正狠狠地瞪着他，似乎要砸过来，不由心里一个激灵，丢下白粉狼狈地跑了出去。这个女人正是万梓星的妻子邹倩玲。

"星哥，你怎么啊!"看到万梓星痛苦地抓着头发上，倩玲心疼地上前扶着他的肩膀问。"我没事，只是脑海发热，心里突然很乱很难受。"万梓星埋着头痛苦地道。

邹倩玲迅速倒了一杯茶给他喝，让他靠在沙发。然后，她抱起吉他弹唱起了《摇篮曲》，"小宝贝快快睡/梦中会有我相随/陪你笑陪你累/有我相依偎/小宝贝快快睡/你会梦到我几回/有我在梦最美/梦醒也安慰/花儿随流水/日头抱春归/粉面含笑微不露……"神奇的事情发生了，万梓星听着听着，居然慢慢安静下来，他把双手垂下微微闭上眼睛靠在椅子上。邹倩玲看着他的表情继续弹唱，直到弹完第三遍，万梓星才慢慢睁开双眼，用手摸了摸脑袋，好奇地看着邹倩玲，喃喃自语地说："我这是怎么了，

绝望重生录

你怎么过来了？好像刚做了一场梦呢？"邹倩玲放下吉他，两只水汪汪的大眼睛饱含无尽的爱意，在他脸上温柔地抚摸着。"你醒了，你知道刚才多么危险吗？我听到你电话里头说话就感觉到不对劲，这不就过来了，以前我叫你戴上刘队长送给你的橡皮条，你又说不用了。"倩玲走过来靠在他身上幽怨地说。"唉！我真没想到这么久了，看到白粉还有这样的反应，刚才真的多亏你了。对了，你怎么会有这把吉他？你几时学会唱这首歌呢？"万梓星疑惑地看着她说。倩玲嫣然一笑说："你看这二年忙起来你都快忘记吉他了，再这样忙下去是不是也会把我忘记了呢，这是我把你卖掉的吉他从琴店里赎回来的，然后我瞒着你在练习吉他。我想在婚礼现场弹唱几首给你一个惊喜，今天急中生智就派上用场了。"说完倩玲把吉他拿过来递给了他。万梓星惊喜地接过吉他，双手不停地抚摸着它，刘队长的音容笑貌在他眼前浮现，他仿佛又听到刘队长说："关键时只有几步，'白粉'就是一个妖魔，随时会张牙舞抓来腐蚀你的灵魂，把你往地狱里拉？如果你再迈出这一步，这一切都会付之东流。"

他清醒过来，拿起桌面的"白粉"毅然地丢进了洗手间的马桶里。那种人不像人、鬼不像鬼的生活，浑浑噩噩的日子他已经过够了。他再也不能这样过了，他不想像刘运辉、邹利清、刘样群这样悲惨的下场。

倩玲默默地注视着他做完这一切，不由会心地笑了。她站起来紧紧地抱着万梓星说："为了我，为了我们美好的将来，你今后还是不能掉以轻心，你要戴上橡皮条和多弹弹吉他，调节转移注意力，特别是现在经济有了起色，你就忘记了你当初的诺言啊！我听说有的人戒断七八年还有复吸呢，今后我会多关注你，陪着你一起努力战胜心魔。"

"阿玲，谢谢你又一次帮助了我，你是我生命的支柱，是你让我重新感受到了生活的美好，我们一起为一个理想的目标而努力，你今后多加提醒我，监督我。"万梓星抱着她动情地说。"谢什么呢，我相信你的爱，我相信你的一切，我们一起努力吧！"她被感情鼓舞着，她毫无隐藏地对他打开了她的内心世界，温柔地回应着万梓星。

省三江医院传染科任医生，看了看时钟，下午四点半了，他不由打了个哈欠，准备收拾凌乱的桌面。他想这个时候应该不会有人来看病了。

突然，虚掩着的门被推开了，匆匆忙忙走进来两位年轻人。他们正是万梓星和邹倩玲。任医生正要站起的身子又坐了下来。"医生，我想咨询一件事情。"万梓星看了看四下无人，便把身子往办公桌前倾斜着说。

"你别急，慢慢说。"任医生看着他们着急的样子和气地说。

"医生，我是感染者，已做了化验，这是我的化验报告，你帮我看下我这情况，能不能结婚生孩子？"万梓星边说边把报告递给了任医生。

万梓星和邹倩玲目不转睛地注视着任医生，好像任医生说出每一句话，就会给他们生死予夺的命运一样。

任医生看着，时而眉头紧皱，时而舒展，万梓星和邹倩玲额头都渗出了丝丝的汗珠。邹倩玲拿出纸巾帮他擦了擦。

"你知道他感染的情况吗？"任医生问邹倩玲。

"医生，我知道他的情况，我们是相爱的，我不会嫌弃他。"邹倩玲说完紧紧地挽了挽他的手。

任医生点了点头说："他这种情况 CD4 达 600 多，各项指标都还是很不错，可以结婚，但是要注意保护女方的安全。"

万梓星和邹倩玲相视一笑。

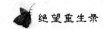

"医生，我不但要结婚，我还要个宝宝，希望你帮帮我。"看得出邹倩玲的态度很坚决。

"这个，虽然我们有这样治疗的先例，但是我还是建议你们不要孩子。"

"医生，我获悉一个感染者在你的精心治疗下，生下了健康的宝宝。这次你无论如何也要帮帮我。"万梓星用恳求的眼光注视着任医生。

"这个……"任医生陷入了沉思之中。良久，他才抬起头说："如果你真的想要孩子，我只能尽力而为，但是你要积极配合治疗，要吃两年的药，定期接受检查，而且还要支付近三十万元的治疗费。"

三十万元，以他俩目前的收入，要奋斗四五年啊。万梓星和邹倩玲不由倒吸了一口凉气。

万梓星看了阿玲一眼说："要不，我们就不要孩子了吧！"

邹倩玲摇了摇头，凝神想了一会，然后，眉毛往上一扬说："好，任医生，我们会努力去工作，去筹钱，也会积极接受治疗，我们一定要有健康的孩子。"

"那好，既然你们有这样的决心，我会尽我所能！"任医生微笑着对他们点点头，又叮嘱了他们一番，这才匆忙地收拾东西下班。

"因为爱着你的爱/因为梦着你的梦/所以悲伤着你的悲伤/幸福着你的幸福……"在简陋宿舍里，万梓星抱着吉他弹《牵手》。倩玲在旁边唱着，眼中闪着泪花。然后，她接过吉他弹着，万梓星唱着，"希望音乐能让他多笑会儿，能够减轻转移他吃药的痛苦。"倩玲心想。"梓星，你吃药反应这么大，每天这样早出晚归，明天就休息下，不要出车了。"邹倩玲唱完后倒了一杯水递给万梓星，她的脸上洋溢着幸福、关切的微笑。

"嗯，没事，为了我们美好的将来，再苦再累我都可以坚持，现在公司刚又招了两个人，他们还不熟悉业务，我还是要多跟进，过一段时间就好了。""嗯，那你多注意休息。对了，你昨天去拿药，医生怎么说？吃药也吃了一年多了。"邹倩玲关切地问。

"医生说各项指标挺不错，过段时间他会采用病毒阻断，我们就可以要个宝宝了。"万梓星兴奋地说，一天的疲倦似乎都在他们的谈话中慢慢消失了。

"那太好了，相信我们一定会成功的，我想如果现在我们身边有个宝宝，我就每天讲故事给他听。"邹倩玲满怀憧憬地说。

"那我就会唱歌，弹奏吉他给他听。然后，我还会趴在地上，作他的座驾，让他骑着喊：'驾、驾、驾。'那种感觉肯定很好玩。"万梓星微笑着说。"哦，那太好了，我会让他帮我敲敲背，帮我把拖鞋拿给我。""那真是太好玩了。"

"是的，所以我们一定要努力，让我妈还有其他人知道，我没有嫁错人，他们就会改变对我们的看法。"邹倩玲充满期待地看着万梓星。万梓星点了点头说："你放心，我会努力的。"

"其实，我最想讲给孩子听的故事就是……"邹倩玲故意不说。

"你快说嘛，是什么故事？"万梓星好奇地看着她。"你猜猜。"邹倩玲故作高深地说。"我猜不了呢，你说不说。"万梓星边说边用双手给她腋下挠痒痒。邹倩玲受不了，咯咯地笑起来："别挠了，我说，我说。"万梓星这才停了下来。"我最想告诉孩子的就是，我们的故事，让他知道他来到这个世界上，是非常的不容易。"邹倩玲说完，深情地凝视着他。

"阿玲，真的很感谢你，冲破了世俗的偏见并说服了父母，与我同甘共苦去创造美好的生活，这让我感受到爱情的神奇力

绝望重生录

量，这股力量让我战胜了许多困难，走出了一路的芳香。"万梓星流露出满脸的幸福。"你感谢我？我倒该感谢你，你帮我家渡过了难关，使我改变了许多，没有你的爱情，我哪有克服困难的勇气，你就是我的一切，我有你在我面前，我觉得我比世界上任何人都幸福。"她的脸上铺着一层幸福的微笑。

　　万梓星也给她的笑容带笑了，他说："我最想告诉孩子的是要他学会感恩，感恩生活，感恩每一件事，这样他才更会懂得生活的真谛。"

　　夜已深，万梓星和邹倩玲仍然紧紧地依偎在一起。

　　四年后，一辆日产高档小轿车从一间物流公司开出，然后往西海市塘田镇方向驶去，车上坐着三个人，他们正是万梓星一家三口。孩子和妈妈坐在后排座玩着游戏。车子在一处水果档口停下来，万梓星打开车门走了下来往水果摊走去。正在这时一个衣

着邋遢的男人突然从小巷子里一幢出租屋冲了出来，后面紧跟着一个女人，一头卷黄色的头发，衣冠不整地从后面追了出来。"你这个天打雷劈的，嫖老娘的钱你也拖欠，你还是不是男人啊?!"这个女人怒气冲冲地追赶男子。听到这么熟悉的声音，万梓星不由停下脚看了起来，只见这个女人，头发卷黄，脸如腊纸，形体消瘦、坦胸露乳，穿着一条短裤，两个脚就像圆规似的，腿上布满了疤痕。这番模样，真是形如鬼魅啊！待他走近仔细一看，天啊！这不就是以前酒吧里认识的林尼燕吗？她怎么变成这样子呢！看她皮肤上的疤痕，应该是采用静脉注射毒品后留下的痕迹。现在居然找不到一点点以前那青春亮丽的形象。万梓星不敢再注视她，怕她认出来，赶紧转过身挑起水果来。林尼燕看追不上那男子，只好骂骂咧咧转身回去了。

万梓星赶紧买了水果，不露声色地坐上驾驶位，又继续往前驶去，一路上他虽然不断调整情绪，那心神不定的样子，还是给邹倩玲觉察出来了。万梓星只好把刚才看到以前一个熟人的情况告诉她，邹倩玲听了不免唏嘘。

不久，车子缓缓地到了塘田镇停了下来，车门打开了，万梓星和邹倩玲夫妇拉着活蹦乱跳的男孩淘淘。"淘淘，你看，这就是爸爸以前生活的地方。还有，这里是我和你婆婆玩游戏最多的地方。"

"阿姨，我回来看你啊！"万梓星走到十几年没回来的老家，拿出了一大包礼物递给了黄秋玲。"哦！是阿星啊，你回来啊！快进来坐吧！"黄阿姨满脸不自在，蹒跚着迎上来，她脸上已经布满了皱纹，花白的头发，满脸的沧桑。万梓星看到这情形，心里一酸，拿出一个大红包说："阿姨，这点钱你就帮补下家用吧！"

"不，不，我不能收，阿星，以前我这样对你，真是错了，唉！""阿姨，别说了，过去的事情就让它过去了，我以后会抽空来看你的。"万梓星爽朗的笑声，打破了这尴尬的气氛，多年来

绝望重生录

的隔阂终于冰释，亲情在他们身上开始流淌。

隔壁的刘阿姨听到动静，屁颠屁颠地走了过来。她抹了抹眼睛说："阿星，你长这么高大了，真认不出哦！这样好啊，多生性，还找了这么年轻漂亮贤惠的好媳妇，又有这么可爱的娃娃。以前我也替你父母担心，现在好了，只是他们死得早，没法享你的福了。"刘阿姨说着掉下了几滴眼泪。

万梓星忙上前安抚她。

又坐了一会儿，万梓星就去坟地给父母上了香，这才告别黄姨她们出来。走了好远，还听到乡亲由衷的赞叹："真没想到这娃完全变了。"

万梓星走到了儿时玩耍的海边，海风轻抚着他的脸，看着这熟悉的环境，儿时的往事就像放电影一样在他脑海里播放，他自语自言地又似说给邹倩玲听："真是人生如梦，梦如人生，人生的路有很多，关键处时只有几步，不幸踏错了，就要拿一生去救赎。"

"是的，所以你千万不能掉以轻心，那天刘队长来探望你时也这样说，毒品对大脑的损伤需要很长的时间来修复，有时处在高危情境就很容易触发，你现在成了市里戒毒成功典型更要注意啊！更不能辜负刘队长他们的殷切期望啊！"

"是啊！真没想到刘队长会在国际禁毒日 6.26 那天真的过来看我，不但买礼物送给我们的孩子，还毫无顾虑与我们一同用餐。""是的，这么多年过去了，还记得你真的很难得！对了，那天你怎么把刘队长惹出眼泪了。"唉！那天不小心问起他的孩子，不料却深深触疼了刘队长的心，他的孩子已经夭折了，让我一直感到内疚，这个沉重的打击，还有繁重的戒毒工作让刘队长更显苍老了，我都差一点认不出他了。不过让我感到丝丝安慰的是，和他告别时刘队长握手更加坚强有力，沧桑的眼神发出一种锐光，真心希望刘队长好好的。万梓星看了看倩玲的眼睛，哽咽地接着说："我想抽时间去看看刘队长他们，这么多年来真的非常感谢他们对我的救赎，如果不是他们我现在也许还躲在阴暗的角落里继续吸毒，也许已经不在人世，那里能在这里享受这灿烂的阳光，美丽的大海沙滩呢！当然更不要说我们还有爱情的结晶了。"倩玲点了点头，往他身上靠得更紧了。他温柔地抚摸着小倩头发，突然转换了情绪，微微一笑说："我从没有想到爱情是这样的，爱情会使一个改变得这么多，我真该感激你。"

"我们就不用那么客气了，其实关键还是靠你自己，一个人犯了错误并不可怕，关键是怎么对待错误，怎样去觉察自我，怎样去找到人生的价值方向。也只有真正经历过生活的磨难，才知道幸福的真谛，才会获得生命真正的智慧。"小倩说话时带了点怜惜的语调，就像姐姐在责备兄弟似的，同时她的眼光温柔地抚着他的脸。

"是的，我曾经一直把自己浸泡在苦海里，对生活充满了怨恨，爬上岸来才发现，原来除了苦海，还有阳光、海岸和远山。心理咨询真是很神奇，这也得感激王老师运用专业知识把我引向光明，让我找到存在的价值和目标方向，当然，还有传统文化这本书也给了许多感悟。"王老师曾对我说："我们都是宇宙里的一料尘埃，即便是卑微如尘埃，也有它在宇宙的位置和使命。只要找到适合自己的位置，就可以完成自己的使命。"万梓星的眼睛里透露出坚毅还燃烧着无比爱意。此刻，在这宽阔的大海边，他的眼光比在任何时候都显得明亮。

"是的，你看，石壁上那棵弯弯曲曲的小草，生长时被石壁压住了，它就转了几个弯，顽强地在石缝中爬出了一条生命通道，傲然挺立在这陡峭的石壁上，不惧风吹雨打。我想现实生活中也有不少这样绝处逢生的例子吧！当我们身处逆境时，只要坚守心中的信念，咬紧牙关，不自暴自弃，顽强地走出生命中的沼

绝望重生录

泽与黑暗，等待我们的必将是光明的前景！"

万梓星凝视着倩玲的一双眼睛突然变得异常的明亮，仿佛是在那漆黑的夜空里，闪耀着光芒的牛郎织女星一般散发着深深的爱意。

"对了，梓星，这是我妈给我们的传家之宝，说明她们完全接纳你了，你看这戒指很漂亮呢！"小倩拿出戒指转移了话题，她满脸洋溢着幸福的光芒，她不想继续谈论让人沉闷的话题。万梓星接过来看了看，是一对心形的戒指呢。

"真是感谢他们肯接纳我们，我们只有好好努力，才能回报他们。"万梓星说完，无限感激地注视着邹倩玲。

"要不？我们计划二胎吧！老人家也有这样想法，你看现在孩子也慢慢长大了，我们的房子也买了，经济也越来越好了。"倩玲无限温柔地看着他说。

"我们还是不要孩子吧，我们把这个孩子好好培养成才，我是不幸的但又是幸运的，目前艾滋病毕竟还是没有特效药可以治愈，就是再低的传播率，都有它发生的可能性，一旦把病毒传播给孩子那么对孩子的一生，对整个家庭的都是不幸的。此外，服药治疗不但花费很大，对身体也会产生一定的影响。"万梓星充满期待又忧虑地看着她。

"是啊，看到你吃药时的痛苦，我也很替你难过，我会说服我妈妈。对了，我们一定要好好教育我们孩子千万别去沾那些白色的妖魔，那东西真是人神共愤，不知让多少家庭妻离子散，人性泯灭。"邹倩玲坚定而又略带着气愤地说。

万梓星点了点头，抬头望着眼前波光闪闪的大海，陷入了沉思之中，过去的一幕又浮现在他眼前。

"对了，明天社区戒毒人员的帮教座谈会你参加吗？"邹倩玲打破了眼前的沉默。"我想去，你认为呢？""这敢情好，以自身的经历告诫他们，别去沾白色妖魔，它会使人变成鬼。"

"是的，待公司发展了，我还想成立一个戒毒协会吸收他们来公司就业，像李桂子一样帮助他们戒断毒瘾。"

"爸爸，妈妈，你们快过来看，这条小鱼好像要死了，我把它丢到海里，它又会动了。"淘淘的呼喊，打断了他们对话，他俩相视一笑。邹倩玲赶紧跑过去照看淘淘。

他看着眼前这一切，又想起了儿时和父母一起在海边的场景。他调皮地骑在爸爸的脖子上，妈妈在不远的海边，静静地看着他们父子俩，在海水里嬉戏……

万梓星久久地注视着大海的远方，在蔚蓝大海上，突然一群海鸥在空中翱翔，海鸥的翅膀在阳光的照射下发出金色的光芒，他露出了会意的笑容，或许在他的心中已经勾画出一个更加美好的明天。

绝望重生录

后　记

　　一句话概括看完这本故事的观感：吸毒即作死。一个字概括戒毒的经历和体验：难。这一点相信多数读者并无不同。

　　书名《绝望重生录》，事实是要重生，会难到人绝望。摆脱困境，九牛二虎，走出绝境，脱胎换骨，遑论重生?!

　　人生在世，诱惑很多。诱惑多的地方，危险就多。飞来的馅饼不代表幸运，往往是钓饵；生死攸关的，未必是迎面而来的外在的洪水猛兽，更多起于一念之间的内在的蠢蠢欲动跃跃欲试，此乃人性常情社会常态。在各种新型毒品层出不穷、政府管控屡禁不绝、上一代的经验和权威遭遇普遍怀疑和挑战的现实面前，年轻人应该有一定的途径和角度被告知，危险就在身边，人们须要警惕！

　　那些有关生活和成长的教条，被老师家长反复强调的，往往是最容易发生和就范的。人性有弱点，近朱近墨、悔不当初者，年轻人尤然。所以"君子不立危墙之下"。正邪同炭冰，善恶终有报。人对自身欲望、行为的节制和道德省察，其本质是对可能误入乱入的灾难后果的预防和理性规避，适龄青少年及其父母，岂可掉以轻心！

以小说形式和鲜活案例展示和再现吸毒之害、染毒之易、戒毒之难，本书塑造的社会情境和人物反应，典型而具体，取材的地利之便，增加了叙述内容的质量，也增加了警示的价值。

看得出作者对本书下了真功夫，这里有社会责任、职业情怀和专业愿景，也有对奋斗在一线的戒毒民警的致敬。

倘若本书的故事，能给戒毒者以与毒瘾抗争的勇气，给涉世未深的年轻人以警示，并促其警觉警醒，进而有助于社会面对毒品问题能多一份关注与积极行动，未尝不是功德一件。

此为记。

广东省戒毒局副局长邓时坤
2019 年 1 月于广州

绝望重生录

媒体相关报道

广州日报记者防艾日走进某强制隔离戒毒所对话 HIV 患者

文/《广州日报》全媒体记者 杨波、王名润

12月1日是第31个"世界艾滋病日"，我国的宣传主题是"主动检测，知艾防艾，共享健康"。广州日报记者走进位于佛山市的广东省某强制隔离戒毒所，走进这群 HIV 感染者，倾听他们的故事。

据了解，在隔离戒毒所里，戒毒人员开始新的生活，每月一次的生日晚会是他们的月度狂欢，当月生日的戒毒人员召集起来一起过集体生日。而为了追踪这些戒毒人员的健康状况，他们从戒毒所"毕业"后，还会被转移至社区戒毒所观察，为重新融入社会做好准备。值得注意的是，以该局相关案例为原型的30万余字的长篇小说《绝望重生录》将于近期出版，相关负责人表示希望以此告诫大家，远离毒品，珍惜生命。

从象牙塔到戒毒所，失足大学生终悔改

今年27岁的小华（化名）毕业于武汉一高校，尽管知道学校对防艾有相关的宣传，但他一度觉得艾滋病理自己很遥远，直

到毕业后和陌生网友的一次见面。"我读的是化学专业，所以当我知道自己得了艾滋病后，就觉得很讽刺，自己知道的太少了。"

2015年7月，大学毕业后，小华更换了好几份工作，"一直在挑工作。"小华说，也就是在百无聊赖之际，他在和一名陌生网友在酒店见面时，第一次接触到毒品。"我属于性少数群体，吸食前不知道那是毒品，但后来才知道那是冰毒。"小华回忆说，"回家之后，我浑身不舒服，几天几夜睡不着觉。"

小华以为这只是后遗症，就浑浑噩噩地过了半个多月，然而没想到的是，"我心里很不想尝试，但是我控制不了自己的行为，我再次和那名陌生的网友见面，再次吸食了冰毒。"在他看来，吸食冰毒会让人上心瘾，单靠意志力很难摆脱。

小华把自己的困惑告诉了他的好朋友阿涛（化名），当阿涛发现小华染上了毒瘾，于是将之告诉小华的父母。后来，小华从湖北老家来到了父母工作的地方——广东。"2016年初我找了一份工作，做了三个多月，岗位是食品化学检测，当时每天晚上我都主动加班，我害怕一旦停下来，我又会胡思乱想。"如此反复了三个月，小华以为自己戒掉了毒瘾，于是又辞掉了工作回到了湖北，但是当他又回到了他的那个吸毒的朋友圈里，目前还欠下10万元。

"我自认为自己是一个自制力很强的人，我每一次都'成功'戒掉了一段时间毒瘾，但随后又再次放松警惕，如此循环往复；我每次都下定决心将吸毒圈子里的朋友统统删掉，但每一次毒瘾复发，又会重新和他们取得联系。"

2017年9月，小华到深圳工作两个月后，在上班期间欺骗老板请假，在宿舍吸毒并当场抓获，在场的还有另外两个人。从发现吸毒到当场抓获的这段时间，父母一直相信，小华能够自己戒掉毒瘾，然而事实却给了他们一个响亮的耳光。

绝望重生录

如今，小华联系最多的就是自己的哥哥，"小时候父母常年在外打工，一年也见不到几次面，跟他们有隔阂，也曾怪过他们为什么不好好管管我，但还是后悔自己没有管好自己。"

对于未来，小华要给自己制定一个计划，防止自己再次沾染毒品，同时，出去后要有一份稳定的工作，"跟我关系比较铁的朋友，我却一次次辜负了他们，想用实际的行动告诉他们，我有所改变。最重要的就是，把自己欠下的十万元尽早还上。"

从自暴自弃到有所期待，团队 leader 找回自我

如果没出意外，今年 37 岁的阿威（化名）今年底就能离开戒毒所，他在脑海里无数次想象着和自己 7 岁儿子重逢的一幕，为了即将到来的这一天，他等了足足 15 个月。

阿威来自湖南邵阳，2007 年从西安某名校法律系毕业后便南下深圳创业，在一个 8 人的团队里担任 leader。事情的转折发生在 2015 年 4 月 28 日，阿威说他永远也忘不了那一天，在和老乡小丽（化名）发生过一次性接触后不幸感染 HIV。当年 5 月 13 日，他通过自行购买的试纸检测出自己感染了 HIV。其时，阿威已结婚多年，他的儿子也已经 4 岁。

"我当时立马就情绪崩溃了，此后一度患上了严重的抑郁症，往后三个月一直没有办法入睡。"阿威说，他和小丽是在一次老乡聚会上认识的。"我们认识了将近半年时间，也有人提醒过我不要一时冲动，但我都没听。"

此后，阿威通过网络大量查找资料，知道患了 HIV 后，"自己也活不久"，阿威说，"我就想放纵一下自己。"而他第一时间想到的就是毒品。再往后的日子，他有意识地留意公厕上的小广告，"我试过按照小广告上的来打电话，但都被骗了，第一次被骗了 800 元，第二次被骗了 2000 元。"阿威说，"他们都要求先打钱再拿货，都是骗子。"

而真正接触到毒品，则是在社交软件。然而不久，父亲就知道了他吸毒的消息。"父亲没有选择相信我，而是把我送去了强制戒毒，我很不理解父亲的做法，我有一年半时间没有跟父亲有过交流。"由于被送到了强制戒毒所，需要进行体检，也由此暴露了他的 HIV 患者身份。

"从那以后，我和家人之间，彼此都很默契，都 HIV 的话题都避而不谈，父亲也一度不信任我。"他的妻子是最后一个知道的这个消息的，是在 2016 年 4 月，"妻子知道后表面上显得非常冷静，我跟她提出离婚，儿子归我，她同意了，默默撕毁了我们的结婚照。"那一刻，阿威才知道什么都没有了，自己苦心经营的生意也面临泡汤。

而现在，回家见儿子成了阿威心中唯一的期盼，"我没敢跟孩子说实话，在电话里，我也一直对孩子说，爸爸在外面打工，没空回家，孩子也是倔脾气，不哭不闹。"常言道，四十不惑，但年近四十的阿威却觉得自己的人生上半场浑浑噩噩。而他盼望着早点回到家人身边，好好跟他们来一次沟通。

广东省某强制隔离戒毒所四分所副分所长刘学传表示，该戒毒所是广东省司法系统内唯一一所收治 HIV 患者的戒毒所。"他们都因为这样或那样的原因走上了不归路，在这里，我们希望通过一系列的教导让他们重新回到人生的康庄大道。"据了解，来到这里戒毒人员一般会进行 1 年半的戒毒训练，最长不超过 2 年，通过心理疗法、关爱疗法等让戒毒人员戒掉毒瘾，强制戒毒后还通过社会工程——社区戒毒模式，对戒毒人员的后续情况进行追踪。

刘学传表示，戒毒人员一周劳动五天，一天劳动时间不超过 6 小时。每周安排一天的上课时间，教授法律常识、国学经典以及心理保健等，还有一天的休息日，每周举行一次座谈会，促进

绝望重生录

戒毒人员与教员之间的联系；每月举行一次生日晚会，召集当月生日的戒毒人员，集体庆生。

值得注意的是，该强制隔离戒毒所成立已有十年，从该所专管区解戒的艾滋病戒毒人员，不少保持着较好的操守率，而且有的通过所里考取职业技能资格证书，找到了一份理想的职业，有的在所里学习了 SYB 创业培训，就走上了自主创业崭新的路子。据该所从事心理戒治工作的古孟祥警官介绍，有的创业比较成功的资产有上千万，其中比较典型的有一名戒毒人员，不但创业成功，还收获了美满的爱情，通过积极的治疗还生下了健康的孩子。古孟祥以该对夫妻等案例为原型，创作了 30 万余字的长篇小说《绝望重生录》以告诫大家，远离毒品，珍惜生命。

来源：《广州日报》APP 2018 年 12 月 1 日

身染艾遇真爱　人生重来

文/《广州日报》全媒体记者 杨波、王名润

"他努力地付出，对我们一家人负责，是最令我感动的一点，我愿意把一辈子托付给他。"说这句话的，是27岁的佛山人邹倩玲（化名）；5年前，她坦然接受了HIV患者万梓星（化名）的求婚，步入了婚姻的殿堂，两人婚后育有一个健康宝宝，如今已经4岁。两人相爱七年、不离不弃的爱情故事成为佛山一警官即将出版的《绝望重生录》书中的温情故事。

昨日是第31个"世界艾滋病日"，今年的宣传主题是"主动检测，知艾防艾，共享健康"。在广东省某强制隔离戒毒所的牵线下，广州日报全媒体记者联系上了这对夫妇。据了解，现在他们一家在佛山某市场经营个体生意。"我爱我的丈夫，尽管我们的日常也有争吵，但我们从不放弃彼此；在医生的帮助下，我们育有一个孩子，我们现在的生活并不宽裕，但我们相信，只要通过不懈的努力，一定能过上更好的生活。"

他反复吸毒被强制戒毒

万梓星生于1975年，在他年幼时，父母就离世了，他和姐姐相依为命。然而，寄养在姐姐家中，姐夫常常欺负姐姐，寄人篱

绝望重生录

下的万梓星自然也不好过。上世纪 90 年代的一天，受尽责难的万梓星从姐姐家逃了出来，辗转到了一家工厂当"马仔"（跑龙套）。为了融入这个圈子，万梓星也开始学厂里其他人的模样，吸食毒品"装酷"。在一次公安的伏击下，全厂人被抓获，但由于万梓星当时尚属未成年人，被抓不久后就被放出来。此后，他陆续在酒吧等地打散工，但一直未摆脱毒瘾，曾先后数次被强制戒毒。

2009 年，广东省某强制隔离戒毒所开始收治感染 HIV 戒毒人员，被发现感染 HIV 病毒的万梓星成为该所收治的第一批戒毒人员之一。广东省某强制隔离戒毒所心理矫治中心警官、国家二级心理咨询师古孟祥前期通过一对一的心理咨询发现，"万梓星很焦虑、紧张，对 HIV 有一种无可名状的恐惧感。"通过沙盘游戏等方式，在戒毒所民警的帮助下，万梓星渐渐摆脱了心理阴影；通过坚持服用抗病毒等药物，身体逐渐有所好转。在戒毒所待了将近两年时间后，他重新回到社会。

她用真爱包容感染 HIV 爱人

2011 年，刚从戒毒所出来的万梓星在一家物流公司当司机，他常到一家甜品店吃甜品，一来二往和甜品店的服务员邹倩玲熟络了起来。邹倩玲生于 1991 年，刚刚中专毕业。两个人自然而然走到了一起，但万梓星内心却有点忐忑："我一开始不敢直接跟她说我有 HIV 病毒，我害怕失去自己喜欢的人。""他偶尔会跟我说'我有绝症'，你还会喜欢我吗？"邹倩玲说，"我当时以为他在跟我开玩笑，考验我。"

2013 年，双方认识了两年多即将结婚的时候，万梓星终于把一直藏在心里的秘密如实地告诉了邹倩玲。"我内心无数次想象过即将要面对的情景，她可能会哭闹，也可能会说我是骗子。"万梓星甚至已经做好了要和她分手的准备。

然而，与万梓星想象的场景不一样，邹倩玲很冷静地面对这一切。"我们都在一起两年多了，也吵过、闹过，但从来没有分开过，彼此之间没有迈不过的坎。"邹倩玲没有把这个消息告诉家人，她接受了万梓星的一切，婚礼如期举行。

　　婚后，万梓星一直不想要孩子，每次都会做好安全措施，但邹倩玲想要一个自己的孩子。在广州第八人民医院医生的帮助下，他们诞下一个健康的孩子，今年已经4岁了。现在，一家人在佛山市某市场做个体经营，每天早出晚归，为生活而奋斗。

观点：戒毒教育在于用生命唤醒生命

　　古孟祥跟踪这个HIV案例10年之久。"万梓星通过积极的治疗不仅收获了美满的爱情，还生下了健康的孩子，离不开妻子以及他们身后更多人一路来对他的支持和鼓励。"古孟祥解释说，万梓星2009年被送往某强制隔离戒毒所时，恰逢国家《艾滋病防治条例》《禁毒法》等法律法规出台，让他们得到较好的治疗和关爱，让他们知道在抗病毒和抗毒瘾的路上，自己并不孤单。他们重新融入社会，离不开背后民警、心理咨询师、社会人士等的合力关爱。万梓星的挣扎、觉醒，终于迎来了生命的春天，遇到了自己的真爱，经过病毒阻断治疗，生下了健康的孩子。

　　据了解，古孟祥以该对夫妻等案例为原型，创作了30万余字的长篇小说《绝望重生录》，近期将出版。他希望以此告诫大家，远离毒品，珍惜生命。古孟祥认为，生命教育是戒毒的终极目标，他希望社会各界能给吸毒艾滋病人以更多的宽容和理解，"歧视有时比疾病本身更可怕"。

延伸：戒毒人员从这里重新融入社会

　　广州日报全媒体记者昨日来到广东省某强制隔离戒毒所，跟HIV患者进行了交流。不少学员经过一年多的教育都基本戒毒成功，在展览室里还陈列着不少他们的书画作品。

广东省某强制隔离戒毒所四分所副分所长刘学传表示，该戒毒所是广东省司法系统内唯一一所收治 HIV 患者的戒毒所，自2009 年起，对戒毒场所收治的感染 HIV 的戒毒人员实行集中管理治疗，开始了将近 10 年的艰辛探索。"他们都因为这样或那样的原因走上邪路，在这里，我们希望通过一系列的教导，让他们重新回到人生的正常道路上。"

据了解，来这里戒毒的人一般会进行一年半的戒毒训练，最长不超过两年，通过心理疗法、关爱疗法等让他们戒掉毒瘾，强制戒毒后还通过社会工程——社会延伸帮教戒毒模式，对其后续情况进行追踪。

刘学传表示，戒毒人员一周劳动五天，一天劳动时间不超过6 小时。每周安排一天的上课时间，教授法律常识、国学经典以及心理保健等，还有一天的休息日，每周举行一次座谈会，促进戒毒人员与教员之间的联系；每月举行一次生日晚会，召集当月生日的戒毒人员，集体庆生。

值得一提的是，不少从该所专管区解除戒毒的艾滋病人员保持着较好的状态，有的还考取了职业技能资格证书，找到合适的职业，有的在所里参加了创业培训，走上自主创业的人生路。

来源：《广州日报》2018 年 12 月 2 日 广东新闻 A7 版

用爱治"艾"幸福自来

文/《广州日报》全媒体记者　王名润

　　"我们和普通恋人一样，吵过、闹过，但终究没有分开过。"
5 年前，面对患艾滋病的男友万梓星（化名）的坦言，90 后佛山
人邹倩玲（化名）选择了包容和接纳，从相识、相爱到步入婚姻
殿堂，直到生育了一个健康宝宝，他们的爱情"长跑"已走过了
7 年。（详见 12 月 2 日《广州日报》A7 广东新闻版《身染艾滋遇
真爱 人生重来》）

　　其实，两人在 2011 年相识之初，万梓星已经从戒毒所康复，
渴望尽快融入社会。这时，邹倩玲的出现让他重新点燃了对生活
的热情。万梓星是不幸的，因为家庭变故让他失足走上了歧路，
但万梓星也是幸运的，他身边有着爱他、支持他的妻子。邹倩玲
说，"从我接受了他的求婚以后，我就知道，以后的生活意味着
什么，但我从来没有后悔。"婚后，两人的生活并不宽裕，但两
人一齐面对疾病，赚钱治病，并鼓起勇气生育孩子。他们曾在 20
万元治疗费面前犹豫了，但经过双方的努力，他们克服了困难。

　　邹倩玲说，"他努力付出，对家人负责，是最令我感动的地
方，我愿把一辈子托付给他。"对该案例进行过持续跟踪的古孟

绝望重生录

祥，是广东省某强制隔离戒毒所心理矫治中心警官、国家二级心理咨询师。在他看来，戒毒教育的真谛在于用生命唤醒生命。我们为这对艾滋病夫妇的爱情故事感动，但邹倩玲却说，"我们只是万千普通情侣、夫妻中的一员。"当下，更为迫切的议题在于，HIV 患者应如何重新融入社会，如何被大家接受。

在世界艾滋病日当天，记者走进位于佛山市三水区的广东省某强制隔离戒毒所，和两位 HIV 患者进行了面对面的交谈。他们因一时的错误而酿成了难以挽回的损失，但在这里重新找到了希望。值得注意的是，该强制隔离戒毒所收治 HIV 患者已有 10 年，该所专管区的艾滋病戒毒人员中，有不少人保持着良好的操守率，而且有的考取职业技能资格证书，找到了理想职业，有的在所里学习了 SYB 创业培训，走上了自主创业的人生路。

而这些戒毒人员在戒毒所"毕业"后，还将通过社会工程——社会延伸帮教戒毒模式。广东省某强制隔离戒毒所四分所副分所长刘学传表示，这一模式在珠三角地区推广得较好，但在一些欠发达地区仍有待加强，这需要社会各界的共同努力。

来源：《广州日报·佛山新闻》2018 年 12 月 3 日